當代港澳研究

STUDIES ON HONG KONG AND MACAO

何俊志　黎熙元／主編

曹旭東／執行主編

主辦　中山大學港澳珠江三角洲研究中心
中山大學粵港澳發展研究院

2020年第3－4輯

中華書局

目錄
CONTENTS

粵港澳大灣區發展專題

港澳政治與法律

港澳社會

粵港澳大灣區發展專題

粵港澳大灣區養老業發展：合作模式、全球經驗與政策建議

張光南　鍾俏婷　廖唐勇　譚穎　陳冰 *

摘　要：在跨境養老規模持續增加和跨境社保合作不斷加強的國際趨勢下，為研究如何深化中國內地與港澳互利合作，創新養老合作模式，共建共治共享粵港澳大灣區優質生活圈，本文通過粵港澳大灣區養老業的發展現狀、優勢、機遇與障礙分析，總結了粵港澳大灣區養老業「管理輸出」「公建民營」「直接投資」和「政府協議」四種合作模式，在借鑒美國—加拿大養老保險的雙邊互免協議與歐盟從法律上保障跨國就醫制度等

* 張光南，男，教授、博導、所長，中山大學粵港澳發展研究院、港澳珠江三角洲研究中心、穗港澳區域發展研究所。鍾俏婷，女，副研究員，中山大學粵港澳發展研究院、港澳珠江三角洲研究中心、穗港澳區域發展研究所。廖唐勇，男，博士研究生，中山大學粵港澳發展研究院、港澳珠江三角洲研究中心。譚穎，女，講師，廣東金融學院。陳冰，女，碩士研究生，中山大學粵港澳發展研究院、港澳珠江三角洲研究中心。

本文獲國家自然科學基金面上項目（71573286）和教育部人文社會科學重點研究基地重大項目（16JJDGAT006）《內地與港澳服務貿易自由化「負面清單」升級版研究》資助。

本文作者感謝徐萬君博士、劉威博士提供的協助和支持，也感謝匿名審稿人提出的寶貴意見，文責自負。

國際養老業合作經驗以及中美合資經營、中日政企養老人才培養、中英保健養生合作和中法高端城市養老綜合體等中外合作發展養老業的實踐基礎上，提出了構建多主體合作模式、優化跨區域合作平台、規範化粵港澳養老服務行業建設三方面的政策建議。

關鍵詞：粵港澳大灣區　養老業合作　政策分析

十九大報告提出要「打造共建共治共享的社會治理格局」。粵港澳大灣區進行養老業合作發展，既能有效緩解三地居民日益增長的優質養老服務的需求，促進三地經貿合作發展，實現「老有所養、病有所醫」的大灣區優質生活圈的共建共治共享新格局，也能夠成為聯繫港澳與內地的強力紐帶，促進大灣區民心相通。[①] 但由於粵港澳三地涉及「一國、兩制、三個獨立關税區」，需要通過創新養老合作模式，推動粵港澳三地人員跨境流動、居民社會保障覆蓋、個人信息登記及管理、醫療賬戶跨境結算等方面具體合作，從單一政府主體轉變成跨區域、多主體合作，為國家未來簽署多雙邊社會保障協定提供可複製的成功經驗。

一、粵港澳大灣區養老業合作模式：管理輸出、公建民營、直接投資、政府協議

當前港澳地區的養老服務體系和養老福利制度相對完備，而廣東

① 張光南：《大灣區養老業的新發展模式與方向》，《大公報》，2019-04-15。

養老業雖然服務供給能力穩步提升[①]，但供給主體的協作性與服務內容的多元性仍不足。[②] 隨着粵港澳三地經濟合作的深入，三地之間跨境流動的人口規模不斷增加，跨境養老人口數量也隨之增加。針對老齡人口的養老需求與養老牀位資源供應嚴重不足存在的矛盾，粵港澳三地政府安排的專項資金在逐年增加，但是未來除了滿足本地老人的養老需求外，三地政府還需兼顧跨境養老人口的養老需求。同時，粵港澳三地都存在養老護理人才資源短缺的問題。[③] 考慮到未來老齡人口數量的持續增加，專業醫師和看護人員的短缺問題會日益嚴重。

粵港澳合作發展養老產業的過程中，對比兩岸養老合作發展的模式[④]，主要存在管理輸出、公建民營、直接投資和政府協議四種合作模式[⑤]。

（一）「管理輸出」合作模式：港澳管理團隊指導在粵養老機構建設

粵港澳大灣區養老業「管理輸出」合作模式指的是港澳機構不參

① 自 2014 年廣州市和深圳市被列為全國養老服務業綜合改革試點城市以來，廣州與深圳兩地政府在養老服務方面的財政投入持續加大、制度設計不斷完善。例如，2016 年，廣州市人民政府辦公廳印發的《廣州市人民政府辦公廳關於深化社區居家養老服務改革的實施意見》，對廣州市居家養老服務的管理體制、設施運營、服務模式等進行改革。

② 陽程文、侯保疆：《養老機構開展「醫養結合」的阻礙及對策研究 —— 基於對廣州的實地調查》，《當代經濟管理》2019 年第 4 期。鄭妙珠：《居家養老服務多元供給主體的優勢、局限與整合 —— 以廣州市為例》，《佛山科學技術學院學報（社會科學版）》2017 年第 4 期。丘志喬、胡丹纓：《澳門養老福利制度特色及其啟示》，《政法學刊》2016 年第 3 期。

③ 澳門特區長者服務資訊網 — 社會工作局：《澳門養老狀況及政策研究報告》，2015，http://www.ageing. ias.gov.mo/uploads/file/a8387e568125adacb3c4d280d5354985.pdf。王標：《粵港社會養老合作模式研究》，蘭州大學學位論文，2015 年。

④ 林景沛：《台灣養老健康產業發展及兩岸合作模式初探》，《福建金融》2015 年第 4 期。

⑤ 張光南：《大灣區養老業的新發展模式與方向》，《大公報》，2019-04-15。

與在粵養老機構的投資，僅派出管理團隊承擔在粵養老機構的專業化管理或指導工作，在具體實踐中，管理輸出可包括管理培訓、管理人才引進、管理外包等形式。[①] 在粵港澳大灣區養老業合作中，管理輸出模式目前主要限於養老管理人才培訓，而廣州市老人院與香港聖公會福利協會的合作是其中一個典型。[②]

20 世紀 90 年代起，在廣州市民政局社會福利處引薦下，廣州市老人院開始與香港聖公會福利協會（以下簡稱「協會」）在質量管理體系建設、老年照顧服務、員工培訓等方面展開合作。質量管理體系建設方面，在協會的指導下，廣州市老人院從 2001 年開始在全國養老機構中率先啓動質量管理體系標準化建設，於 2002 年 10 月通過 ISO9001：2000 質量管理體系認證，於 2015 年系統文件經過 7 次換版升級，基本覆蓋了養老服務全過程。[③] 老年照顧服務方面，為推進長者照料服務，廣州市老人院多次派遣專業人員前往香港學習老人支持體系，並於 2015 年起在院內開展「個人照顧計劃」服務，通過組建跨專業團隊為老年人提供個性化服務。「個人照顧計劃」試行一年期間，廣州市老人院共對 115 名老年人實施個性化服務，滿意度調查指出該計劃的實施提高了院內老年人對養老院服務的滿意度。[④] 員工培訓方面，廣州市老人院同協會簽署《社會工作專業人才隊伍建設與管理提升顧問督導服務協議》，協會定期選派專家來穗進行社工督導和培訓服務，廣州市老

① 林景沛：《台灣養老健康產業發展及兩岸合作模式初探》，《福建金融》2015 年第 4 期。
② 張光南：《大灣區養老業的新發展模式與方向》，《大公報》，2019-04-15。
③ 陳清智、印鋭、常廣財：《跨越半個世紀的養老樣本》，《中國社會報》，2015-08-05(3)。
④ 歐幼冰、王正蓉：《個人照顧計劃模式的本土化探索 —— 以 GZS 老人院的實踐為例》，《中國社會工作》2018 年第 9 期。

人院派送專業員工前往協會所屬機構交流學習。①

(二)「公建民營」合作模式：廣東公建 + 港澳民營

粵港澳大灣區養老業「公建民營」合作模式指的是在粵公辦養老服務機構的經營權以承包、租賃、委託經營、合資、參股等方式轉讓給港澳的企業、社會組織等社會經營者。② 廣東利用毗鄰港澳和 CEPA 政策優勢，協助實施香港「廣東計劃」，引入香港聖公會、香港鄰舍輔導會等港澳台養老服務的資金與服務機構，參與社會養老服務事業，開展居家養老綜合服務平台試點，③ 而文昌鄰舍康齡社區服務中心是一個典型案例。

文昌鄰舍康齡社區服務中心是廣州首家與香港合作的非營利性養老服務機構，由香港鄰舍輔導會和廣州市逢源街道辦事處於 1998 年合作創辦，其中香港鄰舍輔導會出資 30 多萬裝修房屋和購置設備，並派出一名受過專業訓練的社工擔任中心主任。④ 根據香港鄰舍輔導會網站資料，文昌鄰舍康齡社區服務中心引入香港長者服務經驗，為長者提供義工服務、社交及康樂服務、居家養老服務、長者支援服務、社區服務等專業服務。經過多年的建設，逢源社區養老服務多次在廣州市社區居家養老評估中名列前茅，被評為全國敬老模範社區和全國養老

① 廣州市人民政府港澳事務辦公室：《廣州市人民政府港澳事務辦公室對市政協十二屆五次會議第 1003 號提案會辦意見的函》，2016 年 10 月，http://www.gzfao.gov.cn/zwgk/gkml/gzrmzf/other/blqk/content/post_137318.html。

② 王雪輝：《養老機構公建民營運作模式探析》，《行政管理改革》2016 年第 8 期。

③ 趙小仕、于大川：《廣州城市社區養老社會化問題探究》，《改革與戰略》2015 年第 7 期。

④ 黎熙元、童曉頻：《中國城市社區建設的可持續性與社會資本的重構——以廣州市逢源街安老服務為例》，《中山大學學報（社會科學版）》2005 年第 3 期。

示範社區。[①]

(三)「直接投資」合作模式：港澳業者直接投資設立在粵養老機構

粵港澳大灣區養老業「直接投資」合作模式指的是港澳相關業者直接在粵港澳大灣區投資成立相應的養老機構。[②] 目前「直接投資」合作仍處於起步期，港澳相關業者直接在粵港澳大灣區投資所成立的養老機構數量較少。根據廣東省民政廳數據，截至 2018 年 7 月，僅有 3 家香港服務機構和 2 名香港居民以獨資或合資合作形式在粵港澳大灣區內興辦 5 所養老機構，共提供 2003 張養老牀位。香港賽馬會伸手助人肇慶護老頤養院便是其中之一。

位於廣東省肇慶市的香港賽馬會伸手助人肇慶護老頤養院是第一所由香港慈善機構在內地籌建及管理，專為香港長者而設的大型護老頤養院。根據伸手助人協會網站資料，該頤養院由香港賽馬會慈善信託基金全資資助興建，由香港伸手助人協會籌建、營運及管理，主要為正在香港中央輪候冊等候入住資助護理安老宿位長者提供養老服務。入住該頤養院的香港長者受香港政府支持，可領取「綜援長者自願回廣東及福建省養老計劃」援助金，若同時也參加了肇慶市醫療保險計劃，則可享受免按金及等同肇慶市當地居民收費水準的醫療服務。憑藉良好的服務水準，香港賽馬會伸手助人肇慶護老頤養院於 2017 年被廣東省民政廳評為三星級養老機構。但由於香港和內地之間的醫保、

① 楊芳、張淨：《城市社區養老服務「逢源」模式探析》，《西北人口》2014 年第 3 期。

② 林景沛：《台灣養老健康產業發展及兩岸合作模式初探》，《福建金融》2015 年第 4 期。

社保、老年福利對接機制不完善，香港長者入住比例不高，2019 年香港長者僅佔入住長者的 18%。[①]

(四)「政府協議」合作模式：粵澳 / 粵港合作框架協議

粵港澳大灣區養老業「政府協議」合作模式指的是《粵港合作框架協議》與《粵澳合作框架協議》簽訂以來，政府在醫療衛生、養老等社會民生領域的合作和交流。

粵澳合作方面，廣東省人民政府網站資料顯示，2013 年粵澳相關部門共同簽署了《粵澳養老保障合作協議書》，建立了粵澳養老保障長期合作機制。2015 年粵澳相關部門簽署了《開展養老金受益人在生證明協查合作備忘錄》，解決了粵澳異地養老長者的養老金資格認證問題。根據廣東省社會保險基金管理局資料，2018 年在粵居住並以檔形式辦理在生證明的澳方人員共有 590 名，其中，珠海市以及中山市兩地居住為主。[②]

粵港合作方面，香港社會福利署資料顯示，香港特區政府先後出台了「廣東計劃」「廣東院舍住宿照顧服務試驗計劃」等便利香港長者到內地養老的相關政策。根據香港勞工及福利局數據，截至 2019 年 1 月，16800 名香港長者受惠於「廣東計劃」。

① 朱樂怡：《民建聯提 15 建議推動返內地養老》，《大公報》，2019-03-20，http://www.takungpao.com/news/232109/2019/0320/264576.html。

② 廣東省社會保險基金管理局：《關於開展 2019 年度廣東省與澳門特別行政區領取養老金在生證明協查工作的通知》，2018 年 12 月，http://www.chancheng.gov.cn/si/ylzc/201903/2450b8e64f2a49fea50006fce5ff48e5/files/00a54c6608ef4da787fb7cd1a070b58c.pdf。

二、粵港澳大灣區養老業發展：新機遇與新問題

隨着港澳人口結構日益老化，內地為港澳地區緩解養老壓力提供廣闊空間，鑒於粵港澳合作越來越緊密，廣東更是港澳居民異地養老的首要選擇。以香港為例，根據香港統計處 2019 年的調查，與 2013 年底相比，2018 年底通常逗留在廣東省的 65 歲以上的香港居民總數增長了 1.48 萬人[①]，年均增長約為 4%，接近香港老年人口增速。儘管在內地生活的港澳長者逐年增加，粵港澳養老合作的成功經驗仍有待推廣。粵港澳大灣區建設背景下，三地養老業合作發展也存在新的機遇和問題。

粵港澳合作發展養老業具有區位文化、經濟合作、社會治理合作、教育培訓合作和產業互補等獨特優勢。第一，區位文化：地理接近，文化同源，交通便利。第二，經濟合作：粵港合作歷史悠久，粵澳合作前景廣闊。第三，社會治理合作：粵港社工合作多年，社工網絡初具規模。第四，教育培訓合作：政府間合作、醫院間合作、高校間合作。第五，產業互補：資本與管理方式互補，人才及培養標準互補。

同時，國家養老金融的發展、養老產業配套政策的出台以及行政審批制度改革，為粵港澳大灣區合作發展養老業提供新的機遇。首先，中國人民銀行等五部門聯合印發的《中國人民銀行、民政部、銀監會、證監會、保監會關於金融支持養老服務業加快發展的指導意見》為粵港澳合作發展養老金融，創新養老服務業貸款方式，拓寬養老服務業貸款抵押擔保範圍，推動符合條件的養老服務企業上市融資以及

① 根據香港統計處的註釋，「通常逗留在廣東省的香港居民」是指在統計時點前的 6 個月至統計時點後的 6 個月的一年內，在廣東省逗留 6 個月及以上的香港永久性居民。

不斷擴展養老金融服務內容等提供了政策支持。其次，國務院及廣東省政府出台的關於全面放開養老服務市場提升養老服務質量的相關意見[①]，明確將養老服務設施建設用地納入城鎮土地利用總體規劃和年度計劃，為粵港澳大灣區進行養老合作配套提供了一系列政策支持。此外，國務院辦公廳印發《完善促進消費體制機制實施方案（2018—2020年）》進一步放寬服務消費領域市場准入，明確取消養老機構設立許可，建立養老機構分類管理制度，開展養老機構服務標準體系建設和養老機構服務質量專項行動，這為粵港澳大灣區合作發展養老行業帶來更為簡化的審批流程，顯著降低三地合作發展養老產業的前期成本。

然而，粵港澳大灣區合作發展養老產業仍面臨法律體系與行業環境差異、社會保障制度與醫療保險體系差異、溝通機制缺乏等問題。首先，港澳養老政策體系更為完善，而內地在養老服務行業的准入門檻和市場退出機制、養老合同規範以及養老服務的護理評級等方面仍有完善空間，並且港澳養老政策規劃可操作性強，而內地養老政策原則性強，導致三地在養老人才和機構合作等方面存在政策體系對接障礙。[②]其次，廣東與港澳地區缺乏養老信息溝通機制，尚未建立關於來粵養老的港澳居民信息庫，因此缺少港澳長者遷居廣東前的保險記錄情況，同時，粵港澳三地醫療保障體系尚未接軌，使得港澳長者在內

① 《國務院辦公廳關於全面放開養老服務市場提升養老服務質量的若干意見》（國辦發〔2016〕91號）首次提出了全面放開養老服務市場，放寬外資准入，鼓勵境外投資者在華舉辦盈利性及非營利性養老機構。在此基礎上，廣東省人民政府辦公廳發佈了《廣東省人民政府辦公廳關於全面放開養老服務市場提升養老服務質量的實施意見》（粵府辦〔2018〕3號），其中關於外資進入、新設立機構審批、土地供應、機構管理、人員培訓及市場監督，均給出了具體實施措施和任務進度安排。

② 阮曉青：《我國養老機構的現狀以及存在的法律問題》，《法制與社會》2017年第16期。張光南等：《粵港澳服務貿易自由化：「負面清單」管理模式》，中國社會科學出版社，2014年。張光南：《大灣區養老業的新發展模式與方向》，《大公報》，2019-04-15。

地的跨境繳費、跨境報銷和跨境轉診政策無法落地。[①] 再次，粵港澳社會保障管理體系與資金來源不同，導致三地在養老與醫療保險的合作管理上存在覆蓋面、可攜帶性、記錄纍計等轉移接續問題。[②] 此外，粵港澳服務貿易在稅收政策、文化融合、利益協調以及配套措施方面仍有完善空間，譬如稅收政策上存在稅制複雜、稅種過多、稅率過高、跨區域稅制差異、稅收優惠制度不合理等障礙，港澳企業面臨內地商業規則難以適應和跨區域員工融合不足等文化融合問題，政府監管層面也存在利益協調以及配套措施不足等潛在問題，阻礙粵港澳三地合作發展養老產業。[③]

三、養老業跨境合作：全球經驗與中國實踐

全球養老社會保障以政府間合作為主，包括簽訂國際養老保險的雙邊互免協議、制定跨國就醫制度以及採用異地醫療救助等模式。中國在不斷對外開放的過程中，也出現了若干有益的中外合作發展養老服務模式，包括境外資金和服務機構引進、養老護理服務與技術引進、政企養老人才培養等。[④]

---

① 陳廣漢等：《區域經濟一體化研究：以粵港澳大灣區為例》，社會科學文獻出版社，2017 年。王標：《粵港社會養老合作模式研究》，蘭州大學學位論文，2015 年。張光南：《大灣區養老業的新發展模式與方向》，《大公報》，2019-04-15。

② 王麗婭：《粵港澳三地社會保障制度的比較研究》，《國際經貿探索》2010 年第 6 期。謝寶劍：《「一國兩制」背景下的粵港澳社會融合研究》，《中山大學學報（社會科學版）》2012 年第 5 期。張光南：《大灣區養老業的新發展模式與方向》，《大公報》，2019-04-15。

③ 陳廣漢等：《區域經濟一體化研究：以粵港澳大灣區為例》，社會科學文獻出版社，2017 年。張光南等：《粵港澳服務貿易自由化「負面清單」升級版：清單方案、政策創新、示範基地》，中國社會科學出版社，2018 年。

④ 張光南：《大灣區養老業的新發展模式與方向》，《大公報》，2019-04-15，http://www.takungpao.com/opinion/233119/2019/0415/276045.html。

（一）養老保險的雙邊互免：美國—加拿大的社會保障雙邊協議

隨着經濟的發展和全球化進程的加快，國與國之間的人員流動頻率日益加大，國內外勞動者之間的自由流動範圍更加廣泛。人員的自由流動對國家的社會保障制度提出了更高要求，為保障外來人口的社會保障權益，同時防止移民在母國與移民國家重複繳納社保費用，解決這些人員的社會保障跨國流動問題，歐美發達國家之間較早已簽署了社會保障雙邊互免協議。① 但相關研究發現，現有的雙邊互免協議的內容主要是養老保險、傷殘保險、遺屬保險和在雙方國繳納的社會保障稅，除歐盟個別成員國之間的互免協議外，一般不涉及國家間差異較大的醫療保險內容。②

（二）跨國就醫問題：歐盟委員會從法律上保障跨國就醫合作

醫療保險，作為社會保險的重要內容，受項目的複雜性影響，屬地化管理比較多、異地操作較為困難，因此，一般的社會保障雙邊互免協議並不涉及處理跨國就醫問題。針對歐盟成員國內部跨國就醫涉及的本地居住異地工作就醫、短期旅居跨國就醫、退休異地安置就醫和異地計劃就醫等跨國就醫行為，歐盟設立了專門的管理和協調機構，負責協調和監督跨國就醫問題，具體由歐盟委員會負責制定跨國

---

① 翁仁木：《解決跨國勞動力養老保險權益可攜性問題的國際經驗借鑒》，《西北人口》2010 年第 6 期。

② 王延中、魏岸岸：《國際雙邊合作與我國社會保障國際化》，《經濟管理》2010 年第 1 期。

就醫合作項目。《歐共體 1408/71 號條例》和《歐共體 574/72 號條例》規定了歐盟成員國之間醫療服務的連續性、醫療保險關係的可攜帶性、報銷原則、使用統一表格和醫療保險卡等，從法律上保障了歐盟成員國公民的跨國就醫行為。[①]

（三）異地醫療救助：中國長三角建立養老服務補貼異地結算機制

為便利異地養老，中國上海、江蘇、浙江、安徽四地的民政部門在首屆長三角民政論壇上啟動全面戰略合作，推動建立養老服務補貼異地結算機制，深化長三角全域養老服務業合作發展中的異地結算、跨區補貼機制，實現醫療保險（門、急診）異地結算、長期護理保險、養老服務補貼異地對接。[②]

（四）境外資金和服務機構引進：中國首家外資老年康復護理機構「凱健國際」、中美合資的社區和居家養老服務機構「上海星堡老年服務有限公司」

凱健國際由美國養老服務商 Columbia Pacific Management Co（CPM）以及新加坡淡馬錫集團聯合創建，是中國第一家擁有養老服務營業執照的外商投資企業。[③]「凱健國際」的「外資連鎖 + 美國服務經驗

---

① 王延中、魏岸岸：《國際雙邊合作與我國社會保障國際化》，《經濟管理》2010 年第 1 期。

② 王正玲、張俊：《首屆「長三角民政論壇」在滬舉行　江浙滬皖民政事業合力融入「長三角一體化發展」，確定「社會養老服務業發展」為首個區域合作項目》，《中國社會報》，2018-05-15。

③ 自曾輝：《遠洋地產：養老地產成四大業務之一》，《新京報》，2014-03-12。

輸出」模式，彌補了國內養老服務機構在照顧介助、介護老人上經驗上相對缺乏的短板。而上海星堡老年服務有限公司由中美合資經營，除參與養老社區的開發、提供居家護理服務以外，還為國內多個養老地產投資與開發商提供專業的養老諮詢顧問服務，包括養老產業上下游的醫療設備供應、健康食品供應、護理人員培訓等配套問題。[①]

（五）養老護理服務與技術引進：中英合作的保健養生管理機構「海南天來泉養生俱樂部」、中法合作示範性養老項目「越秀海頤苑高端城市養老綜合體項目」、中美合資的養老地產項目「椿萱茂」

中國海南天來泉養生俱樂部引入英國愛德華健康管理等頂尖服務；[②] 中國越秀地產與法國愛德福護理機構集團（Adef Résidences）合作運營管理廣州首個中法合作項目——越秀海頤苑高端城市養老綜合體項目，引進法國成熟的養老服務經驗和細化護理標準，為長者建立個人護理檔案、護理計劃，同時組建專業的護理團隊，提供貼心的專業護理；[③] 中國遠洋地產與美國知名養老機構 CPM、Emeritus 集團共同投資運營的中美合資經營性養老機構「椿萱茂」老年公寓，引進了認可療法、音樂療法、園藝療法等國際先進失智照護理念，成為「認可

① 厚樸養老：《盤點丨外資進入中國養老產業的 8 個運作特徵（後附名單）》，《搜狐財經》，2018-07-04，https://www.sohu.com/a/239319795_773919。

② 丁胡送、湯和銀：《旅遊、養老、醫療三位一體——海南「候鳥」式養老模式的考察報告》，2013，http://www.dss.gov.cn/news_wenzhang.asp?ArticleID=341352。

③ 趙燕華：《廣州首個中法養老合作項目落地　加速養老行業服務現代化進程》，《羊城晚報》，2018-05-14，http://ycp.ycwb.com/ycpFront/content/news_caijing/2018051420380094999.html。

療法」在中國唯一的應用機構，[①] 同時其建築設計通過了美國綠色建築委員會（USGBC）LEED-CS 認證。[②]

（六）中外政企養老人才培養：岡山—上海養老服務教師培育中心

中國民政部與日本國際協力機構中國事務所 [③] 於 2015 年 3 月簽署了為期 4 年的「中日養老服務政策及產業合作項目」，旨在開展老年社會福利的制度設計和標準制定、養老人才培養、產業發展環境建設，並選取北京市、江蘇省、浙江省、陝西省的 10 家機構作為項目承擔機構。其中，岡山—上海養老服務教師培育中心是日本國際協力機構和上海市政府合作開展的項目，以日本養老福利培育的教學計劃為基礎，結合上海市的實際情況，培養一批擁有專業知識和技術的養老護理教師，通過構建中日間養老服務政策及服務的多層次交流平台，提高民政部及合作地區建設養老政策及養老服務人才體系的能力 [④]。

綜上而言，為便利跨境養老和跨境就醫，國外主要通過簽署雙邊協議實現養老保險的互免，並通過設立專門的協調機構以及建立相關法律法規保障跨國就醫行為；而我國長三角地區則通過建立養老服務補貼異地結算機制以實現異地醫保結算和養老服務對接。粵港澳三地

① 陳禹銘：《遠洋椿萱茂迎來五周年生日》，《新京報》，2017-12-29，http://www.bjnews.com.cn/house/2017/ 12/29/470600.html。

② 郭士玉：《遠洋椿萱茂：服務才是養老關鍵》，《北京青年報》，2015-07-22，http://www.xinhuanet.com/ gongyi/yanglao/2015-07/22/c_128043021.htm。

③ 日本國際協力機構是日本一家負責協調日本政府官方發展援助的獨立政府機構。

④ 項目介紹詳情請參見 https://www.jica.go.jp/china/chinese/office/others/pr/c8h0vm0000al4mq9att/brochure_04_cn.pdf。

的養老保險制度存在較大差異，社會保障對接機制有待完善，可充分借鑒國內外經驗，通過設立協調機構、完善相關法規制度等方式推進跨境養老和跨境就醫合作。此外，可借鑒國內引進境外資金和服務機構、引進養老護理服務與技術、養老人才合作培養等經驗，進一步引入港澳先進養老資源，提升內地養老服務水平。

四、粵港澳大灣區養老業合作：政策建議

根據十九大報告提出的「全面推進內地與香港、澳門互利合作」「加快老齡事業和產業發展」「打造共建共治共享的社會治理格局」的要求，結合粵港澳大灣區實際，粵港澳合作發展養老業應遵循「優勢互補，合作共贏」「開放創新，防範風險」「信息共享，互認互免」三大原則。為進一步深入推進粵港澳大灣區養老業合作，可針對性地制定以下政策措施：

第一，構建多主體合作模式。創新粵港澳養老合作模式，由三地政府作為粵港澳大灣區養老業合作主要行為人，三地事業單位、企業(特別是已佈局養老產業的金融機構）、社會組織（如提供養老護理服務的社工組織）、具備專業技術技能的養老專業人才以及公眾作為主要參與者，從單一政府主體，轉變成區域政府間互動、多方主體參與合作的社會治理共建共治共享模式。① 具體實踐上，積極探索制度創新，設立粵港澳養老合作專責小組和粵港澳養老合作基金，推動民間資本

① 王晶晶：《完善共治共享社會化養老服務體系》，《中國經濟時報》，2018-05-04(6)。張光南：《大灣區養老業的新發展模式與方向》，《大公報》，2019-04-15。

參與公共養老服務業，採取專業的基金管理模式，實現合作基金的優化配置和收益分配。[①] 其次，由粵港澳三地政府與金融行業共同開發養老金融產品和方案，發揮港澳金融服務和廣東產業規模的領先優勢，協助個人養老賬戶的資產配置優化。[②] 此外，針對我國康復輔助器具廣闊的需求市場，粵港澳三地充分發揮港澳科研機構、產業創新和廣東土地資源、勞動力資源、製造業聚集等優勢，共同打造具有區域特色的養老用品製造中心。

第二，優化跨區域合作平台。通過社會福利和社會綜合援助互認、醫療資源整合、養老信息資源共享等，加強粵港澳社保制度與養老資源對接。對於跨境養老人士的社會福利轉移接續以及三地醫療資源整合問題，建議參考美國和加拿大、歐盟以及長三角等區域間政府合作模式，設立粵港澳養老合作專責小組協調各方，進一步拓展香港「綜援長者自願回廣東省養老計劃」、「廣東計劃」、醫療券等在更廣泛的範圍內實施。同時，依託區域行業協會，搭建粵港澳區域數據平台，構建粵港澳養老信息庫，加強行業信息交流，利用電子方式向對方定期提供最新的行業趨勢、標準體系和供求信息等，實現三地養老信息資源共享。[③]

第三，規範化粵港澳養老服務行業建設。一方面，根據最新的國家職業資格目錄（人社部發〔2017〕68 號文件），包括養老護理員職

---

① 王標：《粵港社會養老合作模式研究》，蘭州大學學位論文，2015 年。張光南：《大灣區養老業的新發展模式與方向》，《大公報》，2019-04-15。

② 陳超：《中國老齡產業發展研究》，中國人民大學出版社，2015 年。張光南：《大灣區養老業的新發展模式與方向》，《大公報》，2019-04-15。周琳：《金融市場服務個人養老大有可為》，《經濟日報》，2018-05-30(7)。

③ 王標：《粵港社會養老合作模式研究》，蘭州大學學位論文，2015 年。張光南：《大灣區養老業的新發展模式與方向》，《大公報》，2019-04-15。

業資格在內的一批國家職業資格認定已被取消，內地政府需要會同港澳相關機構，通過探索制定養老服務行業從業人員水平評價標準、優化水平分級培訓模式、成立養老護理和專業技術人才合作培養基地等途徑，推動內地養老服務業同國際標準接軌，實現粵港澳資本與土地互補、標準及人口互補。① 另一方面，為解決內地養老服務行業標準缺失和滯後問題，內地政府需結合區域養老行業發展實際，把社會工作領域上與香港機構協會合作開展標準建設的做法推廣到養老服務標準制定領域，加快出台地方性養老服務行業急需標準，推動港澳大灣區養老服務行業規範化發展。②

Development of Senior Care Industry in Guangdong-Hong Kong-Macao Greater Bay Area: Cooperation Mode, Global Experience and Policy Proposals

Zhang Guangnan, Zhong Qiaoting,
Liao Tangyong, Tan Ying, Chen Bing

Abstract: Under the international trend of increasing cross-border elderly population and strengthening cross-border social security coordination, this paper aims to study the ways to deepen the mutually beneficial cooperation between the mainland China, Hong Kong and Macao, especially by innovating

① 張光南：《大灣區養老業的新發展模式與方向》，《大公報》，2019-04-15。

② 田新朝：《跨境養老服務：粵港澳大灣區的協同合作》，《開放導報》2017 年第 5 期。張光南：《大灣區養老業的新發展模式與方向》，《大公報》，2019-04-15。

the cooperation mode in senior care industry of Guangdong-Hong Kong-Macao Greater Bay Area, to establish a quality living area based on collaboration, participation, and common interests. With the SWOT analysis of Guangdong-Hong Kong-Macao Greater Bay Area cooperation in senior care industry, this paper summarizes four cooperation modes: “management exportation”, “public construction, private operation”, “direct investment” and “government agreement”. From the experience of international cooperation in senior care industry between the United States and Canada, in the European Union, between Chinese and foreign countries (such as America, Japan, England and France), this paper proposes three policy recommendations on constructing multi-agent cooperation model, optimizing cross-regional cooperation platform and standardizing the construction of elderly care service industry between the mainland China, Hong Kong and Macao.

Keywords: Guangdong-Hong Kong-Macao Greater Bay Area; elderly care cooperation; policy analysis

粵港澳大灣區建設：澳門「優勢」與「角色」

——基於新區域主義視角

陳朋親　鄭天祥 *

摘　要：粵港澳大灣區作為一個「多中心」的聯盟，在行政壁壘、經濟流通、文化觀念等方面存在諸多制約因素，需加強區域合作，打破區域行政區劃，形成整體的經濟區域，建構多元層次的合作機制和利益共享機制，形成共同的發展遠景。這種「多中心」的發展趨勢，要求區域功能整合和制度創新，與新區域主義理論內涵不謀而合，為粵港澳大灣區區建設提供先進思想和前沿理論，是解決區域間協同問題的重要視角。作為灣區四大核心城市之一的澳門，在對外開放程度、協作文化土壤培育、多元治理體系構建等粵港澳大灣區協同發展的新區域主義中，具有「比較優勢」。因此，澳門在粵港澳大灣區建設中可擔當「精準連絡人」「精幹助推手」「精細傳播者」和「精緻示

*　陳朋親，男，中山大學粵港澳發展研究院博士後，主要從事粵港澳大灣區合作治理、澳門研究。鄭天祥，男，中山大學港澳珠三角洲研究中心教授，主要研究珠三角經濟協同。
本文係教育部人文社會科學特別委託項目、全國港澳研究會立項項目《澳門在粵港澳大灣區建設中的獨特優勢和參與模式》（項目編號：M-1808-G2）階段性成果。

範區」等角色，通過強化新區域主義的本質意識和區域認同，增強共同利益和責任的認知，在「區域共性的追尋」，體現澳門擔當，積極融入國家發展大局。

關鍵詞：粵港澳大灣區　新區域主義　澳門定位　澳門角色　「一國兩制」

一、問題的提出

1994 年廣東省界定廣州、深圳、東莞、惠州、佛山、江門、中山、珠海、肇慶為「珠三角經濟區」，這可以說是粵澳合作的 1.0 版，通過來料加工、來樣加工、來件裝配和補償貿易形式，建立「三來一補」「前店後廠」的合作模式。1999 年澳門回歸、2001 年中國加入 WTO，中央政府 2003 年 10 月和澳門簽訂 CEAP，開啟貿易自由化、投資便利化的粵澳合作 2.0 版，珠三角洲地區通過 CEPA 的「前店後廠」合作成為「世界加工廠」，通過加強三地合作，促進澳門繁榮穩定；2008 年國家出台《珠江三角洲地區改革發展規劃綱要（2008—2020）》，總結以前不同程度的合作，和 2011 年廣東省人民政府同澳門分別簽訂《粵澳合作框架協議》，加強兩跨境合作，是粵澳合作的 3.0 版。2017 年《政府工作報告》提出推動內地與港澳深化合作，2019 年 2 月中共中央國務院正式出台《粵港澳大灣區發展規劃綱要》（以下簡稱《綱要》）提出不斷深化內地與港澳互利合作，逐步建立互利共贏的區域合作關係，這可謂是粵澳合作 4.0 版。

就整個大灣區而言，廣東省在人口、土地面積優勢遠超香港、澳門，人口和資源要素優勢明顯。2018 年粵港澳三地生產總值分別為

97,300 億元、28,453.17 億港元（約 24,000.98 億元）、4403 億澳門元（約 3609 億元），人均 GDP 分別為 1.3 萬美元、4.87 萬美元、8.26 萬美元，香港、澳門人均 GDP 優勢明顯，經濟發展質量更高。產業結構上，港澳地區主要以第三產業為主，廣東省第三產業略高於第二產業（表 1）。

表 1　2018 年粵港澳三地經濟發展基本數量統計

	廣東	香港	澳門
GDP（億元）	97300	24000.98	3609
增速（%）	6.8	3	4.70
人均 GDP（萬美元①）	1.3	4.87	8.26
第一產業比重（%）	4.1	5	0
第二產業比重（%）	42.3	2.70	6.20
第三產業比重（%）	53.6	92.30	93.80

數據來源：國家統計局、香港政府統計處、澳門統計暨普查局。

2018 年粵港澳大灣區 11 個城市經濟總量差異大（見表 2），各個城市定位不同，產業發展不均衡，廣州、深圳、香港、澳門第三產業佔比相對較高，説明已經進入後工業化社會，而珠海、佛山、東莞、惠州等第二產業比重較大，這也解釋了全國製造基地的城市定位。另，肇慶市第一產業比重高達 15.8%。因此，從產業結構和經濟發展水平來看，粵港澳大灣區各城市產業發展存在梯度差異②。

① 按照國際慣例，人均 GDP 習慣單元是美元，文內數字基於平均匯率進行了換算。

② 陳燕、林仲豪：《粵港澳大灣區城市間產業協同的灰色關聯分析與協調機制創新》，《廣東財經大學學報》2018 年第 4 期。

表 2　2018 年粵港澳大灣區各城市基本經濟數據

城市	GDP（億元）	增速（%）	人均 GDP（萬美元）	第一產業比重（%）	第二產業比重（%）	第三產業比重（%）
香港	24000.98	3.0	4.78	5.0	2.70	92.3
澳門	3609	4.7	8.26	0	6.20	93.8
廣州	22859.35	6.2	2.35	0.98	27.27	71.75
深圳	24221.98	7.6	2.88	0.10	41.10	58.80
中山	3632.70	5.9	1.67	0.59	41.20	58.21
珠海	2914.74	8.0	2.41	0.30	78.50	21.20
東莞	8278.59	7.4	1.50	0.30	48.60	51.10
佛山	9935.88	6.3	1.90	1.50	57.80	42.05
江門	2900.41	7.8	0.94	7.00	48.50	44.50
惠州	4103.05	6.0	1.30	4.30	52.70	43.00
肇慶	2201.80	6.6	0.80	15.80	35.18	49.02

數據來源：香港特區政府統計處、澳門統計暨普查局以及其他 9 市各自 2018 年國民經濟與社會發展統計公報。

2019 年 2 月 18 日，中共中央、國務院出台《綱要》提出「要把粵港澳大灣區建設成國際一流灣區和世界級城市羣」的灣區建設目標，這標誌將新時代珠三角發展同粵港澳大灣區來一同考量，推動內地與港澳全面高質量合作，有效實現「區域整合」。但建設粵港澳大灣區不是一日之功，在看到粵港澳大灣區優勢的同時，還應該理性認識到粵港澳大灣區一體化的制約因素。一是市場調節程度不同。粵港澳大灣區建設是在「一國兩制」的框架下運行，港澳實行的是自由市場經濟，政府管控僅限於主要的公共事業方向，如土地、房屋、糧食等，其他基本由市場自由調節。內地實行社會主義市場經濟體制，市場在資源配置中起決定性作用，但是市場的決定性作用不如港澳。二是關稅種類不同。粵港澳三地實行不同的關稅、不同的貨幣、不同的出入境條例，三地間經濟貿易往來、人員流通的費用成本、制度成本有所增加，不免影響經濟社會的發展效率。三是行政體制不同。三地之間的法律、行政體系不同，區域內要素的自由流動必然受限，行政壁壘導致行政事務推行效率低下，各地利益傾向不同，出現同質化競爭。四是文化觀念不同。港澳地區文化根源是嶺南文化，但在近代史上受英國、葡萄牙文化的影響大，長期形成「小政府、大社會」的社會運行模式，內地基本是「集中力量辦事」的社會運行模式，三地的社會格局不同，造就港澳居民對內地社會誤會大，尤其是在社會保障政策方面。另，就文明程度而言，如法制觀念、公民素質等，港澳居民高於內地居民。①

粵港澳大灣區幾大城市在「珠三角洲經濟區」的聯盟內，還尚存上述制約因素，需要加強區域合作，打破區域行政區劃，形成整體的經濟區域，建構多元層次的合作機制，建立利益共享機制，形成共同的發展遠景。這種「多中心」的發展趨勢，要求區域功能整合和制度創新，與新區域主義理論內涵不謀而合，是解決區域間協同問題的重要視角。澳門作為大灣區四大核心城市之一，雖只有 30 平方公里的面積，卻有近 70 萬人口；經濟總量優勢不足，卻人均 GDP 全球排名第三；另，還實行自由港稅制、單獨關稅區，具有充裕的財政盈餘和「社團社會」之稱，如何發揮自身優勢，在協作過程中如何強化新區域主義的本質意識，通過區域意識和區域認同，增強共同利益和責任的認知，達成協調、共贏的區域發展戰略，這也是所謂「區域共性的追

① 楊海波、高興民：《粵港澳大灣區發展一體化的路徑演進》，《區域經濟評論》2019 年 2 期。

尋」。因此，文章基於新區域主義理論，解釋粵港澳大灣區區域「整合」關鍵要點，考量澳門融入粵港澳大灣區建設的比較優勢，探索澳門參與大灣區路向與角色。

二、新區域主義理論及其核心要點

新區域主義基於全球經濟一體化進程和區域發展合作需要而推動，是對全球化的一種現實回應，對國家發展需求的重要延伸，在「國家—社會」以及「國家主義—全球主義」兩體間架起一座橋樑，其經歷區域主義的歷史變遷，成為至今區域發展的前沿理論和先進思想。

（一）新區域主義理論背景

新區域主義，是相對於舊區域主義（有學者稱之為傳統區域主義）而言，也稱「第二輪」區域主義，《歐洲統一市場法》(1986) 引起了「新區域主義」亮相，但這一詞最早出現在諾曼·帕爾梅《亞太地區的新區域主義》(1991) 一書中。這一詞用來描述一種世界性區域合作的新發展景象，因為區域層面的國家部分職權下移和地方政府部分權力上移，形成新的國家制度競爭優勢，進一步突出了區域這一全球經濟競爭單元的作用[①]。隨後新區域主義在國際關係學、國際政治經濟學、規劃地理學、區域經濟學等學科中迅速發展，也引起部分學者的質疑，但是新區域主義仍然是目前區域發展模式較為先進的，值得政府和學

① 殷為華:《新區域主義理論 —— 中國區域規劃新視角》，東南大學出版社，2013 年，第 1 頁。

術界借鑒[①]。

區域主義（地區主義）最早是區域經濟學家為了研究歐洲一體化的需要，主要基於權力結構、社會動力機制、區域治理視角，強調經濟、歷史、文化的同質性，促進歐洲經濟、安全、政治共同體的形成。因此最早的區域主義主要是由政治力量的推動，如經互會在推動前蘇聯、東歐國家等國家經濟一體化的努力，發展中國家擺脱西方經濟依賴的努力等。「舊區域主義」日漸式微的主要原因是它們之間簽訂的貿易優惠安排產生了貿易轉移的結果，區域一體化的利益成本在國家利益分配產生很大爭執，導致不少協定消亡[②]。20 世紀 80 年代，冷戰後國際體系的瓦解，全球開始新的區域整合，區域空間再次成為全球經濟競爭力的關鍵單元，國家層面下的區域成為特別關注對象，這也是區域主義的另外一種推動力[③]，即美國和歐洲城市羣發展，代表城市及城市區域在全球化背景下的增長趨勢以及重要性。因此，新區域主義的發展，不同於超國家主義和國家中心主義，成為世界區域一體化的重要理論源泉，主要形成兩類實踐成果，即跨國性戰略聯盟組織（東盟、歐盟等）和國家內部區域發展組織（如中國京津冀、長三角、珠三角）。

20 世紀 90 年代後，全球化和後工業化時代，跨國公司發展，外國資本不僅在工業國家雙向投資快於貿易發展，許多發達國家資本轉向發展中國家，這種受益於經濟全球化的國際貿易，加快國際區域的整

① 葉林：《新區域主義的興起與發展：一個綜述》，《公共行政評論》2010 年第 3 期。
② 陳勇：《新區域主義評析》，《財經論叢》2005 年第 6 期。
③ 袁政：《新區域主義及其對我國的啟示》，《政治學研究》2011 年第 2 期。

合[①]。同時，國家內部經濟發展，出現城鄉結構突出、區域間不平衡，然而社會經濟的全球化和市場化削弱了國家經濟管理能力，區域發展情況直接暴露於國際形勢的競爭中，城市生態環境惡化、交通體系殘缺、資源能源危機、地方文化淡化等問題呈現，「新城市主義」興起，區域主義逐漸趨向「外向型、兼容型、複合型、多元型[②]」方向發展。

（二）新區域主義核心論點

新區域主義與舊區域主義不同，在形態和機制上有相當大的變化，是多層次的、多元的。新區域主義強調區域是一個開放多元的系統，它的形成和發展是對一個區域本身加深認識的過程。新區域主義以經濟的、環境的和社會的綜合系統為基礎，採取不同地理尺度的綜合規劃，以區域發展管理和運作為主軸，以提高區域在全球化經濟浪潮的競爭力。

新區域主義沒有形成一個明確的理論框架，但是新區域主義歷經幾十年的發展，具有其核心觀點：一是強調區域空間涵義多元，認為區域既包括國家與國家間形成的各類區域，也包括國家內部發展的區域規劃，但二者都不僅僅是簡單的地理空間框架，更是政治、經濟、文化、生態等多維的綜合功能區；二是主體的多層合作，超越舊區域主義依靠政治等傳統力量進行區域聯合，提倡多層全力組織、不同城市政府主體平等協商，多元溝通。同時允許不同利益主體參與，如學

---

① Ethier WJ, *The New Regionalism in the Americas: a the Oretical Framework*, The North American Journal of Economic and Finance, 2001（02）, p.159-172.

② 殷為華:《基於新區域主義的我國新概念區域規劃研究》，華東師範大學博士論文，2009 年。

校、企業等廣泛參與其中；三是區域整體觀念和協作，區域共同體意識，通過形成區域的社會凝聚力、經濟凝聚力、組織凝聚力、政治凝聚力，加強區域集體認同和組織認同，加快區域化整體進程。

新區域主義不是簡單的復興區域主義，日益成為全球化背景下，提升區域經濟競爭力的重要理論淵源和重要推動力。它是為了適應經濟全球化、區域經濟一體化背景下，資源要素配置複雜、生態環境變化以及新發展需求而興起的理論思潮，集中研究區域、區域化、區域規劃、區域治理等重要主題，形成多種空間、多層主體、多元合作的核心要點，強調「區域共同體」，培育集體行動意識，追求區域一體化高質量發展，綜合了凱恩斯主義、自由主義經濟學的合理成分，成為當前研究區域經濟學和區域發展的前沿理論思想，對粵港澳大灣區世界城市羣建設具有重要的理論借鑒和方法啟示。

三、粵港澳大灣區協同發展的新區域主義

粵港澳大灣區為中國改革開放的 4.0 版[①]，地處中國南海，珠江出口，擁有港澳海港，連接東南亞、南亞和中東、歐洲等地區；經濟開放程度高、國際交通網絡發達、產業集聚等，是我國經濟發展的重要增長極和技術創新高地；涉及「一個國家」「兩種制度」「三個關税區」的協同發展，要突破過去「前店後廠」貿易格局，全面深化內地同香港、澳門互利合作。《綱要》提出要通過區域雙向開放，進一步建立互

① 鄭永年教授將 20 世紀 80 年代的改革開放稱為 1.0 版，90 年代鄧小平同志的南方談話稱為 2.0 版，珠三角稱為世界的組裝中心；2008 年世紀金融危機後，珠三角地區進入 3.0 版，實行「騰籠換鳥」政策，粵港澳大灣區發展稱為珠三角的 4.0 版。

利共贏的區域合作關係，推動區域經濟協同發展，打造成為世界一流灣區和區域發展高質量的典範，需要粵港澳大灣區以協作為主軸，促進多元協同發展，推動區域一體化進程，實現區域高質量發展。

新區域主義以一定的地理界限為基礎，但又超越傳統地理空間意義，根據某個或者多個政治、社會、經濟等多重元素建構一定規模的綜合功能空間。新區域主義的快速發展，是基於城市區域關注度的持續增加，以大都市為核心作為未來空間發展的主要形態，在職能上多中心的、空間聯繫密切、城市服務相互交織擴散。新區域主義認為區域是協調社會生活的先進形式和競爭優勢，其人流、物流、資金流、信息流形成新的網絡空間，區域空間無疑成為重要範疇。因此，促進粵港澳大灣區發展，需要以新區域主義為指導，從尋求區域共同利益的角度出發，促使每個行政區都有動力融入到灣區建設中來，形成真正的區域聯盟。因此，文章認為應該從以下幾方面進行加強：

（一）區域對外開放程度

新區域主義不僅僅強調簡單的地理聯結，突破了舊區域主義注重區域內部的協作、整合和對外相對封閉，主張區域主體橫向聯繫和交往，積極參與區域外的國際合作，認為這樣可以為區域成員帶來更多機會，並提升區域合作能力。新區域主義不強調地理空間的相連性，為區域外向發展提供一定的張力，為構建區域合作發展提供新動力。《綱要》提出要將粵港澳大灣區建設成為國際一流灣區和世界城市羣，成為繼改革開放後，對外開放的「二次高地」，成為參與全球經濟競爭的重要區域。這需要進一步擴大大灣區開放格局和更深層次的開放水平，高質量走向世界，融入世界多極化、經濟全球化、社會信息化、文化多樣化的發展浪潮中，高水平地參加國際合作和競爭。

（二）區域協作文化培育

在全球化和知識經濟時代的今天，經濟發展對勞動力、自然資源、金融資本等物質資源要素稟賦投入的依賴作用正日益減少，地區競爭力的提升不再是由物質資源來決定，而是依靠良好環境和支撐性制度投入來決定，國家或地區發展，更重要是依靠現代化制度體系。現代化制度來源於來源於集體行動能力和區域經濟社會參與者之間聯動的不斷修正，產生集體行動規範和集體行動意識。因此，個人或集體行為的相互作用對區域經濟、社會、政治發展具有重要的影響作用。粵港澳大灣區建設，不能僅僅依靠投放資金等生產要素的簡單邏輯，而是要更加關注建設「灣區共同體」，凝聚大灣區共同意識和提升集體行動能力、範圍，這就需要構築「粵語區」文化共同圈，利用灣區地域相近、文化相親優勢，通過「抱灣集羣」，進一步傳承和發揚大灣區傳統文化，推動中外文化交流，培育灣區協作文化，增強灣區區域共同意識，進一步實現大灣區文化多元融合，創造利害與共的精神家園。

（三）區域協同治理機制建構

新區域主義認為，全球經濟一體化，區域變得更加開放，區域間資本、技術、人才、信息等要素流動日益加快，區域需要整合資源優勢，加強合作。新區域主義超越傳統依賴於大都市的正式結構進行區域治理，強調突破制度的藩籬，注重政府與非政府組織以及其他利益相關者的協作機制。在新區域主義看來，為了有效實現利益目標，政府間、非政府組織間、政府與非政府組織間以及其他更廣泛的利益主體都能夠相互協作，為了實現自我利益願意共享權力和資源①。因此，縱觀大多數區域發展案例，大都市治理是通過不同層級的政府與私人部門組成的合作與協調網絡來完成②。粵港澳大灣區涉及「一個國家」「兩種制度」「三個關稅區」，不僅僅是「9+2」城市間的合作和互動，更需要城市羣內部各層級的成員能夠自發組織一起，尋求共同利益，相互協商，形成共識，採取一致行動迎接挑戰和抓住發展機遇，實現區域共同發展。

當前世界經濟發展不確定不穩定因素增多，保護主義抬頭傾向明顯，同時粵港澳大灣起內部產能過剩、供給需求結構不平衡，區域內部發展差距大，協同性、包容性有待加強，甚至出現同質化競爭和資源錯配現象，需要深入貫徹新的區域發展新理念，實現區域雙向發展，建立與國際接軌的開放性經濟新體制，建設高水平國際合作新平台，使粵港澳大灣區成為充滿活力的世界級城市羣、具有全球影響力的國際科創中心、內地與港澳深度合作示範區、優質生活圈和「一帶一路」重要支撐區。

---

① Allan D Wallis, The Third Wave,*Current Trends in Regional Governance*, National Civic Review 83, Summer/Fall, 1994, pp. 290-310.

② Kübler, D.F. Sager, and B. Schwab, *Governance Without Government:Metropolitan in Switzerland, in Heinelt*, H., and D. Küble (eds), Metropolitan Gov, ernance:Capacity, Democracy and the Dynamics of Place, London: Routledge, 2005.

四、新區域主義視角下澳門參與大灣區建設的比較優勢

新區域主義主張超越「政治力量」單一推動力量，強調區域成員積極參與區域一體化建設，培植競爭優勢，吸收了國際貿易理論的比較優勢理論，注意區域內外形成不同層次和不同水平的橫向和縱向分工協作。澳門作為粵港澳大灣區四大核心城市之一，它對粵港澳大灣區的建設發展具有不可忽視的影響。因為澳門不僅在歷史上充當過重要角色，現在也正發揮重大作用。澳門曾是一個不同種族、信仰和利益交織和相互作用的地方，現匯集葡語國家等多元社會文化，是珠三角州地區的聯絡中心，是中國走向全球化的重要「橋頭堡」和「窗口」，作為「一帶一路」支點城市，具有極為特殊的歷史意義和現實可能性。

從歷史上看，澳門是中國經濟貿易、文化交流的黃金港口。澳門地處中國南部邊陲，珠江西口岸。在新石器時代，嶺南地區先民在此生息繁衍；明代中期開始，中國對外貿易發展，東南亞各國的商人陸續來到澳門及周邊地區從事貿易，1525 年明朝市舶司遷址澳門，成為「各國夷船」灣泊的港口之一；1553 年葡萄牙人進入澳門並在後期長期居住，佔領澳門，直接影響澳門地區的治理和發展。澳門自此後開始，成為「中外貿易中心」，成為國際上聞名遐邇的貿易港，成為聯繫歐、亞、非海上貿易航線「海上絲綢之路」的重要節點，也是大帆船時代的黃金港口，大宗貿易集散地。廣州也從原來的直接朝貢貿易變成了向澳門出口中國商品的供應基地，同時中國內地與澳葡人貿易往來密切，福建、浙江、江蘇、安徽（主要是徽州）等內地商人利

用澳葡人將絲織品、黃金、香料、工藝品和陶器等，遠銷世界各地[①]。1949 年新中國成立後，澳門許多愛國進步社團紛紛成立，廣大同胞心向新中國，各個領域進一步壯大。經濟快速發展，平均增長率高達 16.7%，超過香港同期的 10.4%[②]，到七八十年代已經成為初具規模的現代化都市。

另，中國傳統文化自澳門向西方國家傳播，澳門同時也成為西方文化傳入中國的門戶。「多非吾國書」傳入中國，數學、天文曆法、地圖、醫學、建築學、物理學等對中國近代科學技術的發展產生巨大影響。還有西方基督教、天主教等傳教活動，建立教區，使澳門成為最早的遠東傳教中心，澳門聖保祿教堂和修院成為澳門文化的象徵。同時，耶穌會士在中國出於傳教需要，學習中國語言，將中國的《四書》傳入歐洲，並與《大學》合譯，稱為《中國之智慧》，德國古典哲學、英國古典政治經濟學等一定程度上有着中國哲學和重農思想的影響。中國古典文學（如《趙氏孤兒》）以及中國的醫藥學和植物學（如《本草綱目》）等，都是經由澳門傳到葡萄牙，再通過葡萄牙傳入歐洲。[③]

澳門作為我國早期的黃金貿易港和中西文化交流傳播的重要門戶，是「海上絲綢之路」的重要組成部分，對中國對外貿易和東西文化交流作出積極貢獻，有着深遠的歷史意義。

---

① 鄧開頌、黃鴻釗、吳志良、陸曉敏：《澳門歷史新說》，花山文藝出版社，2000 年，第 96-100 頁。

② 鄧開頌、黃鴻釗、吳志良、陸曉敏：《澳門歷史新說》，花山文藝出版社，2000 年，第 460 頁。

③ 鄧開頌、黃鴻釗、吳志良、陸曉敏：《澳門歷史新說》，花山文藝出版社，2000 年，第 163-175 頁。

現實層面上，澳門區位優勢明顯，政治地位突出，經濟社會繁榮穩定，文化多元化。中國南疆的黃金海岸線上有兩顆璀璨明珠，珠江將其分為東西兩邊，東邊是「亞洲四小龍」的香港，西邊就是有世界休閒娛樂城美譽的澳門。1987 年 4 月 13 日中葡關於澳門問題的聯合聲明在北京正式簽署，宣佈中華人民共和國將於 1999 年 12 月 20 日對澳門恢復行使主權，自此宣告澳門舊時代的結束和新時代的到來。在澳門實行「一國兩制」與「澳人治澳，高度自治」的方針政策，遵行《澳門特別行政區基本法》（下稱《基本法》），澳門經濟自由，文化融匯多元等，為澳門在粵港澳大灣區發展提供更多的現實可行性。

政策上享受「一國兩制」獨特制度優勢和高規格的政治待遇，為澳門社會穩定和經濟繁榮奠定堅實基礎；澳門參照全國人大授權的《基本法》的規定，實行高度自治，凝聚澳門社會力量，形成社會發展內生動力，提升澳門治理水平；另可以「中國澳門」名義參加國際組織和國際會議，穩定國際關係網絡，傳播「澳門聲音」和展示「澳門形象」，更好地發揮「國家所長」和夯實「國家所需」。同時，澳門已被納入「一帶一路」倡議框架，成為「海上絲綢之路」重要支點，將進一步響應國家發展需要，全面擴大開放，成為與其他沿線國家互聯互通和互利合作的重要支撐，

經濟上保持自由港地位，沒有外匯管制，資金自由，實行貨物出口和客商出入境自由，並能夠根據本地整體利益制定博彩娛樂業的政策等；澳門營商成本相對其他國家和地區成本降低，大多數進出口貨物免徵關稅，具有一定的競爭力，是中國另一個關稅獨立、稅制簡單和稅率較低的自由港。另，澳門基礎設施建設日趨完善，商業樓宇供應充足，澳門環保和基建等行業相對成熟，海外金融機構在澳設立分

支，方便商貿往來資金結算、融資及資金調撥等。[①] 另，澳門財政盈餘充裕，在基建、投資等領域可提供充足資金支持，截止到2019年9月底，澳門財政儲備總額達6273.5億澳門元，外匯儲備達1710.2億澳門元。

地理位置上背靠廣東珠海，位於珠三角西岸，與香港隔江相望，輻射內地經濟腹地，通過鐵路、高速網絡可到達「泛珠」區域，也位於東亞中心地帶，距離東京、台灣、新加坡、馬尼拉航程較短，位於「Magic three hours」[②] 經濟圈內。一方面通過與內地的合作，利用各自生產要素優勢，彌補自身不足；另一方面可以更好的加強與東亞、東南亞甚至全球地區的交流與合作，提升「澳門品牌」。另，港珠澳大橋的開通，豐富了澳門內外交通網絡。

文化交流上利用400多年同西方經濟文化往來歷史，產生的多元文化結合模式，可以作為中西方貿易合作的「橋頭堡」和「門戶」。澳門的「文化因素」，使得中西方人容易溝通和相處，適應澳門的營商和生活環境，澳門人也更強於與不同民族和文化的外來者相處，這也是澳門的一種競爭優勢。另，也可通過澳門加強與葡語國家、東盟、歐盟國家經貿合作和人文交流。利用中葡外語培訓基地實施「走出去」，結合澳門歸僑和華商組織擴大交流合作，密切夥伴關係，開闢中小企業合作渠道，開展經貿合作，提升開放水平。

鑒於此，結合「一國兩制」和不同關稅區、自由經濟、優勢區位

① 中華人民共和國澳門特別行政區基本法，澳門特別行政區立法會，http://www.al.gov.mo/zh/basic-law,2018-09-01。

② 李炳康、江時學：《澳門平台發展略：澳門作為中國與葡語國家的經貿合作服務平台研究》，中國社會科學出版社，2006年，第113頁。

和多元文化與國際合作等澳門自身優勢，為加入區域合作提供了諸多有利條件和現實可行性。

五、新區域主義視角下粵港澳大灣區建設的澳門「角色」

澳門地處珠江西岸，「地細人少」，人口佔粵港澳大灣區 1%，經濟總量佔 3% 的經濟體，是「世界旅遊休閒中心」、「中國與葡語國家經貿合作平台」、「一帶一路」倡議重要支點城市、「以中華文化為主體、多元文化共存的交流合作基地」。澳門是粵港澳大灣區四大區域發展四大中心城市之一，也是灣區科技走廊重要一端，處於歷史發展最好時機，在區域成員具有舉足輕重的作用。因此，澳門應加強與灣區其他城市緊密合作，增強對周邊區域的輻射作用，做大做強自身優勢，利用「一中心一平台」擴大灣區「國際朋友圈」，提高大灣區對外開放程度；利用「一基地」優勢，建立灣區文化共同體，培育協作文化，增強灣區共同體意識；利用「一國兩制」政治優勢，主動融入國家發展大局，大膽探索制度試點，積極參與多元治理，融入國家發展大局，擔當澳門時代使命。

（一）精準連絡人：以「中葡平台」為依託，成為大灣區企業在亞拉非歐等葡語系國家「走出去」和「引進來」的交流平台。

粵港澳大灣區把珠三角城市發展進一步整合和融合香港、澳門的發展，成為世界第四大灣區，其經濟總量已超舊金山灣區，已具備國際灣區發展潛力。而「引進來」和「走出去」是實現國際化的兩大齒輪，實現粵港澳大灣區與世界互動的重要兩翼，因為粵港澳大灣區也需要大量外商投資參與，也需要推動粵港澳大灣區的企業「走出去」，參與到國際競爭中。澳門雖不具備香港眾多國際中心和「亞洲四小龍」地位，也不易撼動香港是中國內地與世界的「超級連絡人」，但「一國兩制」下香港和澳門是平等的，不存在「大香港小澳門」之說，因為澳門有其「後發優勢」，與葡語國家新興經濟體交往有獨特優勢、旅遊休閒業發展勢頭迅猛、助力「一帶一路」取得更大成就等方面擴大灣區「國際朋友圈」，提升灣區國際影響力，奠定澳門成為粵港澳大灣區成為「走出去」和「引進來」的「精準連絡人」，這也符合澳門實際。

澳門不僅具有獨特的區位優勢，更有因為歷史形成的特殊地緣政關係，成為溝通中國與葡語國家的橋樑，國家賦予澳門作為「中國與葡語國家商貿合作平台」的定位，並將中國與葡語國家經貿合作論壇祕書處設在澳門，顯得舉足輕重。世界上葡語國家有 8 個，分佈在四大洲，共有 2 億多人口。除葡萄牙外，其餘都是發展中國家。葡語國家大多數是海洋國家，處於全球貿易的海運線上，成為地區貿易物運樞紐，如安哥拉南北面都是市場，具備一定地區物流中心條件；莫桑比克是非洲東岸重要港口，是其他接壤內陸國家通往印度洋最近通道；佛得角是進入非洲的門戶，是歐洲、南美的交通要塞，在區域經濟一體化中扮演重要角色①。影響葡語國家發展的主要障礙——基礎設施建設和自然資源、礦產資源的開發技術轉讓，具有較大市場，其工業化

① 趙玉敏、張劍：《抓住深化中國與葡語國家經貿關係的新機遇》，《國際貿易》2016 年第 10 期。

和信息化建設廣有作為，這也為粵港澳大灣區企業「走出去」提供廣闊的海外市場。另，葡語國家所在區域，包括歐盟、非盟、東盟以及拉美等經濟共同體，中國與葡語國家的合作必然會輻射到所在區域內的其他國家，這有利於灣區對外投資的拓展和引進外資。

澳門充分發揮澳門語言、歷史文化、制度、離岸服務等優勢，加強與葡語國家及其更廣泛國家合作，借用中葡經貿合作平台，建立中葡商事法律仲裁中心、中葡國際公證中心、中葡科技成果轉化中心，實現粵港澳大灣區以及「泛珠」區域與葡語國家甚至歐盟國家、拉美國家、東盟國家的有機對接，促進粵港澳大灣區及「泛珠」區域企業「走出去」，建立更多的合作夥伴關係，拓展海外聯繫；利用無外匯管制，建立粵港澳大灣區進出口及離岸結算中心、中國與葡語國家財富管理中心，也可以利用中國與葡語國家經貿合作平台共同開發第三方市場，豐富海外市場內涵，實現雙贏，提升灣區國際化水平。也可藉助葡語國家與所在區域經濟共同體組織，吸引世界知名企業來大灣區投資興業，提供資本支持，助力粵港澳大灣區發展。另，可利用澳門土生葡人優勢，做好中葡互動往來的「精準連絡人」。

（二）精幹助推手：以「一中心」為載體，建立節點城市型世界旅遊休閒中心，助推粵港澳大灣區旅遊產業高質量發展。

澳門以博彩聞名世界，素有東方「蒙特卡羅」的別號，根據澳門特區政府統計暨普查局公佈的數據，2017 年澳門博彩業總收入 2680.1 億元（澳門幣），而 GDP 總收入為 3102 億元（澳門幣），這也表明澳門經濟發展過度依賴博彩業。當然博彩業的發展，每年吸引了大量遊客來往澳門，產生規模「人口經濟」，根據適度多元原則，澳門經濟發展應該充分利用現有博彩業的吸引力，開發多元化的旅遊休閒項目，這也符合國家賦予的打造世界旅遊休閒中心的定位。

澳門擁有旅遊硬件設施和豐富的旅遊資源，早期嶺南文化與西歐文化的碰撞和交融，形成中華文化為主，兼容葡萄牙文化的「澳門文化」，列入世界文化遺產的「澳門歷史城區」就是最好的代表，澳門還有媽祖文化、教堂文化、廟宇文化以及其他非物質文化等。這些旅遊資源奠定澳門的發展優勢，藉助世界旅遊休閒中心，建立以澳門為節點，輻射東南亞、中東、港澳台，連接內地的旅遊支線網絡同時與粵港澳大灣旅遊資源進行整合，整合中山「孫中山文化」、珠海「海洋文化」、丹霞山風光等灣區資源，組建精品旅遊產品和路線，採用「一程多站」，打造住宿、觀光、購物、餐飲、娛樂一條龍式服務。同時，以澳門為龍頭，整合灣區旅遊資源，打造具有灣區特色的國際旅遊精品，提高絲綢之路沿線國家、葡語國家以及其他第三方國家簽證便利化水平，實施灣區旅遊「走出去」，開展旅遊推介活動，吸引更多國外遊客做客灣區，品味灣區特色文化和風土人情，助力灣區建設。

另，澳門具有豐富的旅遊教育和培訓經驗，可以對旅遊教育培訓資源進行整合，打造「粵港澳大灣旅遊教育培訓基地」，加強灣區旅遊人才培訓，尤其是「特色小鎮」、款待管理、休閒管理以及具有國際旅遊管理等專門人才教育培訓，有效促進大灣區旅遊休閒人才流動，提升灣區品牌；澳門也可把旅遊管理和教育經驗「走出去」，旅遊業是東南亞、南亞的支柱產業，其旅遊人力資源素質面臨諸多挑戰[①]，而澳門利用旅遊業培訓基地，搭建旅遊國際教育平台，助力粵港澳大灣區國際影響力的提升。

粵港澳大灣區城市羣，其核心是城市的集聚效應，各城市的分工協作有利於推進灣區發展進程。粵港澳大灣區是「一帶一路」之「21 世紀海上絲綢之路」沿線國家往來最近的區域，「一帶一路」為粵港澳大灣區發展帶來重大機遇，而粵港澳大灣區的發展也對「一帶一路」具有促進作用。因此，須將二者融合發展，發揮疊加效應，實現高質量發展。

（三）精細傳播者：以多元文化交流基地為依託，抱灣集羣，建立灣區文化共同圈，講好「中國故事」、傳播「中國聲音」。

粵港澳大灣區城市羣，擁有「一國兩制」下的香港和澳門、經濟特區深圳和珠海以及南沙、前海和橫琴自貿試驗區等諸多優勢疊加，是中國新一輪全方位對外開放的新坐標，是融入全球化和參與全球治理的試驗田。而粵港澳大灣區又作為「一帶一路」倡議的重要樞紐，其政治身份已不再是開放初期吸引外資和技術的「引水渠」，已經成為新時代全面深化改革、擴大對外開放的新坐標。而當今世界正處於大發展大變革大調整期，世界多極化、經濟全球化、文化多樣化、社會信息化深入發展，全球治理體系深度變革，國際關係複雜程度上升到

① Melbourne Institute of Applied Economic and Research, U21 Ranking of National Higher Education Systems, 2017.

一個新高度。粵港澳大灣區的發展是應對世界變革，主動參與新一輪國際競爭，引領區域經濟發展，助力「一國兩制」行健致遠的重要戰略。新時代的中國，實施全方位對外開放，有責任也有能力創新合作模式，展示出一條符合國情的客觀可行的和平發展道路。

粵港澳大灣區是中國參與全球化的新形式，面對海外市場，需要應對世界上不同國家的價值觀、不同國家的經濟體制和文化歷史等多元複雜背景，這遠超粵港澳大灣區的「一國兩制」和「三個關稅區」的特殊背景。如何構建粵港澳大灣區的國際競爭力，在國際上搶佔制高點，獲得話語權，這是必須要面對的議題。而澳門自開埠以來，成為海上絲綢之路的重要節點，在中西經貿合作和文化交流中扮演了重要角色，促進了東方文化的碰撞和交融，形成了「包容共濟」澳門精神。因此澳門在粵港澳大灣區發展中，繼續堅持和弘揚開放精神，秉承「國家所需，澳門所長」原則，向葡語國家甚至歐盟國家，展現「澳門因素」，做一個「精細傳播者」（即內容精細、路徑精細、效果精細），運用澳門葡語信息、葡語網絡、葡語組織等「澳門平台」宣傳國家制度、外交理念、社會風情、經濟政策、文化合作等，舉辦各種沙龍和研討會等民間交往，講好「中國故事」；同時利用文化「走出去」，舉辦各種文化年活動，推介各類圖書、動畫、音樂等，優質文化產品，傳播好「中國聲音」，讓世界認知粵港澳大灣區，了解中國。增進「一帶一路」沿線國家以及更廣泛國家民間往來，增進友誼，做到心交往、心相通，獲得更多社會力量的支持和理解，助力「一帶一路」和粵港澳大灣區高質量推進。

中國的崛起不是要取代誰，是為世界的發展提供多一種機會選則，而不是零和博弈。粵港澳大灣區建設就是實現給世界提供多一種制度選擇的機會，吸收各國各種文化精髓，建設命運共同體。因此澳門需要更多發揮「以中華文化為基礎，多元文化交流基地」優勢，發起建立灣區文化共同圈，分別建立海洋文化圈、客家文化圈、港珠澳文化圈、嶺南文化圈等特色文化協同圈，做好「精細傳播者」角色，加強與國際間更多的良性互動，建立良好的國家形象，增進國際社會對大灣區的認識、對中國的了解，獲得世界國人民的理性看待，並認同中國的發展，對粵港澳大灣區發展有着重大的理論意義和現實價值。

（四）精緻示範區：適應新時代「一國兩制」新特點，把握國家發展機遇，推進「一國兩制」行健致遠。

粵港澳大灣區，涵蓋「一個國家」「兩種制度」「三個獨立關稅區」和「四大核心城市」的多元化格局，其制度的靈活運用是重要一筆。從香港、澳門回歸後，如學者鄭永年說「一國兩制」也經歷了回歸初期的 1.0 版，香港、澳門就開始出現政治認同問題，並且越演越烈。為解決此問題，國家戰略上開始「緊密的貿易安排」，主要想通過貿易往來和經濟利益分配方法來淡化甚至解決政治認同問題，這就是「一國兩制」的 2.0 版。但是在解決這些問題中，新的問題又產生，尤其是在香港，社會分化和居民收入差異加大，大多數人沒有得到足夠的好處，同時內地富人開始湧入香港，對香港的發展有一定的作用，但是也對中產階級形成一定的「擠壓」效應，導致人與人之間的摩擦、認同問題更為突出。而粵港澳大灣區的建立，就是「一國兩制」的 3.0 版，統籌香港、澳門與內地深化合作。

而「一國兩制」最早就是針對台灣問題提出來的，成功用於解決香港和澳門問題，實施多年，很大程度上可以說是成功的，這是我國的偉大創舉。粵港澳大灣區建立，灣區時代進一步將粵港澳融合和整合在一起，港澳發展已經成為中國大陸核心發展的重要組成部門，這已經成為一個客觀的事實。3.0 版的「一國兩制」是與時俱進的，粵港澳的整合就是真實的寫照，在香港和澳門的成功實踐，下一個整合必然是台灣。因為粵港澳大灣區其輻射力是可以擴大的，可以到「泛珠」區域和海西經濟合作區，自然就把台灣納入灣區經濟輻射圈內。同時社會經濟的整合和融合，其雖存在少數「獨立」人士，但管控難度已經大大降低，台灣進步人士也一直在提「兩岸共同市場」，這也和粵港澳大灣區「南方共同市場」遙相呼應。總之，社會經濟方面整合和融合成共同體，政治層面的統一問題就水到渠成了。

縱觀澳門回歸 20 周年的歷程，澳門產業結構單一，過度依賴博彩業，引發一些經濟和社會問題急需解決，但澳門一直堅持從國家長遠利益出發，特別行政區政府和廣大澳門同胞齊心協力、奮勇拚搏，取得諸多偉大成就，澳門「桌子上唱大戲」的發展成就，說明了「一國兩制」的合理性。所以，澳門融入粵港澳大灣區建設，要充分發揮「一國兩制」的優勢，搭乘國家國家全面深化改革、擴大開放的快車，推動澳門經濟社會持續健康發展，繼續發揮「一國兩制」偉大實踐示範區作用，適應新時代「一國兩制」新特點，堅持「國家所需，澳門所長」的原則，奠定「責任擔當」意識，不忘「一國兩制」初心，做大做強「一國兩制」成功實踐示範區，書寫更精彩的澳門故事，為實現「中國夢」貢獻力量。

在粵港澳大灣區建設發展「快車」，如何在新時代的綜合改革試驗區、「一帶一路」巨型門戶、世界級經濟平台和「泛珠」合作新引擎中找到自身位置，具有特殊的歷史意義和現實可行性，澳門配套相應規劃與之相對接，合理分工，摸索出有助澳門持續發展新道路。成為粵港澳大灣區在東盟、葡語國家以及第三方市場「走出去」和「引進來」的「精準連絡人」，利用文化優勢，講好「中國故事」，傳播「中國聲音」，做「民心相通」的「精細傳播者」，同時適應新時代「一國兩制」新特點，做「一國兩制」成功實踐的「精緻示範區」的作用，不忘初心，促使「一國兩制」行健致遠，真正融入國家發展大局，發揮澳門擔當，為打造「世界一流灣區」貢獻「澳門作用」，同時抓住機遇，促進澳門經濟結構合理化和多元化，改善澳門民生，提升澳門治理績效和擴大開放層次，推動澳門經濟健康持續發展。

澳門地處珠江西岸，「地細人少」，具有「一中心、一平台、一基地」的區位優勢，但其自然資源少、產業結構單一、人才缺乏，其經濟發展對外依賴度較高。作為一個外向型的微型經濟體，易受外部因素的影響，如博彩旅遊業易受內地政策、全球宏觀經濟形勢、美資企業等的影響，一旦主導產業受到衝擊，必然引發澳門經濟社會發展的「大地震」。因此，澳門需要將澳門經濟社會長期繁榮穩定置於首位，正如習近平在出席澳門回歸二十周年紀念大會上所言：「要善於把握國家重大發展戰略和一系列政策支持帶來的機遇，乘勢而上，在融入國家發展大局中實現自身更好的發展。」

Construction Guangdong-Hong Kong-Macao Greater Bay Area: Macao's "Advantages" and "Role"

based on a new regionalism perspective

Chen Pengqin, Zheng Tianxiang

Abstract: As a "multi-center" alliance, the Guangdong-Hong Kong-Macao Greater Bay Area has many constraints in terms of administrative barriers, economic circulation, and cultural concepts. It is necessary to strengthen regional cooperation, break regional administrative divisions, form an overall economic area, and construct a multi-level Cooperation mechanisms and benefit-sharing mechanisms form a common vision for development. This "multi-center" development trend requires the integration of regional functions and system innovation, which coincides with the connotation of the new regionalism theory. It provides advanced ideas and cutting-edge theories for the construction of the Guangdong-Hong Kong-Macao Greater Bay Area and solves the problem of inter-regional coordination. Important perspective. As one of the four core cities in the Bay Area, Macau has "comparative advantages" in the new regionalism of the coordinated development of the Guangdong-Hong Kong-Macao Greater Bay Area, such as the degree of openness to the outside world, the cultivation of collaborative culture and soil, and the construction of a multi-government system. Therefore, in the construction of the Guangdong-Hong Kong-Macao Greater Bay Area, Macao can play the roles of "precise contact" , "smart booster" , "fine communicator" and "exquisite demonstration zone" , and enhance the awareness of common interests and responsibilities and embody Macao's role in "the pursuit of regional commonality" and actively integrate into the overall national development by strengthening the essential consciousness and area recognization of the new regionalism.

Keywords: Guangdong-Hong Kong-Macao Greater Bay Area; new regionalism; Macao positioning; Macao role; "One Country, Two Systems"

粵港澳大灣區「飛地經濟」的現狀與發展前景

陳靜　袁持平 *

摘　要：「飛地」特有的發展模式對於粵港澳大灣區實現區域協同發展有借鑒意義，同時也不失為粵港澳三地突破制度壁壘、實現合作共贏的一劑良藥。本文採用空間引力模型佐證了「飛地」促進區域經濟發展的觀點，並進一步指出了「飛地經濟」對於粵港澳大灣區實現五大戰略定位的重要意義。本文認為，粵港澳大灣區的飛地運用可分為兩類：一類以促進地區經濟發展為主要目標，對此，本文通過對深汕特別合作區進行案例分析，對粵港澳大灣區「飛地經濟」的現存問題進行了討論；另一類以落馬洲河套地區為代表，具有深化港澳與內地合作的更深層次目的，對此，本文提出運用「飛地經濟」模式解決三地

* 陳靜，廣州市社會科學院現代產業研究所助理研究員、博士；袁持平，中山大學粵港澳發展研究院教授、博士生導師，研究方向為港澳經濟、區域經濟和規制經濟。
基金項目：2018 年廣東省促進經濟發展專項資金（海洋經濟發展用途）項目中的「粵港澳大灣區海洋經濟發展戰略與機制創新研究」（項目編號：GDME-2018E006）。

合作問題，並對落馬洲河套地區的未來發展進行了展望。

關鍵詞：飛地經濟　粵港澳大灣區　深汕特別合作區　落馬洲河套地區

一、引言

我國「飛地經濟」的發展仍處於不斷探索和不斷完善的過程中。2016年，《中華人民共和國國民經濟和社會發展第十三個五年規劃綱要》指出「通過發展『飛地經濟』、共建園區等合作平台，建立互利共贏、共同發展的互助機制」①。「飛地」作為一種制度創新，承擔了地方間產業轉移、產業升級、產業集聚等經濟功能，其支撐理論有比較優勢理論、產業轉移理論、增長極理論、共生理論等。經過多年的探索，我國「飛地經濟」發展日趨成熟，也探索出了多種發展模式：一是由發達地區和相對欠發達地區相互合作建成飛地，克服行政分裂導致的產業分佈不均和資源浪費等問題，降低發達地區成本上升壓力，提高欠發達地區的經濟吸引力，實現雙贏合作。二是由經濟水平相仿的地區相互扶持，通過合作實現資源稟賦的優勢互補，克服地區因天然地理位置等原因形成的經濟發展制約因素。三是基於完善產業鏈角度形成跨行政區的產業承接，將發達地區的資金、管理技術、企業項目引入到相對欠發達地區，使前者留出稀缺資源發展高附加值產業，同時帶動後者基礎建設及產業發展。

① 新華網.中華人民共和國國民經濟和社會發展第十三個五年規劃綱要[EB/OL].(2016-03-17).http://www.xinhuanet.com/politics/2016lh/2016-03/17/c_1118366322_6.htm.

作為我國改革創新先行示範區，粵港澳大灣區內部經濟發展並不平衡，城市間經濟水平差距大，「飛地經濟」在這裏有極大的應用空間。大部分粵港澳大灣區的飛地主要以資源優勢互補的方式推動發達地區和欠發達地區的合作，緩解區域發展矛盾，典型案例有「深汕特別合作區」「廣清產業園」「浙江衢州綠海飛地（深圳）產業園」等等。這類「飛地」對於粵港澳大灣區實現「建設充滿活力的世界級城市羣」的戰略定位有重要意義，本文以「深汕特別合作區」為例，對粵港澳大灣區「飛地經濟」的現存問題進行了探討。除此之外，「飛地經濟」在粵港澳大灣區的另一個重要運用，在於以建立經濟區的形式推動內地和港澳的合作。如澳門在珠海橫琴島上建設的澳門大學新校區，其面積是老校區的20倍，是在澳門本土之外的、由澳門全權管轄的文教飛地。又如被寄予高度期望的「落馬洲河套地區」，位於深圳、香港交界之處，由兩地共同開發。這類「飛地」對於粵港澳大灣區實現「建設內地與港澳深度合作示範區」的戰略定位有重要意義，本文對建設「落馬洲河套地區」的存在問題進行分析，並對其未來發展提出展望。

二、文獻綜述

《土地大辭典》對「飛地」做出定義：「飛地」指一個單位的土地與其成片土地相分離，而坐落於其他單位土地範圍內的零星土地。而「飛地」模式，就是甲地區由於本地土地資源有限或產業結構限制等原因，通過與乙地區形成利益分配合作機制在異地尋求發展空間，且該發展地區往往由甲地進行管轄。由於大多數飛地的設立是為了解決土地資源稀缺和產業發展問題，所以通常而言飛地與使用城市不相鄰，且通常飛地只涉及使用權，不涉及所有權。具體而言，「飛地經濟」是地方在工業化和招商引資過程中，通過跨行政區劃合作，把異地的項目或資金通過建立工業園等方式引入本地，並通過一定的利益分配機制實現雙贏的一種跨行政區合作方式。

國外學者研究「飛地」主要通過兩個重要角度，其一是從社會學的角度研究「飛地」的文化、政治、移民集聚等社會問題，其二是從經濟學的角度研究「飛地」的外資投入、資源稟賦等問題。我國學者的研究角度則略有不同，主要是以國內政策性「飛地」產業園作為研究對象，研究角度有三：一是從經濟學視角出發側重於研究「飛地經濟」共贏機制。安增軍、林昌輝認為「飛地經濟」的可持續發展非常重要，運用模糊數學工具建立了一個多元的政府目標最優模型，從而得出「飛地經濟」實現共贏的三個條件。[①] 馮雲廷通過分析我國國內三類典型「飛地」案例，對「飛地經濟」的內在機理及影響機制進行剖析，認為「飛地經濟」是解決我國區域發展不平衡的重要途徑。[②] 二是從公共管理學視角出發將「飛地經濟」視作一個區域治理問題進行研究。麻寶斌從公共管理學的視角將「飛地經濟」的合作關係分為共享型、互補型、吸納型和補償型四類，並對政府間合作過程進行分階段分析，最後強調了利益結合、權責機制及上級政府的重要作用。[③] 王倩以深汕特別區中的政府合作為例，對合作區存在的利益協調、組織管理及開發運營三方面問題進行討論，並指出管理體系、合作環境及利益分配機制的

---

① 安增軍、林昌輝：《可持續「飛地經濟」的基本共贏條件與戰略思路——基於地方政府視角》，《華東經濟管理》2008 年第 12 期。

② 馮雲廷：《飛地經濟模式及其互利共贏機制研究》，《財經問題研究》2013 年第 7 期。

③ 麻寶斌、杜平：《區域經濟合作中的「飛地經濟」治理研究》，《天津行政學院學報》2014 年第 2 期。

重要性。[①] 陳帥飛等人從「複合行政」的視角對國內飛地的特徵和管理現狀進行了分析，並指出在轉變政府職能的定位並完善飛地管理相關法律的前提下，可以通過適當調整小規模飛地行政區的區劃提高飛地管理的效率。三是對飛地經濟的一般模式和發展機制進行研究。[②] 劉永敬等人從動力機制、空間組織及管治模式三個方面的差異出發，對討論了我國「飛地經濟」發展現狀。[③] 金利霞等人以廣東順德清遠（英德）經濟合作區為例，對合作區的制度構建進行分析，並探討了模式形成的內在驅動機制。[④]

三、「飛地經濟」背景下城市羣經濟聯繫分析

（一）研究方法和數據選取

在分析「飛地經濟」對粵港澳大灣區的具體影響前，首先需說明「飛地經濟」對粵港澳大灣區「有影響」。本文基於空間引力模型對大灣區城市間的經濟聯繫進行量化，這種方法常被用來衡量區域一體化程度。本文以廣東省的 21 個市及香港、澳門共 23 個城市數據為對象，採用空間引力模型對 2018 年各城市間的經濟聯繫進行計算，具體

---

① 王倩：《「飛地經濟」治理中的地方政府合作研究 —— 以深汕特別合作區為例》，《廈門特區黨校學報》2017 年第 5 期。

② 陳帥飛、曾偉：《複合行政視角下國內飛地管理研究》，《湖北理工學院學報（人文社會科學版）》2016 年第 6 期。

③ 劉永敬、羅小龍、田冬、王盈：《中國跨界新區的形成機制、空間組織和管治模式初探》，《經濟地理》2014 年第 12 期。

④ 金利霞、張虹鷗、殷江濱、王洋、陳彩霞：《基於新區域主義的廣東省「核心—外圍」區域合作治理 —— 以廣東順德清遠（英德）經濟合作區為例》，《經濟地理》2015 年第 4 期。

公式如下：

$$R_{ij}=\frac{\sqrt{P_i\times V_i\times P_j\times V_j}}{D_{ij}^2},\ F_{ij}=\frac{R_{ij}}{\sum_{i=1}^{n}R_{ij}}$$

其中 R_{ij} 表示城市間的經濟聯繫量，P_i 為 i 城市常住人口，V_i 為 i 城市 GDP，D_{ij} 為城市間最短公路里程數，F_{ij} 為城市 j 對城市 i 的經濟隸屬度。

本文選用 2019 年廣東省統計年鑒、香港特別行政區政府統計處、澳門統計暨普查局的官方數據進行計算，城市間最短公路里程數根據百度地圖（https://map.baidu.com/）整理數據所得，此處統一採用 2019 年數據。

（二）結論與分析

粵港澳大灣區及周邊城市間經濟聯繫度計算結果如下表，由於粵港澳大灣區天然經濟發達，且有眾多飛地以外的制度創新及政策紅利，為了儘量剔除其他政策的影響，我們以與粵港澳大灣區城市有「飛地經濟」合作的非大灣區城市為研究對象進行考察。以清遠為例，主要與廣州和深圳分別合作建有廣清產業園及廣東順德清遠（英德）經濟合作區，兩個城市於清遠的經濟隸屬度分別為 0.49 及 0.16，遠高於其他城市與清遠的經濟聯繫。以河源為例，主要與深圳合作建有深圳（河源）產業轉移工業園，兩者的經濟聯繫度為 101，僅次於離河源最近的廣州。同理，對於其他非大灣區城市而言，與有「飛地經濟」合作關係的城市之間的經濟聯繫度往往高於其他城市，可見「飛地經濟」對於強化城市聯繫、促進區域一體化的促進作用是顯著的。但是，從下表的數據仍然可以看到，目前大灣區飛地主要由距離較近的兩個懸

表 1　粵港澳大灣區及廣東省其他城市間經濟聯繫度

	廣州	深圳	珠海	汕頭	佛山	韶關	河源	梅州	惠州	汕尾	東莞	中山	江門	陽江	湛江	茂名	肇慶	清遠	潮州	揭陽	雲浮	香港
深圳	**1882**																					
珠海	**277**	**176**																				
汕頭	38	60	4																			
佛山	**19452**	**864**	**152**	16																		
韶關	75	33	4	3	30																	
河源	369	101	5	8	30	5																
梅州	118	30	2	35	12	3	11															
惠州	**444**	**976**	**29**	19	**141**	9	99	13														
汕尾	236	106	4	19	18	2	8	6	37													
東莞	**3641**	**3022**	**125**	23	**933**	24	58	15	**468**	32												
中山	**865**	**442**	**440**	7	**457**	7	11	4	**66**	8	**365**											
江門	**933**	**292**	**128**	6	**899**	8	8	4	**48**	7	**211**	**487**										
陽江	68	36	10	2	41	2	2	1	7	2	23	16	27									
湛江	50	34	7	3	27	2	2	2	7	2	19	10	14	21								
茂名	70	44	10	3	39	3	3	2	10	2	26	15	21	49	235							
肇慶	**569**	**113**	**21**	4	**371**	6	6	3	**25**	4	**90**	**49**	82	14	12	19						
清遠	728	112	15	4	237	19	8	3	33	4	113	34	38	6	5	8	33					
潮州	18	24	2	377	8	2	4	20	9	7	11	3	3	1	1	1	2	2				
揭陽	47	64	5	644	20	4	11	66	25	24	29	8	8	2	3	3	5	5	677			
雲浮	129	37	7	2	76	2	2	1	8	1	28	13	24	11	7	11	136	14	1	2		
香港	**943**	**6402**	**389**	33	**406**	19	42	17	**273**	43	**891**	**288**	184	29	26	34	**63**	59	13	34	22	
澳門	**129**	**90**	584	2	**90**	2	3	1	**16**	2	**69**	**216**	59	6	4	6	**14**	9	1	3	4	**296**

註：加粗部分為粵港澳大灣區城市間的經濟聯繫度，下劃線部分為粵港澳大灣區的幾個重要飛地經濟合作雙方的經濟聯繫度。

殊較大的城市合作建成，且城市間聯繫度差距較大，飛地的設定帶有強烈的「扶貧」目的。以上，一定規模的「飛地」建設對於粵港澳大灣區城市間的經濟聯繫度有正向作用，但「飛地」也並非拉動經濟發展的「特效藥」。

就理論而言，「飛地經濟」對於粵港澳大灣區發展可以在以下重要領域發揮作用。

其一，「飛地經濟」能促進大灣區內部協同發展。以深汕特別合作區為例，「飛地經濟」不僅僅對汕尾產生顯著的經濟拉動和輻射效果，也讓深圳在不顯著減少財政收入的基礎上更好地實現產業鏈升級。2017 年，合作區引進的 64 個產業項目中有 58 個來自深圳，有效地在保證深圳經濟增長的前提下促進了深圳產業的轉型升級，對於深圳拓展發展空間、優化資源配置、紓解城市壓力、振興區域發展都有着重要意義。此外，深汕合作區項目的發展也必然地帶動了汕尾發展：一是由於深汕特別合作區將承載深圳部分產業和城市功能，因此會帶動汕尾吸引更多投資和企業項目，實現產業引進及產業升級，完善基礎交通設施；二是在公共服務方面，深汕特別合作區成為深圳「11 區」，將對標深圳進行建設，其管理經驗在汕尾得到推廣，從而助力汕尾公共服務體系的完善。「飛地」使雙方呈現出「對口扶持 + 互利共贏」的合作模式。

其二，「飛地經濟」能促進大灣區產業合理佈局。《粵港澳大灣區發展規劃規劃綱要》指出，大灣區要「打造以珠海、佛山為龍頭建設珠江西岸先進裝備製造產業帶」，和「以深圳、東莞為核心在珠江東岸打造具有全球影響力和競爭力的電子信息等世界級先進製造業產業集鞏」。[①] 深圳、東莞等城市作為相對發達城市，難以在短期內完成產業轉移和升級，而欠發達地區往往發展得有心無力。以政府為主導，通過建設「飛地」為各城市間戰略性實現高效資源配置提供緩衝作用，實行有針對的產業轉移和佈局，這將成為大灣區以政府力量主導東西兩岸產業佈局的有效政策工具。

其三，「飛地經濟」能促使大灣區發展成為港澳深度合作示範區。《粵港澳大灣區發展規劃規劃綱要》提出，要「打造成為具有全球影響力的國際科技創新中心，推進『廣州—深圳—香港—澳門』科技創新走廊建設」。深圳是粵港澳大灣區科技創新的主力軍，而港澳則是粵港澳大灣區對外開放的重要窗口，由此，港深的合作問題備受矚目。其中最令人期待的便是港深落馬洲河套地區的發展。落馬洲河套地區是深圳和香港交界之地，特殊的地理位置使其發展被賦予了極高的期望。《粵港澳大灣區發展規劃規劃綱要》提出：「支持落馬洲河套港深創新及科技園和毗鄰的深方科創園區建設，共同打造科技創新合作區，建立有利於科技產業創新的國際化營商環境，實現創新要素便捷有效流動。」[②] 目前，河套地區的開發模式是由深圳和香港雙方各分一處，共同開發，且不論兩地分別開發可能會導致合作區內部佈局混亂的問題，建成之後兩地的經濟收入如何分配，管理機制如何都有可能成為發展障礙。更甚之，港深兩地為「一國兩制兩關税」，河套地區必然會存在嚴重的制度障礙和政策障礙。而若以「飛地經濟」的模式對河套地區進行開發，加強上層建設，以一方為主導，輔之以中長期發展規

---

① 中共中央，國務院．粵港澳大灣區發展規劃綱要 [EB/OL]．[2019-02-18]．http://www.gov.cn/zhengce/2019-02/18/contenent_5366593.htm.(2019-02-23)

② 中共中央，國務院．粵港澳大灣區發展規劃綱要 [EB/OL]．[2019-02-18]．http://www.gov.cn/zhengce/2019-02/18/contenent_5366593.htm.(2019-02-23)

劃，則更能在權責明晰的狀態下謀求發展。

其四，「飛地經濟」能促進粵港澳大灣區發揮經濟輻射作用，實現與其他地區的合作。粵港澳大灣區內土地開發強度多數在 30% 以上，超過了國際慣例的警戒線，其中澳門、深圳、東莞的土地開發強度已超過 48%，中山、佛山的土地開發強度接近 38%，土地資源壓力巨大，整體地價和用工成本不斷攀升。「飛地經濟」有益於把食品加工等低端製造業逐步轉移到粵西甚至更遠的地方，實現粵港澳大灣區與泛珠三角地區的產業鏈轉移與對接，提高灣區土地利用效率。此外，「飛地經濟」還能起到產業引進、產業幫扶等作用。如浙江衢州綠海飛地（深圳）產業園，一方面對於幫助深圳引進綠色產業，建設綠色產業集聚地，並依託中澳海外創新中心加快引進海外項目和成果，另一方面有利於衢州實現與深圳的產業鏈、資金鏈和人才鏈的對接，帶動衢州經濟發展。

四、粵港澳大灣區「飛地經濟」發展現狀

（一）深汕特別合作區發展現狀

作為粵港澳大灣區最成功的飛地之一，深汕特別合作區具有一定典型性。深汕合作區總面積為 468.3 平方公里，位於汕尾市海豐縣。深汕合作區於 2011 年正式開始運作，2014 年末《深汕（尾）特別合作區發展總體規劃（2015—2030 年）》出台後進入快速建設階段，到 2018 年年底，深汕特別合作區正式成為深圳第「10+1」區，由深圳全面主導，從根本上解決了「飛地」普遍面臨的制度和管理障礙。

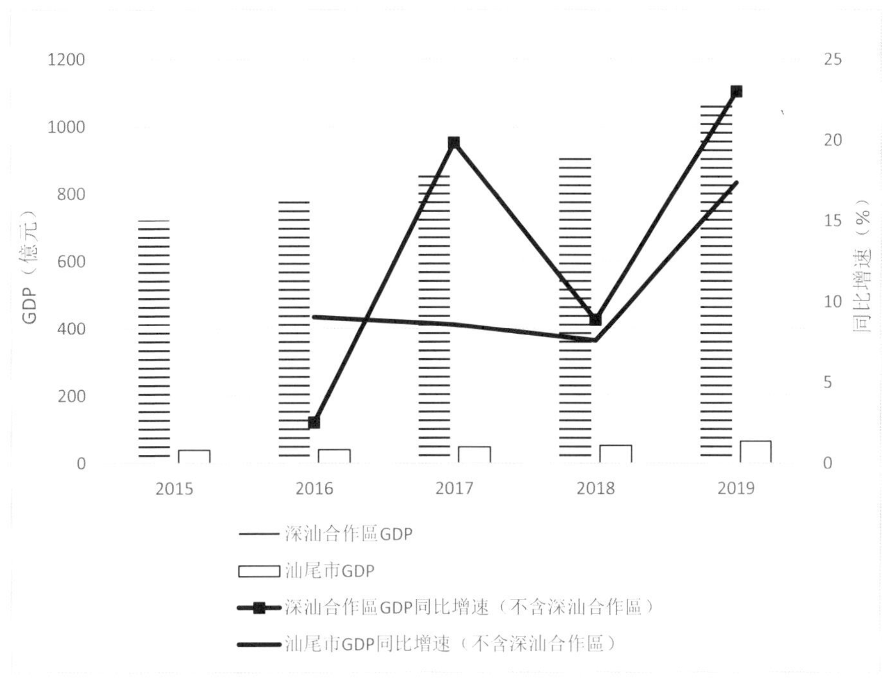

圖 1　深汕特別合作區與汕尾市其他地區經濟增長（單位：億元；%）

數據來源：汕尾市統計信息網、深圳市統計局。（深汕合作區 2019 年數據為估算）

整體而言，深汕特別合作區是一個較為成功的「飛地經濟」實踐，為飛入地和飛出地都帶來了明顯的經濟效益，在緩解了深圳城市壓力的同時，成功帶動了汕尾市局部「跨越式」發展。通過將深汕特別合作區的 GDP 數據與汕尾市其他地區對比，可以明顯看到合作區內經濟活力更強，一方面合作區經濟增長速度波動更大，另一方面其經濟增長速度遠高於其他地區。「飛地」帶來了大量的投資，2019 年，合作區固定資產投資同比增長 57.3%，遠高於汕尾市的 15.1%。「飛地」加速地區產業結構優化，2014 年深汕合作區進行快速建設以後，合作區所在縣的第一產業產值佔比從 2014 年到 2018 年降低了 2.5 個百分點，而汕尾市整體下降為 0.76 個百分點。「飛地」提升了地區人均財富水平，

2010 年深汕合作區所在的海豐縣城鎮居民人均可支配收入為 11,983 元，低於整個汕尾市的 13,915 元水平，而 2017 年海豐縣的這一指標增長到 26,470 元，超過了整個汕尾市。

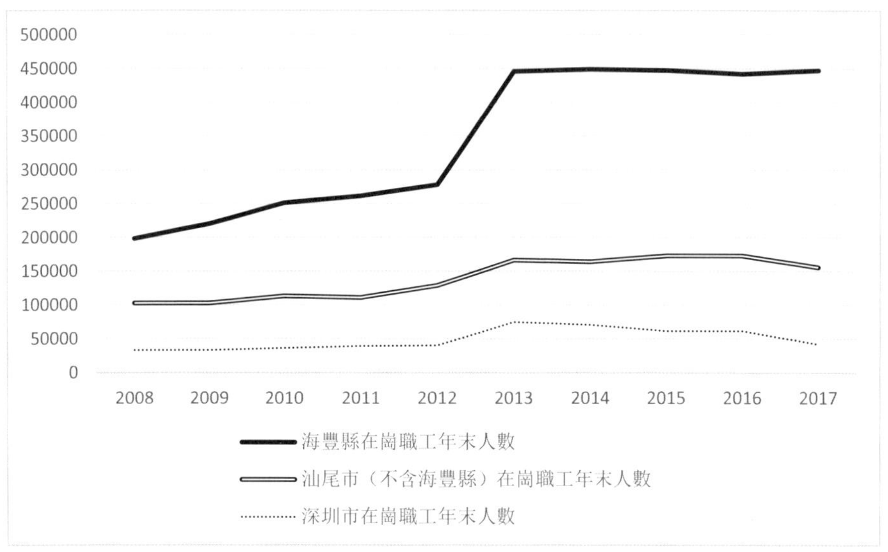

圖 2　2008—2017 年海豐縣及汕尾市就業情況（單位：人）

數據來源：汕尾市統計信息網，深圳統計局。

儘管深汕合作區在諸多宏觀經濟指標上有不錯的表現，但是合作區要真正實現分擔深圳大城市壓力、拉動汕尾經濟發展的目標還遠遠不夠。第一個問題在於「逆市場」運行耗資大。從上圖彙報的海豐縣及汕尾市就業情況來看，深汕合作區的建設目前還沒能很好地為飛入地引入勞動人口。特別是在短期內，隨着交通基礎設施的完善，兩地往來便捷卻經濟實力懸殊，勞動力甚至從欠發達地區流入發達地區（深圳），「飛地」的引流作用不明顯。可見，儘管「飛地」以強制手段建立起兩個地區的經濟聯繫，但仍然難以在短期內抗衡市場經濟的力量，飛入地在城市軟硬件設施方面的落後導致其經濟吸引力是有限的，如果後續投入不足，資金很可能會被大城市所吞噬。第二大問題是管理成本高昂。由於深汕合作區已歸屬深圳管理，深圳需要派遣專業人員趕赴汕尾，以「深圳標準」建設合作區。這其中涉及的人員安置、土地規劃、戶口管理、政府交接等問題複雜且棘手，十分耗費人力物力。

綜上而言，「飛地經濟」的引入能在短期內給飛入地帶來顯著經濟刺激，具體表現為以基礎設施建設投資為主拉動地區經濟增長，優化產業結構，提升當地人均收入水平。然而飛地的效果又受到城市引力的抑制，以深汕合作區為例，飛出地和飛入地發展水平懸殊且距離較近，兩地通過「飛地」的基建投資「拉近」距離，可能會導致飛入地的資源流向飛出地，導致事與願違，而要逆轉這一現象的成本是巨大的。除此以外，深汕特別合作區還存在如下瓶頸，這些瓶頸往往也是其他飛地普遍存在的：

第一，合作缺乏統一的頂層設計。從我國「飛地經濟」的發展經驗來看，上級政府在跨行政區的合作中發揮至關重要的統籌協調作用，在解決地區利益衝突、突破合作模式、指導產業規劃等方面扮演關鍵角色。深汕特別合作區的特別之處在於，由於其面積之大，超過了深圳面積的五分之一，合作區不僅僅涉及到產業轉移等經濟問題，還涵括了基礎設施、社會保障、教育醫療、人力資源、產業扶持等方方面面。目前而言，深汕合作區從管理模式上還是將深汕特別合作區當作一個扶貧區進行管理，具體如何發展，讓「飛地」產生雙贏效果，還需要有長遠的規劃和管理機制做保障。

第二，合作管理機構缺乏清晰的權能定位。在深汕合作區管理當中，深圳市政府與汕尾市政府在對合作區的管理中並不是相互獨立的，許多業務存在交叉，這種運作模式嚴重制約了大開發大建設進程，如徵地拆遷、違法阻工、違法搶建搶挖搶種等問題，缺乏有效手段加以解決；公安消防、社會保險、環保審批等事宜既包括經濟管理成分，又涉及社會管理，導致企業往返深圳、汕尾辦事，增加了成本，降低了效率；學校、醫院稀缺，法制基礎薄弱，水資源缺乏等都嚴重影響了經濟建設。

第三，成本分擔和利益分配存在問題。收益的分配方式對於雙方政府的積極性有很大影響，不合理的分配機制可能會導致地方政府之間的地方保護主義增強，合作由主動式合作向被動式合作轉變。短期而言，由於合作區建設初期投入巨大，且入駐企業盈利有限，稅收盡可全數留在合作區進行投資開發。但長期而言，隨着開發區大部分投資的完成，是否要對原駐企業和新入駐企業進行差別收稅，深圳、汕尾和省級之間如何分配利益將會成為一個亟需解決的問題。

（二）落馬洲河套地區發展現狀

粵港澳大灣區的最重要特點在於粵港澳三地「一國兩制」的制度背景，如何突破制度瓶頸、尋求三地協同發展是三地未來發展的長期主題。特別是對於港澳與內地交界之處，這些地區本該是內地與港澳深度合作的試點區域，卻往往由於利益矛盾突出而受到制約，其中，落馬洲河套地區即為典型。落馬洲河套地區位於香港和深圳交界處，北鄰深圳皇崗口岸的貨運停車場，東與羅湖區相連。目前深港落馬洲河套地區由香港和深圳兩地政府分別開發，嚴格來說並不屬於「飛地經濟」模式，但作者認為「飛地經濟」發展模式不失為一個好的發展思路。河套地區合作背景特殊，許多問題在發展前期就有所暴露。

第一，存在制度性障礙。在落馬洲的合作關係中，香港和深圳並不是完全對等的，前者在「一國兩制」下擁有獨立的經濟和法律體制，在國際經濟組織中擁有獨立席位，由於歷史社會背景等原因，香港許多問題需要國家出面解決。落馬洲地區毗鄰香港，深港兩地深入合作不可避免地會面對兩地在政治法律制度、稅制、幣制、口岸管理體制等方面的差異所造成的問題，很多矛盾的調解需要國家力量的支持。

第二，存在政策瓶頸問題。河套地區建設的重中之重是要實現人才、技術、資金、信息等創新要素的自由流動和高度融合，香港和深圳雖然地域相鄰，卻是完全不同的兩種社會制度。香港發展資本主義，是典型的「小政府大市場」經濟，經濟發展市場化程度很高。而深圳發展社會主義，政府對於產業發展、人才引進等方面都有較為全面的政策管理。兩地的政策差異對於雙方人流、物流的流動阻礙很大，且稅收、海關等政策的存在也始終阻礙要素自由流動，這是地方政府難以克服的障礙，需要國家的支持。

第三，存在政府權責與利益分配問題。2017 年深圳與香港達成共識，河套地區土地所有權歸香港，深圳有 50% 開發權。乍一看，兩地雙方分別開發似乎避免了權責糾紛，然而長期來看，兩地初期分別開發，後期卻共同發展，其間曖昧的經濟關係難以梳理。這種開發模式不但不易於河套地區長期協調發展，而且為後續可持續發展埋下隱患。

五、結論與建議

粵港澳大灣區「飛地經濟」的發展前景廣闊，但仍面臨諸多問題。對於以深汕特別合作區為代表的、以發展地區經濟為主要目的的飛地，其主要問題在於如何優化建設路線，讓「飛地」真正「飛」起來。一個成功的飛地不僅需要前瞻的戰略設計，還依賴持續性的資金投入，因此粵港澳大灣區「飛地經濟」的發展在精不在多，要集中力量建設一個「飛地」典範，探索有灣區特色的飛地發展模式，從而形成「飛地經濟」的發展範式，給予市場更多信心。本文針對深汕特別合作區提出以下建議：第一，提升深汕合作區戰略定位。以省級政府出頭制定中長期規劃，讓合作區能更好地發揮經濟輻射作用，帶動汕尾經濟發展，同時支持合作區承接深圳產業轉移功能，支持深圳發展「總部經濟」。第二，加大下放行政權限、管理職能和管轄權能。基於合作區在人權、事權和財權上具有較大和較靈活的自主決定和運用的權力，充分發揮和釋放主體作用和主觀能動性，同時建立高效地監察和評價機制，敦促地區發展。第三，健全利益分配機制。首先，要儘快形成「飛地經濟」預期成本與收入的分配機制，明確雙方的義務和責任，避免保護主義、搭便車等問題出現。其次，要形成成本和收入核算機制，避免後續出現嚴重糾紛。最後，要由更高級政府出頭，形成利益糾紛協調機制。

對於帶有深化港澳與內地合作的更深層次目的的飛地，其主要問題在於要探索出突破內地與港澳制度障礙的飛地發展路徑，優化三地合作和溝通模式。落馬洲河套地區具有典型意義，其成功開發有賴於兩地揚長避短，形成良性互動合作機制。本文認為，「飛地經濟」發展模式是一個良好的開發思路。以國家為主導，對落馬洲進行中長期規劃，通過協商形成利益分配機制，將整個落馬洲地區合併成為一個「港深合作飛地」，土地所有權歸屬香港，由深圳主導開發。在這種合作模式下，一方面由於地屬香港，適用香港的法律、司法管理體系，並能夠與香港國際化的資本市場無縫銜接，充分發揮香港在金融、市場、管理、產權保護、法制、高校、人才等方面的優勢，使落馬洲的國際化和開放程度處於更高水平；另一方面，落馬洲地區由深圳主導開發，能夠讓深圳充分利用其成功的科創產業支撐發展經驗，並與其已有的研發、高端製造基礎形成產業鏈，有助於打開內地市場，深化港方與內地的合作。基於此，我們對落馬洲河套地區的未來發展提出以下建議和暢想：

第一，加強頂層設計，立足於更大的空間統籌規劃，開展河套拓展區遠期規劃研究。河套地區不僅僅是深圳與香港的交匯地區，也肩負着開創港澳與內地深入合作示範區的重任，更是粵港澳大灣區的戰略科創高地。因此河套地區的規劃要着眼於河套地區未來的溢出效應和大灣區的長遠發展，將東西南北包括香港科學園、鹽田綜保區等地區在內的33.5平方公里的拓展區納入大河套長期規劃，充分利用周圍土地支撐「深港科技創新特別合作區」建設。要儘快開展合作研究，形成規劃，早日進行基礎設施建設，並探討解決出入境、跨境交通、產業鏈等問題。

第二，完善基礎設施，促進交通融通，優化要素流動機制。簡化港珠澳大橋三地的牌照管理手續，優化通關程序，建設深圳——落馬洲直通橋樑，實現人流物流的高效流通。借鑒國際先進經驗建立完善的知識產權保護體系，建立寬鬆的人才流動機制，構建高度人性化的服務型管理體制，形成良好的創新創業投資環境，打造宜居宜業宜遊的高品質生活工作環境，建設智能城市。

第三，對標納斯達克，建立國際化資本市場。河套地區毗鄰香港，有重要的市場潛力與增長優勢，未來也將發展成為粵港澳大灣區的科創高地。這不僅要求河套地區建立較為寬鬆的企業註冊制度，支持創新型企業創業發展，亦要求發展金融體系支持科創發展。因此，應當在河套地區建立資本市場，成立股權交易中心，以市場力量助力高新技術產業發展。其一，要建立市場分層標準，強化指標體系作用；根據不同風險特徵，對內部市場進行分層，並針對不同層次市場探索適合不同規模企業的上市標準和管理，尤其要重視對中小型科創企業的支持，同時實行靈活轉移機制，促進層級流動。其二，推行註冊制，提高了發審效率，依靠更純粹的背景建立比香港更完善的信息披露制度，推行 ESG 評價系統，並建立相配套的法律保障制度。其三，建立嚴格的退市制度；在註冊制的建立背景下，嚴格的退市制度一方面有利於經營不善的上市企業實現平穩地退市，另一方面能夠將不符合上市條件的公司逐出市場，淘汰掉長期佔據上市資源而不具備投資價值的公司，從而提升模塊質量，優化資源配置效率。

The status and development prospect of "Enclave Economy" in Guangdong-Hong Kong-Macao Greater Bay Area

Chen Jing, Yuan Chiping

Abstract: Enclave economy is useful for the Guangdong-Hong Kong-Macao Greater Bay Area to achieve regional coordinated development, and at the same time may be a good strategy for Guangdong, Hong Kong and Macao to break through institutional barriers and achieve win-win cooperation. This article uses the spatial gravity model to support the view that "enclave economy" promotes regional economic development, and further points out the importance of "enclave economy" in achieving the five strategic positioning of the GBA. This article believes that the use of enclaves in the GBA can be divided into two categories: one kind aims to promote regional economic development, and this article discusses about it by analyzing Shenshan Special Cooperation Zone. Another kind, represented by Lok Ma Chau, has a deeper purpose of deepening the cooperation between Hong Kong, Macao and the Mainland. For this, this article proposes to use the "enclave economy" to solve cooperation problems between the three places, and looks forward to the future development of Lok Ma Chau.

Keywords: enclave economy; Guangdong-Hong Kong-Macao Greater Bay Area; Shenshan Special Cooperation Zone; Lok Ma Chau

香港產業結構與就業結構的協調發展研究

任曉麗　陳廣漢 *

摘　要：在香港經濟轉型過程中，產業結構不斷調整優化，而就業結構與產業結構的協調程度直接關係到香港經濟的健康發展。本文在香港產業結構和就業結構演變軌跡的基礎上，從三次產業劃分的角度，採用就業彈性、比較勞動生產率和結構偏離度對香港產業結構與就業結構之間的協調性進行了實證分析，最終得出香港第二產業中還有不少亟待向外轉移的勞動力或其向外釋放勞動力的步伐緩慢，第三產業仍是吸收勞動力就業的主要部門，但其吸納就業的能力正在逐步下降。

關鍵詞：產業結構　就業結構　就業彈性　比較勞動生產率　結構偏離度

---

* 任曉麗，女，廣州南方學院講師，研究方向：區域經濟發展與宏觀經濟政策；陳廣漢，男，中山大學粵港澳發展研究院、中山大學港澳珠江三角洲研究中心教授，研究方向：發展經濟學、港澳經濟。

基金項目：2017 年教育部人文社會科學研究基地重點項目「港澳經濟結構重建與多元化發展研究」（項目編號 17JJDGAT002）；廣州南方學院「博士基金項目」（項目編號：2023BQ002）的階段性成果。

一、研究背景

根據現代經濟增長和產業結構理論，產業結構調整引起的轉型大概有兩個特徵：其一是新科技革命帶來工業或製造業的轉型升級，使之從勞動密集型產業向資本、技術密集型產業轉變；其二是製造業或工業的轉型升級促進勞動生產力的提高，進而刺激對服務業的需求和供應，帶動服務業的發展或升級。因此，國家或地區產業升級的前提條件應該是製造業本身的升級。

改革開放後，在香港的基礎性工業、資本和技術密集型工業尚未確立優勢時，其製造業便已開始大規模北移珠三角。因此，香港第二次產業結構的演變明顯與技術進步相脫節，是一種缺乏基礎的轉型，其產業結構調整也較為被動，主要依賴於國際宏觀經濟環境的轉變和市場機制的作用。這樣的產業結構演變使香港製造業在 90 年代迅速萎縮，1997 年香港製造業在本地生產總值中所佔比重僅為 6.04%，香港的產業結構從以製造業為主導產業轉向服務經濟，這對勞動力市場產生了重大影響。

在香港製造業鼎盛之際，僱傭工人曾經佔到香港勞動人口的 47%（1971 年），當時製造業提供的大多是全日制並有固定薪酬的工作，可以給工人基本的生活保障。那時香港的產業主要是傳統產業，製造業主要生產玩具、服裝、手錶等勞動密集型產品，對勞工技術要求低。伴隨着 20 世紀 70 年代末香港製造業北移，大量的失業勞動力進入了服務業市場。雖然香港服務業飛速發展，但供需改變使得勞動力議價能力迅速降低，毫無保障的臨時工作崗位大量出現。加上傳統的貿易、運輸、旅遊、零售及飲食等行業對勞工的素質要求也不高，於是，在香港發達的經濟體中集中了大批低素質勞動力，高增值、高效率產業的發展與低層次勞動力就業和生活改善的矛盾日益突出。香港的基尼係數也從 1996 年的 0.518 上升到 2016 年的 0.539，一直處於收入分配差距警戒線（0.4）之上，創 45 年以來新高。近 30% 的低收入家庭沒有分享到經濟發展的成果，是發達經濟體中貧富懸殊較為嚴重的地區。①

產業部門作為就業部門的載體，產業結構的變動必然會帶來就業結構的相應調整，在一定程度上就業結構的分佈取決於產業結構。同時，就業結構通過需求結構和勞動生產率等傳導機制對產業結構的變動產生一定的反作用，合理的就業結構可促進產業結構的優化。因此，二者在演進過程中具有密切的關聯，國民經濟的健康發展需要產業結構與就業結構的相互適應。本文主要在香港經濟轉型的背景下分析其產業結構與就業結構的發展是否協調，以及香港獨特的產業結構變動下對就業帶來的影響，進而討論香港產業發展的方向。

二、理論文獻與研究方法

在研究產業結構與就業結構相互關係的理論中，「配第 - 克拉克定理」（Petty-Clark’s Law）被認為是早期比較重要的理論。根據這一理論，隨着經濟的發展和人均國民收入水平的提高，勞動力首先從第一產業向第二產業移動；當人均國民收入水平進一步提高時，勞動力便向第三產業轉移。勞動力從第一產業向第二、三產業轉移的原因，是

① 陳廣漢：《香港回歸 20 年經濟發展的回顧與展望》，《亞太經濟》2017 年第 4 期。

由於經濟發展中各產業之間出現收入的差異，人們總是從低收入產業向高收入產業移動。

西蒙庫茲涅茨把整體經濟分為農業、工業及服務業三大部門，先後考察了眾多發達國家及發展中國家或地區在經濟發展過程中的產業結構變化，得出的結論是：隨着經濟的發展，在國民生產總額不斷增長和人均國民收入不斷提高的情況下，農業部門的產值份額和勞動力份額都趨於下降，工業部門和服務部門的產值份額和勞動力份額都趨於上升。並指出就業結構與產值結構的變動幅度並不是完全一致的，就業結構的變動在一定時期尤其是工業化初期往往滯後於產業結構的變動，不過從較長時期看，二者的變動具有一致性。①

錢納里和艾金同②、塞爾奎因③等人以發達國家和發展中國家為對象進行了研究分析，指出發達國家在實現工業化過程中，農業產值和勞動力就業向工業部門轉換具有基本的一致性和同步性。但在發展中國家情況卻不一樣，就業結構轉換普遍滯後於產業結構轉換。這一觀點對研究發展中國家的產業結構與就業結構的不協調發展現象具有重要的理論和現實意義。

在研究產業結構與就業結構協調發展的關係時，我國學者一般首先對產業結構與就業結構的演變歷程進行趨勢性分析，然後採用各種研究方法和分析工具進行探討，主要包括定性分析、就業彈性、比較

① 西蒙·庫茲涅茨：《各國的經濟增長》，商務印書館，1985 年。

② Chenery H B, Elkington H, Sims C A. A uniform analysis of development patterns[M]. Harvard University, Center for International Affairs, 1970.

③ Syrquin M, Chenery H. Three decades of industrialization[J]. The World Bank Economic Review, 1989, 3(2): 145-181.

勞動生產率、結構偏離度、計量經濟學以及其他方法，或將幾種方法相結合。鑒於本文需要，在後面只對文中涉及到的研究方法及分析工具進行詳細介紹和計算研究。

部分學者已開始關注香港產業結構與就業結構的協調關係，並利用相關指標進行了實證分析。張光南用產業結構偏離度和比較勞動生產率兩個指標對香港製造業的產業結構與就業結構的效益進行了分析，認為香港製造業中的印刷出版、服裝、紡織、電子行業的效益較高，可以預計，在以後一段時間內，它們仍然會是香港製造業的重頭戲。① 王誠曾測算過香港 1997—2003 年的就業彈性大小，指出香港在保持經濟穩步增長的同時，出現了連續兩年的就業彈性為負值的情況，就業彈性的非正常發展，同樣顯示出香港經濟在整體上存在嚴重的結構性問題。② 張光南採用產業結構偏離度和比較勞動生產率方法分析了香港製造業、服務業的各具體行業的產業及就業效益，認為在經濟發展過程中，就業問題的解決不僅影響產業結構的演進，也關係着社會的穩定。③ 謝寶劍對香港的四大支柱產業採用就業吸納彈性和結構偏離度兩個指標進行了分析，並指出了發展香港支柱產業的主要思路。④ 但目前，從三次產業劃分角度對香港產業結構與就業結構的協調性進行分析研究的文獻還比較匱乏。

---

① 張光南：《香港製造業的就業結構與產業結構效益分析》，《統計與預測》2003 年第 6 期。

② 王誠：《中國經濟快速增長下的香港就業問題探討》，《經濟與管理研究》2004 年第 1 期。

③ 張光南、陳新娟:《香港產業轉移、就業結構與社會穩定》,《當代港澳研究》2010 年第 1 期。

④ 謝寶劍：《香港四大支柱產業結構對就業結構的影響及發展分析》，《暨南學報（哲學社會科學版）》2013 年第 7 期。

三、香港產業結構的演進軌跡

香港在統計上的產業分類採用的是聯合國編制的「國際標準產業分類法」，該種分類方法把全部經濟活動分為十大項，並在每個大項下再細分成若干中項、小項及細項。在這種分類法中把礦業和採石業與農業、狩獵業、林業和漁業一起歸入第一產業，而把運輸業歸入服務性質的第三產業。在對香港產業結構進行研究時，為了便於直接採用香港的統計數字，本文也採用「國際標準產業分類法」。在此，香港的第一產業包括農業、漁業、採礦及採石業；第二產業包括製造業、水電及能源供應、建造業；第三產業包括進出口貿易、批發及零售業、運輸、倉庫、郵政及速遞服務業、住宿及膳食服務業、資訊及通訊業、金融及保險業、地產、專業及商業服務業、公共行政、社會及個人服務業等。①

香港政府統計處於 1973 年開始公佈本地生產總值（GDP）統計，其中支出估計可上溯到 1961 年，而相應的所得估計則自 1970 年開始。雖然也有個別學者曾對較早時期的產值進行估算，但直到 1970 年後才有系統連續的官方數據。因而，本文對早期香港生產總值及三次產業結構的研究參考莫凱《香港經濟的發展和結構變化》一書中的數據整理。

① 在不同年份的統計口徑中，具體項目名稱有所不同，但不影響對三次產業的劃分。

表 1　香港生產總值的產業份額分佈（1950—1980 年）（%）

產業分類	1950—1960	1960—1970	1970—1980
第一產業	3.4	2.8	1.4
第二產業	22.6	42.9	35.3
第三產業	74	54.3	63.3

資料來源：莫凱著《香港經濟的發展和結構變化》，三聯書店（香港）有限公司，1993 年，第 114 頁。按香港行業分類劃分整理為三次產業。

20 世紀 50 年代，朝鮮戰爭爆發後美國的貿易禁運、上海及內地其他城市大批企業家移居香港的特殊歷史條件，加上發達國家產業結構調整，香港逐步走上工業化的道路，這是香港產業結構的第一次轉型。如表 1 所示，1950—1960 年間，第二產業佔香港本地生產總值的比重為 22.6%，到 1960—1970 年增加到 42.9%，而同期的服務業在本地生產總值中的比重從 74% 下降到 54.3%。但從 60 年代中期起，服務業的比重再度回升，到 1975 年增加到 64.08%，這段時期香港的工業和服務業發展呈現此消彼長的態勢。

在 1960—1970 年間香港的第二產業快速發展，尤以製造業為甚，這是工業化過程中的普遍現象。香港面積狹小、資源貧乏，但卻具有極佳的天然良港。所以，香港並不是從農業社會進入工業社會，其工業化是從貿易轉口港或商埠開始的，農業在香港經濟中長期以來的地位無足稱道，從統計數據上也可以看出農業部門不斷收縮的趨勢。

香港產業結構的第二次轉型開始於 70 年代後期，在 80 年代中期取得明顯進展，到 90 年代中後期趨於完成，轉型的基本方向即「經濟服務化」。第二次香港產業結構轉型的主要原因是中國改革開放後，香港製造業大規模北移，並對香港服務業形成了更加龐大的需求。這一時期，香港服務業在絕對產值和相對比重上都迅速上升。1970 年，香港第三產業佔香港本地生產總值比重是 60.77%，到 1990 年上升為 74.47%，1997 年該比重高達 85.86%。第二產業佔香港本地生產總值的比重從 1970 年的 37.12% 下降到 1997 年的 14.01%。而第一產業比重也從 1970 年的 2.11% 下降到 1997 年的 0.13%。香港逐漸發展成為世界上最依賴服務業的經濟體之一。

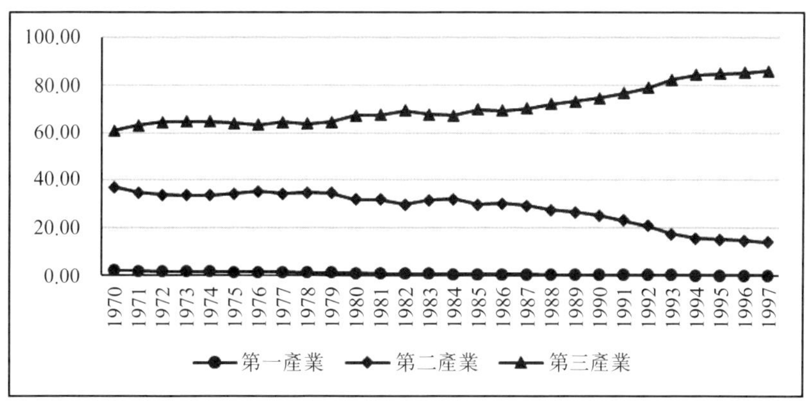

圖 1　1970—1997 年香港三次產業的本地生產總值比重（%）

數據來源：《香港經濟貿易統計彙編 1947—1987》及香港政府統計處《香港統計年刊》。

註：以當時價格計算。

1997 年亞洲金融風暴衝擊香港，面對亞洲外圍國家和地區貨幣的大幅貶值，香港為維持和提升國際競爭力，其整體經濟升級轉型的迫切性大大增加。1997 年 10 月，行政長官董建華在他的首份施政報告中明確表示：「香港經濟結構轉型，工業北移。我們認識到包括工業和服務業在內的低收入生產模式，已經不再適應香港的長遠發展。一方面，香港由於生活水準高企，和鄰近地區相比，早已失去了依靠低工資的競爭條件；另一方面，若試圖通過拉低市民收入去維持香港競爭力，這個想法既不實際，也不能保障市民的整體利益。香港工業北移，反映出市場競爭的無形之手，已經向我們指出必須行走的路線。無論是工業，還是服務業，只能向高增值發展。」[①] 在這份施政報告裏，董建華明確提出香港產業結構轉型的必要性，從實際上揭開了香港第三次產業結構轉型的序幕。

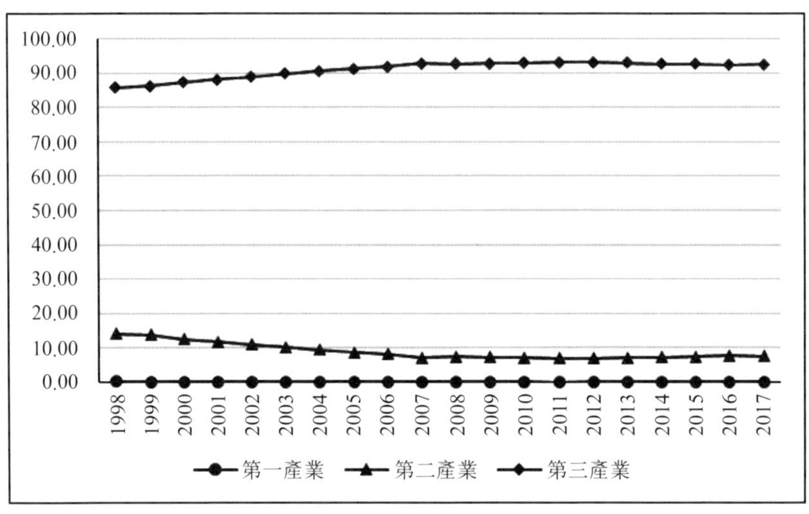

圖 2　1998—2017 年香港三次產業的本地生產總值比重（%）[②]

數據來源：香港政府統計處《香港統計年刊》。

註：以當時價格計算。

從圖 2 可以看出，香港第一產業的產值比重從 1998 年的 0.15% 下降到 2017 年的 0.07%，以上數據顯示，1970—2017 年間第一產業在香港本地生產總值的比重都很低。因此，在下文考察香港產業結構與就業結構相關指標時，將只關注第二、三產業的變化。香港第二產業

① 香港特區行政長官董建華施政報告：《共創香港新紀元》，1997 年 10 月。

② 由 2009 年的統計期開始，統計數字是按「香港標準行業分類 2.0 版」編制，其數列已作出修訂及後向估計至 2008 年。2007 年及以前的統計按「香港標準行業分類 1.1 版」編制。因此，2008 年及以後的數字不能直接與較早前的數字相比。但第三產業是這些行業的加總，所以不受行業分類標準的影響。

的產值緩慢下降，從 1998 年的 14.18%，下降到 2007 年的 7.09%，在 2007 年後基本保持穩定。伴隨着第二產業的下降，香港第三產業的產值略有上升，從 1998 年的 85.67% 上升到 2011 年的 93.12% 後開始有小幅下降，2017 年香港第三產業產值比重為 92.41%，第三產業仍在國民經濟中佔絕大部分比重。

綜上所述，香港的產業結構演變有其獨特性，與世界各國三次產業結構演變規律不太一致，由於農業比重始終很低，二戰前香港是以第三產業為主，並不是從農業社會開始的工業化進程。然後伴隨着工業化，第二產業開始崛起，但從產值比重上看，只是接近但從沒超過第三產業，在產業結構上表現為服務業一段時期的下降。

四、香港就業結構的演進軌跡

「配第 - 克拉克定理」「庫茲涅茨法則」均指出了就業結構與產業結構演進的一般規律，即隨着社會經濟的快速發展，國民產出在三次產業間的比重交替上升，產業結構逐步由「一、二、三」的低級狀態向「三、二、一」的高級狀態演進。與此同時，勞動力會按照三次產業的順序依次轉移，就業結構的變化始終與產業結構的變化保持着相關性。但是，就業結構與產業結構的變動步調並不完全一致。比如在工業化初期就業結構往往滯後於產業結構變動，但從較長時期看，二者的變動具有一致性。

自 1961 年起香港開始每十年便有一次的全面人口普查，每五年一次的中期人口統計，最近一次為 2016 年的中期人口統計。通過這些普查統計能夠得出香港勞動力 1961 年至 2016 年間在各產業的分佈情況，了解過去幾十年香港就業結構的變化軌跡。雖然在某些年份產業分類略有不同，但三次產業的就業趨勢依然比較明顯。可以認為，隨着第三產業產值份額的增加，香港的就業結構也呈現出第三產業主導的局面。

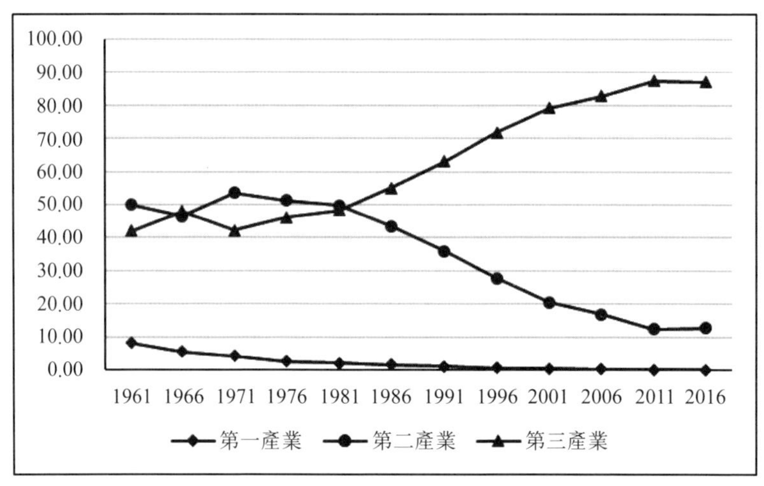

圖 3　1961—2016 年香港三次產業就業人數所佔比重變化（%）

數據來源：根據香港政府統計處各期人口普查統計報告整理計算，因此最新一年的數據到了 2016 年。

從圖 3 可以看出，1961—1981 年間，香港第二產業的就業人數基本高於第三產業，這源於二戰後香港開始的工業化進程，製造業吸引了大批的勞動力就業，香港成為一個以工業就業為主的城市。第一產業就業比重從 1961 年的 8.10% 下降到 2016 年的 0.16%，可以忽略其對經濟的影響。1961 年，第二產業的就業人數將近 60 萬（比重為 49.93%），比第三產業高了近 10 萬（比重為 41.98%）。工業部門就業人數迅速增加，1971 年，第二產業就業比重達到 53.55%，其中製造業佔比 47.73%，不過其後開始從高峰回落。

伴隨着中國內地改革開放的進程，香港製造業大規模北移，第二產業的就業人數迅速下降。當香港的人均 GDP 達到 5000 美元時，其服務業（金融保險、房地產、商業服務等）和進出口貿易業開始飛速發展。1986 年，香港第三產業就業比重增至 54.96%，而第二產業就業人數比重降為 43.46%。1996 年，香港第三產業就業人數比重高達 71.73%，就業人數超過 200 萬。在傳統服務業發展的同時，香港的現代服務業也呈現出蓬勃生機，吸納了大批高素質人才，形成了有效的產業集聚，並確立了亞太區域國際金融中心的地位。香港逐漸成為一個以服務業為主體的國際金融、貿易、航運、信息、商業服務及旅遊中心。

2011 年之後，香港第二、三產業的就業基本保持穩定，這可能與香港製造業轉移減緩和政府的「再工業化」政策有關。2016 年香港特區行政長官梁振英在其《施政報告》中指出，「再工業化」有潛力成為香港新的經濟增長點。生產力促進局將協助工業升級轉型，使相關企業「再工業化」，轉向高增值生產。

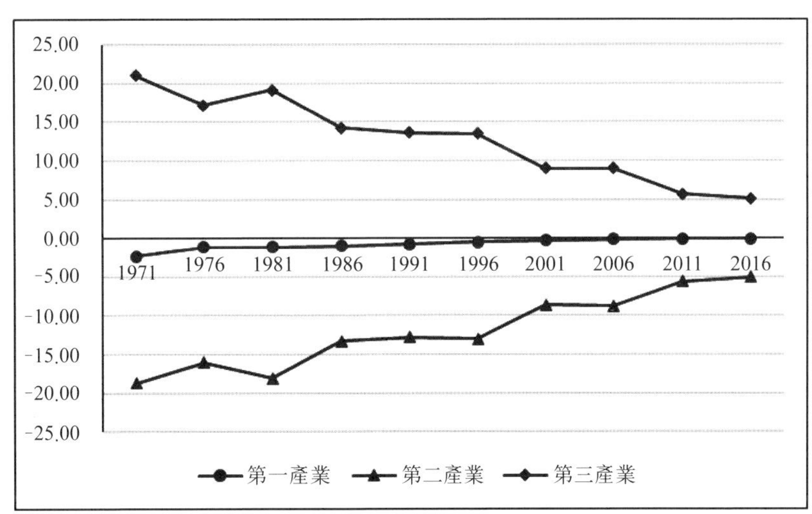

圖 4　1971—2016 年香港三次產業產值比重與就業比重之差的變化（%）

數據來源：根據香港政府統計處各期人口普查統計報告整理計算，選擇產值數據和就業數據重合的年份。

如圖 4 所示，香港三次產業的產值比重與就業比重之差存在逐漸縮小的趨勢，其中，第一產業和第二產業的產值比重均低於就業比重，說明這兩個產業尤其是第二產業的生產率隨着剩餘勞動力（主要為低技能勞動力）的轉出而有所提高；第三產業因不斷接受新的轉入勞動力使其就業比重上升較快，而產值比重沒有得到相應的提高，意味着香港的服務業有相當一部分仍屬於傳統服務業。

內地的改革開放在香港經濟結構調整過程中有着重要的里程碑意義，在這之前，雖然香港第二產業產值比重低於第三產業，但其容納了大量的勞動力就業。因此，香港在製造業發展良好的時期，基本實現了充分就業。其後，經濟服務化對香港的勞動力市場結構產生了重大影響。據統計，80 年代初香港製造業僱員人數超過 100 萬人，佔全香港勞動人口的 41.22%。但隨着產業結構轉型，到 1996 年，製造業僱員人數跌至 57 萬人左右，不到十年間從製造業淘汰出來的勞動力竟達 40 多萬人，到 2016 年製造業就業人數約為 14 萬人。隨着近年服務業增長的放緩，香港的結構性失業也開始成為香港社會普遍關注的一個嚴重問題。

五、香港產業結構與就業結構的協調性分析

香港本身沒有較早期比較詳細的連續統計資料，另外，由於農業在香港的產值和就業比重都很小，因此，本文關於指標計算使用的數據起於 20 世紀 80 年代初期，主要分析香港第二、三次產業結構轉型過程中第二、三產業結構與相應就業結構的協調性問題。

（一）就業彈性分析

就業彈性是指就業人員增長率與經濟增長率之間的比率，可以顯示就業結構相對於產業結構變動的同步性。其計算公式為：

$$某產業就業彈性 = \frac{該產業計算期與基期相比的就業增長率}{該產業計算期與基期相比的經濟增長率} \quad (1)$$

即經濟增長每變化一個百分點所對應的就業數量變化的百分比。就業彈性反映了經濟增長對勞動力資源的吸納能力：當就業彈性為正時，彈性越大則說明經濟增長對就業增長的拉動作用越大，反之則越弱；當就業彈性為零時，說明經濟增長對就業沒有拉動作用。當就業彈性為負時，經濟增長對就業的作用分為兩種效應：如果經濟增長為正但就業增長為負，經濟增長對就業有「擠出」效應，就業彈性絕對值越大，對就業的「擠出」效應則越大；如果經濟增長為負但就業增長為正，經濟增長對就業具有「吸入」效應，就業彈性的絕對值越大，對就業的「吸入」效應也就越大。嚴格地說，「吸入」效應是一種不正常的經濟現象，有悖於經濟發展的一般規律，例如我國經濟中農村對勞動力的「蓄水池」作用。

需要注意的是，不要把充分就業和就業彈性混同起來。彈性是兩個增長率之間的比值，就業彈性高並不能説明就業更加充分；反之，當就業彈性低也不意味着這時的失業更加嚴重。也就是說，充分就業可能在就業彈性高的情況下實現，也可能在就業彈性低的情況下實現。當經濟不斷趨向成熟時，就業的彈性一般會出現逐漸減小的趨勢。現今世界上大多數發達國家的就業彈性都比較低。就業彈性的不斷減小説明每創造一個增量的產值所需要的勞動增量變小了，這實際上是勞

表 2　1982—2017 年香港第二、三產業的就業彈性及總就業彈性

年份	第二產業就業彈性	第三產就業彈性	總就業彈性
1982	−1.2458	0.7071	−0.0195
1983	−0.0906	0.6398	0.1678
1984	0.1035	0.1145	0.1095
1985	2.5625	−0.0694	−0.4115
1986	0.0473	0.3205	0.1902
1987	0.0498	0.1221	0.0915
1988	−0.2066	0.2429	0.0844
1989	−0.5883	0.2725	−0.0050
1990	−0.9342	0.2379	−0.0345
1991	−0.7932	0.2671	0.1095
1992	−1.1833	0.1313	−0.0358
1993	2.4131	0.3476	0.1450
1994	−1.9300	0.3074	0.1758
1995	−0.5465	0.3106	0.1500
1996	−0.0157	0.6980	0.5250
1997	−0.4960	0.4796	0.3132
1998	1.8776	−0.1574	0.2430
1999	1.4649	−1.3486	0.1902
2000	0.4163	0.4811	0.4320
2001	0.4900	−22.2421	−1.3461
2002	0.8406	−0.2960	0.6340
2003	0.7238	−0.8097	0.4750
2004	2.6068	0.8020	0.5478
2005	1.2821	0.3125	0.2673
2006	−0.6016	0.3157	0.2771
2007	0.3450	0.3160	0.2734

續表

年份	第二產業就業彈性	第三產就業彈性	總就業彈性
2008	−1.8935	3.9430	0.7862
2009	0.9297	0.3395	0.5005
2010	−0.5479	0.0623	0.0188
2011	0.4376	0.3043	0.3121
2012	0.4544	0.3760	0.3883
2013	0.4252	0.4217	0.4271
2014	0.1345	0.0977	0.1013
2015	−0.3615	0.2123	0.1499
2016	0.3721	−0.0312	0.0889
2017	0.4955	0.1709	0.1659

數據來源：根據香港政府統計處《香港統計年刊》的數據整理計算[①]。

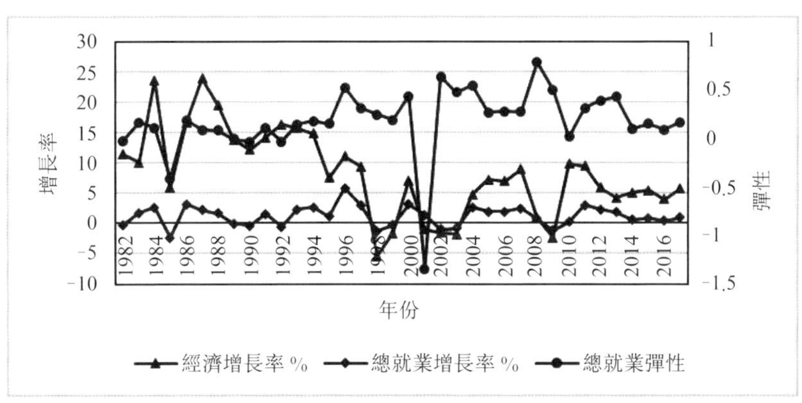

圖 5　1982—2017 年香港經濟增長、就業增長與總就業彈性

數據來源：根據香港政府統計處《香港統計年刊》的數據整理計算。

① 在對香港第二、三產業的就業數量進行統計時，《香港統計年刊》的分類中將「農業、林業及漁業」「採礦及採石業」「電力及燃氣供應」「自來水供應，污水處理、廢棄物管理及污染防治服務業」等行業的就業，及報稱的行業不能辨別或描述不足的就業均歸入「其他」類就業。由於數量很小，在處理就業數據的時候，不考慮該項，即不把它歸屬於任何產業。

動生產率提高的結果。

從表2可以看出，在1982—2017年間的很多年份，香港第二產業的就業彈性為負值，主要原因是那些年第二產業產值為正增長，但就業呈現減少狀況，由於資本替代勞動或生產技術進步速度加快等原因，第二產業發展對就業帶來了「擠出」效應。需要注意的是，1997年亞洲金融危機波及香港，香港第二產業在1998至2005年的增長率為負值，另外在個別年份比如1985年、1993年、2007年和2009年香港第二產業經濟增長率也出現過短暫的負值，而在這些時期香港的第二產業就業增長率均為負值，就業彈性則為正值，這說明第二產業經濟增長的下跌帶來就業水平的下降。

香港第二產業經濟增長率和就業增長率均為正值的年份比較少，只有1984年、1986年、1987年、2011至2014年、2016年和2017年這九年，說明香港第二產業的產值正增長對就業的向上拉動作用只出現在比較少的時期，在大多數年份中，香港第二產業的就業份額不斷減少，香港的就業結構越來越服務化。

香港第三產業的就業彈性除個別年份為負值外，其他均為正值，表明第三產業的產值份額和就業份額基本上呈現相同方向的變動，由於各期二者的變動程度不同，第三產業經濟增長對就業拉動作用即就業彈性的大小也就不同。受1997年亞洲金融危機、2000年美國互聯網泡沫、2008年全球金融危機的影響，1998年、1999年、2001年、2002年、2003年、2009年香港第三產業經濟增長率為負值，而除2009年的其他年份第三產業就業增長率卻為正值，出現了比較特殊的「吸入」效應，可能由於勞動力市場調整速度緩慢帶來了短期勞動力的滯留。

除了上述比較嚴重的經濟衝擊外，香港第三產業的經濟增長率和就業增長率基本上都為正值，表明香港第三產業的經濟正增長帶動了其就業的增長，第三產業是勞動力的主要轉入部門。近幾年香港第三產業的就業彈性絕對值較小，第三產業經濟增長對就業的拉動作用也越來越弱，甚至在 2016 年第三產業出現了產值增長對就業增長的擠出效應，這可能是由於香港服務業內部出現了一定程度的結構升級所致，比如資本和技術密集型的新興服務行業的發展。2017 年香港第二產業的就業彈性為 0.4955，第三產業的就業彈性為 0.1709，這與香港「再工業化」的實踐和第三產業內部的結構升級有直接關係。

圖 5 描繪了 1982—2017 年香港經濟增長、就業增長和總就業彈性的變化趨勢，經濟增長和總就業彈性的波動幅度大於就業增長的波動。除了個別年份，香港的總就業彈性均為正值。在總就業彈性為負值的少數年份，香港的經濟增長率一般為正值，而就業增長率為負值，經濟增長對就業產生了「擠出」效應。但在大部分時期，香港經濟增長對就業都有一定的帶動作用。同樣受全球經濟波動的影響，1998 年、1999 年、2002 年、2003 年、2009 年香港的經濟增長率為負值，其就業增長率也為負值，説明經濟衰退對就業增長具有向下的拉動作用。而在就業彈性為正值的其他時期，經濟正增長表現出對就業增長的向上拉動。

總之，1982—2017 年間香港第二產業的就業增長率大多為負值，也就導致了第二產業就業比重從 1981 年的 50% 下降到 2017 年的 12%；而第三產業的就業增長率幾乎全部為正值，其就業比重從 1981 年的 48% 增加到 2017 年的 88%。① 第二產業的就業彈性主要表現為正

① 第一產業的就業比重在 2017 年比 1981 年低很多，基本可以不予考慮。

的經濟增長對就業的「擠出」效應或經濟衰退時的向下拉動效應；第三產業的就業彈性主要表現為經濟正增長對就業的向上拉動效應，因而從總就業彈性來看，除去個別特殊的年份，香港正向的經濟增長對就業增長具有一定程度的向上拉動效應。

（二）比較勞動生產率分析

比較勞動生產率又稱相對勞動生產率，是測算產業結構效益的一種有效方法。其計算公式為：

$$\text{某產業比較勞力生產率} = \frac{\text{該產業 GDP 相對比重}}{\text{該產業就業相對比重}} \tag{2}$$

經濟發展過程中，因各產業產出與就業增長的幅度並不完全一致，就會形成不同的比較勞動生產率。如果某一產業的比較勞動生產率小於 1，則表明該產業吸納了較多的就業人員，這個產業部門的勞動力就會向其他部門轉移。勞動力從比較勞動生產率低的產業部門向比較勞動生產率高的產業部門流動，從長期來看，會使各產業部門的比較勞動生產率趨於一致即都向 1 趨近，這將有利於經濟和社會的協調發展。

如表 3 所示，香港第二產業的比較勞動生產率波動頻繁，但並沒有出現明顯的提高，基本維持在 1 以下，表明第二產業中還有不少亟待向外轉移的勞動力或其向外釋放勞動力的步伐緩慢。第三產業的比較勞動生產率均大於 1，雖然近幾年的變動比較平緩，但大體上呈現下降趨勢，由 1981 年的 1.4481 下降到 2017 年的 1.0551，這意味着香港第三產業勞動密集程度越來越高，其吸納就業的能力在逐步下降。

表 3　1981—2017 年香港第二、三產業的比較勞動生產率

年份	比較勞動生產率		年份	比較勞動生產率	
	第二產業	第三產業		第二產業	第三產業
1981	0.6504	1.4481	2000	0.6358	1.1001
1982	0.6468	1.3468	2001	0.6262	1.0952
1983	0.7059	1.2761	2002	0.6214	1.0911
1984	0.7179	1.2681	2003	0.6083	1.0867
1985	0.6813	1.2894	2004	0.6213	1.0757
1986	0.7078	1.2580	2005	0.5926	1.0781
1987	0.6939	1.2654	2006	0.5707	1.0793
1988	0.6820	1.2502	2007	0.5175	1.0837
1989	0.6978	1.2159	2008	0.6009	1.0627
1990	0.7004	1.1935	2009	0.6060	1.0598
1991	0.6756	1.1916	2010	0.6106	1.0578
1992	0.6502	1.1880	2011	0.5964	1.0598
1993	0.6022	1.1826	2012	0.5983	1.0598
1994	0.5717	1.1789	2013	0.6058	1.0591
1995	0.5760	1.1692	2014	0.6164	1.0575
1996	0.5907	1.1504	2015	0.6386	1.0536
1997	0.5939	1.1377	2016	0.6537	1.0536
1998	0.6449	1.1105	2017	0.6342	1.0551
1999	0.6683	1.0962			

數據來源：根據香港政府統計處《香港統計年刊》的數據整理計算。

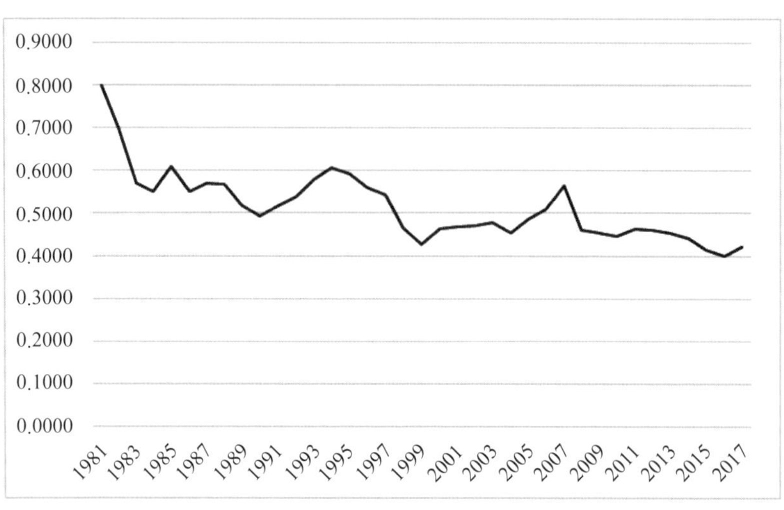

圖 6　1981—2017 年香港第三產業與第二產業的比較勞動生產率之差

數據來源：根據香港政府統計處《香港統計年刊》的數據整理計算。

從圖 6 可以看出，1981—2017 年間，香港第二產業的比較勞動生產率明顯低於第三產業，但兩者之間的差距正逐漸縮小。一方面，隨着低端環節的內遷，製造業內部結構升級帶來第二產業勞動生產率的略有改善。另一方面，香港第三產業的產值比重在 1981—2017 年間增加了 25%，但其就業比重卻增加了 40%，從第二產業轉移出來的大量勞動力進入了第三產業的勞動密集型部門，使第三產業的比較勞動生產率在此期間年均下降 0.86%。

結構調整的一般趨勢是，如果勞動力市場具有充分的流動性，產業的進入和退出不存在任何壁壘，由於比較勞動生產率的差別及由此導致的收入差異，勞動力會向比較勞動生產率較高的部門轉移，各個產業的比較勞動生產率將具有向 1 趨同的傾向。當各產業比較勞動生產率較為接近時，經濟中產業結構的均衡性和總體效益將達到合理水平。目前香港第二、三產業比較勞動生產率的差別還是比較明顯，兩者差距的縮小主要來自於第三產業比較勞動生產率的下降。2017 年香港第二、三產業比較勞動生產率的差距為 0.42，可見，香港比較勞動生產率的趨同過程將是漫長的。

（三）結構偏離度分析

為進一步研究香港產業結構與就業結構的對稱或均衡狀況，引入結構偏離度分析。其計算公式為：

某產業結構偏離度 = 該產業比較勞動生產率 -1　　　　(3)

當結構偏離度大於零時，該產業的比較勞動生產率大於 1，應吸納更多的勞動力；當結構偏離度小於零時，該產業的比較勞動生產率較低，存在大量需要轉出的剩餘勞動力。一般來説，當結構偏離度的絕對值越大，則表明產業結構與就業結構越失衡；當結構偏離度越接近零，則表明產業結構與就業結構越合理。一般來説，產業間的比較勞動生產率差距越大或結構偏離度越高，勞動力在產業間轉移的動力就越強、可能性就越大。如果產業部門間不存在進入和退出壁壘，勞動力市場具有充分的流動性，各產業的結構偏離度在長期內將逐步趨近於零。西方發達國家的產業結構變動大都經歷了一個產業結構偏離度由高到低的過程。

本文把二、三產業結構偏離度絕對值之和，稱為產業結構總偏離度，即代表着產業結構的總體效益。香港的產業結構總偏離度和第三產業結構偏離度各年均為正值，呈現出波動中下降的趨勢，1981 年兩者分別為 0.7977 和 0.4481，2017 年下降為 0.4209 和 0.0551。而第二產業的結構偏離度均為負值，波動頻繁但趨勢不明顯，説明香港第二產

表 4　1981—2017 年香港第二、三產業的結構偏離度及總偏離度

年份	結構偏離度			年份	結構偏離度		
	第二產業	第三產業	總偏離度		第二產業	第三產業	總偏離度
1981	−0.3496	0.4481	0.7977	2000	−0.3642	0.1001	0.4643
1982	−0.3532	0.3468	0.6999	2001	−0.3738	0.0952	0.4689
1983	−0.2941	0.2761	0.5702	2002	−0.3786	0.0911	0.4698
1984	−0.2821	0.2681	0.5502	2003	−0.3917	0.0867	0.4784
1985	−0.3187	0.2894	0.6080	2004	−0.3787	0.0757	0.4544
1986	−0.2922	0.2580	0.5502	2005	−0.4074	0.0781	0.4855
1987	−0.3061	0.2654	0.5715	2006	−0.4293	0.0793	0.5086
1988	−0.3180	0.2502	0.5682	2007	−0.4825	0.0837	0.5662
1989	−0.3022	0.2159	0.5181	2008	−0.3991	0.0627	0.4618
1990	−0.2996	0.1935	0.4931	2009	−0.3940	0.0598	0.4538
1991	−0.3244	0.1916	0.5160	2010	−0.3894	0.0578	0.4472
1992	−0.3498	0.1880	0.5378	2011	−0.4036	0.0598	0.4634
1993	−0.3978	0.1826	0.5804	2012	−0.4017	0.0598	0.4616
1994	−0.4283	0.1789	0.6072	2013	−0.3942	0.0591	0.4533
1995	−0.4240	0.1692	0.5932	2014	−0.3836	0.0575	0.4411
1996	−0.4093	0.1504	0.5597	2015	−0.3614	0.0536	0.4151
1997	−0.4061	0.1377	0.5437	2016	−0.3463	0.0536	0.3999
1998	−0.3551	0.1105	0.4656	2017	−0.3658	0.0551	0.4209
1999	−0.3317	0.0962	0.4278				

數據來源：根據香港政府統計處《香港統計年刊》的數據整理計算。

業勞動生產率較低。第二產業產值比重不斷下降與就業比重相對過大的矛盾現象也從側面反映了第二產業內部存在着大量剩餘勞動力，需要採取措施進行勞動力的有效轉移。

由表 4 的數據可知，香港產業結構總偏離度的下降主要來自第三產業偏離度的降低，產業總偏離度的變小意味着香港就業結構和產業結構正向合理化方向發展。第三產業結構偏離度的絕對值除了 1981 年都低於第二產業結構偏離度的絕對值，並逐漸向零值靠攏，所以在香港第三產業的產業結構與就業結構正在向均衡狀態靠近，其合理性程度較第二產業為好。

第三產業結構偏離度為正值，表明該行業產值增加的份額大於就業結構增加的份額，勞動生產效率較高，已成為吸收勞動力就業最主要的部門。而第三產業結構偏離度的下降，意味着第三產業各部門在這段時期內接納了越來越多從其他部門轉移出來的勞動力，第三產業就業人數比重隨之不斷上升，但其就業吸納空間正在逐步縮小。在香港第二次經濟轉型初期，第三產業中的勞動密集型的傳統服務業得到了較快發展，對勞動者素質的要求也不太高，從而吸納了大量第二產業轉移出來的剩餘勞動力。隨着金融、房地產等現代服務業的興起發展，對勞動力素質的要求越來越高，影響了勞動力產業間的轉移。在未來，第三產業仍然有繼續接納勞動力的能力，但該能力將逐漸減弱。

六、結論與政策建議

綜上分析，香港產業結構和就業結構已經發展成為以第三產業為主導的服務型經濟。在香港第二次產業結構轉型過程中，第二產業從20 世紀 80 年代初開始作為勞動力向外轉移的部門，而第三產業是香港勞動力的主要轉入部門，雖然目前仍有一定的接納能力，但隨着新興服務業的發展，其接納勞動力的能力在逐漸減弱，這勢必會給香港的勞動力市場帶來就業壓力。

另外，香港與內地之間的人口流動中，流入以基層為主，而流出以中、高技能人士為主①。從 2008—2017 年間香港按以前從事行業劃分的失業率可以看出，較低職業階層員工的失業率普遍高於社會平均失業率，並遠高於較高職業階層的失業率。製造業空心化可能使香港變成一個既有從事高附加值工作的高收入人羣，也有一些無法實現轉移的低端人羣及無法流動到其他地方尋求工作的失業人羣，這樣的社會必然會因貧富分化而導致社會不穩定。

產業結構的升級轉型是經濟發展的基本規律，幾乎沒有任何一個國家或地區能在「完全自由放任」的條件下實現高科技、高增值產業的發展，為成功推進香港經濟結構轉型，政府需要有合理的產業政策和具體的扶持方案，並採取以下政策措施予以配合。

① 洪雯、張家敏：《香港服務業進入內地：對香港的可能影響及策略建議》，《港澳研究》2014 年第 1 期。

（一）促進勞動力自由流動

由於香港第三產業吸納勞動力的能力逐漸減弱，而第二產業在轉型過程中又繼續釋放出剩餘勞動力，解決大量勞動力的就業問題就成了香港經濟面臨的重要問題。一方面，香港可以在鞏固服務業相關優勢產業的基礎上，通過技術創新推動製造業向高增值環節發展，以避免逐漸失去對製造業的掌控權。另一方面，在更大的區域內實現與內地勞動力的無障礙流動，並做好相應的福利改革，優化勞動力資源的配置。這樣才能解決製造業等產業轉移帶來的結構性失業，為不同層次的勞動力提供更廣泛的選擇空間。

（二）加強勞動力培訓投入和降低優秀人才的生活成本

製造業升級和現代服務業的發展都需要大量受過專業訓練或高等教育背景的人才，但目前香港生活成本過高，對優秀人才的吸引力會因此而降低。香港政府既要加大職業教育的培訓力度，提高勞動力素質及其對經濟轉型的適應能力，使轉型中淘汰出的勞動力更快的獲得相應技能以便向新興產業部門轉移。又要吸引大量高素質的人才、優質資本來港投資、創業，為香港創造更多的就業崗位。這就需要為其提供舒適的生存環境，使他們更好的融入進香港的社會生活，植根於香港的長遠發展。

Research on the coordinated development between industrial structure and employment structure in Hong Kong

Ren Xiaoli, Chen Guanghan

Abstract: In the process of Hong Kong's economic transformation, the industrial structure has been constantly adjusting and upgrading, and the degree of coordination between employment structure and industrial structure is directly related to the healthy of Hong Kong's economic development. On the basis of the evolution of Hong Kong's industrial structure and employment structure, this paper makes an empirical analysis of the coordinated development between industrial structure and employment structure in Hong Kong by using employment elasticity, comparative labor productivity and industrial structure deviation from the division of three industries, It is pointed out that there are still many labor forces in the secondary industry of Hong Kong that need to be transferred urgently or its slow pace of releasing labor and the tertiary industry is still the main sector to absorb employment, but its ability to absorb employment is gradually declining.

Keywords: industrial structure; employment structure; employment elasticity; comparative labor productivity; structural deviation

企業家跨境創新創業的國際競爭優勢

——基於港澳青年內地創業的多案例研究

高思芃　劉文韜*

摘　要：創新創業是提高國際化技術水平和推動經濟高質量發展的重要引擎，而人才是創新創業的核心要素，在當前全球「人才戰」日益激烈的情況下，具備哪些特質的國際創新創業人才應被重點關注？跨境企業家是如何實現創業成功的？政府又應提供哪些優惠配套政策進行扶持？以上均是亟待解決的熱點問題。本文基於港澳青年在內地創新創業的典型跨境案例，通過多案例研究挖掘港澳青年企業家的共性特徵，以及企業在內地發揮國際競爭優勢的主要策略及具體表現，探索歸納企業家跨境創新創業的成功模式。研究發現：進入內地創新創業的港澳青年企業家通常具備良好的教育背景和豐富的工作履歷，以及較強的技術研發能力和初創經驗；且對內地文化與制度有一定認識程度的港澳青年企業家，擅於深度挖掘內地創業資源，

* 高思芃，女，副研究員，中山大學粵港澳發展研究院、港澳珠江三角洲研究中心；劉文韜，女，講師，沈陽師範大學管理學院。

運用國家政策洞察市場趨勢；並通過發揮港澳地區的國際化優勢，引入國際資本、開拓國際市場、整合國際人才和搭建國際平台，構建企業國際競爭優勢。這些結論不僅在理論層面拓展了企業家跨境創業的研究內容，更重要的是為企業跨境創新發展提供重要實踐導向，也為我國完善創新創業扶持政策提供借鑒依據。

關鍵詞：跨境創新創業　企業家特徵　國際競爭優勢　港澳青年

一、引言

二十大報告強調要發揮香港、澳門優勢和特點，鞏固提升港澳在國際金融貿易、創新科技等領域的地位，深化港澳同各國各地區更加密切的交往合作。當前粵港澳三地已針對港澳青年內地創新創業出台了較為完善的人才與企業優惠政策，且三地人才流動和經濟互動都較為頻繁，港澳青年企業家內地創新創業勢頭漸強，非常值得作為跨境創新創業案例進行深入調查研究。目前，學術界關於企業家創新創業的研究主要有兩條脈絡：一是基於機會或資源理論視角，研究熱點集中在創業機會的識別與創造、資源拼湊與冗餘、社會資本嵌入及平台賦能等方面，[①] 其中涉及國際創業投資的研究主要關注的熱點是企業家

① Mazhar Islam, "Signaling by Early Stage Startups: US Government Research Grants and Venture Capital Funding", *Journal of Business Venturing*, vol. 33, no. 1 (January 2018), pp. 35-51. 蔡莉：《發現型機會和創造型機會能夠相互轉化嗎？——基於多主體視角的研究》，《管理世界》2018 年第 12 期；崔杰：《母體知識資源分佈對衍生企業創業機會影響研究：創業拼湊的調節作用》，《南開管理評論》2020 年第 4 期。

社會資本、創業經驗和企業創新等。[①] 然而，當下面臨愈發複雜多變的國際形勢與市場競爭，跨境企業家如何整合創業機會與資源，如何發揮天生國際化競爭優勢等問題尚未充分討論；二是結合高階梯隊理論，學者們普遍認為企業家的戰略選擇與其個人背景特徵存在顯著性關係。[②] 現有實證研究通常是從某個視角分析企業家部分背景特徵與其某個行為或企業表現之間的關係，例如，熊艾倫 [③] 等基於文化視角，探討企業家的性別異質性對企業決策的影響。因而，缺乏對研究對象的共性與規律性特徵的系統探究，尤其是跨境企業家層面。

鑒於以上研究缺口，本文將針對跨境企業家創新創業活動展開探索性分析，並選取港澳青年在內地註冊的創新型企業為案例研究對象，結合高階理論、資源機會一體化與新新貿易理論，系統歸納分析在內地創新創業的港澳青年的核心特徵、發展路徑、國際競爭優勢，及三者之間的相互影響作用，從實踐結果層面探索與歸納港澳青年內地創新創業的成功模式，並提出了相應的管理啟示與政策建議。

二、理論回顧與文獻綜述

（一）高階梯隊理論與企業家特徵

高層梯隊理論認為高層管理者是組織中權力的核心，管理者及其

① Eun-Jeong Ko, "Signaling for More Money: The Roles of Founders' Human Capital and Investor Prominence in Resource Acquisition Across Different Stages of Firm Development", *Journal of Business Venturing*, vol. 33, no. 4(July 2018), pp. 438-454.

② Huarng Kun-Huang, "Complexity Theory of Entrepreneur Characteristics", *International Entrepreneurship and Management Journal*, vol. 17, no. 3(January 2021), pp. 1037-1048.

③ 熊艾倫：《性別異質性與企業決策：文化視角下的對比研究》，《管理世界》2018 年第 6 期。

團隊的性格、能力及經驗等特徵直接影響團隊的認知能力與價值觀，進而映射在組織戰略決策上。[①] 該理論主要應用在個體層面（企業領導者、CEO、員工）及組織層面（高管團隊）對組織戰略、行為及績效的影響研究。[②] 關於企業家特徵的研究主要聚焦在企業家具備哪些特質，[③] 哪些特質是企業家的成功標籤，以及企業家特徵與風險偏好、戰略選擇、企業創新發展等企業核心因素之間的關係。[④] 目前關於企業家特徵的研究多採用面板數據和一手調研數據進行結構方程模型、回歸模型檢驗等，但現有文獻較少立足於跨境層面探究企業家特徵的問題，僅在分析企業國際化發展、企業跨國併購等研究中有涉及企業家國際經驗、社會資本的特徵，但隨着創新創業的全球化趨勢，有必要對跨境企業家特徵進行探索性分析歸納。[⑤]

（二）機會—資源一體化與跨境創新創業

機會—資源一體化是基於系統性和整體性層面提出的，強調機

① Hambrick DC, "Executive Job Demands: New Insights for Explaining Strategic Decisions and Leader Behaviors", *Acadfemy of Management Review*, vol. 30, no. 3(July 2005), pp. 472-491.

② 賴黎：《董事高管責任保險降低了企業風險嗎？——基於短貸長投和信貸獲取的視角》，《管理世界》2019 年第 10 期。

③ Huarng Kun-Huang, "Complexity Theory of Entrepreneur Characteristics", *International Entrepreneurship and Management Journal*, vol. 17, no. 3(January 2021), pp. 1037-1048.

④ Byungku Lee, "Human Capital and Labor: The Effect of Entrepreneur Characteristics on Venture Success", *International Journal of Entrepreneurial Behaviour & Research*, vol. 25, no. 1(January 2019), pp. 29-49. José Fernández-Serrano, "Efficient Entrepreneurial Culture: A Cross-country Analysis of Developed Countries", *International Entrepreneurship and Management Journal*, vol. 14, no. 1(March 2018), pp. 105-127.

⑤ Baier-Fuentes, Hugo, "Does Triple Helix Collaboration Matter for the Early Internationalisation of Technology-based Firms in Emerging Economies?", *Technological Forecasting and Social Change*, vol. 163(February 2021), pp. 120439.

會與資源協同共同存於創新學習、組織變革和戰略調整等創業過程的每一個階段。[①] 目前國外有關研究主要圍繞跨境風險投資、跨國企業併購、知識跨境轉移和政府多層次治理等問題的分析；國內研究則重點聚焦在跨境電商、金融和資本等貿易領域。[②] 當前缺乏從機會—資源一體化視角探究跨境層面的創業機會識別、創新資源整合等相關問題，圍繞港澳青年內地創新創業的研究基本停留在發展現狀、需求及政策的理論分析層面，而當下港澳人才內地發展呈現出創業人員青年化、高學歷化、高科技化及所從事行業高附加值化等特徵，其創新創業企業逐漸在內地和國際市場競爭中突顯，學術界在解決扶持政策配套之外，也亟需從成功案例中歸納出相關管理啟示，為創新創業發展提供經驗借鑒。

（三）新新貿易理論與國際競爭優勢

在傳統貿易理論和新貿易理論的基礎上，Melitz[③] 提出了新新貿易理論，改變了原有理論關於企業是同質的假定，相關研究逐漸將前期較為宏觀的研究拓展到了企業微觀層面，使理論研究結果可以進一步被實踐數據驗證，基於該理論學者們主要研究了企業國際化路徑選擇和全球生產組織抉擇方面的問題。國際競爭優勢主要是企業通過國際

---

① Jeffry A.Timmons, *New Venture Creation: Entrepreneurship for the 21st Century*, New York: McGraw-Hill, 2007, p. 658.

② Miguel Meuleman, "Venturing into the Unknown with Strangers: Substitutes of Relational Embeddedness in Cross-border Partner Selection in Venture Capital Syndicates", *Journal of Business Venturing*, vol. 32, no. 2(March 2017), pp. 131-144. 馬述忠：《制度創新如何影響我國跨境電商出口？——來自綜試區設立的經驗證據》，《管理世界》2022 年第 8 期。

③ Marc J. Melitz, "The Impact of Trade on Intraindustry Reallocations and Aggregate Industry Productivity", *Econometrica*, vol. 71, no. 6(November 2003), pp. 1695-1725.

化發展所獲取的包括國際資本、國際市場、先進技術、勞動力、國際合作和基礎設施等優勢。[①] 不少相關研究結合了新新貿易理論，探討了企業異質性、服務貿易、FDI、與國際競爭優勢的關係問題，[②] 特別是跨境數字貿易和技術型貿易領域的國際競爭力研究。但在數字化技術加速改變市場結構和企業商業模式的情況下，新新貿易理論的生產率假設是否仍然成立還有待證實；並且，從反向國際化視角，具有天生國際化的企業家，在跨境創業的融資、資源整合和市場開拓等階段，應如何進行戰略佈局以充分促進和發揮國際競爭優勢的問題尚未充分討論。

綜上，本文聚焦於四家跨境創新創業企業的發展進行多案例研究，探究跨境創新型創業企業家的背景特徵、創新創業路徑與國際競爭優勢的內在關係，並基於研究結果提出具有操作性的對策建議。

三、研究設計

（一）方法選擇

本文採用探索性多案例研究方法主要有以下三個原因：①案例研究適合回答「Why」和「How」的問題，有助於本文實現研究目標，即探究企業家為何會選擇跨境創新創業，以及創新創業的企業在跨境發展中如何保障國際化競爭優勢；②從現有研究來看，尚缺乏從企業家特

① 裘長洪：《綜合競爭合作優勢：中國製造業國際競爭力持久不衰的理論解釋》，《財貿經濟》2021 年第 5 期。

② Halit Keskin, "The Simultaneous Effect of Firm Capabilities and Competitive Strategies on Export Performance: The Role of Competitive Advantages and Competitive Intensity", *International Marketing Review*, vol. 38, no. 6(October 2021), pp. 1242-1266.

徵視角切入分析跨境創新創業的研究，探索性案例研究有利於本文以港澳青年在內地創新創業的事實為基礎，結合已有理論提煉跨境創新創業的發展路徑及提升國際競爭優勢的內在邏輯；③相較於單案例研究，多案例具有更好的可複製性和外推性質，從而使本文研究結論變得更加穩健和普適。此外，本文引入自然語言處理（Natural Language Processing, NLP）作為計算機輔助技術，實現對文本資料的更加客觀全面地分析，並繪製詞雲圖，以便結合港澳青年企業家特徵，更加完整地分析案例企業的創新創業情況。

（二）案例選擇

本文選擇港澳青年在內地創新創業的企業作為案例研究對象有三個主要原因：①港澳青年來內地創新創業涉及人才、技術、資金等要素跨境流動，且面臨社會文化、規則制度，甚至地理距離等方面的差異性問題，是跨境創新創業領域的典型案例；②吸引高層次港澳及國際人才來中國內地發展的政策力度逐年提升，當前亟需歸納具體的成功案例和有操作性的發展路徑，一方面為企業家提供戰略管理啟示，另一方面為政府未來進一步精準引進人才提供實施依據；③港澳地區是中國高度對外開放區域，面對當前國際局勢和中國創新發展需要，如何加快港澳融入國家發展大局且充分發揮港澳國際優勢的問題亟待深入探究。為了更好地回答港澳青年內地創新創業的國際化競爭優勢問題，本文在選擇樣本的過程中設定了如下標準：①企業需要擁有一個及以上的專利或參與一個及以上標準的制定；②企業存續五年以上且主要從事技術創新或技術服務相關業務；③企業創業資金來源包含港澳地區投資；④參與「一帶一路」「雙循環」發展戰略程度較高的企業優先。

根據多案例分析方法，遵循「複製法則」選擇典型案例的數量應控制在四至十個，也有學者基於「複製與擴展」的歸納邏輯，認為多案例研究的最佳案例數標準為三至七個。① 我們於 2022 年 3 月至 6 月先後調研訪談了廣東五家、北京一家和上海兩家港澳青年內地創新創業企業，基於以上選取標準與多案例方法，最終選擇四家企業作為典型案例樣本。

所選取的四家案例企業目前基本情況如表 1 所示，企業所在細分行業、輻射範圍、專利數量、企業規模等方面存在顯著差異性，且四家企業數據來源多樣、企業年報詳細完整、互聯網信息披露豐富，有利於後續進行三角驗證。此外，案例企業還存在如下三方面的共性：①在各自領域都擁有行業技術優勢；②數字化轉型均已進入踐行階段，即企業對核心裝備和業務活動進行數字化改造，並實現了企業生產製造全過程數據的採集、分析和可視化；③對政策制度帶來創新機遇都具有較好的把控。其中，深圳市前海雲端容災信息技術有限公司的創始人曾三次創業，其前兩次創業的失敗經歷將作為本文的對比分析數據。

① Bruce L. Berg, *Qualitative Research Methods for the Social Sciences (8th ed.)*, Boston: Allyn and Bacon, 2012, p. 448.

表 1　案例企業的基本情況

案例編號	A	B	C	D
成立時間	2015 年	2015 年	2006 年	2014 年
企業類型	小微企業	中等規模高新技術企業	大型高新技術企業	
調研所在區域	深圳	珠海	廣州	上海、北京
專利申請量	1	13	360	11
主營業務	雲端容災軟件開發	網絡技術服務、網絡與信息安全軟件開發等	電力電子元器件製造（汽車裝置除外）、照明燈具製造等	能源技術領域內的技術開發、充電解決方案等
被訪者	人事總監、市場部經理	人事總監、技術部經理	人事總監、技術部經理	技術總監、技術部經理
港澳員工人數佔全體員工的比例	21%—30%	31%—40%	31%—40%	11%—20%
外籍人才人數佔全體員工的比例	41%—50%	21%—30%	11%—20%	10% 以下

資料來源：作者整理。

（三）數據來源與分析

本文為保證多案例研究的效度採用三角驗證法，依據實時和回顧性原則，儘可能通過實地考察訪談、互聯網財務數據收集、企業及高管徵信調查、第三方新聞報道及相關著作等多種渠道，收集四家企業創新創業過程中的資料和成果數據。[①] 數據主要包含訪談調研所得的一手訪談資料和主要來源於網絡披露的二手資料。被研究對象公開資

① Ingstrup, Mads Bruun, "When Institutional Logics Meet: Alignment and Misalignment in Collaboration Between Academia and Practitioners", *Industrial Marketing Management*, vol. 92(January 2021), pp. 267-276.

料、現場訪談資料與第三方資料分別從被研究者（案例企業）、研究者（研究團隊）和第三方（媒體、學者、公眾）三種視角彌補了彼此認識問題不足的局限與偏差。綜上，基於多種數據收集方法的三角測量能夠讓本研究的構念和假定獲得更堅實的事實依據，有利於構建更堅實和更普適的理論。

本文在分析過程中，對案例數據進行逐級編碼，首先，對四家企業的數據和文字資料進行梳理、初步對比和開放性編碼，識別港澳青年企業家特徵、其內地創新創業戰略選擇及國際化競爭優勢的初始範疇化描述；其次，對比分析各主、副範疇描述之間的關係，從而實現概念化和邏輯化，析出不同概念性描述所代表的主題；最後，進行選擇性編碼將已析出的主題形成最終觀點論述，揭示跨境企業家在開展創新型創業活動時獲取國際競爭優勢的路徑機制。

四、研究發現

（一）港澳青年企業家特徵

如圖 1 所示，基於自然語言處理生成的詞雲圖直觀展現了港澳青年企業家特徵關鍵詞分佈情況（圖中詞彙字體越大，表示該詞彙在文本分析過程中出現頻次越高）。一是，關於教育背景，來到內地創新創業的港澳青年企業家普遍具有較高的理工科背景學歷，並且擁有較為國際化的港澳或海外地區的學習經歷；二是，關於工作經歷，均從事科技創新活動相關的工作，具有高校、政府相關部門專家或顧問的身份；三是，關於成長環境，家族有熟知經商之道或有投資經歷的父輩兄長，生長在港澳地區，善於挖掘當地資源；四是，關於對內地的認知，對內地市場、制度和文化有一定了解和認同，對內地發展充滿希望；五是，關於創業發展經歷，不少通過創業比賽起家，擅長政產學研合作發展，瞄準國家政策，在利好時機適時佈局。

圖 1　基於 NLP 的港澳青年企業家特徵分析

資料來源：作者整理。

（二）內地創新創業

基於機會—資源一體化理論，主體企業在創業過程中，機會與資源的開發、整合和利用是系統的成長過程，學者們認為二者通常是相互作用、協同發展的。[①] 本文認為，無論是探索企業的創新活動還是創業行為，均需要全面系統地從外部機會與資源，以及企業自身能力雙重視角進行案例分析才更有意義。基於此，將案例資料與已有理論反覆迭代，發現港澳青年內地創新創業的主要行為包括以下三個方面：

① 葛寶山、續媞特：《左右互搏：創業機會與資源共生演化機理研究》，《科學學研究》2020 年第 8 期。

一是，努力抓住政策和市場導向，主要體現在捕捉創業契機和迅速戰略佈局；二是，充分利用內地的創業土壤，主要是內地的社會資本、用戶市場和政策福利；三是，不斷發揮天生的國際化能力，主要表現在破解差異阻礙的能力、國內和國際資源要素的整合能力、商業模式創新能力及技術產業化能力，具體典型例證如表 2 所示。

表 2　港澳青年內地創新創業的主要行為

主範疇	副範疇	典型例證
努力抓住國家政策和市場導向	捕捉契機	「2012 年底，香港科技園和廣東省佛山合作的首個粵港聯合孵化器『創享藍海』啟動，我們是首批入駐的五家香港創新型企業之一。」(A)
	戰略佈局	「在香港主要是銷售模式，無法自行運營，那時候一直在尋求新的發展途徑，瞄準內地新能源市場的需求，按計劃來到內地拓展。」(D)
充分利用內地創業土壤	內地社會資本	「僅憑創始人自身的創業經驗與專業技術難以在內地拓展市場，是他們香港中文大學的校友提供了關鍵的人脈資源和資金加持。」(D)
	內地用戶市場	「董事長認為粵港兩地的結合才是香港製造業的發展出路，我們可以很快地發展成為規模化的上游企業得益於內地的土壤。」(C)
	內地政策福利	「橫琴出台了一系列針對澳門創業青年的優惠政策，並提供相關政策諮詢服務，在減輕成本的同時提供了很多便利，此外基礎設施建設和營商環境也不斷提升。」(B)
不斷發揮天生國際化能力	破解差異阻礙	「進駐內地一段時間後，因為兩地文化的差異，人力資源出現了問題，於是引進了在內地有經驗的港籍人才加盟，化解了人才招聘和日常工作管理中的棘手問題。」(D)
	資源要素整合	「創業之初就有香港科技大學多位教授聯手，並且通過香港的國際金融優勢，拿到了香港、國際及廣東省多家基金會和上市企業的融資。」(C)
	商業模式創新	「我們是將娛樂和消費捆綁，利用自身的大數據優勢，將產品植入微信公眾號和手機軟件，用戶在閱讀文章、使用 APP 的同時就可以看到產品信息並直接購買或收藏，改變了傳統電商運營方式。」(B)
	技術產業化	「我們藉助外部資源，與香港科技大學、北京大學、台灣大學等知名高校保持長期合作，一方面為高校提供技術產業化的條件，另一方面也加快我們自己的研發速度，形成了獨特產學研優勢，從而接軌全球市場、國際標準。」(C)

（三）國際化競爭優勢

現有研究基於新新貿易理論指出，企業的異質性是企業戰略決策的關鍵，而企業國際貿易選擇受國際化資源配置、出口市場進入成本和「競爭淘汰效應」的影響。[①] 結合表 3 內容，本文發現港澳青年內地創新創業企業構建國際化競爭優勢主要體現在以下四個方面：一是，國際資本引入，包括粵港台合資、外商投資等；二是，國際市場開拓，主要涉及國際品牌市場和國際服務貿易；三，是國際人才整合，重視構建國內外人才網絡、組建國際人才團隊等；四是，國際平台搭建，包括搭建綜合服務平台和國際化電商產業鏈。

（四）核心範疇之間的相互關係

基於以上案例編碼內容，本文列出圖 2 副範疇、主範疇和核心範疇的關係，並發現案例企業核心範疇的突出特點：案例 B 的企業家突出特點是國外教育背景、創業目的明確及對內地有一定認知，其內地創新創業比較善於利用內地政策福利，且不斷整合資源要素和創新商業模式，並以國際平台搭建和國際市場開拓兩種優勢，擴大平台輻射範圍，提升國際影響力。案例 C 的企業家工作履歷較好、對內地較為了解，且擅長政產學研合作，通過戰略佈局較好地開拓了內地用戶市場，且實現資源要素整合和技術產業化，以國際市場開拓、國際資本整合、國際人才整合並重的方式提升國際競爭優勢。案例 D 的企業家

① 裴長洪：《綜合競爭合作優勢：中國製造業國際競爭力持久不衰的理論解釋》，《財貿經濟》2021 年第 5 期。

表 3 港澳青年內地創新創業的國際化競爭優勢

主範疇	副範疇	典型例證
國際資本引入	粵港台合資	「2003 年在香港創業的時候，我們就是由投資公司、財政基金、企業和大學等共同投資建立的粵港台合資企業。」(C)
國際資本引入	多方注資	「我們 2014 年從香港來到內地，進入北上廣深建立分公司，集團不僅有港商投資也有外商投資和內地投資。」(D)
國際資本引入	外商投資	「集團在上海建立的上海依威能源科技有限公司是有外商做股東的，AMOS Enterprises 認繳出資六個億。」(D)
國際市場開拓	國際品牌市場	「我們就是打造全球 LED 產業中最具核心競爭力的高科技民族品牌，迎合國際市場需求做「中上游」產業鏈。」(C)
國際市場開拓	國際服務貿易	「現在擁有中葡中拉雙邊貿易合作六個區域服務合作夥伴，八個中葡中拉雙邊貿易合作夥伴。」(B)
國際人才整合	國內外人才網絡	「董事長本身就是西安交大的碩士和港科大的博士，又在高校任教，2006 年成立時候從香港帶了技術團隊來，而且公司也在佈局國內外的創新合作網絡，現在外籍人才佔比超過 10%。」(C)
國際人才整合	兩地人才交流	「最開始到內地的時候文化差異、經營理念都有不同，後來就找在內地多年的香港人跨界合作，慢慢地把香港帶過來的人才和內地人才整合起來，目前港澳員工人數佔全體員工的比例在 10% 到 20%。」(D)
國際人才整合	國際人才團隊	「我們雖然規模不大，但積極和政府和高校合作，現在已經建立了良好的合作網絡，外籍人才超過四成。」(A)
國際平台搭建	綜合服務平台	「深度應用數字化技術，搭建跨境產業服務大腦，目前一共包含國際化產學研合作平台、跨境金融科技創新服務平台等六大平台，集成了國際資本、國際大賽、海外渠道、人才服務等全方位多角度的產業服務功能。」(B)
國際平台搭建	國際化電商產業鏈	「我們通過跨境電商將內地和葡語系國家聯繫在一起，跨境賦能電商全產業鏈，助力內地中小企業走出去，也助力澳門融入國家價值鏈。」(B)

資料來源：作者整理。

在香港已經有一定創業基礎，且來內地創業目標明確，因此戰略佈局清晰，並能充分利用內地社會資本發展內地用戶市場，結合內地政策福利進行資源要素整合，發揮出較強的國際資本整合和國際市場開拓的優勢；而案例 A 的企業家也是高層次人才，但有象牙塔裏的科學家屬性，受家族環境影響而創業，來到內地的創業初期努力開發內地社會資本，破解差異阻礙，雖然擁有領先的容災技術，但在前兩次創業時經營發展相匹配的人才、資本、市場渠道都相對缺乏，沒有明顯的國際化嵌入優勢。

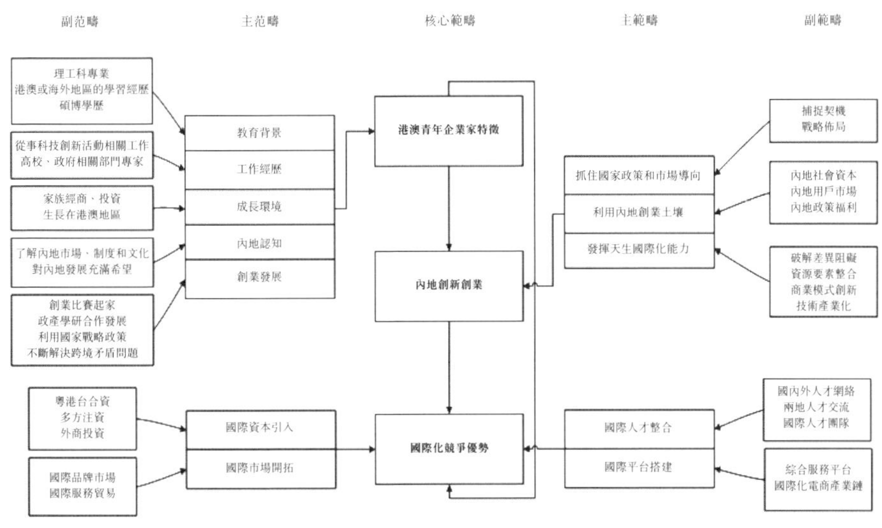

圖 2　副範疇、主範疇和核心範疇的關係

資料來源：作者整理。

1. 企業家特徵與國際競爭優勢。基於新新貿易理論，企業異質性也會影響其國際化發展路徑，港澳青年企業家的一些異質性特徵使其創業企業也同樣帶有異質性標籤，如圖 3。首先，港澳青年企業家普遍具有國際化教育和海外工作經歷，不但使其具有相對國際化的思想和視野，並且人力資本方面更具有天生國際化優勢，相對更便於組建國際化合作團隊。案例 C 企業主要通過化解區域文化差異、雙向趨同經營理念和加強產學研國際合作網絡等方式吸引、整合國際人才。其次，港澳地區一直是國家高度對外開放的區域，其創新創業氛圍和水平、科技金融服務均與國際化接軌，港籍澳籍企業家在開拓國際市場和吸引國際資本時具有天生優勢。例如，案例 C 企業是港商和外商的資本注入才得以在內地成立、創新發展和規模擴張。並且，港澳青年企業家創業發展經歷豐富，也使其在機遇面前更加敏鋭，創業資金來源也較為穩定，在激烈的國際競爭中，更有可能獲取競爭優勢。案例 D 的企業家在香港創業時已具備較豐富的創業基礎和成功經驗，之後在內地運營時很快就吸引了港澳與國際資本注入。

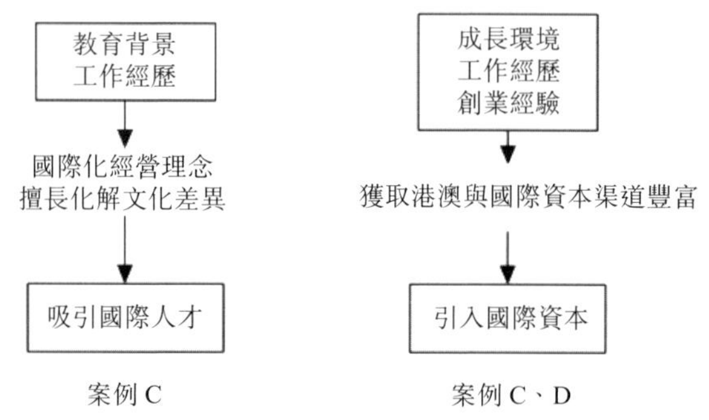

圖 3　企業家特徵對企業國際競爭優勢的影響機制

資料來源：作者整理。

2. 企業家特徵與跨境創新創業。結合高階理論，具體分析企業家特徵與其跨境創新創業行為之間的關係，如圖 4。首先，港澳青年企業家的國際化教育背景和豐富的創業經歷，使其更為精準地捕捉發展的時機，並迅速反應做出戰略佈局。本研究四家案例企業均敏鋭地捕捉到了內地創業的良好機遇，正如 Martino[①] 等學者指出企業家特徵對企業發展佈局具有決定性作用。其次，港澳企業家對內地具有較為清

① Pierluigi Martino, "The Relationships Between CEO Characteristics and Strategic Risk-taking in Family Firms", *Journal of Risk Research*, vol. 23, no. 2(October 2018), pp. 95-116.

晰的認知，可以更加準確地捕捉到內地廣闊的用戶市場，並以內地的交流合作方式拓展社會資本，以及充分利用內地利好政策。例如，案例 D 的企業家雖然並沒有內地的學習與工作背景，但其通過有經驗的港籍人才的幫助化解了跨境文化和制度的障礙，不但解決了企業人才隊伍管理問題，並且吸引到了內地投資。再次，港澳企業家的教育和工作履歷及成長環境無疑是其發揮天生國際化能力的有力支撐，案例 B 的企業家有美國加州理工計算機專業的教育背景，其在商業模式創新方面較為突出；案例 C 的企業家是香港科技大學教授、「千人計劃」人才，比較擅長推動政產學研合作，重視高新技術產業化。顯然，港澳青年企業家在內地非常具有異質性特徵，他們在發現契機、獲取社會資本、整合關鍵資源等方面的途徑更加具有多樣性和探索性。

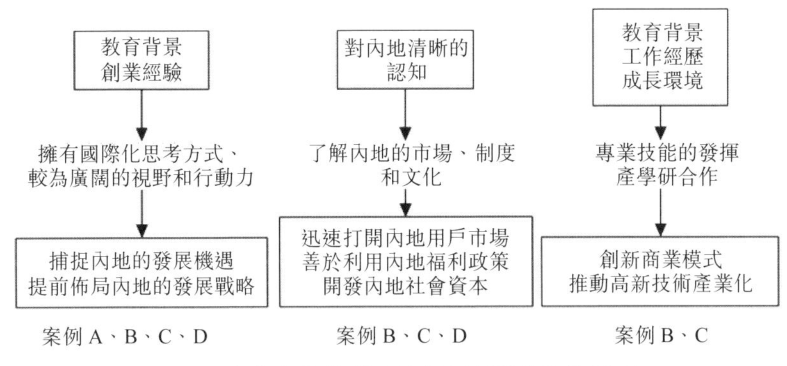

圖 4　企業家特徵對跨境創新創業的影響機制

資料來源：作者整理。

3. 跨境創新創業與國際競爭優勢。跨境企業家對於境外創新創業的主要顧慮之一，是在「新進入缺陷」和「外來者劣勢」情況下，如何保證其國際化競爭優勢。[①] 本研究通過案例企業的實踐內容發現，來到

① 顏志量：《新興經濟體天生國際化企業的機會識別研究》，《中國科技論壇》2022 年第 4 期。

內地創新創業仍然可以保持甚至提升國際化競爭優勢，如圖 5。首先，企業家利用內地市場和自身國際化能力吸引國際資本、開拓國際市場。案例 B 企業、C 企業和 D 企業通過內地市場將國內技術和民族品牌與國際市場接軌，是有效鏈接國際標準的良好表現。其次，企業家利用內地人才政策和企業國際化人才團隊，從全球吸引高層次人才。在全球人才高頻流動的情況下，創新創業企業需通過建立國際高水平創新合作，加強國際人才的吸引與整合。案例 C 企業的人才整合能力較強，不但從香港帶來研發團隊，並藉助資源與政策不斷推動團隊與內地和國際人才的交流合作。最後，當前國家政策大力支持數字經濟發展，企業結合自身國際化發展戰略與能力，搭建國際合作平台。數字技術不但可以降低經濟與社會交易成本、解除了市場特定地理區位的限制，並且還賦予了普通人更多的創業機會。案例 B 企業通過深度利用數字化技術及港澳與全球高度連接的優勢，拓展國際化產學研合作和發展全方位產業服務功能，提升行業知名度和發展國際合作網絡的基礎條件。

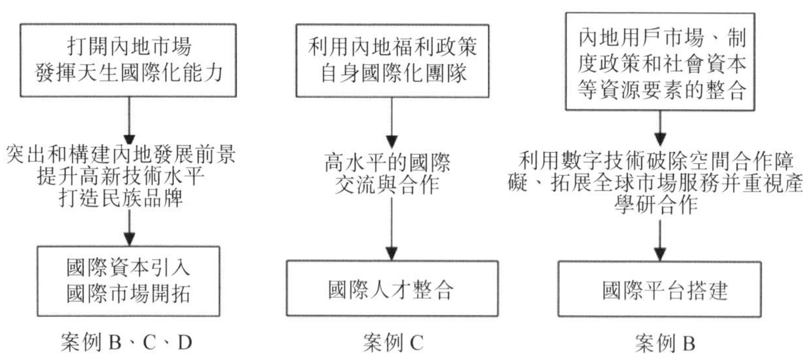

圖 5　跨境創新創業對國際競爭優勢的影響機制

資料來源：作者整理。

五、研究結論、啟示與展望

（一）主要研究結論及貢獻

1. 跨境創新創業的企業家特徵。已有關於創新創業企業家特徵的研究多集中在歐美國家，學者們指出企業家職業經驗、教育背景、社會資本、利他主義及政治參與度等特質與創業發展顯著相關；國內的研究更多關注於本土企業家精神，因而對於新興市場創新創業企業家特徵研究尚不充分，尤其是缺乏跨境企業家的研究。① 本文以當前在我國內地開展跨境創新創業的港澳青年企業家為例，通過多案例分析發現：一方面，企業家自身教育和工作履歷較好，且通常是技術研發身份，並且研發團隊技術水平居於行業前沿；另一方面，企業家一般已經具有一定創業基礎條件，包括技術、團隊、資金和經驗，且還需要其對境外地區的市場、文化和制度較為了解且不排斥。本文通過從教育背景、工作經歷、內地認知和創業經歷等方面對跨境企業家特徵進行歸納，豐富和拓展了新興市場經濟體跨境企業家特徵的研究。

2. 企業家跨境創新創業的成功路徑。在跨境問題上，雖然現有研究對跨境創新合作、跨國企業併購與投資等經營方面的影響因素展開了研究，但缺少從機會與資源雙重視角，分析創新型企業發展模式的

① Sandra Milena Santamaria-Alvarez, "Transnational Migrant Entrepreneur Characteristics and the Transnational Business Nexus", *International Journal of Entrepreneurial Behaviour & Research*, vol. 25, no. 5(August 2019), pp. 1014-1044. Byungku Lee, "Human Capital and Labor: The Effect of Entrepreneur Characteristics on Venture Success", *International Journal of Entrepreneurial Behaviour & Research*, vol. 25, no. 1(January 2019), pp. 29-49. 李蘭：《新冠肺炎疫情危機下的企業韌性與企業家精神 —— 2021 · 中國企業家成長與發展專題調查報告》，《南開管理評論》2022 年第 1 期。

質性研究。[①] 本文對來自信息技術、跨境電商、電子科技和新能源電池不同行業的四家案例企業進行編碼與分析發現，港澳企業家在捕捉國家政策和市場導向後，勇於跨出舒適圈探索內地的社會資本、用戶市場等；通過努力挖掘創業所需資源，集中力量解決跨境制度、文化等障礙，及整合人力、資本和市場等資源，將外來者劣勢轉為優勢；同時，通過結合自身國際化能力，加強商業模式創新和技術產業化發展，激發國際資本引入、國際市場開拓、國際人才整合及國際平台搭建等競爭能力。本文通過對不同行業、不同創業基礎的企業家跨境創新創業案例的研究，進一步驗證了機會—資源一體化理論的觀點，即創業機會與創業資源二者的螺旋式交錯影響關係。

3. 跨境企業家更好地發揮國際競爭優勢。現有學者基於企業層面的研究，指出跨國企業具有天生國際化的優勢，但缺少從跨境企業家視角展開的研究。[②] 本文對具有國際經驗及先進技術背景的港澳青年企業家的創業路徑深入分析，發現港澳企業在內地發展更容易脫穎而出與國際接軌：一方面是內地市場和政策為港澳青年提供了良好的創新創業環境，港澳企業通過內地用戶迅速開拓市場，基於內地雙創平台加強產學研合作，並可利用扶持政策減小研發與生產成本；另一方面是港澳企業相較於內地本土企業有天生國際化優勢，尤其是在資本和人才的引進方面渠道多樣、資源豐富。本文在補充跨境企業家天生國

① Johan Miörner, "Creating Institutional Preconditions for Knowledge Flows in Cross-border Regions", Environment and Planning C: Politics and Space, vol. 36, no. 2(March 2018), pp. 201-218.

② 潘宏亮：《國際創業經驗、創新要素累積與天生國際化企業雙元創新》，《科研管理》2020 年第 3 期。

際化競爭優勢研究的同時，也進一步證實了在數字化時代，新新貿易理論將很難僅依據生產率為核心要素判斷企業國際化發展戰略。

（二）政策與管理啟示

1. 內地政府提供精準吸納港澳青年的政策。當前，內地政府尤其是珠三角九市政府為吸引港澳青年融入粵港澳大灣區，已圍繞學習、創業、就業、居住和交流等方面發佈多項舉措，學術界也針對港澳青年創新創業政策、內地發展訴求和心理融合等內容展開研究，但目前國際局勢不確定性增加，很多港澳青年內地發展意願降低，故而政府需要在前期工作基礎上開展精準吸納措施。首先，各地政府應明確當地產業發展特色，重點發揮自身產業集聚效應，針對相關領域的港澳青年進行政策、市場和技術優勢的宣傳；其次，通過評估港澳青年創業團隊技術水平、創業基礎條件與經歷，以及其對內地相關制度、文化和市場的了解程度，挑選精準吸納的重點關注對象；最後，通過深度的溝通交流明確其創業發展願景、生活保障需求和對融入內地的顧慮，從而相應提供定製化的配套政策支持和必要的內地社會資本等。

2. 吸引港澳及國際資源在內地充分釋放。有學者指出國家應積極引導大中型城市發揮資源稟賦的優勢，[①] 港澳地區的國際化創新資源豐富，可作為信息探索的觸角、資源整合的介質和國際制度的緩衝區來推動現階段的創新發展突破。可從以下兩個方面加強港澳及國際地區資源對內地創新創業的驅動：

---

① 張宗斌：《城市化與城市規模對中美對外直接投資區位選擇的影響研究》，《中國人口資源與環境》2019 年第 12 期。

一方面，是從青年企業家創新創業視角。建議企業家在佈局內地發展戰略前，充分了解我國內地各種扶持政策和國家戰略規劃，對國內市場和政策進行反覆研究；並提早尋找內地社會資本，為制度和文化差異帶來的障礙做出預案。進駐內地後，加強天生國際化能力的發揮，基於港澳國際化金融資源，保障充足的資本注入；利用數字化技術創新商業模式，打造國際化合作平台；在技術研發方面努力對接國際前沿水平，從而加入國際市場競爭，並通過國際合作與競爭不斷構建高水平隊伍；在企業發展困難階段，積極尋求內地政府、青創基地以及內地港澳同胞的扶持與建議。

另一方面，是從我國政府扶持青年企業家角度。建議整體提高人才資格、晉升制度等考核政策的靈活性，給予科研人員更自由的創新環境，促進創新能力與質量的提升。同時，內地政府應支持鼓勵各創新主體拓展與港澳的金融、貿易合作，建立科技金融、高技術商品交易機制。目前橫琴、前海和南沙合作區在相關方面已有較為豐富的跨境合作經驗，國內先進地區應結合創新與投資發展需要進行學習、複製與升級，進而促進香港與澳門發揮科技人才高地、經濟外向型和金融國際化等特徵優勢，在為港澳提供更廣闊的內地市場的同時，提升我國國際化發展進程。

（三）研究展望

作為探索性案例研究，本文仍有進一步深入研究的空間：第一，由於受研究經驗和時間的限制，本文僅收取了港澳青年在內地創新創業方面的案例數據，而探究其在內地的國際化競爭優勢，還可結合港澳青年青創基地建設及港澳技術內地轉移轉化等方面的數據情況展開全面分析，以及與國際其他地區來到國內創業的企業案例進行對比分析。第二，本文缺乏對國際化競爭優勢交互性影響的深入分析，由於國際資本引入、國際市場開拓、國際人才整合和國際平台搭建路徑之間均存在相互作用的可能，未來可圍繞以上關鍵概念開展大樣本實證分析。

International Competitive Advantage of Entrepreneurs in Cross-border Innovation and Entrepreneurship

A multi-case study of Hong Kong and Macao Youth Undertaking Innovation and Entrepreneurship in the Mainland

Gao Sipeng, Liu Wentao

Abstract: Innovation and entrepreneurship are an important engine driving international technology and high-quality economic development. The core element of innovation and entrepreneurship is talent. In the current increasingly fierce global "talent war", what international innovation and entrepreneurship talents should the country pay attention to and introduce? How do cross-border entrepreneurs achieve success? What preferential supporting policies should the government provide for support? All these are hot issues that need to be solved. Based on the typical cross-border cases of Hong Kong and Macao young people's innovation and entrepreneurship in the mainland, this paper explores the common characteristics of young entrepreneurs in Hong Kong and Macao, as well as the main strategies and specific manifestations of enterprises' international competitive advantages in the mainland, and explores and summarizes the successful mode of cross-border innovation and entrepreneurship of entrepreneurs through multi-case studies. The results show that young entrepreneurs from Hong Kong and Macao who enter the mainland for innovation and entrepreneurship have a good educational background and working experience, have strong R&D ability and start-up experience. Moreover, they have a certain degree of understanding of the mainland's culture and system, so they are good at digging into the mainland's entrepreneurial resources and using national policies to gain insight into the market orientation. And through the use of the international advantages of Hong Kong and Macao, the introduction of international capital, the development of international markets, the integration of international talents and the establishment of international platforms, to build the international competitive advantages of enterprises. These conclusions not only expand the research content of entrepreneurs' cross-border entrepreneurship at the theoretical level, but more importantly, provide important practical guidance for enterprises'cross-border innovation development, and provide reference for China to improve innovation and entrepreneurship support policies.

Keyword: cross-border innovation and entrepreneurship; characteristics of entrepreneurs; international competitive advantage; youth of Hong Kong and Macao

新時代粵港澳大灣區
金融制度型開放與協同創新研究

徐世長　李瀟*

摘　要：強化對粵港澳大灣區金融協同創新機制的研究是高水平推進三地金融合作及大灣區戰略的關鍵抓手。當前大灣區金融發展存在內部制度性差異較大、廣東自貿試驗區金融改革效果有待提升、基於「負面清單」邏輯的金融開放缺乏實施細則、民生金融領域的開放不足等現實問題，推進大灣區三地金融業制度型開放與協同創新要從戰略重點和協同機制層面開展頂層設計，以建立三種貨幣匯率穩定機制為基礎，從民生金融、創新金融、跨境金融等維度促進資金有序高效跨境流動，拓展信

* 徐世長，經濟學博士，中山大學馬克思主義學院、自貿區綜合研究院助理教授，研究方向：灣區金融發展與制度創新；李瀟（通訊作者），經濟學碩士，廣東外語外貿大學經濟貿易學院，研究方向：金融經濟學。

基金項目：廣東省社科規劃青年理論學術帶頭人「揭榜挂帥」項目（2023）《廣東落實粵港澳大灣區「新發展格局的戰略支點、高質量發展的示範地、中國式現代化的引領地」的全新定位研究》（GD23XZZY05）；國家自然科學基金（2020）《海南自由貿易港國際化法治化便利化營商環境建設》（72041033）。

用數據跨境共享通道，強化金融科技為引領的金融監管機制創新等方面給出了對策建議。

關鍵詞：粵港澳大灣區　制度型開放　跨境監管與協同創新

一、引言

新時代以來，粵港澳三地對於金融業深入合作與擴大開放的理論研究和實踐探索不斷強化，金融資源跨境流動與金融服務實體經濟發展的國際化合作格局加速形成，粵港澳三地金融市場聯動機制不斷優化。2019 年 2 月，《粵港澳大灣區發展規劃綱要》發佈，大灣區金融制度創新與開放合作問題，作為國家戰略持續推進。新時代的跨境金融合作成為提升區域開放能級的關鍵抓手，以港澳金融市場的國際化為跳板，以內地 9 市的強大產業基礎為腹地，以高質量民生金融需求為抓手的金融協同創新格局正在不斷形成。

本文對於大灣區金融制度型開放與協同創新的研究堅持如下分析框架：首先系統梳理大灣區城市羣（9+2）人員流動、資金流動、信息流動、數據流動等關鍵因素對大灣區金融合作的影響，並從「負面清單」的模糊性、廣東自貿區金融改革的不足、區域金融開放的制度差異性、民生金融需求的短板等視角提出了當前存在的主要問題；其次對大灣區金融制度型開放與協同創新的「兩大主題」和「四大原則」進行分析，從金融市場（產品和服務的完備性、聯動性）和金融監管兩大核心變量出發論證協同創新，並從尊重制度差異與實施規則對接，服務實體經濟以及縮短「負面清單」等維度提出協同創新思路和重點方向以及主要措施。

二、文獻評述

粵港澳大灣區已成為國內學界經濟研究領域熱點話題，現有文獻從理論視角分析粵港澳大灣區金融開放與協同創新機制聚焦「合作成本與收益」「跨境協調的風險防範」「數據跨境流動的制度安排」等維度。

一是從強化對粵港澳大灣區跨境金融合作的基礎制度方面的研究來看。毛豔華（2018）[①] 基於歐盟成功的異質性跨境合作模式，認為跨境體制機制障礙是當前粵港澳大灣區區域協調發展需要克服的首要難題；林江、徐世長（2017）[②] 從共享金融的視角，分析了大灣區金融開放的制度性基礎，並提出要求數據聯通、資源共享、信息中心建設等方面，推進三地的金融協同改革與擴大開放；沈軍（2018）從優化大灣區金融基礎設施的視角提出了三地互聯互通的重點是金融創新的標準、金融產品的跨境互認，金融服務的一體化便利化（尤其是跨境金融售後服務的便利化）等問題；李善民（2020）通過對大灣區國際金融中心的建設研究，選取國際科技創新中心建設為抓手，論證粵港澳大灣區金融跨境協同創新的主要路徑為：強化對大灣區跨境金融合作的法律保障機制設計，打通跨境科研資金的便利化流通機制，積極探索對金融高端從業人才的減免稅機制。

二是從強化跨境金融合作的協同監管機制設計來看。巴曙松（2017）[③] 研究指出三地的金融合作要建立在金融科技的基礎上，對於

① 毛豔華．粵港澳大灣區協調發展的體制機制創新研究 [J]. 南方經濟，2018(12):129-139.

② 林江，徐世長．「大質量監管」助力貿易便利化．中國社會科學報 .2017-04-17.

③ 巴曙松，白海峰，胡文韜．粵港澳大灣區金融機構協同發展策略 [J]. 開放導報，2019(04):59-64.

跨區域的金融監管水平的提升，金融科技能夠發揮強大的支撐作用，以區塊鏈、人工智能、雲計算為代表的金融科技手段，能夠極大的提升大灣區金融監管的一體化水平。馬楠（2020）① 認為金融科技背後的「破壞式創新」強化了金融固有風險，有必要在大灣區開展金融創新監管試點，探索建設監管沙盒體制，以避免過度金融化和輸入型金融風險。程鈺舒、徐世長（2020）從金融軟法監管的視角強化對粵港澳大灣區金融合作的基礎性制度設計，研究指出：軟法視角的金融監管合作以及機制設計，有利於降低跨境金融改革的制度性交易成本，推動以「互認互惠」為核心的金融產品創新。逯新紅（2017）② 從金融安全的角度出發提出了粵港澳三地強化金融監管合作的新思路，聚焦法治化金融環境是亮點，尤其是數據跨境流動的法律保護問題是關鍵。劉佳寧、黎超（2023）③ 認為傳統金融監管合作模式難以適應大灣區國際金融樞紐建設的新需求，並提出要探索內外分離、有限滲透的離岸金融監管模式，解決三地金融機構在灣區內實現在岸和離岸金融服務的高效對接。

三是在推動金融業對外開放戰略層面。易剛（2018）④ 在海南自由貿易港批覆之際提出了金融業對外開放的「11 條」，涉及到金融機構准入放寬、資本項目擴大開放等議題，並給出了對應的時間表，增強了內地金融市場的開放預期。央行數字貨幣正加快重塑國際經濟金融

① 馬楠 . 粵港澳大灣區監管沙盒建設的相關問題與構建思路 [J]. 南方金融，2020(07):3-12.

② 逯新紅 . 粵港澳大灣區金融合作背景和戰略意義 [J]. 金融與經濟，2017(07):82-86.

③ 劉佳寧，黎超 . 粵港澳大灣區跨境金融監管合作的經驗借鑒與實踐路徑思考 [J]. 新金融，2023(04):48-53.

④ 國務院金融穩定發展委員會辦公室：按照「宜快不宜慢、宜早不宜遲」的原則，在深入研究評估的基礎上，推出 11 條金融業對外開放措施 .

體系，林武（2020）研究指出要強化對粵港澳大灣區數字貨幣的研究，圍繞數字貨幣的定價、存儲、財富管理、支付手段等功能，開展三地的金融創新協同。李志鵬等（2021）[①]研究認為要借助粵港澳大灣區與自由貿易試驗區的政策優勢，在深圳前海打造數字人民幣分佈式跨境支付與金融交易平台，拓展香港離岸人民幣業務的深度和廣度。李禮等（2023）[②]通過構建「中國人民銀行—特定商業銀行—跨境商戶—跨境消費者」四方博弈模型，系統性仿真了粵港澳大灣區數字人民幣跨境支付體系構建過程中潛在問題與路徑機制，為大灣區開展數字人民幣跨境支付試點事件提供了參考樣本。在創新金融風險防範機制層面，楊子輝等（2022）[③]研究發現中國所面臨的輸入性金融風險正在持續上升，且這一金融風險與地區的經濟活躍與貿易自由度高度相關。可以預計，國際金融大變局下，粵港澳大灣區外向型市場所面臨的輸入性金融風險將出現上升，必須要聚焦港澳金融市場的基礎性制度設計與內地金融宏觀調控的聯動，要讓內地成為港澳金融市場穩定的重要保障。

對以上文獻的進一步分析可知：一是國家金融業擴大對外開放已成不可扭轉的態勢。不論是金融要素的跨境流動所需，還是推動我國開放型產業體系的高質量發展，開放與合作的優質金融生態成為必然。伴隨着我國的產業發展加速融入經濟全球化鏈條，產業本身對於

① 李志鵬，鄧暄，向倩．數字人民幣探索構建新型跨境支付體系的思考 [J]. 國際貿易，2021(12):84-92.

② 李禮，王鵬程，任志宏．構建數字人民幣跨境支付體系的前瞻性研究——基於粵港澳大灣區情境推演的視角 [J]. 金融經濟學研究，2023,38(04):124-142.

③ 楊子輝，李東承，王姝黛．合成網絡新視角下的輸入性金融風險研究 [J]. 中國工業經濟，2022(03):38-56.

金融開放的內生性需求旺盛，產業背後形成的國家金融業競爭力得以不斷強化；二是人民幣國際化進程提速。人民幣作為國際儲備貨幣在未來的對外交往中地位會不斷提升（雖然當前在全球支付體系中的佔比依然不高），從國際貿易的人民幣結算需求，離岸人民幣的跨境回流需求，人民幣對於全球大宗商品的定價需求，跨國集團公司對於人民幣資金池的運營需求等，都會成為以人民幣國際化為核心的制度性供給依據；三是「一國兩制」背景下的金融制度型開放與協同創新迎來重大機遇。大灣區戰略的推進首先要建立在「一國兩制」的框架下，維護港澳金融市場穩定，有利於培育持續發展金融業國家競爭力，有利於為內地的產業體系提供港澳金融市場強大的資金支撐。

三、粵港澳大灣區金融開放合作的優勢與問題分析

粵港澳大灣區擁有環珠江口經濟區地理優勢，改革開放前沿陣地的信息優勢，自貿區改革試驗的制度優勢和服務「一帶一路」重大倡議的平台優勢。本部分所論證的粵港澳大灣區金融開放合作有兩個方面的含義：一是粵港澳大灣區內部的金融市場互聯互通基礎；二是大灣區承載國家金融業對外開放的平台與優勢。

（一）大灣區金融協同創新的主要優勢

1. 經濟外向度與成熟度呈雙高特徵

粵港澳大灣區是華南區域經貿往來的重心，經過改革開放 40 多年的快速發展，已經形成了世界級的海港羣、空港羣和高速立交羣。

2023 年，粵港澳大灣區 GDP 總量實現 140453.31 億元，經濟總量已超過舊金山灣區，接近紐約灣區水平，內地九市進出口貿易額達 37.34 萬億元，約是東京灣區的 3 倍以上，區域港口集裝箱吞吐量約是世界三大灣區總和的 4.5 倍。粵港澳大灣區同時成為全球創新活力顯著、科創潛力巨大、金融科技實力雄厚的「創新灣區 + 產業金融灣區」，承載着國家進一步開展金融業的對外開放戰略。

表 1　2022 年粵港澳大灣區核心經濟指標數據

年末人口（萬人）	港口集裝箱輸送量（萬標準集裝箱）	進出口總額（億美元）	出口總額（億美元）	進口總額（億美元）	地區生產總值（億美元）
8631.73	8343.132	22562.33	12675.54	9886.79	19393.33

數據來源：作者根據《廣東統計年鑒 2023》、香港特別行政區政府統計處以及澳門特別行政區統計暨普查局資料資料整理。

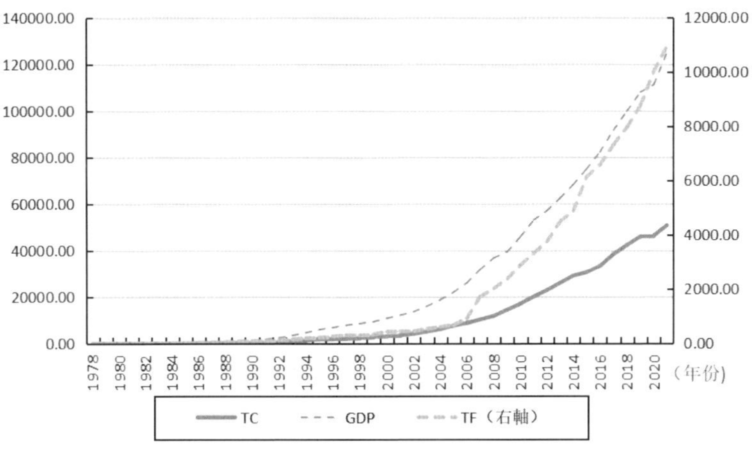

圖 1　廣東省 1978—2021 年度 GDP、固定資本形成（TC）與金融業（TF）發展

資料來源：作者根據《廣東統計年鑒 2023》整理繪製。

由上述圖表的數據顯示：粵港澳大灣區已經成為全球重要的國際貿易中心，國際航運樞紐，國際資本進入中國的示範性窗口。改革開放以來（1978— ），廣東省在實現 GDP 高速增長的同時，全社會固定資本形成額與金融業都得到了快速發展，特別是金融業由 1978 年的 4.53 億元增長到 2022 年的 11557.10 億元。金融支持實體經濟發展成為廣東的重要特色。珠三角地區是全國金融資源聚集的重地，對實現粵港澳大灣區內部的資金融通奠定了強大的基礎和產業的需求。

表 2　中國澳門主要進口國家或地區（單位：百萬美元）

年度	歐盟	中國內地	日本	美國	中國香港	澳大利亞
2012	1891.65	2908.36	531.54	468.81	1044.44	76.75
2013	2111.82	3305.89	600.27	510.96	1314.37	78.77
2014	2501.67	3735.63	629.15	733.18	1156.16	87.67
2015	2174.80	3586.83	901.37	710.51	932.57	84.34
2016	2008.58	3232.60	565.12	429.15	776.87	109.04
2017	2263.07	3200.91	678.96	413.37	846.99	110.18
2018	2594.81	3904.60	904.84	454.86	872.48	118.66
2019	2956.33	3852.21	770.90	556.54	753.50	125.42
2020	3573.70	3523.95	1195.51	1063.18	406.10	93.10
2021	6280.03	6228.33	1675.48	1363.66	751.17	131.82
2022	5685.71	5152.43	1112.70	1223.59	637.54	260.90
2023	5541.79	5012.39	1052.37	1049.52	896.92	368.86

數據來源：作者根據 International Monetary Fund 統計整理繪製；進口規模採用 CIF（到岸價）進口數據。

表 3　中國香港進口規模主要的國家和地區（單位：百萬美元）

年度	中國內地	中國台灣	新加坡	日本	歐盟	韓國	美國
2012	237460.8	31595.36	31768.65	40225.93	32494.4	19811.17	26695.98
2013	250624.8	33784.03	31824.28	36974.91	33719.23	20496.43	28547.21
2014	256544.8	38808.16	33732.7	37315.85	33320.44	22674.62	28413.61
2015	261233.2	36271.84	34574.96	35252.72	29874.59	22601.26	30961.15
2016	251207.6	37807.42	35460.49	33517.06	28713.47	25746.13	28249.95
2017	262789.6	42414.71	37688.06	35769.91	30129.95	32502.25	30868.04
2018	281007.2	43287.17	40412.64	34880.46	31713.15	35578.74	31774.35
2019	264650.6	42309	37630.18	33727.21	30049.42	28276.41	27376.75
2020	251385.3	53980.16	41300.57	33526.76	25332.97	32842.16	23013.94
2021	316165.4	70951.38	54198.27	37229.14	27562.3	42000.43	30001.63
2022	268270.2	75826.89	51399.29	35362.58	27035.12	37402.45	28291.07
2023	262253.2	67612.03	44582.86	34075.24	30613.94	28875.74	26284.05

數據來源：作者根據 International Monetary Fund 統計整理繪製；進口規模採用 CIF（到岸價）進口數據。

從表 2、3 的數據顯示，港澳地區的跨境貿易主要集中於中國內地，香港的國際貿易樞紐地位優勢明顯，與此同時，香港的經濟體量在珠三角長期保持領先，40 多年來成為投資中國內地的主要力量。中國內地是港澳進口商品的主要來源地，其次是歐盟，筆者以為港澳地區與歐盟有着相近的金融管理制度和便捷的人員來往體制。而與內地的經貿往來，主要受到產業分佈與分工的互補性的影響。金融活經濟就活，金融穩經濟就穩[①]。粵港澳大灣區有着相對成熟的經濟發展模式

① 鍾韻，胡曉華 . 粵港澳大灣區的構建與制度創新：理論基礎與實施機制 [J]. 經濟學家，2017(12):50-57.

和相對穩固的外向型經濟結構，在人員往來、經貿合作、金融創新與信息共享方面都具備了很好的基礎和增長潛力。金融業的發展是深化實體經濟轉型的重要一環[①]，經濟聯繫緊密的背後是資本自由、便捷的跨區域流動與配置，粵港澳大灣區一旦實現資金的融通，將對灣區經濟的進一步發展起到非常重要的推動作用，特別是伴隨着交易制度的技術革新與金融市場的兼容性增強，實現粵港澳大灣區的資金高效融通，將助力國家金融業的開放水平和能級。

2. 產業互補性與跨境金融需求呈「雙強」特徵

近年來，珠三角地區關於產業升級轉型的討論熱度不減，廣東自貿區設立以來，旨在通過制度創新服務產業升級，同時打造粵港澳合作示範區的戰略構想，給粵港澳合作注入了強大的動力。產業合作的背後，其本質是資金的合作，產業分工與轉移的背後，其關鍵點是資金的配置與融通，粵港澳大灣區的建設在促進區域內的資金融通是有優勢的，粵港澳的產業合作潛力與區域內的資金融通必將形成共同促進的互動局面。

珠三角地區分佈着規模龐大的製造業，且其投資主體呈現多元化。其中：(1) 2022 年港澳台投資企業為 7197 家（佔工業企業數比重 11.93%），成為該地區吸引港澳台投資的重要平台，進一步分析可知，外商直接投資企業達到 3539 家（佔比 5.89%），體現出珠三角地區企業合作方式的靈活性。另外，從單位產值比的數據看，外商投資經濟近 10 年來持續穩定在 6.0 水平之上，反映出珠三角地區企業經營的國

① 潘捷，張守哲．改革開放以來粵港澳金融合作方式：回顧與展望 [J]. 國際經貿探索，2014,30(09):49-60.

表 4　珠江三角洲工業企業主要指標（2022 年）

指標	企業個數	工業總產值	單位產值
國有經濟	111	650.42	5.86
集體經濟	45	30.98	0.69
股份合作經濟	30	53.14	1.77
股份制經濟	47840	100017.86	2.09
外商投資經濟	3539	26545.28	7.50
港澳台投資經濟	7197	28332.06	3.94

資料來源：《廣東統計年鑒 2023》，其中作者新增了「組織產值」= 工業總產值 / 企業個數，旨在比較不同類型的投資主體企業的經營效率（下同圖 5、6、7）；本表統計範圍為年主營業務收入 2000 萬元及以上的工業法人企業；珠江三角洲包括廣州、深圳、珠海、佛山、江門、東莞、中山、惠州、肇慶九市。

際化程度較高，特別是在吸收國際先進管理經驗和運營模式方面，珠三角地區有着相對成熟的實踐經驗；（2）數據顯示：珠三角地區 2022 年金融機構本外幣存貸款餘額分別達到了 31.27 萬億、23.96 萬億，較 2012 年分別增長 209.35%、268.35%，該地區顯然具備了各類資金融通與滙聚的良好條件。特別注意的是，珠三角地區 2022 年地方公共財政支出 12662.25 億元，較 2012 年 4798.40 億元增長了 163.88%，體現出珠三角區域企業發展有着相對寬鬆的融資環境和相對完善的投資環境的良好預期。

珠三角地區的小微企業佔比為 73%，一方面反映出該地區企業發展所面臨的強大的融資需求，另一方面也體現出該地區有着強大的企業羣體，既可以形成創新資源聚集的中心，又是對外經濟交流與合作的重要平台，同時，珠三角地區強大的製造業也帶來了勞動力資源的聚集，2022 年末常住人口接近 7829.43，較 2012 年同期增加 1750.87 萬人，其中就業人數達 4763.69 萬人（佔比約 60.84%），製造業就業

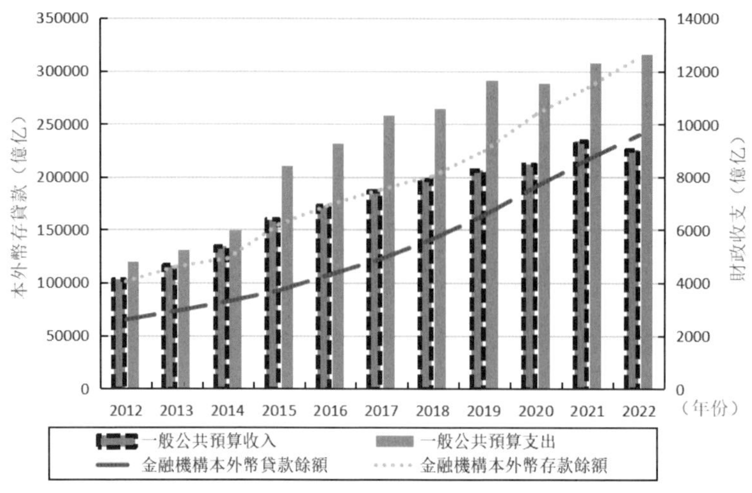

圖 2　2012—2022 年珠三角地區財政金融發展情況

數據來源：作者根據《廣東統計年鑒 2023》、珠三角各地級市統計年鑒資料整理得出。

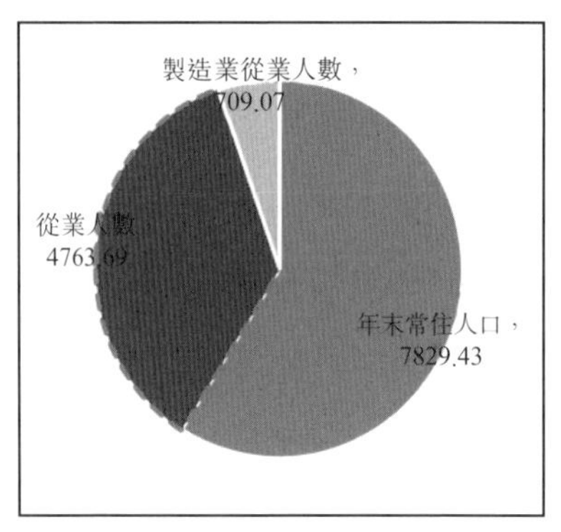

圖 3　2022 年珠三角地區人口分佈統計（萬人）

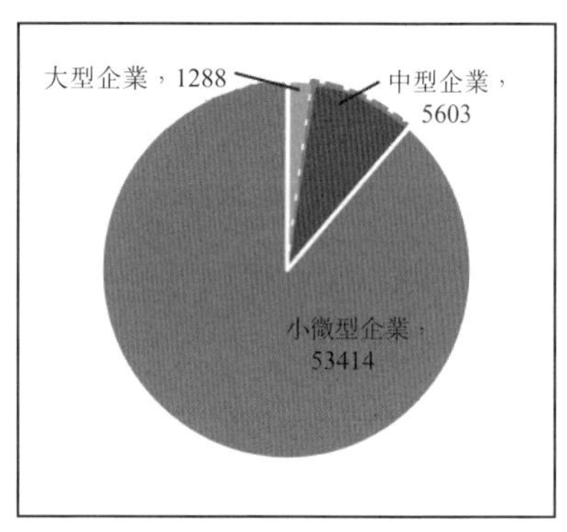

圖 4　2022 年珠三角地區工業企業結構（家）

數據來源：作者根據《廣東統計年鑒 2023》、珠三角各地級市統計年鑒資料整理得出。

人數達 709.07 萬人，豐富的勞動力資源不僅奠定了珠三角強大的製造業優勢，更為重要的是，該地區毗鄰港澳，對港澳地區的教學科研服務、金融理財服務、社會專業服務以及企業投融資服務等方面均存在着較大的需求與合作空間，加強粵港澳大灣區經濟和金融領域的深度合作，特別是資金融通方面的便捷化，將顯著提高灣區的經濟競爭力。

香港和澳門依託自由貿易港口和國際化的金融市場制度安排，形成了以服務業為主體的產業發展格局。具體而言：（1）航運、金融、教育和旅遊業構成了香港經濟的重要特色，2023 年，香港港口貨物吞吐量達 17490 萬噸，裝載集裝箱吞吐量達到 4001.00 千國際標準箱，國際航運中心的地位穩固；民用飛機總載客量達到 1180.07 萬人，香港國際機場旅客出入境數量達 3938.94 萬人、商業貨流量達 429.81 萬噸，説明香港作為旅遊城市和商貿中轉驛站的良好前景。香港按行業劃分就業人口為 1477 萬人，其中，公共管理、社會和個人服務（PS）行業就業人口為 451.69 萬人（佔比 30.58%），金融和保險、房地產、專業和業務服務（FR）就業人口為 340.09 萬人（佔比 20.03%），零售、住宿和餐飲業（RA）為 213.13 萬人（佔比 14.43%），交通、儲存、郵政和快遞服務、信息（TS）為 168.7 萬人（佔比 11.42%），香港生產性服務業優勢凸顯。（2）2023 年澳門商品與服務出口實現 395.82 億美元，其中，博彩服務出口及其他旅遊服務出口分別上升 343.7%、127.9%，高端服務業正成為內地與澳門的重點合作領域。

粵港澳地區有着各自特色鮮明的產業結構優勢，對開展大灣區經濟一體化建設提供了扎實的平台基礎和合作方向。產業佈局的背後是資金的配置，港澳地區成熟的金融市場和豐富的金融資源，對廣東高端製造業全球基地的打造和消費升級提供資金支持和相關金融服務，粵港澳大灣區將聚焦居民跨境支付、結算與投資便利化方面的制度創新，進一步促進大灣區的經濟發展，為港澳地區的服務業發展提供持續的強大動力，為國家的金融深度開放探索制度和政策體系。

（二）大灣區金融開放存在的主要問題

1. 大灣區內部金融業制度性差異較大

香港作為國際自由港，同時也是著名的國際金融中心，在金融產品創新能力以及外匯管理的自由化領域，相比內地都有較強的制度性優勢，內地與港澳的金融合作，存在一個需要面對既定制度差異的問題。內地在金融開放過程中，採用循序漸進模式，但是從時間表來看，開放的力度和寬度都需要加強，金融市場的自由靈活性問題，雙向金融基礎設施的建設問題都處於完善階段。數據顯示：2019年6月—12月，兩種特殊制度（滬股通、深港通）安排下的跨境流通餘額閑置高達50%以上。香港交易所在股票交易制度設計層面要比內地的交易時間長，且不對交易漲跌幅進行限制。以債券通為例，北向通的單向性本來就是制度差異下的先期嘗試，存在內地與香港在債券市場上互聯互通水平的不同步性問題。

2. 廣東自貿區金融改革效果有待提升

2015年廣東自由貿易試驗區批覆以來，以制度創新為核心的改革高地加速形成，並且在總體方案中已經明確了南沙、前海、橫琴在自貿區改革方面的重點任務，對於金融業的深化改革與擴大開放而言，三地的發展與政策供給力度均需要加強。通過對廣東自貿區金融改革的系統評估發現，以金融和類金融機構的聚集成為三地自貿片區的主流，涉及到金融產品創新，互聯互通，以及金融監管標準的互認等方面，還有待提升。金融監管方面還有待提升數據交換以及監管合規審查對接；FT項下業務規模和區域不同步性存在問題，FT賬戶的「一線放開」仍存在較大挑戰；涉及到深層次的開放問題依然不足。

3.「負面清單」的金融開放思維缺乏實施細則

負面清單的思維是全球區域開放的大趨勢，也是符合國際監管規則的重要嘗試，但是負面清單的模糊性和邊界矛盾性問題，反而使得金融業開放存在着標準與開放度把握的問題。另外，金融領域的開放大都屬中央事權，地方政府與金融機構的金融創新空間有限，加上金融業本身的敏感性和系統性，使得金融業開放在國家開展戰略大背景下，顯得相對不足。實施細則的重要性在於能夠進一步明確對開放背景下的金融行業發展指引。實施細則的缺乏還體現為金融業負面清單雖然不斷在減少限制，但是金融業務的開展和金融機構的審批受到嚴格限制，金融開放的政策效果有待提升。

4. 圍繞民生金融領域的開放度有限

大灣區金融協同創新的重頭戲就是不斷滿足三地居民對高質量金融服務與金融產品的需求。當前，內地居民到香港購買理財產品、保險產品、開通跨境投資賬戶等行為便是由於制度性差異與合作政策不足導致的（不斷增加的制度性交易成本，降低了金融服務效率）。例如粵港澳跨境的保險需求巨大，但是內地的保險服務中心尚未建立，內地居民的跨境保險業務需求並未實現本地化，跨境人民幣再保險業務尚未展開合作；圍繞居民金融產品的全生態周期考慮，大灣區還缺乏一套一體化的金融服務機制和便利化的金融產品互通機制，金融科技在針對交叉銷售、共同開發和銷售金融產品等業務尚未發揮應有作用。以基金產品的互認為例，內地與港澳由於標準差異，定價差異等因素，使得三地的基金產品尚未建立互認機制，基金和其他理財產品跨境銷售存在制度障礙。以特色金融產品創新為例，截至 2023 年底，深圳通過 QFLP 試點管理企業超 200 家，發起 QFLP 基金 62 家；QDIE

試點管理企業 79 家，同意出境額度 20.85 億美元。儘管深圳創新推出「基金總量管理」，但作為前沿性的金融制度安排 QDIE 與 QFLP 等，規模效應和平衡效應均需要持續提升。

四、大灣區金融開放與協同創新的戰略重點

國際成熟灣區經濟的發展經驗突出了資本要素跨區域（甚至跨國界）配置的重要性。粵港澳大灣區金融生態的優化，核心在於區域金融要素的便利化流動與協同配置，旨在形成經濟合力與張力，從而進一步挖掘灣區經濟增長的潛力和可持續性。金融改革與協同創新要以「現實制度為基礎」，以「問題導向」為抓手，以「滿足實體經濟發展需求」為目標，全面探索合作的潛力和機制設計方向。

（1）金融產品體系的豐富和金融服務體系的完善。金融產品的創新是助推資金融通的重要機制。以區域性金融市場為例，資金是否能夠順利的跨區域配置，與貨幣匯率、市場一體化、產業結構以及市場主體的投資和交易需求有關，特別是伴隨着經濟增長和社會居民的差異化金融需求的增強，對創新性金融產品的要求會越來越高。金融產品創新主要包括產品創新、流程創新以及組織創新[①]。粵港澳地區的金融市場發展水平差異較大，互補性很強，因此更應該充分發揮港澳地區金融服務業的國際化和高端化產品，來完善跨境投融資體系和信用體系的規範性、居民跨境消費支付的便捷性、國際債券發行與使用的

① 沈聯濤．金融創新、金融監管與此次金融危機的聯繫及其改革方向 [J]．國際金融研究，2010(01):27-28+35.

常態性等問題，而且有利於加速人民幣國際化和進一步促進我國金融市場的成熟與發展。

（2）金融風險防控和金融監管規則的跨境協調與合作。資金的跨境流動隨着經濟不斷融合以及跨境金融規制對接而變得更為頻繁，對此，加強資金跨境配置的風險防範和金融投資行為的聯合監管成為國際金融合作的關鍵議題。粵港澳金融監管體系雖有差異，但金融監管的國際化選擇已由宏觀層面走向微觀層面[①]，粵港澳大灣區的金融合作有着較好的基礎和廣闊的前景，香港和澳門作為我國金融市場對接國際的重要窗口，在應對歷次國際金融危機的過程中積累了相對成熟的經驗，加強粵港澳大灣區金融監管制度的協調和合作，有利於在區域範圍內打造高效率的監管合力和風險預警機制。特別是在共同服務國家「一帶一路」重大倡議過程中，與沿線國家加強徵信管理部門、徵信機構和評級機構之間的跨境交流與合作，為跨境金融合作提供有力的風險防範保障條件。

（3）不斷強化粵港澳金融市場規則互聯互通。大灣區背靠港澳立足國內。港澳的金融市場直接連接國際，在金融產品創新、金融服務能級、金融監管對標國際方面有着優勢。內地在經過 40 年的改革開放以後，不斷形成金融開放的制度體系和推進機制，縮小內地與港澳金融市場的制度勢能，就必須要實現高效利用國內與國際兩大金融市場、兩種金融資源的制度設計，制度勢能的消除需要一定的時間和階段性改革機遇，當前的主要做法應該是聚焦以「規則互認」和「標準

① 竇爾翔，喬奇兵 . 金融監管的國際化選擇：跨國網鏈式監管 [J]. 經濟學動態，2012(03):67-73.

互認」為核心的合作機制設計。港澳作為國家金融市場向國際開放的窗口，在對接國際金融市場規則方面有着良好的傳統與基礎。粵港澳大灣區要形成對接國際金融規則的制度安排，需要加強合作。粵港澳大灣區金融法律法規銜接是三地金融合作的根本性保障①，構建與國際金融市場通行一致的規則體系，既是我國金融業發展的大方向，更是我國金融市場融入國際競爭的關鍵一環，特別是探索金融風險防範的國際協調與合作機制。

(4) 縮短金融開放「負面清單」。負面清單作為特殊制度安排，在粵港澳大灣區跨境金融改革與協同創新層面，發揮着不可比擬的功能。但是當前金融業開放負面清單還存在着「開而不放」的問題，特別是作為敏感領域的市場准入問題，金融的開放需要解決的制度障礙更多。在國家經濟安全中，金融安全具有舉足輕重的地位②，其資本運動的特殊性決定了必須嚴格的市場准入，從國際上看，主要發達經濟體普遍採用的是金融業的大監管模式，主要目的是降低金融運行的制度性交易成本。大灣區要制定更加簡短的負面清單，同時要給出具體的落地機制和清晰的監管標準，制度安排上鼓勵資本的跨區域和跨國界流動，監測手段上支持大灣區協同建立金融信息平台③，是在構建全方位對外開放的新格局下，提振國際資本參與我國金融市場建設和助推「一帶一路」戰略的信心。

(5) 大灣區金融協同創新要服務實體經濟發展這個根本。大灣區金融資源的跨區域配置要建立在服務實體經濟的基礎之上，尤其是在

---

① 逯新紅．關於粵港澳大灣區金融監管合作的幾點思考 [J]. 特區經濟，2017(05):15-18.
② 王元龍．關於金融安全的若干理論問題 [J]. 國際金融研究，2004(05):11-18.
③ 王力．深化金融產業協同：助推粵港澳大灣區實現跨越式發展 [J]. 銀行家，2019(08):36-40.

經濟新常態的背景下，金融資本應通過投融資體制的改革創新來服務於實體產業的轉型升級，消除金融流通的體制性障礙，通過金融資源流動來引領生產要素在地區、產業之間的優化配置[①]。粵港澳大灣區一方面要通過金融創新來承接高端製造業和現代服務業的發展，與此同時，還應建立「走出去」的企業投融資體制，將過剩產能轉移出去，開拓國際市場。信用數據是金融業健康發展的基礎，更是資金融通的前提，加強和完善社會信用體系建設，乃至於國際信用體系數據平台的對接和共享，是金融合作國際化的重要保障。

五、粵港澳大灣區金融制度型開放與協同創新的對策建議

（一）匯率穩定機制

理論視角可知匯率是一國（或地區）貨幣在境外流通和配置過程中的價格，浮動匯率制度是當前國際金融市場中貨幣合作的主流規則，由於存在相機抉擇的空間，浮動匯率制下貨幣當局的政策靈活性強但可信性低[②]，之所以首先要建立一套人民幣、港幣和澳門幣的匯率穩定機制，是因為過度的資本跨境市場投機，容易形成金融資產的泡沫累積，導致區域性投機風險和資產價格過度偏離均衡值。粵港澳大灣區的經濟基礎相對成熟，對此，穩定的三方貨幣匯率機制是大灣區

① 於斌斌．金融集聚促進了產業結構升級嗎：空間溢出的視角 —— 基於中國城市動態空間面板模型的分析 [J]. 國際金融研究，2017(02):12-23.

② 陳奉先．中國的實際匯率制度：基於 BBC 框架的動態考察 [J]. 國際金融研究，2015(11):3-13.

經貿往來與投資合作的基礎。具體而言可以進行如下的機制設計：確立人民幣、港幣和澳門幣三方彼此固定的匯率制度（或者小幅度波動），根據國際貨幣市場供求關係，對三方之外的貨幣實行跟隨市場的浮動制度，從而至少保證在粵港澳大灣區內部保持境外投資的匯率風險降低，聯合對外浮動又不至於使得大灣區貨幣體系過度偏離國際市場。

（二）資金平台建設

粵港澳大灣區與國際上三大灣區相比，最大不同之處在於：內地與港澳的金融往來視為跨境交易，區內金融要素交易仍將面臨外匯管制，互聯互通未能真正打通[①]，以重點項目合作為契機推進粵港澳大灣區資金融通，既符合當前經濟下行周期對於擴大市場需求的政策導向，又有利於拓展粵港澳三地跨境合作的內涵和方向。例如對於環灣區高速鐵路、灣區空港經濟園區和粵港澳大灣區物流樞紐等重大項目而言，涉及到的建設周期長，資金需求大，在建設過程中還要求粵港澳三地在金融產品設計，金融監管制度等層面進行協調合作。具體而言可以採取如下措施：一是粵港澳大灣區內部可以依靠政府聯合基金作為種子基金，廣泛吸收各方社會資本共同參與，從而形成以項目為依託，促進資金流、信息流和商品流的聚集；二是以航運金融、供應鏈金融和大灣區基礎設施投資銀行的培育和完善為契機，發揮金融資本助推產業升級的服務功能，並將區域性的金融定價權不斷推向國際市場，依託港澳的金融市場地位，打造世界級的金融資產配置中心，價格發現中心和金融產品設計中心。

---

① 陳國松．粵港澳大灣區金融如何互聯互通 [J]．中國外匯，2019(23):62-63.

（三）民生金融合作

粵港澳大灣區有着相近的生活和居住習性，促進大灣區金融開放就是要使得灣區居民的生活、工作和投資便利化、自由化。以民生工程為紐帶促進粵港澳大灣區建設，不僅能夠實現粵港澳「一家親」的美好局面，而且對於該地區的資金融通提供了扎實和可持續發展的基礎。例如：在 CEPA 補充協議六的指導下，內地首家合資證券投資諮詢公司（廣州廣證恒生）誕生，這是內地金融機構成功引進香港資本，共建兩地資本市場的成功案例。在房地產市場領域，當前港澳居民在內地 9 市購房資格已經不受限制，但是圍繞購房需求所產生的金融服務還有待實質性提升。涉及到大灣區居民生活便利化的具體設施和制度設計將顯然有利於實現大灣區的資金融通，比如粵港澳金融 IC 卡的發行，為該地區的居民互通、支付與商戶的跨境結算提供了方便，降低了時間成本和提高了出行與交際的效率，特別是以教育、醫療、理財和社會公共與專業服務為重點領域，開展產品設計，將極大的提高大灣區資金的流通速度和流通深度。

（四）青創平台機制

粵港澳合作的前景和未來在於該地區青年人才之間的交流與合作共事。當前，針對科技成果轉化效率不高的現實困境，粵港澳大灣區應該根據行業特徵、資金需求、宣傳途徑與要素分佈基礎的不同，建立多樣化的產業孵化與創業投資服務園區，以創投活動為依託，吸引資金進入，實現大灣區資金融通。廣東省事實上已經針對粵港澳合作建立了多個示範地區，特色創投園區應該以「互聯網 +」、文化創意經濟、共享經濟、雲計算與大數據、「家聯網」和網絡教育技術等新型創業與創新業態作為重點扶持對象，通過政府、天使基金、科研院所、資產交易平台與金融擔保公司「五位一體」的聯動聯營，讓特色創投園區成為吸引粵港澳資金滙聚的戰略據點，與此同時，圍繞產業園區配套以港澳標準設立的會計師事務所、律師事務所以及商事糾紛仲裁機構等，使得大灣區的特色創投園區成為粵港澳青年人才創新與創業的戰略基地，最終形成資金、信息、專業服務與國際化營商環境的齊頭並進。

（五）數據共享機制

金融交易是信用交易，其核心是金錢的時間價值[①]。信息不對稱是金融市場不確定性的起因，同時也是以金融風險為唯一介質的金融市場能夠吸引投資者的最重要原因[②]。實現粵港澳大灣區資金融通的基礎是粵港澳三地的信用數據共享[③]。具體而言：1、誠信宣傳。粵港澳地區政府或金融機構應成立專職部門，針對三地企業和居民進行誠信宣傳，特別是涉及跨境投資和融資的民商事主體行為，要針對內地、香港和澳門三地的相關法律法規進行事前告知，特別是三地誠信宣傳的差異性進行重點關注；2、數據共享。在信息收集上，結構化或非結構化的數據，信貸數據，網絡數據，社交數據等，都可以納入大數據範

① 楊東．互聯網金融的法律規制——基於信息工具的視角 [J]. 中國社會科學，2015(04):107-126+206.

② 參見 ZestFinance, Big Date Underwriting ,www.zestfinance.com, 2014 年 8 月 2 日。

③ Fisher I. *The theory of Interest: as Determined by Impatience to Spend Income and Opportunity to Inverst it*, New York: A. M. Kelley press, 1970.

疇，並引入現代信用評估原理[①]。粵港澳大灣區應該從宏觀層面的信用環境優化出發，為跨境投融資和創新創業需求提供便利的服務，特別是三地個人和企業徵信系統數據的共享；3、分級處理。對於現有的徵信系統數據記錄相對較差的個人和企業投資者而言，應該根據其特定的資產和可償還債務情況進行區別處理，給予風險違約定級。對於當前還沒有涉及到的徵信數據收集領域（或區域），要拓展徵信記錄的覆蓋範圍和擴大徵信數據的內容體系，以更好的實現「信用 +」的商業生態價值。

（六）科技監管機制

高水平的開放與合作機制需要高水平的技術突破應用於監管領域。大灣區跨境金融合作所涉及到的制度性差異不可迴避，但是關於金融行業本身的發展和深度合作問題，可以從健全金融開放的監管機制方面進行突破。數字時代的到來，對於金融科技的應用提出了巨大的空間和政策需求，以大數據為基礎，利用全新的金融風險控制算法，形成三地金融合作的制度保障。金融科技的引入還要堅持對數據的跨境流動開展立法，金融數據的敏感性和權威性問題，需要三地建立合作機制，共同維護三地金融開放的數據化基礎設施。當前已經提出來的「金融監管沙盒」制度就是科技與金融監管相結合的代表作，粵港澳三地要依託科技賦能，積極實踐跨境金融監管的協同機制。

① 習近平：深化金融供給側結構性改革 增強金融服務實體經濟能力，中國政府網（www.gov.cn），2019-02-23。

Research on Institutional openness and collaborative innovation of the financial system in the Guangdong-Hong Kong-Macao Greater Bay Area in the New Era

Xu shichang, Li xiao

Abstract: Strengthening the research on the financial collaborative innovation mechanism of the Guangdong-Hong Kong-Macao Greater Bay Area is the key to high-level promotion of the Greater Bay Area strategy. There are some problems in development of Greater Bay Area such as the internal institutional differences of financial development, the effect of financial reform in the Guangdong Free Trade Zone needs to be improved, the "negative list" thought of financial opening lacks implementation details, and the openness of the people's livelihood financial sector is limited. Promting the financial industry in the three places need the designing of the strategic focus and coordination mechanism based on the "two themes" and "four principles" .To accomplish that, the collaborative innovation in the financial industry should be integrated and designed with the establishment of three currency exchange rate stabilization mechanisms, promoting financial integration in international financial ecological cooperation from the people's livelihood project to the characteristic venture capital park , opening up financing channels for credit data sharing, and strengthening financial supervision mechanisms led by financial technology, etc.

Keywords: Guangdong-Hong Kong-Macao Greater Bay Area; institutional openness; cross-border regulation and collaborative innovation

港澳政治與法律

香港第三方資助訴訟：機遇、挑戰與應對

楊子希 *

摘　要：第三方資助訴訟具有接近正義、保障公平競爭、增強法治競爭力的積極作用，有助於香港成為「一帶一路」建設爭端解決中心、增強香港的國際司法競爭力。引發利益衝突、提起欺詐性訴訟、引發濫訴、控制訴訟程序等潛在性風險可在香港的法治秩序下予以規制。應從強制披露、規定法律從業者必須為客戶的最佳利益行事、控制費用水平、明確第三方資助訴訟人的濫訴責任、明確出資人的退出機制、嚴格審查投資集體訴訟、加強對投資公司的審核等方面對第三方資助訴訟進行治理。

關鍵詞：第三方資助訴訟　公平競爭　利益衡量　爭議解決　香港特區

*　楊子希，男，南昌大學法學院講師，法學博士。

一、問題的提出

在西方法律史中，基於獲取利益的目的而通過實質性的行動捲入他人爭端的行為並不是一個新鮮的概念。大量的文獻表明，早在古希臘時期就出現了出於政治或經濟回報的目的而資助他人進行訴訟行為。到了中世紀，干預訴訟的行為成為封建貴族攫取平民土地收益的手段，也正是在這一時期，人們對干預訴訟的厭惡達到了頂點。20 世紀 60 年代以來，西方社會開啟了一場以保障公民能夠有效利用司法資源來主張權益為目的的「接近正義」運動。「接近正義」運動使得各國不斷為禁止助訟這一政策鬆綁。而受金融危機的出現、訴訟費用的普遍增加以及訴訟程序不斷冗長等外部因素影響，越來越多的個人和公司不得不依靠第三方出資人的資金或技術支持才能維持漫長又昂貴的訴訟或仲裁程序。在這一背景下，第三方資助訴訟對世界各國的法制體系都帶來了全新的衝擊，英美等國逐漸為第三方資助訴訟鬆綁。

2019 年 2 月 1 日，香港特區《2017 年仲裁和調解立法（第三方資助）（修正案）條例》（《仲裁 [TPF] 條例》）開始生效，該條例允許使用第三方資助（TPF）在香港進行仲裁，仲裁領域的鬆動引發了香港是否應該允許 TPF 進行民事訴訟的爭議。在「香港建設亞太區國際法律及爭議解決服務中心」的背景下，爭議解決方式的多元化發展、公平的訴訟環境等是制度建設的重要內容，第三方資助訴訟有助於發揮訴訟在糾紛解決中的重要作用，有利於訴訟公平。鑒於此，有必要從法律史的角度分析第三方資助訴訟被禁止的特定的歷史背景，同時，在法治現代化的發展過程中，第三方資助訴訟的潛在風險已被大眾熟知。香港的法治水平處於全球領先地位，上述風險可通過制度完善予以有效規制。

二、第三方資助訴訟被禁止的歷史原因

第三方資助訴訟的概念源自於普通法的「Maintenance and Champerty」。「Maintenance and Champerty」由助訟及幫訟分利兩種行為構成，肇始於早期文藝復興的歐洲。① 「Champerty」一詞源於法語單詞「Champart」，是中世紀法國土地所有者向租戶徵收的一種稅。② 早期的「Champerty」也與土地所有權息息相關。在中世紀的英國，訴訟權的轉讓十分普遍，加上當時法制並不完善，不少貧窮的人就會將訴訟權轉讓給富人，富人則通過資助窮人或向法庭施壓來幫助窮人勝訴，這樣，窮人能夠得到土地所有權，而富人則可以共享這份收益。③ 也正因如此，這種手段也成為富人兼併土地的有利方式。「Maintenance」也是類似，在封建時期的英格蘭貴族會大力支持他們家臣的訴訟，不論這類訴訟是否正當合理，他們希望用這種方式增加自己的財富。④ 這些用自身強大的社會影響力來濫用司法程序的行為也被當時的封建貴族用來對抗新興資產階級。

---

① Max Radin, Maintenance by Champerty, 24(1) *California Law Review* (1935), p. 65.

② Charles R. Coville, Champerty and Maintenance, in David S. Garland and Lucius P. McGehee (eds.), *The American and English Encyclopedia of Law*, 2nd, Edward Thompson Company Press, 1897, p. 816.

③ Maya Steinitzt, Whose Claim Is This Anyway? Third-Party Litigation Funding, 95 *Minnesota Law Review* (2011), p.1287.

④ Ari Dobner, Litigation for Sale, 144(4) *University of Pennsylvania Law Review* (1996), p. 1544.

禁止「助訟與幫訟分利」由來已久，歷史上通過將「助訟與幫訟分利」行為認定為非法來限制訴訟。在中世紀的英格蘭，訴訟被認為是爭吵的行為，且與基督教精神相悖。①1275年《威斯敏斯特法案》就有專門章節規定禁止助訟行為，② 柯克大法官也是這一政策的堅定支持者，他曾說過「干擾與他無關的事情（助訟行為）本身就是錯誤的」。③ 但禁止「助訟與幫訟分利」的原因極為複雜，在著名的 Giles v. Thompson 一案中，Mustill 勛爵暗示，「助訟與幫訟分利」罪名確實過於古老，而且很難追溯它的歷史。④ 筆者認為，中世紀出現的助訟、幫訟分利以及共謀訴訟互相交織，並對司法產生了不當干預是禁止「助訟與幫訟分利」的主要原因。

領主干預屬臣的司法訴訟中存在「助訟」。領主對屬臣的保護義務激化了領主干預司法的現象。領主制度是中世紀歐洲一種根深蒂固的社會和文化制度，領主有着強大的權力和影響力，足以左右法院的司法裁判。領主與其屬臣相互依存：領主必須保護和撫養在其封地上的屬臣；作為回報，屬臣則要向領主宣誓效忠並有義務為領主服務。⑤ 領主所負有此種保護義務也包括了當屬臣陷入訴訟或人身傷害的危險之中時為屬臣提供幫助的內涵。⑥ 有學者認為，對屬臣的保護義務是一種

① Jonas von Goeler, *Third-Party Funding in International Arbitration and Its Impact on Procedure*, Wolters Kluwer, 2017, chapter 3, p.7.

② See Statute of Westminster 1275, Chapter 25.

③ Charles R. Coville, Champerty and Maintenance, in David S. Garland and Lucius P. McGehee (eds.), *The American and English Encyclopedia of Law*, 2nd, Edward Thompson Company Press, 1897, p. 818.

④ Giles v. Thompson [1994] 1 AC 142.

⑤ 耿淡如：《世界中世紀史原始資料選輯（三）——關於農奴的地位及領主和附庸間的關係》，《歷史教學》1957 年第 10 期。

⑥ Paul R. Hyams, Warranty and Good Lordship in Twelfth Century England, 5(2) *Law and History Review* (1987), p.448.

古老的、基本的職責，[①] 事關領主的榮耀 [②]。

如果說早期這種保護屬臣不受侵犯是彰顯領主榮耀的道德義務而不得不為之，到了後來則慢慢成為了大領主攻擊他人、攫取土地和財富的手段。例如，在一起收回土地的訴訟之中，大領主就有可能通過購買原告的訴訟標的，並利用自己的權勢影響司法，從而在勝訴後成為該爭議土地的共同所有人，以此來增加自己的土地。[③] 這種不平等的交易貫穿於整個中世紀早期，在英王愛德華二世在任期間的一份請願書曾指出：「在土地所有權的爭議案件中，一位有權勢的領主可能會通過助訟的手段幫助自己的屬臣，令另一方權力較小的當事人陷入永遠失去土地的境地。」[④] 而領主在其封地內的行為往往是不受干預的，在成稿於 12 世紀前期的一部法學著作 *Leges Henry Primi* 就建議領主在其封地內的行為是絕對不受懲罰的。[⑤] 領主逐漸膨脹的權力以及對土地的渴望，就令早期這種備受稱頌的保護成為了後來人們所普遍牴觸的「助訟」行為。

治安官干預司法主要是「幫訟分利」。司法治理不力致使地方行政官員分割了司法權，為限制地方領主在其封地內肆意生殺予奪的權力，威廉一世開始嘗試變革地方治理模式，由治安官（Sheriffs）來統領某一區劃的行政事務。但地方治理模式的改革並未解決司法治

① Paul R. Hyams, Warranty and Good Lordship in Twelfth Century England, 5(2) *Law and History Review* (1987), p.439.

② Paul R. Hyams, *Rancor and Reconciliation in Medieval England*, Cornell University Press, 2003, p.257.

③ Max Radin, Maintenance by Champerty, 24(1) *California Law Review* (1935), p.60.

④ Edward II: Parliament of January 1315, no. 10 (8) in C. Given-Wilson, Paul Brand, Seymour Phillips, Mark Ormrod, Geoffrey Martin, Anne Curry, and Rosemary Horrox, eds. *British History Online*, *The Parliament Rolls of Medieval England.*

⑤ *Leges Henry Primi*, § 82.4, p. 257.

理中一直延續下來的領主干預司法的問題，治安官反而在其中扮演起阻撓法官、脅迫陪審團以及阻止訴訟發生的角色。① 治安官在干預司法的過程中，慢慢就演化出了一種特殊的助訟行為，即幫訟分利（Champerty）。典型的幫訟分利關係與現代所指的第三方資助訴訟關係類似，訴訟當事人往往同意向幫訟人轉讓全部或部分標的物的所有權，以此來換取幫訟人的全力支持。日漸嚴重的司法腐敗得到了王室的關注，1254 年，國王在《艾爾條例》（*Articles of the Eyre*）中增加了一章限制地方官員濫用行政權力的內容，直言設立該章節的目的在於處理治安官或執行官為獲得土地、金錢或其他利益而在訴訟中支持任何一方當事人的司法亂象。② 有觀點認為，幫訟分利是助訟行為中情節最為惡劣的行為。③

此外，實踐中產生的「共謀訴訟」加劇了濫用司法程序的現象。典型的共謀訴訟關係中，首先會由若干來自不同郡縣的人共同組成一個訴訟聯盟，並通過誓言或契約約定在彼此所涉及的訴訟中相互支持，或者共同提起虛假訴訟。④ 共謀訴訟主要涉及的是虛假訴訟，共謀訴訟者不僅會通過自己的權勢來影響法官的裁判，還會在訴訟中恐嚇另一方當事人，迫使其放棄訴訟。溫菲爾德教授認為，打擊共謀訴訟是「一個長期鬥爭的故事」，並將共謀訴訟者稱為是「利用法律武器殺人和搶劫的流氓」。⑤

---

① 劉鵬：《英國議會請願的起源》，《世界歷史》2020 年第 1 期。

② Jonathan Rose, *Maintenance in Medieval England*, Cambridge University Press, 2017, p.32-33.

③ See P.H. Winfield, *The History of Conspiracy and Abuse of Legal Procedure*, (Cambridge, 1921),pp. 138-42.

④ Richard Arens, *Conspiracy Revisited*, 3(2) Buffalo Law Review (1954), p.243.

⑤ Percy Henry Winfield, *The History of Conspiracy and Abuse of Legal Procedure*, University Press, 1921, p.67.

助訟、幫訟分利以及共謀訴訟的行為在整個中世紀的中前期相互交織、相互關聯，這三個行為均可以理解為干預與自己無關的訴訟，並以期從中獲利，從原理上來說與今天我們所指的第三方資助訴訟是類似的。普通法體系對這些行為的禁止最早也可以說源自於中世紀，因為這些行為不僅傷害了普通民眾的利益，同時也對封建社會的中央集權和司法效力造成了嚴重的負面影響。也正是由於在司法系統中積累起來的諸多弊端，愛德華一世開啟了司法改革，允許民眾通過向王室遞交請願書的形式來反映對司法的不滿。[①] 請願書的數量在 1290—1330 年間達到了高峰，其中大部分都提到了助訟的內容，並希望國王能夠對濫用訴訟程序進行補救。[②] 這些請願書就內容和數量而言，都充分反映了社會民眾以及王室針對助訟等行為對司法系統的厭惡，由此就不能不理解為何普通法體系會將禁止「助訟與幫訟分利」這一原則長久地流傳下來。

三、第三方資助訴訟的積極作用

（一）接近正義

意大利著名法學家莫諾·卡佩萊蒂提出，接近正義的主體是弱者。廣義上來說，弱者主要指的是因先天缺陷或後天意外導致其在參與社會活動、市場競爭以及主張權利義務等方面的機會和可能性體現

① 劉鵬：《英國議會請願研究述評》，《貴州社會科學》2018 年第 11 期。

② Jonathan Rose, *Maintenance in Medieval England*, Cambridge University Press, 2017, p.53-54.

出高度不穩定的羣體。[①] 在法學研究意義上「弱者」的內容則並非側重其在社會性資源分配權的強勢優劣，其更為強調以基本權利義務的實現為主線，認為弱者是在作為一個抽象綜合體的「人」時因為客觀社會條件和自身原因等障礙而不能有效地主張基本權利的羣體。[②] 實際上，相較於擁有強權或巨額財富的強勢者，社會上的弱者在主張基本權利，尤其是訴權時往往不著見效。邊沁曾指出：「相較於貧窮，財富確實壟斷了司法。」[③]

訴訟或仲裁都是一種昂貴的救濟手段，當事人不僅要支付律師費，還要承擔與訴訟程序相關的一系列諸如鑒定費、財產保全費、專家證人費用等。也正因為此，許多低收入人羣甚至是中產階級，面對訴訟的高昂費用時，往往都會「痛感司法制度的不公正」，又無可奈何。[④] 而香港是我國對外開放的「超級連絡人」，法院常常面對各類具有涉外因素的案件，此類案件爭議往往較為複雜，使得庭審周期、法院管理費用、調查取證費用和律師費用等支出也大幅上漲，高昂的訟費和拖沓的程序成為當事人獲得司法救濟的攔路虎。

高昂的費用使許多跨國大企業都望而卻步，一方面，它們可能並沒有如此雄厚的現金流儲備，一時之間難以負擔；另一方面，這種無法預知或者難以控制的巨額現金支出容易導致企業現金收支失衡，進而可能陷入「現金流風險」。[⑤]

---

① 付子堂、周力：《「弱者」的類型分析》，《社會科學研究》2014 年第 5 期。

② 參見錢大軍、王哲：《法學意義上的社會弱勢羣體概念》，《當代法學》2004 年第 3 期。

③ Jeremy Bentham, *Defence of Usury: Showing the Impolicy of the Present Legal Restraints on the terms of Pecuniary Bargains*, T. Payne & Son Press, 1787, p.123.

④ 小島武司：《法律扶助、律師保險的比較法研究》，中央大學出版部，1977 年，第 349 頁。

⑤ 劉紅霞：《企業現金流風險識別研究》，載《中央財經大學學報》2005 年第 6 期。

例如，一個中等規模和實力的企業因受到了來自行業巨頭的不公平對待而遭受損害，通常它們有兩種選擇：其一，花費巨額資金通過訴訟或國際仲裁的形式主張權益，以獲得潛在的可能性賠償；其二，將資金投入到自身企業的核心生產業務上。① 這是一個兩難的選擇，中型企業當然可以選擇使用訴訟或國際仲裁來對抗大型企業，但庭審的結果具有高度不確定性，大型企業有深遠的行業影響力、豐富的應訴經驗以及雄厚的應訴資金，勝負難以預料。此外，拋開庭審結果的不穩定性不談，即便獲得賠償，賠償金能否填補因將資金投入到爭端解決程序而導致的耽誤生產發展的損失？

依靠自身的經濟優勢來拖延司法程序從而迫使經濟劣勢一方接受不公平調解方案的例子並不少見。阿拉斯加州最高法院法官 Fabe 在評價 K.A.H 一案時曾指出，當被告方發現索賠方因缺少援助而承受巨大的經濟壓力時，他們就有充分的利益動機通過輕率的手段延長訴訟程序。② 當原告無力承擔證據收集、聘請有專門知識的人、鑒定以及律師的費用時，可以預見，他們贏得訴訟的機會渺茫，這樣，他們就只能放棄通過訴訟來獲得索賠，轉而同意不公平的和解方案。

但傳統的貸款公司大都不願意給參加訴訟的當事人提供貸款，因為它們認為這類訴訟貸款往往會因為缺少可靠的抵押物而被認定為充滿風險。③ 這就使第三方訴訟融資公司有了以新型金融服務行業的身份

① See N. Rowles Davies, *Third Party Litigation Funding*, Oxford University Press, 2014, p.63-64.

② Supreme Court of Alaska, In the MATTER OF the Minor Child K.A.H., d.o.b. 9/21/85, p.93, available at https://casetext.com/case/matter-of-kah, visited on April 15, 2022.

③ Douglas R. Richmond, Other People's Money: The Ethics of Litigation Funding, 56 *Mercer Law Review* (2005), p.650.

出現在資本市場舞台上的機會。有學者認為他們是最為專業的投資者和貸款方。[①] 因為第三方訴訟融資公司的投資運營團隊不僅有投資專業背景的投資分析人，還有退休法官、律師、法學教授等法學專業人，這就使它們在投資選擇過程中充分評估法律風險，降低投資風險。[②] 誠然，第三方訴訟融資公司成立之初基本都以盈利為目的，但不可否認的是它們同樣幫助了許多無力承擔訴訟費用的當事人掃除了資金方面的障礙，獲得接近正義的機會，在客觀上推動了接近正義運動的發展。

（二）公平競爭

除去接近正義，第三方資助訴訟的另一個潛在好處是，它使程序的競爭環境更為公平，即不僅提供了獲得仲裁公正的途徑，而且使受資助方能夠與對手在同一條件下進行訴訟。例如在知識產權類的訴訟中，大中型企業往往對各國的知識產權法律制度如指諸掌，應付這類訴訟駕輕就熟。同時，它們往往實力雄厚、資金充足，知識產權經常被它們用作遏制小型競爭企業的有力武器。而小型企業則不一樣，它們既無充盈的資金，也沒有豐富的應訴經驗，當它們與大型企業發生爭端，很顯然兩者並不處於公平的競爭地位。在類似的案件中，倘若這些小型企業得到了第三方資助，那麼它們起碼可以在財務狀況、風險承受等方面獲得與大型企業相同的地位條件，使它們可以與大型企業在同一起跑線上競爭，得到了所謂的機會平等。

---

① Douglas R. Richmond, Other People's Money: The Ethics of Litigation Funding, 56 *Mercer Law Review* (2005), p.650.

② 張光磊：《第三方訴訟融資：通往司法救濟的商業化路徑》，《中國政法大學學報》2016 年第 3 期。

而在司法領域，「公平」這一概念應當是一個應然性權利與實然性權利的結合體。權利的應然性指當事人具有行為的可能性，實然性則指能夠使用權利本身。[①] 也就是說，司法語境下的「公平」，不僅僅要求賦予當事人訴諸司法的主體資格，還要求當事人可以與訴訟對手能夠使用相同的規則，處於相同的地位去平等競爭。在這裏，筆者並非在司法中追求絕對的、毫無偏差的公平，只是在形式正義的理論框架內，判決的依據常常不以客觀事實為標準，而是更為注重保證結果能夠通過充實的證據和嚴格的程序本身得到證明。[②] 在司法中，自然允許因能力或實力的差距而影響的判決結果的走向，但這種能力或實力的公正性也應當是以雙方當事人同時有條件做好充分的準備為基礎條件。如貝勒斯所說：「平等並不要求對所有人同樣對待。作為相等來對待（treatment as an equal），而不是平等對待（equal treatment），這是平等的價值。」[③]

因此，如果在具備相應能力且有真實的意思表示的人當中，只有一部分人能夠隨心所欲地選擇他們想要參加的活動之中，對另一部分的人來說，就存在機會不公平。[④] 這種機會不公平在程序冗長、費用高昂的國際爭端解決案件中十分常見。以 ICC 審理的 Essar v. Norscot 一案為例，該案中 Essar 公司在違反合同約定後，企圖利用自身的實力讓 Norscot 公司捲入昂貴的仲裁程序之中，以達到使 Norsoct 公司

---

① 舒國瀅：《權利的法哲學思考》，《政法論壇》1995 年第 3 期。

② ［日］谷口安平：《程序正義與訴訟》，王亞新、劉榮軍譯，中國政法大學出版社，1996 年，第 5-6 頁。

③ ［美］邁克爾 · D · 貝勒斯：《法律的原則：一個規範的分析》，張文顯等譯，中國大百科全書出版社，1996 年，第 11-12 頁。

④ 徐夢秋：《公平的類別與公平中的比例》，《中國社會科學》2001 年第 1 期。

放棄巨額索賠的目的。[①]Norscot 公司別無選擇，只得與訴訟融資公司 Woodsford 簽訂資助協議，以應對仲裁，維護自身權益。在該案中，Norscot 公司同樣是一家實力雄厚的企業，但在 Essar 公司採取了「應受譴責的行為」（reprehensible conduct）後，Norscot 公司陷入了窘境，倘若沒有第三方資助的介入，可以想像 Norscot 公司大概率只能選擇妥協求全。

如果我們單純將「公平競爭」從形式公正的角度來理解，那麼 Essar 公司很顯然具有將爭端訴諸仲裁的權利，且不受任何阻礙。但是否將爭端訴諸國際仲裁後就已經完成了所謂「公平競爭」的任務？答案顯然是否定的，因為 Essar 公司已經因為 Norscot 公司的不正當行為而陷入的財務上的窘境，可以預見的是 Essar 公司已經無力負擔國際仲裁的高昂費用。如果我們認為公平競爭僅僅是解決一個資格准入的問題，毫無疑問 Essar 公司是完全具備資格的，但它又因為種種限制而無法與 Norscot 公司在仲裁庭前作實質的公平競爭。

與仲裁類似，司法訴訟的成本也日益增加。在這一趨勢下，現代國際司法理論逐漸呈現出了一種突破抽象人格，為弱者提供人文主義關懷，致力超越形式公平，追求實質公平的價值趨向。[②] 而第三方資助訴訟則在一定意義上扮演了為司法中的弱勢羣體提供人文主義關懷並推進司法實質公平的角色。因為它消除了國際仲裁中一定程度的機會不公平。在司法中，第三方資助訴訟恰恰可以為那些有能力且有意願通過法院解決爭端、又因為沒有足夠的資金而不得不放棄的主體提供

---

① Essar Oilfield Services Ltd v Norscot Rig Management Pvt Ltd, Queen's Bench Division (Commercial Court) 15 September 2016, [2016] EWHC 2361 (Comm)., para.69.

② 徐冬根：《人文關懷與國際私法中弱者利益的保護》，《當代法學》2004 年第 5 期。

某些方面的機會平等。在這個角度上說，第三方資助訴訟無疑填補了訴訟因為費用高昂而導致的一些實質不公平的缺陷。

總而言之，公平競爭的實質並不算要求絕對的平等，畢竟絕對的平等絕非善的平等，而是一種惡的平等。[①] 第三方資助訴訟也不是為了推進訴訟中的絕對平等，從公平競爭的角度來說，它只是為那些有意參與訴訟，又因為資金短缺而無法與對手在法院公平競爭的當事人提供他們自身能力和實力範疇之外的機會平等。如卜伽丘所言：「人類本來是平等存在着的。平等的法則被出身的不平等所代替。」[②] 理想的訴訟狀態應當是依據通過雙方當事人的辯論以及案件事實的是非曲直，並以此解決爭端，而絕非根據誰擁有更充足的資金。我們不能說第三方資助訴訟的出現就徹底推動了訴訟的實質平等，但起碼必須承認的是，它確實保證了部分當事人陳述其案件的權利不再受到預算限制的損害，也就保證了他們擁有公平競爭的機會。

四、第三方資助訴訟的消極作用及香港紓解

（一）引發利益衝突

1. Chevron Corp 訴 Donziger 案

Chevron Corp 訴 Donziger 案涉及一系列源自厄瓜多爾法院判決的案件。在厄瓜多爾法院的訴訟中，47 名厄瓜多爾農民聲稱雪佛龍公司

① 曾雲燕：《平等原則研究》，吉林大學博士學位論文，2014 年，第 16 頁。

② 轉引自周輔成：《從文藝復興到十九世紀資產階級文學家藝術家有關人道主義人性論言論選輯》，商務印書館，1971 年，第 18 頁。

（Chevron）造成了 Lago Agrio 地區的環境污染，導致了大量的癌症死亡。第三方資助公司 Burford Capital（Burford）提供了 4 億美元的資金用於資助原告。2011 年 2 月，在厄瓜多爾 Lago Agrio 法院，被告雪佛龍公司因在鑽井施工過程中，向厄瓜多爾海域傾倒了幾十億加侖的有毒物質而被判決賠償 182 億美元。[①] 雪佛龍公司認為該案的判決純粹是由於欺詐引起的，於是在美國南區法院起訴 Lago Agrio 案的原告律師 Donziger。在審判過程中，當事人和法官均未察覺到這一資助事實的存在，直到之後發生的一些「不可思議的事情」（wildly improbable events）後，才揭露 Lago Agrio 案的原告接受了來自 Burford 公司的贊助。[②] 在該案中，特別委員 Max Gitter 命令 Donziger 回答有關第三方資助的問題，Donziger 才透露資助者是 Burford。然後 Max Gitter 主動披露，他曾與 Burford 的創始人共同擔任律師，是 Burford 前總法律顧問的朋友。但 Max Gitter 並沒有迴避，各方當事人也沒有要求他必須迴避。然而，Max Gitter 自己卻認識到，這次證詞「證明……律師堅持要求客戶披露投資者是至關重要的」。[③]Chevron Corp 訴 Donziger 案顯示出第三方資助可能導致利益衝突的頻繁發生。如果特別委員沒有堅持披露，衝突可能永遠不為人所知，或者只有在判決或和解達成後才會被發現。儘管這裏的利益衝突並未被當事人要求迴避，但在其他案件中，衝突有可能更為嚴重。

---

① 以下簡稱「Lago Agrio 案」。

② Roger Parloff, Have you got a piece of this lawsuit?, http://fortune.com/2011/06/28/have-you-got-a-piece-of-this-lawsuit-2.

③ Jennifer Trusz, Full Disclosure: Conflicts of Interest Arising from Third-Party Funding in International Commercial Arbitration, 101 *The Georgetown Law Journal*, 2013, p.1650.

2. 香港紓解

法官也是社會成員，在具體的案件中可能是一方當事人的親屬、債權債務人或其他利害關係人，可以說現代司法出現利益衝突的情況是不可避免的。因此，重要的不是考慮如何消滅法官的利益衝突，而是如何合理地迴避利益衝突。為防止審判中出現的利益衝突，香港有一套完善的涉及行政機關、立法會、司法機關等公共部門公職人員的利益申報與公開制度。① 香港《法官行為指引》規定，法官必須維護司法獨立，做到大公無私、正直及言行得當。《法官行為指引》還規定了取消法官聆訊資格的事宜，這一點類似於大陸法系中的迴避制度，其中詳細地說明了法官需要迴避庭審的事宜，包括持有訴訟一方大量股份；曾與訴訟一方共同參與某項活動，而本案的裁決可能會促進該活動的發展等。②

（二）提起欺詐性訴訟

1. Lago Agrio 案

Lago Agrio 案是前述 Chevron Corp 訴 Donziger 案的前序案件。在本案中，Donziger 擔任原告的律師，並且得到了來自 Burford 公司的資助。2011 年 2 月，厄瓜多爾法院支持了原告的主張，判決雪佛龍公司支付 180 億美元的賠款。雪佛龍公司在對厄瓜多爾法院裁決的後續挑戰中，出現了兩個問題。首先，美國紐約南區地方法院和海牙常設仲裁法院都認定厄瓜多爾法官的判決存在欺詐和賄賂。Lago Agrio 案的原

---

① 參見曹旭東、劉恆：《論香港的利益申報與公開制度》，《江蘇社會科學》2015 年第 2 期。

② 香港《法官行為指引》，第 46-59 條。

告律師團隊提交了欺詐證據。他們強迫一位法官指定一名「全球專家」來進行整體的環境損害評估。而這名專家正是由 Donziger 親自挑選的願意「完全合作」的人。然後，Donziger 又付費找到一家科羅拉多的諮詢公司按照他的意思撰寫了一份都是虛假內容的全球專家報告，並將該虛假報告呈現給法院。同時，Donziger 團隊向厄瓜多爾法官承諾，在取得有利判決後，將奉上 50 萬美元作為感謝金。[①] 其次，在 Burford 的資金協議被披露後，發現如果賠償金額小於或等於 6950 萬美元，那麼 Burford 將獲得 5500 萬美元的固定金額，其餘部分將交給其他投資者，而原告將一無所獲。這個案例顯示了第三方資金投資可以被濫用以滿足欺詐性索賠，並剝奪原告的任何救濟途徑。

2. 香港紓解

Lago Agrio 案涉及的欺詐行為據稱發生在厄瓜多爾。有大量證據表明，厄瓜多爾沒有獨立的司法機構或強有力的法治。[②] 相比之下，香港的法治建設水平以及司法能力長期位居全球前列。而且香港有專門的立法針對欺詐性訴訟。《盜竊條例》（第 210 章）第 16A 條規定的欺詐罪行以及《刑事條例》（第 200 章）第 31 條規定的偽證罪行。如果訴訟資助者協助、教唆、指導或促使犯罪行為，那麼該資助者也將被視為犯有同樣罪行。如果原告在香港通過欺詐手段獲得了有利判決，被告可以上訴，並將判決視為無效。針對法官受賄，香港《防止賄賂條例》也有完整的條款進行規制。

此外，針對本案中出現的剝奪原告賠償的現象，香港也有專門的

① Chevron Corp. v. Donziger, 974 F. Supp. 2d 362, 644 (S.D.N.Y. 2014).

② See World Justice Project, Rule of Law Index, 2021.

法律應對。如果資助協議顯失公平，資助的一方可能可以根據《不合理合同條例》(第 458 章) 第 5 條[①]，向香港法院申請修改資金協議中的任何不合理部分。在張佩燕訴新加坡銀行有限公司案中，上訴法庭裁定私人銀行是受《不合理合同條例》管轄的服務，因為它是通常為私人使用提供的服務。[②] 訴訟資助可能同樣被視為受《不合理合同條例》管轄的服務。

(三) 引發濫訴

反對第三方資助訴訟的一種觀點是容易引發濫訴，加重司法機關的裁判壓力。如果融資公司將其用於支持訴訟的資金以證券化的形式在資本市場融資，這就意味着融資公司能夠將訴訟的不利成本分攤給他們所有的投資者。這種情形下，出現濫訴的風險將加劇，因為融資者可能根本就沒有動力去調查索賠是否是合理的。

1. Excalibur Ventures LLC 訴 Texas Keystone Inc 案

在 Excalibur Ventures LLC 訴 Texas Keystone Inc 案中，原告對海灣基石石油有限公司 (Gulf Keystone) 提起訴訟，聲稱海灣基石拒絕承認其在某些庫爾德斯坦油田中所享有的 30% 間接利益。[③] 一組資助方投資了原告的訴訟。同時，原告提出了多項訴因，包括侵權、合同違約、違反受託責任和欺騙索賠。在審理了 57 天后，英國法院裁定原告的索賠缺乏事實或法律依據，而且索賠金額被認為極其誇大。其中包

① 該條規定了對於不合理合同的救濟措施。Art.5 of the Unconscionable Contracts Ordinance (Cap 458).

② [2017] 4 HKLRD 458, [56]-[57].

③ Excalibur Ventures LLC v Texas Keystone Inc [2013] EWHC 4278 (Comm), [10].

括：(1) 這些索賠在事實或法律上沒有可靠的基礎；[①] (2) 原告索賠了1.65億美元，實際價值最多為330萬美元；[②] (3) 訴訟給法院資源帶來了巨大壓力[③]。這表明第三方資助訴訟試圖通過不實的索賠來獲取不當利益，從而提起了輕浮、無依據的訴訟，造成了司法公共資源的浪費。

2. 香港紓解

Excalibur Ventures LLC 訴 Texas Keystone Inc 案中出現的濫訴有其特殊之處，上訴法院法官 Tomlinson 在審理該案時指出，資助方並非英國 ALF 的成員[④]，是沒有經驗的，而且他們沒有根據專業的方案對本案進行評估，導致這一起輕浮案件的出現。[⑤] 但此種情況在香港出現的幾率不大。首先，2019年2月1日生效的《第三者資助仲裁實務守則》對出資人的資質等作出了嚴格的限制，同時規定了被資助人有權終止資助協議的情形。這些要求同樣可以被用作於第三方資助訴訟人。可以說在這一監管框架下，香港的第三方資助公司都有足夠的財力聘請專業的法律顧問團隊以詳盡地評估案件的投資可行性，從而減少沒有經驗的出資人輕率地提起訴訟。其次，就目前在香港開設營業點的第三方出資公司均為從業多年的公司，它們都有敏銳的商業頭腦和精良的專業知識來評估案件，確保他們只為可能成功的案件提供資金。

實際上，第三方資助並非對所有的案件都會慷慨解囊，它們在決定投資前往往會對案件做一個綜合的評估，審查案件勝訴的概率、勝

① Ibid, [58].
② Ibid, [124].
③ Ibid, [58].
④ Excalibur Ventures v Texas Keystone Inc, [2016] EWCA Civ 1144, [2].
⑤ Ibid, [30].

訴後的預期收益、案件的複雜程度以及案件的費用預估等。[①] 資助方要求案件的勝訴概率要達到 70% 以上才會決定投資，[②] 有些第三方投資者甚至認為勝訴概率低於 85% 的案件都不值得投資。[③] 因此，在個人訴訟案件中，由於第三方資助訴訟的出現而引發的濫訴現象並不多見。

但需要注意的是，投資組合訴訟實踐還可能增加冗餘訴訟的風險，即獨立和同時進行的集體訴訟對同一被告進行相同或重疊的法律索賠。隨着原告數量增加，出資人的訴訟成本只會略微增加，而潛在回報則可能顯著增加，即通過單一決定能夠解決許多相同或類似的索賠。集體訴訟中的原告可以威脅被告面臨可能數以千計的索賠，從而導致巨大的風險。

（四）控制訴訟程序

現代訴訟制度基本都會賦予當事人實質參與程序的訴訟權利，如何推進訴訟過程以及選擇何種方式解決爭端，當事人都享有高度的自治性。但第三方出資人對訴訟的介入使得案件受到了僅僅對利潤與回報感興趣的主體控制。畢竟第三方出資人只是原被告的投資人，為實現他們的投資目標，勢必會對訴訟的戰略性決策施加壓力。Huron Consulting Group 的副總裁 Timothy Hart 表示，客戶可能不得不放棄一些決策權，轉交給出資方，並且「客戶的利益可能會與出資方發生分

① Eric De Brabandere and Julia Lepeltak, Third Party Funding in International Investment Arbitration, *Grotius Centre Working Paper No* 2012/1, pp.5-6.

② Cento Veljanovski, Third Party Litigation Funding in Europe, 8(3) *Journal of Law, Economics & Policy* (2012), p.425.

③ Christoper Hodges, John Peysner and Angus Nurse, *Litigation Funding: Status and Issues* (Research Report), University of Oxford, 2012, at 54.

歧」。[①] 普通法尤其重視當事人對程序的控制，但第三方出資人往往會通過其在經濟上的優勢地位，干擾被資助人在訴訟中的行動，有損被資助人的訴訟權利。

1. Chevron Corp 訴 Donziger 案

在 Chevron Corp 訴 Donziger 一案中，事後披露的資助協議顯示，原告代表或根據信託契約組成的管理委員會有權指導和控制受託人就索賠的追索以及任何與此相關的事項（包括但不限於訴訟策略、訴訟程序中的所有行動、律師的任命和指示以及原告代表或該委員會可能授權或批准的任何和解的批准）。[②] Burford 的資助協議顯示若出資額達到 1500 萬美元，原告最終收回 10 億美元，Burford 將獲得 5500 萬美元；如果原告收回 20 億美元，Burford 將獲得 1.11 億美元，以此類推。表面上看，5.5% 的回報率並無不妥，但該份協議還有一則條款：若原告只收回了 6950 萬美元，那麼 Burford 仍將獲得 5500 萬美元，剩下的賠款也將流向其他投資者。事實上，Burford 與原告達成了一份類似於「飢餓站台」的分配協議，原告位於最底端，只有等出資人、律師和其他顧問等分配完足夠的錢後，原告才能分得一杯羹。[③] 這個案件充分顯示了第三方資助訴訟公司在某些情形下剝奪被資助人的索賠權所可能引發的後果。因此，有必要在治理規則中確定第三方資助訴訟人控制訴訟的邊界，確認當事人在案件中擁有自己的決策權，包括是否願意接受第三方資助訴訟、以何種形式結束爭議以及訴訟代理人的選

① Anne Urda, Legal Funding Gains Steam But Doubts Linger, Law360, Aug. 27, 2008.

② Funding Agreement Between Treca Financial Solutions, Friends of the Defense of the Amazon, and forty named claimants, Art.8.1(b).

③ Have you got a piece of this lawsuit?, https://fortune.com/2011/06/28/have-you-got-a-piece-of-this-lawsuit-2，訪問於 2021 年 4 月 30 日。

擇等。在實踐中，第三方出資人對於訴訟程序的控制可以分為輕度控制與深度控制兩種類型。① 對於出資人能否深度控制被資助人，不同國家的司法實踐給出了不同的答案。在英格蘭和威爾士，出資人被嚴格禁止控制被出資人和訴訟程序；② 在美國，如果出資人控制了法律代表或是強迫被資助人接受或拒絕和解，該資助協議很可能就是無效的。③ 但澳大利亞給出了不一樣的答案。在 Campbells Cash and Carry Pty Ltd v Fostif Pty Ltd 一案中，庭審法官認為出資人享有高度的控制權，包括如何開展索賠、依靠哪些證據以及類似事項的權利，但這種控制對於被資助人而言是無關緊要的。④ 儘管如此，澳大利亞法院同樣認為，出資人不應有毫無限制的控制，例如主動創造爭議，決定爭議如何進行以及在未經被資助人同意的情況下控制訴訟程序。⑤

2. 香港紓解

香港對於出資人可能過度控制訴訟程序而損害被資助人訴訟權利的擔憂的沒有必要的。專業的出資人大多數情況下並不追求完全控制訴訟程序，只關心訴訟的基本事項，如律師的任命以及和解等事項。因為究其根本，出資人並非是訴訟當事人，如果被資助人無法持續地參與到訴訟進程之中，容易削減他們索賠的動力，這無益於出資人實現其利益最大化。即便是在某些極端情況下，出資人要求全權控制訴訟程序，在香港，受資助人也無需擔心自己的利益受損。因為，如前

① 吳維錠：《訴訟中的第三方資助協議研究：域外經驗與中國選擇》，《時代法學》2019 年第 2 期。

② Association of Litigation Funders, Code of Conduct, Art.9 and 18.

③ Lisa Bench Nieuwald and Victoria Shannon, *Third Party Funding in International Arbitration,* Aspen Publishers, 2012, para 6.10 at 145.

④ Campbells Cash and Carry Pty Ltd v Fostif Pty Ltd - [2006] HCA 41, para.241 and 261.

⑤ Ibid, para.284.

所述，即便控制訴訟程序也是為了更好地實現投資目的，要實現投資盈利，必須謹慎地推進訴訟進程。而出資人大多具有豐富的應訴經驗，可以更好地幫助被資助人。此外，香港也有相關法律規定代理人必須以被代理人的最佳利益行事。《防止賄賂條例》規定，代理人在其作為代理人的過程中若沒有合法授權或合理辯解而就其主事人的業務收取或接受任何利益，便觸犯了刑事罪行。[①]《受託人條例》則確立了代理人在行事時必須為客戶的最佳利益着想的法律原則。這意味着代理人在執行其職責時，應當考慮到客戶的利益，並採取合理的謹慎和技巧來管理和保護客戶的財產。代理人還需要避免任何可能導致利益衝突的情況，並且不得為自己謀取任何未經客戶同意的利益。[②]

五、完善香港治理第三方資助訴訟的對策

（一）第三方資助訴訟的利益衡量

1. 域外司法轄區的經驗

在英國，英國最高法院前院長何熙怡 2007 年審理 Massai Aviation Services v Attorney General 案時曾指出，法律的最初目標是保護脆弱的被告對抗由富有和有權勢的人提起的無根據的訴訟……後來，則是為了保護脆弱的原告，他們可能會為了進行訴訟而被迫放棄部分訴訟收益。因此，助訟和幫訟分利都被禁止。然而，現在將這些訴訟資助

① 香港《防止賄賂條例》，第 9 條。

② 香港《受託人條例》，第 41F 條。

安排視為犯罪正在阻止窮人獲得法律救濟。[①] 英國上訴法院法官 Rupert Jackson 對民事訴訟費用的審查中也指出，相較於無法將案件提交法庭而一無所獲，放棄部分損害賠償顯然是更明智的做法。[②] 對於訴訟的財務支持本身並不構成法院程序的濫用。

在美國，法官在 Saladini v Righellis 一案中直言，在馬薩諸塞州，禁止助訟與幫訟分利原則應當被廢止；[③] 我們已經有足夠多的方式來應對濫訴 [④]。法官進一步指出:「我們早已放棄了訴訟是可疑的觀點，並且認識到資助訴訟的協議實際上可能有助於解決爭議……（訴訟資助）現在被視為解決爭議的有益社會方式。」[⑤] 雖然美國各界對第三方資助訴訟的批評不絕於耳，但相較於直接禁止，他們大多傾向於通過強化披露等要求完善對第三方資助訴訟的監管。[⑥] 而且很多人認為，第三方資助訴訟是訴訟中的大衛對歌莉婭之戰。[⑦]

澳大利亞早在 1995 年就開始在破產案件中允許第三方資助的出現。[⑧]2006 年的 Campbells Cash & Carry Pty Ltd v Fostif Pty Ltd 一案中，

---

① Massai Aviation Services v Attorney General [2007] UKPC 12,[13].

② Review of Civil Litigation Costs: Final Report (December 2009) (the Jackson Final Report), chapter 11, paras 1.2 and 2.12.

③ Saladini v. Righellis, 687 N.E. 2d at 1224 (Mass 1997).

④ Ibid, at 1226

⑤ Ibid, at 1226.

⑥ 參見 Steinitz, Maya, Follow the money? A proposed approach for disclosure of litigation finance agreements, *UC Davis L. Rev.* 53 (2019); Kalajdzic, Jasminka, Peter Cashman, and Alana Longmoore, Justice for Profit: A Comparative Analysis of Australian, Canadian and US Third Party Litigation Funding, *The American Journal of Comparative Law 61.1* (2013).

⑦ U.S. Institute for Legal Reform, Selling More Lawsuits, Buying More Trouble - Third Party Litigation Funding: A Decade Later.

⑧ See Lisa Bench Nieuwveld and Victoria Shannon Sahani, *Third-Party Funding in International Arbitration (Second Edition)*, Kluwer Law International Press, 2017, p.92; Michael Legg; Edmond Park; Nicholas Turner; Louisa Travers, The Rise and Regulation of Litigation Funding in Australia, 38(4) *Northern Kentucky Law Review* (2011), p.628.

澳大利亞高等法院的判決使得第三方資助得以在四個已經廢除「助訟與幫訟分利」罪行的司法轄區適用於所有類型的案件。①2011 年，澳大利亞法律委員會在其頒佈的《澳大利亞第三方資助訴訟的監管》中指出，第三方資助訴訟被認為促進了司法公正，分散了複雜訴訟的風險，提高了訴訟的效率。②

2. 香港的衡量

香港律政司近年來一直致力於將香港打造成為「一帶一路」建設以及粵港澳大灣區的爭端解決中心。成為爭端解決中心除了必須具備廉潔與堅實的法治基礎外，是否擁有多元的制度選擇也是考量的關鍵因素。香港立法會在 2015 年一份針對是否要在香港允許第三方資助仲裁的諮詢報告中指出，外界普遍認為香港不允許第三方資助仲裁，這有損香港作為國際仲裁中心的競爭力。③ 仲裁與訴訟有着諸多的相似之處，我們同樣有理由相信允許第三方資助訴訟，能夠在香港與其他國際都市競爭國際爭端解決中心的道路上增強其競爭力。

首先，允許第三方訴訟資助有助於香港成為「一帶一路」建設爭端解決中心。當前，世界百年未有之大變局加速演進，全球治理體系深刻調整，各國間的相互聯繫和依存日益加深，和平解決爭端是當下時代潮流。粵港澳大灣區是「一帶一路」建設的重要支撐，面對「一帶一路」建設深入推進過程中的複雜法律糾紛，香港作為粵港澳大灣區高質量發展的核心引擎，理應肩負起更重要的責任。早在 2018 年，

---

① Vicki Waye, Conflicts of Interests Between Claimholders, Lawyers and Litigation Entrepreneurs, 19(1) *Bond Law Review* (2007), p.297.

② Law Council of Australia, Regulation of third party litigation funding in Australia, p.6.

③ The Law Reform Commission of Hong Kong, Consultation on Third Party Funding for Arbitration, p.2.

國家發改委就同香港特區簽訂《關於支持香港全面參與和助力「一帶一路」建設的安排》，其中就提到「支持香港建設亞太區國際法律及爭議解決服務中心，為『一帶一路』建設提供國際法律和爭議解決服務」。[①]「一帶一路」建設項目通常涉及一個中國主體和一個涉外主體。香港作為「超級連絡人」，其法律體系既根植於普通法系，又與中國大陸地區的法律體系有着密切的聯繫；加之許多參與「一帶一路」建設項目的當事人都是在香港證券交易所上市的企業，它們也願意將香港作為爭端解決地。這些獨特的優勢使得香港在處理「一帶一路」爭端方面處於有利的位置。2018 年 11 月，習近平在會見香港澳門各界慶祝國家改革開放 40 周年訪問團時，對大灣區建設作出指示：「要大膽闖、大膽試，開出一條新路來。」因此，為進一步使香港成為「一帶一路」建設爭端解決的首選地，香港有必要允許第三方資助訴訟。

其次，允許第三方訴訟資助有助於增強香港的國際司法競爭力。雖然香港在處理「一帶一路」建設爭端方面有着得天獨厚的天然優勢，但由於國際爭端解決的特殊性，爭端解決當事方會詳細對比不同司法轄區的法律制度來進行選擇。以同處於亞太地區的新加坡為例，從 2021 年 6 月 28 日開始，新加坡開始允許第三方資助運用於國內仲裁以及由仲裁引起的國內訴訟程序之中，可以說新加坡在第三方資助訴訟合法化的道路上邁出了堅實的一步。此外，「一帶一路」項目通常都是數億甚至數十億美元的大型投資，一旦發生爭端，所涉及的仲裁或訴訟費用對當事人而言都是一筆巨大的支出。如果約定的爭端解決方式

① https://www.yidaiyilu.gov.cn/p/51261.html?eqid=882b98d3000367ba00000006648e63eb，訪問於 2021 年 12 月 11 日。

為訴訟，當事方又無力負擔高昂的訴訟費，就很有可能導致他們選擇允許第三方資助訴訟的司法轄區進行訴訟。因此，面對來自其他司法轄區的激烈競爭，香港應積極探索訴訟制度改革，以提升其吸引力。

最後，香港的法治基礎能夠消除第三方資助訴訟的部分風險。前文已論述第三方資助訴訟在歷史上之所以被統治者所禁止，最主要還是因為彼時司法干預普遍存在，法院難以與地方領主及貴族階級抗衡，致使第三方出資人利用自己的權勢迫使法院作出有利於自己的判決，進而衝擊國家的司法體制，損害社會公共利益。《2020 法治指數》中，香港的法治水平位居全球第 16，「民事司法」「刑事司法」「廉潔程度」「公平有效的替代爭議解決」均獲得高分。這充分證明，香港回歸後，法治更加成為香港核心競爭力，香港的法治根基依然雄厚而且備受世界認同。我們可以大膽地作出判斷，香港的法治能夠經受得住來自任何權力外因的干預，並作出公正的判決。

綜上所述，筆者認為，允許第三方資助訴訟對於香港而言是利大於弊的選擇。因此，對於第三方資助訴訟這一事實，香港無需待之如洪水猛獸，只需冷靜地衡量其在個案中引發的權利義務關係，並以法律為依據、以事實為準繩，平等地作出判決。

（二）香港治理第三方資助訴訟的思路設計

如前所述，香港現有的法律框架足以應對第三方資助訴訟的消極作用，但此種「應對」僅僅具有「紓解」的作用，第三方資助訴訟對司法制度的潛在威脅並非是毫無道理。因為儘管在某些場合中，第三方資助訴訟扮演了為囊中羞澀的當事人提供接近正義的機會，但第三方資助訴訟畢竟是一種投資行為，盈利還是其追求的主要目的之一。因此，當下香港應當考慮的問題是如何進一步對第三方資助訴訟進行合理、有效的治理，以引導第三方資助訴訟的價值天平能向積極一方傾斜，確保其不至於脱離公平正義的軌道，儘可能減少第三方資助訴訟對司法體制的負面衝擊。

1. 強制披露

強制披露能夠幫助法官及時審查利益衝突問題，也能從根源上阻止資助者設置過度控制條款，從而緩和被資助人沒有訴訟自主權這一問題。如果出資人堅持在其第三方資助訴訟協議中插入這些有問題的條款，信息披露將使法院及時掌握到相關的信息，使這些條款歸於無效。

因此，要求相關當事人強制披露第三方資助訴訟人的存在是必須的。在披露的具體內容方面，筆者認為應當包括以下幾個方面：(1) 第三方資助訴訟人的基本信息，諸如其存在的事實、名稱、地址、股東名錄以及資金來源等；(2) 披露的時間與形式，披露的時間宜在訴訟程序開始之前，若當事人於訴訟程序開始後才接受第三方資助訴訟，則應在接受投資的 24 小時內向法院及另一方當事人披露。在形式方面，由於書面材料更為嚴謹且證明力較強，因而應以書面的形式作出披露。

2. 規定法律從業者必須為客戶的最佳利益行事

律師等法律從業者儘管不是第三方資助訴訟協議的主體，但同樣是重要的訴訟參與人，在訴訟過程中起着為被資助人提供精準的法律建議的作用。法律從業者必須為客戶的最佳利益行事這一規則也可以作為防止出資人操縱訴訟程序、損害被資助人利益的一種保護。在第三方資助關係中，出資人可能會為被資助人指定律師，但就律師自身的職業倫理，他們行事的權力源自於被代理人。假設出資人通過指示或影響律師行為來繞開被資助人，而這種指示或影響並不利於實現被資助人的最佳利益，這種指示或影響就可以被認定為不當的控制行為，律師或被資助人都可以請求法院判令出資人不得干預訴訟程序。

3. 控制費用水平

第三方資助訴訟最為人所詬病的一點就在於其過分追求盈利，這點與司法的內核截然不同。過高的回報率有可能會導致訴訟當事人的利益受損，無法從訴訟中得到公平的補償。因此，為避免第三方資助訴訟人將司法作為牟利的手段，有必要對第三方資助訴訟的回報率進行控制，避免過高的費用水平，從而保證當事人的權益得到最大限度的保護，同時也有利於提高公正和司法效率。

4. 明確第三方資助訴訟人的濫訴責任

儘管第三方資助訴訟人在確定投資前都會對案件進行專業的評估，以確保其收益，但在某些組合投資的案件中，第三方資助訴訟人可能會捆綁一些勝率低、收益高的案件，從這一點看，濫訴是第三方資助訴訟潛在的危害之一。在 Excalibur Ventures LLC v Texas Keystone Inc 一案中，原告對 Gulf Keystone Petroleum Ltd 提出索賠，聲稱 Gulf 公司拒絕承認原告在庫爾德斯坦油田 30% 的間接權益是違約的。一組投資人投資了原告的索賠，英國法院在經過 57 天的審理後發現該索賠毫無任何事實依據和法律基礎，原告要求的 16.5 億美元的賠償也被嚴重誇大，該訴訟對法院的資源造成了巨大的消耗。[①] 這個案件就可以看到第三方資助訴訟濫訴會導致訴訟資源的浪費，因此有必要明確當第

---

① Excalibur Ventures LLC v Texas Keystone Inc [2013] EWHC 4278 (Comm), [10] [58] [124].

三方資助訴訟人的投資屬於毫無事實和法律依據的濫訴之時的賠償責任，確保第三方資助訴訟人的投資行為不會浪費司法資源。

5. 明確出資人的退出機制

第三方資助協議本質上也是合同，締約雙方完全可以出於合法的原因，在履行完成前提前終止協議。例如，受資助方可能希望終止協議，因為他們不同意出資人的出資方式或控制條款；出資人也可能要求提前終止，如果被資助人在接受資助前刻意隱瞞不利事實導致可能出現重大利益衝突，或者因為被資助人無合理理由拒絕配合進行訴訟等。但是相較而言，出資人退出資助無疑會造成更嚴重的後果。因為在訴訟資助關係中，出資人擁有雄厚的資金，相對於被資助人是處於優勢地位的。此外，如果被資助人無法從其他渠道獲得訴訟資金時，退出資助協議將令他們負擔沉重的訴訟成本，若非出現無法忍受的後果，被資助人不會輕易退出資助協議；如果出資人毫無過錯，被資助人在簽訂協議後臨時改變主意與另一家出資人達成協議，那麼要求被資助人承擔締約過失責任即可，無需進行特別的監管。因此，只需明確出資人的退出機制即可實現充分監管的效果。具體而言，出資人只能在以下幾種情況下才能無責終止資助協議：(1) 合理地相信被資助人在勝訴的概率由於法律及政策的變更發生了重大不利變化；(2) 合理地相信被資助案件即便勝訴也無執行可能性；(3) 合理地相信被資助人已經違反了資助協議的重要條款。

6. 嚴格審查投資集體訴訟

對於第三方資助投資集體訴訟的案件，法院應加強對案件的審核，避免出資人隨意擴大原告範圍，對被告實施訴訟訛詐，浪費司法資源。具體而言，在集體訴訟開始之前，如果有第三方資助存在時，原告應向法院遞交申請書，在其中載明以下事項：（1）訴求是合理且真實存在的，且集體訴訟是提高全體原告追索效率的方式；（2）集體訴訟中每個成員存在共同或類似的事實或法律問題；（3）集體訴訟的代表人是經過全體原告通過公正、充分的手段推選出的；（4）開始程序後，原告成員加入或退出的方式及條件。法院在收到申請書後，應及時審查索賠是否合理、成員是否適當以及其他潛在的可能不公平地影響被告的事項，然後作出決定是否要啟動集體訴訟。

7. 加強對投資公司的審核

對於第三方資助訴訟公司，相關的國家機構有必要對其進行嚴格的審核，以確保其資金來源合法，業務能力和經驗符合要求，避免對當事人造成潛在風險。筆者認為，可以採取由金融主管部門發放運營牌照的形式，從市場准入開始篩查。同時建立更為嚴格的監管標準和法規，加強對公司運營的監督和檢查，對於發現存在問題的公司，應迅速採取行動，包括處罰、撤銷執照等，以示警示和維護市場秩序，確保第三方資助訴訟公司在運營過程中遵守規定。

Third-Party Litigation Funding in Hong Kong: Opportunities, Challenges and Countermeasures

Yang Zixi

Abstract: Third-party litigation funding plays a positive role in accessing to justice, leveling the playing ground, and enhancing the rule of law competitiveness. It contributes to positioning Hong Kong as a dispute settlement center of the Belt and Road Initiative and strengthening Hong Kong's international judicial competitiveness. Potential risks such as conflicts of interests, fraudulent litigation, abusive litigation, and manipulation of legal procedures can be regulated well under Hong Kong's rule of law. Governance of third-party litigation funding should include measures such as mandatory disclosure, stipulating that legal practitioners must act in the best interests of their clients, controlling the level of costs, clarifying the abuse liability of third-party funded litigants, outlining exit mechanisms for funders, rigorously reviewing investment class actions, and enhancing scrutiny of investment companies.

Keywords: third-party litigation funding; fair competition; evaluation of interests; HKSAR

從分權管治角度分析香港撤除市政兩局

陳立豐　陳恆鑌 *

摘　要：香港於一百多年前設置市政局及於 1986 年成立區域市政局，分別負責港九及新界地區的環境衛生及文娛康樂等市政服務，是香港重要的行政架構，但國內外卻鮮有文獻深入研究市政兩局的議題。特區政府於 1999 年以精簡架構為由裁撤市政兩局，使香港的地區組織只剩下區議會一層。然而，區議會的職能無法取代原有的市政兩局，致使地區的市政服務素質出現下滑的情況，繼而對整個特區政府的管治效能帶來不良影響。從公共管理的角度來看，此乃公共部門集權和分權配置不當的經驗。有見及此，本文建議當局應適度地重新賦權予區域組織，增加地方層級的自治能力，提高市政服務的水平。

關鍵詞：地方分權　地區行政　香港市政局　市政服務　公民參與

* 陳立豐，新西蘭奧克蘭大學（The University of Auckland）政治及國際關係博士研究生，研究方向為港澳問題、公共政策、城市管理，通訊電郵 LCHA521@aucklanduni.ac.nz；陳恆鑌，清華大學國際關係博士研究生，香港立法會議員及荃灣區議員。

公共服務資源的集權及分權一直是公共管理中關注的問題。於 1997 年回歸前後，香港擁有完善的三級議會制度，亦即立法會、兩個市政局及 18 個區議會，而當中市政局及區域市政局就是負責為市民提供環境衛生及文娛康樂等服務的民選議會機構。及至 1999 年，時任行政長官董建華宣佈「殺局」的決定，該屆市政兩局議員於任期完成後不再舉行選舉，並將其原有職能交由特區政府決策局直接統轄。然而，香港三層議會架構一夜之間變成兩層，但地方的區議會只能維持擔任諮詢的角色，未能取代市政局原有監察政府的職能，致使在市政管理上經常出現不協調的情況。由此看來，香港的市政局改組是一次重新配置地方公共服務權力的經驗，但卻未有為香港帶來更高水平的市政服務。咎其原因，市政服務的對象始終針對前線市民，而市政兩局作為民選機構，將之廢除等於減少與市民接觸的渠道，對地區自治的能力及素質必然大打折扣。

就此，本文先綜述現時關於地方分權理論各項的研究；再簡述市政兩局的發展及職能，以及闡述「殺局」後地區行政的轉變和所衍生的問題；最後則提出改善的建議及對公共管理所帶來的啟示。另外，雖然市政兩局曾為香港重要的政治體系，但在本地以至於國內外的文獻，均鮮有提及市政兩局的議題。當中，由劉潤和所撰寫的《香港市議會史 1883—1999》[①] 可謂是研究市政局較佳的文獻，但其僅從歷史的角度開展論述，而非由公共行政視角分析其存在價值及廢除後的情況。故此，本文論及市政兩局的撤除對地區行政的影響，能對議題起到一定補充作用。

---

① 劉潤和：《香港市議會史 1883—1999：從潔淨局到市政局及區域市政局》，香港康樂及文化事務署，2002 年。

一、地方分權的理論研究

地方分權的討論存在多年，於上世紀五十年代起獲得學術界的注意。Kohr 在其著作《國家的分裂》中提到，與其要將小的政權合併，倒不如將大型的國家進行分拆，以重新賦予地方組織新的權力①；Schumacher 認為「細小可以是更美好」，使大眾感到其在社會中更為有所重視②；而《未來衝擊》及《第三波》兩書中亦指出，過去的工業社會是採用中央集權及由上而下的決策模式，以確保大規模生產的效率，但於第三波的後工業時代中，政府施政模式演變為相對開放的分權政治③。事實上，歐洲部分國家於 1980 年代後開始重組政策部門，並將大型的福利政府改革成多個分權式的地方組織，以能得到更好自治的效果。④ 及後，「公共管治（Public Governance）」的概念開始形成，成為公共管理研究中的重要概念，而地方分權亦離不開管治的分析。

聯合國開發計劃署提出「分權管治（Decentralized Governance）」的意念，並將之定義為「上下層級的公共或非政府部門透過分散權力，達至有效及和諧相互關係的情況下，下層組織執行地方職能時的相關能力」；同時開發計劃署相信，在公共部門進行分權的過程中，必須

① Kohr, L., *The Breakdown of Nations*, London: Routledge & Kegan Paul, 1957.

② Schumacher, E. F., *Small is Beautiful: Economics as if People Mattered*. London: Blond & Briggs, 1973.

③ Toffler, A., Future Shock, *New York: Bantam Books*, 1971. Toffler, A., & Alvin, T., The Third Wave. New York: Bantam Books, 1981.

④ Bennett, R. J., "Decentralization, Local Government, and Markets: Is there a Post-Welfare Agenda in Planned and Market Economies?" , *Policy Studies Journal,* 1990, 18(3), 683-701.

通過公私營機構及公民社會的支持，才能夠達至良好的地方管治。[①]世界銀行亦表示，自 1980 年代起不同國家將中央政府權力下放至地方組織，一方面可回應部分對自治訴求的政治壓力，另一方面可透過加強「分配效能（Allocative efficiency）」及「生產效能（Productive Efficiency）」，改善管治能力及公共服務水平；所謂的「分配效能」，是指透過地方組織達至公共資源更容易地向適合羣眾進行配對的能力；而「生產效能」，則是指透過減少官僚層級，使地方政府更能控制成本開支的能力。[②]

現時，存在不少有關分權如何影響地方管治的研究，就如 Bardhan[③]、De Mello[④] 及 Oxhorn[⑤] 等，皆是以亞洲、美洲及非洲等區域作為對象，嘗試收集不同國家的數據再加以比較。Faguet 試圖解釋，分權有助提高地方管治效能，當中有四個重要的理論性因果關係：第一，地方官員更直接面對羣眾壓力，從而增加其問責的精神；第二，減少上級政府對下級組織的職權濫用，使資源獲得更妥善的分配；第三，透過提高地方組織的權力，使羣眾更能直接地處理涉及他們的議題，

---

① Nikolov, D., *Decentralization and Decentralized Governance for Enhancing Delivery of Services in Transition Conditions*. Paper for the Regional Forum on "Enhancing Trust in Government through Leadership Capacity Building", St.Petersburg, 2006/09/28-30, 2006, http://unpan1.un.org/intradoc/groups/public/documents/un/unpan025134.pdf.

② Kahkonen, S., & Lanyi, A., *Decentralization and Governance: Does Decentralization Improve Public Service Delivery?*, PREM Notes, 55, World Bank, 2001.

③ Bardhan, P., "Decentralization of Governance and Development", *Journal of Economic Perspectives*, 2002, 16(4), 185-205.

④ De Mello, L., & Barenstein, M., *Fiscal Decentralization and Governance: A Cross-Country Analysis*, Working Paper 01/71, International Monetary Fund, 2001.

⑤ Oxhorn, P., Tulchin, J. S., & Selee, A. D., Decentralization, *Democratic Governance, and Civil Society in Comparative Perspective: Africa, Asia and Latin America*, Washington, DC: Woodrow Wilson Center Press, 2004.

從而增加地區的政治穩定性；第四，增加地區性的政治競爭，使得對政府有更良好的監察。[①] 就以上四種理論關係，各有不同相關的個別分析。在問責的素質上，Mill[②] 及 De Tocqueville[③] 討論過有關一個地區的政體大小，如何影響到其內部大眾的集體利益，而 Wallis 甚至提出「度身訂造」的地方自治組織能夠更符合同質性的羣眾；[④] 其他研究亦有類似的觀點，例如分權有助提高市民的滿意度，[⑤] 又或協助政府施行更針對性的政策。[⑥] 至於在防止上級濫權中，Putnam 利用意大利的例子，指分權措施有助建構更蓬勃的地方性公民社會，從而對政府達到更有效的制衡作用。[⑦] 另外關於保持社會的穩定性上，Diamond 認為地方政府或組織可以更直接處理羣眾不同種類的訴求，同時少數派人士的權益可因而更容易得到關注，是在中央集權系統下無法實現的。[⑧] Hechter 引述美國的情況，指有限度的自治模式可將地區的激進組織與上層政府有所隔離，並使其怨氣在地方中獲得一定釋放，減低對高層政體的威

① Faguet, J. P., "Decentralization and Governance", *World Development*, 2014, 53, 2-13.

② Mill, J. S, "Utilitarianism on Liberty, Considerations on Representative Government, Remarks on Bentham's Philosophy" In Williams, G. (ed.), *The Aesthetic of Freedom*, London: JM Dent, 1993.

③ De Tocqueville, A, *Democracy in America*. Regnery Publishing, 2003.

④ Wallis, J. J. & Oates, W. E., "Decentralization in the Public Sector: An Empirical Study of State and Local Government" In Rosen, H. (ed.), *Fiscal Federalism Quantitative Studies*. Chicago: University of Chicago Press, 1988.

⑤ World Bank, Colombia Local Government Capacity: Beyond Technical Assistance. World Bank Report 14085-C, World Bank, 1995.

⑥ Galasso, E. & Ravallion, M., "Decentralized Targeting of an Antipoverty Program", *Journal of Public Economics*, 2005, 89(4), 705-727.

⑦ Putnam, R. D., *Making Democracy Work: Civic Traditions in Modern Italy*. Princeton: Princeton University Press, 1993.

⑧ Diamond, L.; Linz, J. J., & Lipset, S. M., *Politics in Developing Countries: Comparing Experiences with Democracy*. Boulder, CO: Lynne Reinner, 1995.

脅性。① 至於有關增加地方政治競爭中，Faguet 進一步補充，分權自治能刺激地方政治人物的競爭性，因其會透過選舉表現及地方政績，作為晉升至更高層議會或政府的籌碼，同時新的政治團體往往會較容易建立，而當中過程亦使得政治人物更具靈活彈性。②

然而，雖然分權是當今政治制度發展中一個趨勢，但同樣亦有不少研究指出其弊處。Mehrotra 指出，發展地方分權的原因是在於，避免中央政權無效率的控制，尤其是在一些發展中的地區。③ 不過，部分地方官僚組織的人員素質卻比上層政府低，缺乏一般基礎的行政訓練，使得下層的管理措施未能有效地提供公共服務，反而拖累分權後的管治效能。④ 事實上，較大型及位於上層的公營機構，通常會招聘能力較高的人才以維持服務水準，同時其亦較容易吸引優秀的人員前來工作，這是地方組織在人力資源管理上所面對的一大障礙。⑤ 正如英國在撒切爾夫人的時代，由中央政府所提供的公共服務往往得到較佳評價，相反地方政府給人的印象是無效率及浪費社會資源。⑥ 從另一角度來看，地方選舉通常較上級政府的競爭性為低，減少當地議會換屆的可能性，從而有更大的機會使資源被濫用。⑦ 同時，由於進行游說工

① Hechter, M., *Containing Nationalism*. New York: Oxford University Press, 2000.

② Faguet, J. P., "Decentralization and Governance", *World Development*, 2014, 53, 2-13.

③ Mehrotra, S., "Governance and Basic Social Services: Ensuring Accountability in Service Delivery through Deep Democratic Decentralization", *Journal of International Development*, 2006, 18(2), 263-283.

④ Tanzi, V., *Taxation in an Integrating World*, Washington, DC.: Brookings Institution, 1995.

⑤ De Vries, M. S., The Rise and Fall of Decentralization: A Comparative Analysis of Arguments and Practices in European Countries, *European Journal of Political Research*, 2000, 38(2).

⑥ Foster, C. D. & Plowden, F. J., *The State under Stress*, Buckingham: Open University, 1996.

⑦ De Vries, M. S., The Rise and Fall of Decentralization: A Comparative Analysis of Arguments and Practices in European Countries, *European Journal of Political Research*, 2000, 38(2).

作以改變政府政策需要既定成本，而地方的公民組織往往比較小型，不能如全國性團體般集中資源表達訴求，致使地方中某些政策難以改變；此外，某些官員因長期停留在某地關係，甚至會與其他地方勢力勾結，對公共效益帶來不良影響。① 另有研究從協調的角度進行分析，Bardhan 指出，當地方與其他地方進行協作時，效率通常會較中央直接統籌為低，尤其在基礎建設、環境污染、控制疫情等議題最為明顯。②De Vries 亦指，不同的地方政府有時會出現互相競爭的情況，但有時對某些領域則抱「搭便車」的心態，等待上級或其他同級政府進行處理；不過，分權亦容易使地方與地方之間的公共服務出現更明顯的差異，令富裕地區擺脱分擔貧窮羣體的公共開支，從而形成社會不公平的現象。③

的確，地方分權對管治效能存在不同的觀點，加之每個地區均有不同的情況，必須細加分析才能找到適合的安排。香港的市政局及區域市政局，於 1999 年前分管港九及新界兩個地區的市政服務，擁有獨立財政及局部立法的權力，儼如一層市政府的架構。作為地區性質的民選機構，市政兩局能夠體現出 Faguet 所指地方分權與管治效能提升的理論關係。由於市政兩局負責前線的市政服務，市政官員及民選議員能夠更貼近民情之餘，市民更可直接向市政兩局反映意見；與此

① Mehrotra, S., "Governance and Basic Social Services: Ensuring Accountability in Service Delivery through Deep Democratic Decentralization", *Journal of International Development*, 2006, 18(2), 263-283.

② Bardhan, P., "Decentralization of Governance and Development", *Journal of Economic Perspectives*, 2002, 16(4), 185-205.

③ De Vries, M. S., The Rise and Fall of Decentralization: A Comparative Analysis of Arguments and Practices in European Countries, *European Journal of Political Research*, 2000, 38(2), pp193.

同時，基於地區權力提升，資源亦能得到靈活的運用。另外，上面所述部分有關地方分權的弊處，香港基於個別原因，沒有出現相關的問題。就如下層政府難以招聘人才一事上，香港本身的面積不大，地區性的差異不太明顯，加上市政兩署的人員一般由特區政府聘請再進行分派，能夠有效確保從事市政服務官員的素質。至於行政不協調、效率散渙等問題，的確在市政兩局運作期間曾經出現，但當年特區政府倉促作出「殺局」的決定，使得行政架構減去中間一層，令羣眾與提供市政服務的部門產生更遠的距離，對相關管治效能產生更強烈的不良影響。事實上，撤銷市政兩局與聯合國開發計劃署所提出「分權管治」的意念相違悖，可視為反地方分權潮流的做法。就此，透過以下對裁撤市政兩局的分析，將展示香港公共部門集權和分權配置不當的經驗，指出回歸後管治效能下滑的其中一個原因。

二、市政局的發展及職能

市政局的歷史可追溯至香港開埠初期的年代，當時環境衞生非常惡劣，於 1880 年代更發生大規模的霍亂疫症。由港督任命的專員奧本·查域克（Osbert Chadwick）發表報告，建議成立專門負責街道衞生、食水供應及食物監督等公共衞生範疇的部門，直接促成潔淨局（Sanitary Board）於 1883 年的成立。及至 1935 年，為進一步提升部門所提供的市政能力，潔淨局改組為市政局（Urban Council）。[①] 直至 1973 年，總督頒令改組市政局，內容包括（1）擴大其發出牌照的

① Welsh, Frank, A History of Hong Kong. London: HarperCollins, 1993.

權力；(2) 允許徵收差餉以維持其提供服務的支出；(3) 取消議會內的官守成員，同時增加非官守成員的人數；及 (4) 允許議員互選產生市政局主席。然而，1973 年的改組尚未擴大市民的投票權利，只有少部分市民容許登記成為選民。① 特別注意的是，當時立法局尚未有民選議席，故市政局議員在市民心目中擁有較高威望，而其在執行職務時向政府所陳情及反映的議題，亦往往超出市政局的範疇，使之成為當時政府與市民聯繫的重要渠道。於 1980 年代，隨着新市鎮於新界地區相繼落成，港英政府於 1985 年成立臨時性的新界市政議會，並於 1986 年與負責港九事務的市政局一並舉行選舉，同時將其正名為「區域市政局 (Regional Council)」②。市政局隨後加入 10 名區議會代表，與原有 15 名委任議員和 15 名直選議員，組成共 40 席的議會；至於區域市政局，則有委任議員 12 席、區議會代表 9 席、直選 12 席及鄉事代表 3 席，總共為 36 席。及至 1995 年回歸前最後一屆的市政選舉，港英政府取消委任議席，同時將市政局及區域市政局的直選議席分別增加至 32 及 27 席，使市政兩局成為接近完全民選的議會機構。

市政局和區域市政局是香港的區域組織，負責提供市政服務的法定機構，屬於市政議會的單位。市政局負責香港島及九龍地區的市政工作，管有 350 萬名市區居民，佔全港總人口的 52%；而區域市政局則負責新界地區，管有 300 多萬名市民，佔全港約一半的人口。市政兩局每月舉行一次大會，議員可進行各式的動議；下設的常務委員會

---

① Hoadley, J. S., "Political Participation of Hong Kong Chinese: Patterns and Trends", *Asian Survey*, 1973, 13(6), 604-616.

② Lau, Y. W., *A History of the Municipal Councils of Hong Kong 1883-1999*, Hong Kong: Leisure and Cultural Services Department, 2002.

每月舉行會議兩次，以處理局內的日常工作；兩局同時設有多個委員會，專門負責討論不同的市政工作，例如建設工程委員會、文化委員會、財務委員會、圖書館委員會及酒牌局等。此外，市政總署及區域市政總署分別為兩個市政局的執行部門，各自坐擁超過一萬名公務人員，是政府架構內最大型的文職部門。[①] 市政兩署的人員一般由香港政府的公務員部門負責聘請、培訓及管理，兩局則只負責向其撥款及監察日常運作；另市政兩局每年均需向香港政府提交年度報告；此外，立法會及區議會亦不時會就市政服務向兩局提供意見。

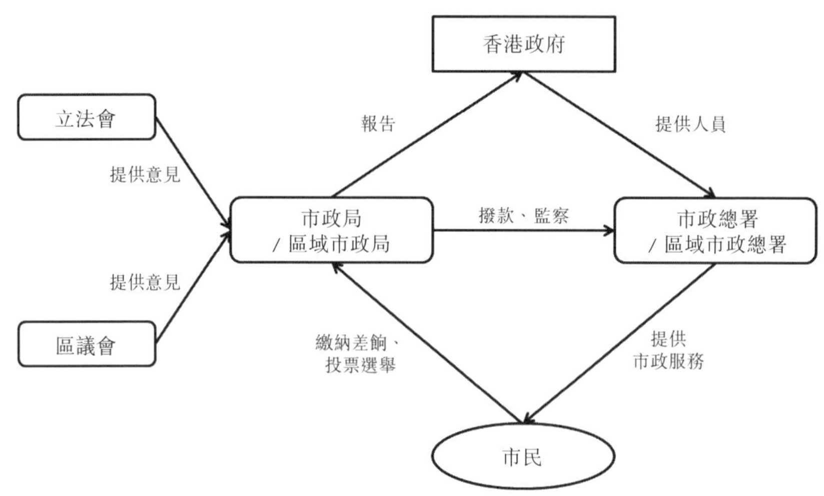

圖1　市政兩局的運作

市政兩局曾是香港最重要的機構之一，其職能主要分為五種。第一，市政兩局負責監察市政兩署所提供的市政服務，主要為環境衛生

① 香港政府新聞處：《香港年報1999——兩個市政局和區議會》，http://www.yearbook.gov.hk/1999/b5/02/02_04.htm，2000

及康樂文化兩大範疇；環境衞生的工作相當多元，包括街道衞生、垃圾處理、巡查食肆、管理殮葬、肉類屠宰及發放酒牌等；至於康樂文化，則包括舉辦藝術活動、組織文康團體及管理不同的場地，如圖書館、體育館、博物館及公園等設施。第二，市政兩局負責討論及通過市政政策，以讓市政兩署能夠執行相關的制訂內容。第三，市政兩局擁有獨立財政系統，每年皆可向其轄區的居民徵收差餉，以制訂和審核兩署的部門預算。除差餉的收入外，發牌收費、場地租金及各項罰款等，均是市政兩局的重要收入來源。第四，根據《市政局條例》及《區域市政局條例》，兩局有權就各種市政議題制訂附屬法例予市政兩署執行，亦即其擁有一定的立法權力。第五，兩局議員會接受市民的陳情，並將意見轉交當局。①

由此，當年的市政兩局與其他境外地區的市議會職能無異，負責向市民提供環境衞生及文娛康樂的市政服務。於 1998 至 1999 年度，市政局的開支達到 78 億港元，而區域市政局則達到 51.2 億港元。② 與其他地區的市議會相比，此數目可算是相當龐大。以 2015 年大倫敦議會（London Assembly）所審核的預算作為參考，其開支達到 72.6 億港元（7.49 億英磅）③，但人均市政開支只約為 830 港元，而未按通脹計算，香港在「殺局」前的人均市政開支則已達到 1,800 港元，足見市政兩局所動用的財政能力之巨。加之，市政兩局擁有一定立法權力，能在

① 香港政府新聞處：《香港年報 1999 —— 兩個市政局和區議會》，http://www.yearbook.gov.hk/1999/b5/02/02_04.htm，2000。

② 香港政府新聞處：《香港年報 1999 —— 兩個市政局和區議會》，http://www.yearbook.gov.hk/1999/b5/02/02_04.htm，2000。

③ Greater London Authority, *The Greater London Authority Consolidated Budget and Component Budgets for 2015-16*, 2015, https://www.london.gov.uk/sites/default/files/gla_migrate_files_destination/2015-16%20Final%20Budget.pdf.

港九及新界兩大區域各自制訂不同的附例，由市政兩署的人員負責執行。反觀現時香港地方組織的區議會，只是政府的諮詢架構，不具備任何立法職能，而稅收亦不是直接撥備至區議會審核運用，故其權力實在難與當年的市政兩局相比。更重要的是，市政兩局是三層民選議會架構的中間層，有助市民表達意見及向政府反映地區情況，而作為中層的議會，市政兩局有助紓緩地方性質的民情，減少特區政府的工作量，體現出地方自治的精神。在市政兩局撤銷之後，開初或能提升市政服務決策的效率，但卻失去一批民選議員作為汲取民意的渠道，因而使當局逐漸與民情脱節，相關的弊處亦陸續浮現。

三、市政局的廢除及衍生問題

於 1997 年底，香港出現禽流感疫情，特區政府宣佈以宰殺雞隻的方式防止病毒擴散，由當時的經濟局負責統籌相關工作。然而，市政兩局於事件中卻暴露出與政府架構重疊的問題，時任市政局主席梁定邦更指出，衞生署前往內地及邊境查檢雞隻；漁農處進行宰殺活雞；環保處則負責處理埋葬死雞;而市政兩局則只有「執死雞（等待時機）」。[①]事實上，市政兩局在協調效率上的確令人不太滿意，制訂的政策又時常出現不同，造成不必要的行政混亂。為回應市民對市政兩局工作的意見，特區政府於 1998 年中發表《區域組織檢討諮詢文件》，針對市政兩局的職能重整，以及如何使公帑能夠用得其所收集意見。經過諮詢後，時任行政長官董建華於 1998 年《施政報告》指出，考慮到近年

① 《兩臨市局對架構檢討未有結論》，《文匯報》，1998-06-03。

發生多宗公共衛生的重大事件，當局需要強而有力的部門處理市政衞生問題，故傾向成立新的機構取代市政兩局。①

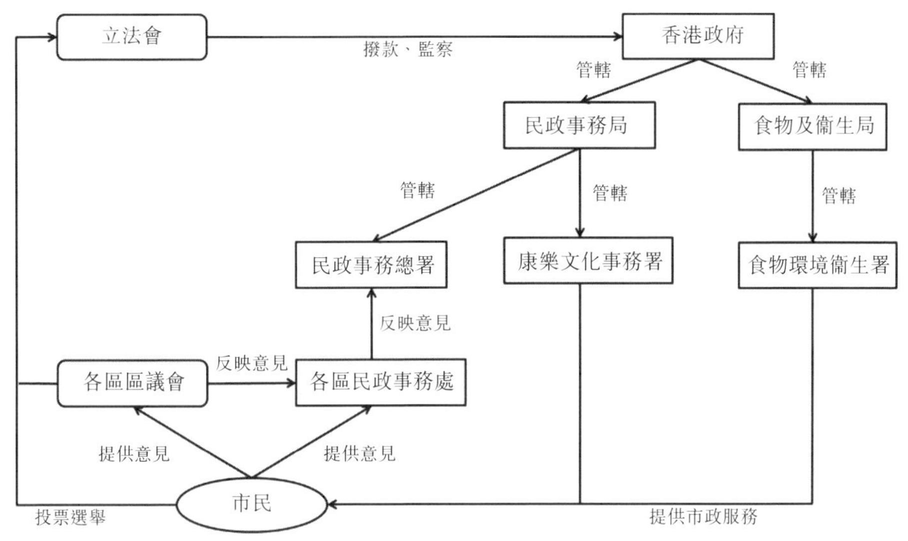

圖 2　現時市政服務的運作

於 1999 年年中，政府向立法會提交《提供市政服務（重組）條例草案》，宣佈於 1999 年 12 月 31 日解散市政兩局及市政兩署。取而代之，特區政府成立食物環境衞生署（食環署），專門負責食物安全、市政衞生及管制禽畜的工作；另外亦設有康樂文化事務署（康文署），負責為全港市民提供文娛康體的活動及設施。根據現時的政府架構，食環署及康文署分別由食物及衞生局與民政事務局管轄節制，並由政務司司長負責統籌。誠然，當市政兩局裁撤後，短期內能減省兩署龐大

① 香港特區政府：《1998 年施政報告》，http://www.policyaddress.gov.hk/pa98/chinese/speechc.htm，1998。

的架構系統，如署級及副署級的領導崗位數量獲得適度重組；兩個新設的部門更能專職化處理市政服務等，有助減低預算開支及提升服務素質。與此同時，將地區原有的職能直接收歸予特區政府，於開首之初亦可降低在施政過程中所遇到的地區阻力，能夠加快其中的決策效率。然而，在長期運作下，區議會始終未能取代原有市政兩局的議事功能，故又出現一連串涉及地方行政的弊病。

（一）區議會無實際權力

過往，市政兩署直接受到市政兩局的監察，兩名市政總署署長需向議員報告部門運作狀況，變相向全港市政兩局的選民負責。不過，於「殺局」以後，市政服務改由政府部門直接提供，雖然立法會仍可對總體特區政府的施政進行監察，但對於整個市政服務的問責過程就變得間接複雜。另外，於 1999 年制訂廢取市政局的架構時，政府曾承諾增加 18 個區議會的權力，但直至今天其職能仍然流於諮詢的角色，憲制地位沒有出現大規模的改變。根據民政事務總署的資料，區議會主要職能是，就地區居民福利、公共設施、公共工程的先後次序及社區活動等各範疇，經過各區的民政事務處向特區政府提供意見。[①]事實上，過往政府亦曾增加區議會的部分權力，例如每年向全港區議會撥款數億港元的公帑，予各區自行舉辦「社區參與活動」或進行「地區小型工程」；[②]又於 2013 年為每區預留一億港元進行「社區重點項

① 香港民政事務總署：《地區行政 —— 區議會》，http://www.had.gov.hk/tc/public_services/district_administration/dbmain.htm，2017。

② 香港特區政府：《2007 年施政報告》，http://www.policyaddress.gov.hk/07-08/chi/docs/policy.pdf，2007。

目」。[①] 不過，現時區議會的權力及職能根本無法與市政兩局相比，部分市政服務水平出現下滑的情況。舉例來説，食環署利用外判制度處理街道潔淨問題，但因欠缺民選議會的直接領導，致使近年市容出現下滑的跡象。[②] 事實上，自市政兩局廢除以來，地區對財政自主及監察行政的能力下降，而區議會仍留於諮詢的層面，對整個社會的市政政策帶來不良影響。

（二）分區民政處難以協調其他部門

從前的市政兩署是全港最大的政府部門，各自擁有超過一萬多名員工，當市政兩局議員對其提供意見後，兩署可對相關的市政服務直接派員工處理，無需等待其他部門執行。然而，現今與區議會對接的政府部門是各區的民政事務處，受節制於民政事務總署，所掌握的資源相當有限，只能充當區議會的祕書處而非執行機構。故此，各區的民政事務處是民政事務總署的派出機構，負責向地區的市民及區議會收集意見，再向上級反映及跟進。雖然於地區內各部門，如康文署、食環署、路政署及渠務署等，皆有一定的內部協調機制，但民政處始終不是屬於地區層級的「塊狀」領導單位，無法對區內各個部門施發命令，而各部門又受不同決策局所管轄，致使簡單的地區市政問題往往因而變得複雜，亦失去原有市政兩局和兩署應有的效率。

① 香港特區政府：《2013 年施政報告》，http://www.policyaddress.gov.hk/2013/chi/pdf/PA2013.pdf，2013。

② 《民建聯助清除三成衞生黑點》，《文匯報》，2015-09-30(A15)。

（三）增加立法會、決策局工作負擔

在廢除市政兩局之前，決策局部門只制訂本港長遠的政策方向，而立法會則負責審議特區政府所提出的法案及政策，一般的基層市政工作則由市政兩局和兩署自行處理，兩層架構鮮明可見。及後，市政兩局及兩署在一夜之間廢除，其原有大部分制訂及執行的職能需由決策局承擔，間接地增加後者的工作壓力。以食物及衞生局為例，原只負責管理及監控本港的醫療架構，以及應對重大的衞生事故及防疫議題；但隨着食環署的成立及置於其組織之下，食衞局則需肩負起督導市政衞生的責任，例如巡查食肆、潔淨街道、管理公廁及街市等一系列地區問題。另外，從立法會所成立的小組委員會亦可看到特區政府出現「地區化」的情況，例如「公眾街市事宜小組委員會」，其職能包括檢討公眾街市政策及營商環境的事宜，又會為街市檔位的租金及空調費用的安排與當局進行討論；又如「小販政策小組委員會」，其職能則是檢討時下的小販政策，以讓當局能與時並進回應社會對小販經營及管理的訴求。① 如是者，特區政府出現「地區化」的現象，造成全港性決策部門及立法會資源變得緊張，某些官員更需就個別市政問題進行解釋而疲於奔命，反而忽略決策局需進行長遠規劃的角色，繼而拖慢特區政府原有的施政效率。

（四）涉及市政的民怨直上特區政府

除增加特區政府的工作負擔外，廢除市政兩局亦造成地區議題

① 香港立法會：《第五屆立法會（2012 至 2016 年）——事務委員會及其下的小組委員會》，http://www.legco.gov.hk/general/chinese/panels/pan1216.htm，2017。

的申訴直接向立法會或決策部門反映。若然當局處理不善，其所產生的民怨亦會直接衝擊特區政府的威望。以往，當市民在地區遇上問題時，往往只會尋求市政局議員的幫助，甚少會向立法會申訴地區事務，惟在地區層面無法解決時，才會向上一級議會或部門求助。由此可想，過去三層的議會架構，有助為特區政府產生緩衝的作用，處理部分瑣碎的市政議題。不過，現時大多數的市民對地區事務皆會直接尋求立法會議員的幫助，一來是由於區議會欠缺足夠的權力，二來是因為立法會是由民眾選舉所產生，議員皆需向選民交代及問責，故往往將問題直接轉介至特區政府的高層部門。舉例來說，特區政府於 2016 年《施政報告》指出，當局會在青衣、葵涌及九龍城區開展升降機及行人通道系統的工程，[①] 這是多名立法會議員多年來爭取的成果，但此等地區項目需由行政長官透過用以規劃總體政策的《施政報告》中進行回應，實非良好的行政安排。

（五）削弱議事階梯結構

現時全港約有 400 多名區議員和 70 名立法會議員，而過往市政兩局的議席一共約有 100 席。作為參政人員，三層的議會架構能提供更多席位選舉的機會，有助各政黨及參政者建構較為完善的政治階梯。然而，自市政兩局廢除後，部分區議員只能將立法會議席視為其晉升的渠道，故其會較進取地在社區製造政治或民生問題，以能搏取更大的支持。如是者，長遠則造成地區議題政治化的趨勢，對於政府在下級的行政中將帶來不良的後果。

---

① 香港特區政府：《2016 年施政報告》，http://www.policyaddress.gov.hk/2016/chi/pdf/PA2016.pdf，2016。

四、香港地區行政未來發展的戰略

2012 年，行政長官梁振英上台之際，即落實「地區問題地區解決，地區機遇地區掌握」的理念。事實上，讓地區掌握更大權力方能更有效回應市民的訴求，但改革發展不能操之過急，現特區政府可分為短中長期三大方向進行改善。

（一）短期措施——增加地區上的協調

在現有區議會權力尚未擴充的情況下，特區政府應致力協助各區的民政事務處，讓其能在地區層面上協調各部門的運作，使「塊狀」組織得以形成。實際上，自 1982 年起，香港政府已在各區成立地區管理委員會，由當區的民政事務專員擔任主席，成員包括區議會正副主席、區議會內各委員會主席與及一眾政府部門的代表，如食環署、康文署、警務處、房屋署、運輸署、社會福利署及教育局等。由此可見，每區的地區管理委員會即是地區層面的協調組織，但礙於其屬於一般的諮詢單位，而民政專員又沒有相關的領導權力，致使各部門在地區內各自為政的情況仍然屢見不鮮。另外，現時的民政專員屬於政務官員的公務架構，其職效評估往往與其在地區上的政績關係甚少，加之政務官素有「三年換崗」的傳統，使部分專員走馬上任後又到期換職，與地區所建立的關係少之又少。若然特區政府有意發展地區行政，就應從民政專員相關的制度中入手。首先，民政專員的地位及職級應獲得一定的提升，除讓其成為「一區之長」外，更應讓各政府部門的地區人員受民政專員的節制，減少「條狀」垂直統轄的關係，增加「塊狀」橫向的協調能力。另外，民政專員的職效評估亦需進行優化，可引入更多與地區政績相關的指標作為考核準則，同時開放予更多地區人士進行評估，從而增加其對地方組織的問責意識。此外，民政專員的調職安排不宜過於頻繁，才能確保地區人事的穩定性，有助更有效地協調區內各部門及區議會的日常運作。

（二）中期措施——優化區分劃界

現時全港人口約為 730 萬，分佈於 18 個區議會中的 431 個選區，每個選區的人口基數約為 17,000 人。[①] 然而，不同區議會的席位數目及所代表的人口總量存在差異，就如全港席位最少的區議會為灣仔區及離島區，分別擁有 10 席及 13 席，而各自的人口總數只有 10 多萬；相反沙田區及觀塘區則為席位最多的區分，分別擁有 38 席及 37 席，人口亦各自達到 60 多萬。由此可見，最小及最大區議會的規模可相差三至四倍，故多年來亦一直有意見提出重新劃分區議會界線，讓資源分配上能夠更為有效。事實上，本港於 1980 年代劃分了 18 個區議會，當時許多位於新界的新市鎮仍在發展階段，即使部分區界隨後曾進行小規模的變動，但是否適合現時城市發展狀況就仍需進行探討。況且，即使是現時人口達到 50 萬以上的大型區議會，在現行地區架構下，亦是難以凝聚一定的行政的資源，而當局又未必認真對待個別區議會的意見。就此，特區政府可考慮於未來將部分區議會合併，使全港最終擁有四至五個規模較大的區域組織。此舉可將個別地區議會人口基數擴大的同時，亦能使不同地區的組合產生協同效應，一來可令

① 香港選舉管理委員會：《二零一五年區議會選舉選區分界建議報告書 —— 劃界工作》，http://www.eac.gov.hk/pdf/distco/2015dc/final/ch/chapter2_2015.pdf，2014。

當局更有效地整合資源處理地區問題，二來使新的區域組織能在動議及制訂政策上，更獲當局及市民的重視。

（三）長遠措施——重新置構地方行政權力

除增加分區民政事務處的協調能力及設立更大規模的區域組織外，特區政府長遠則應重置地方層級的行政權力。當局於數年前展開「地區行政先導計劃」，在深水埗及元朗兩區推行為期 17 個月的試驗，賦予兩個地區管理委員會更大權力，處理公地管理及環境衞生等事宜。舉例來説，於元朗區的民政事務處，統領多次聯合部門的行動，打擊店舖阻街及違泊單車的情況；至於深水埗區，則成功協助多名露宿者尋找居所，並着令相關部門清理佔街者的街道及垃圾。兩區試驗計劃能迅速回應市民對市政問題的訴求，並得到區內居民的支持及正面評價（香港立法會，2016A）。① 由此可見，強化香港地區層級的「塊狀」功能，有助提升基層社區的自治能力，長遠更應研究及探討能否如當年的市政局般，賦予地區獨立的財政、人事編制、制訂政策等權力，讓下級形成適當的行政功能架構。甚至乎，可參考現時境外市政府的做法，設立「市長—議會制」或「議會—經理制」模式，前者則是分別選舉市長及市議會成員，由市長統領政府部門執行議會政策，後者則是由議會委任資深的城市管理者，代替市長執行相關的政令。若然香港的地區組織能發展出如境外地方的自治能力，將有助提升各

① 香港立法會：《民政事務委員會——地區主導行動計劃 [CB(2)401/16-17(07)]》，http://www.legco.gov.hk/yr16-17/chinese/panels/ha/papers/ha20161221cb2-401-7-c.pdf，2016。

個區分的市政服務，同時亦可避免出現上級部門「地區化」的現象，間接強化特區政府的管治效能。

五、啟示

香港特區政府於 1999 年撤除市政兩局至今將近二十年，地區因缺乏管理權力而出現各種問題，故社會近年開始重新思考地區管治的架構是否需要新一輪改革。於 2016 年 11 月，立法會功能界別區議會（第一）議員[①]提出「強化區議會的角色及職能」的無約束力動議，要求增加區議員對地區部門的監察權力，以及讓區議員審核更多有關社區建設的撥款，同時亦建議強化各區民政專員的統籌角色。不論建制派或泛民主派的議員均對議案表示支持，認為當局需要適時進行地區行政的改革，賦予地區更大而靈活的權力，最終議案在不記名的情況下大比數獲得通過。事實上，地區行政改革一直在香港社會有廣泛的討論，特區政府在每年的《施政報告》中，通常會預留一個章節講述「地方行政」的改善措施，足見對地方組織的重視之餘，同時亦反映以循序漸進的方式增加區議會權力。於 2012 年的行政長官的選舉中，候選人梁振英提出「地區問題地區解決，地區機遇地區掌握」的理念，獲得地區人士及不同政黨的認同。及至行政長官梁振英上任後，更逐步落實其選舉承諾，包括前面所述的「一億工程計劃」，為每區預留一億港元進行「社區重點項目」，是增加地區財政審批權力的試驗，以及

① 立法會功能界別區議會（第一）設有一席，由全港四百多位民選區議員互選產生，代表十八區區議會議員在立法會的意見。

「地區行政先導計劃」，賦予地區民政專員在特定範疇下更大的權力，並受到區議會的督導。由此可見，香港的地區行政改革正朝着賦予區議會更大權力的方向前進，使區議會有一定審核公帑及監察部門的職能，脫離過往純粹作為諮詢的角色，但其權力仍與當年的市政兩局無法比擬。

事實上，特區政府當年決定「殺局」之際，曾承諾會深化及強化區議會的職能，[①] 但至今區議會的權力仍然相當薄弱。從香港撤除市政兩局一事上，可視為公共管理範疇內地方權力分配經驗中的反面教材，削減地方架構職能的措施對上層政府的管治效能產生不良影響。地方的權力分配素來都是公共管理中重要的題目，要在分權及集權之間取得平衡，使管治效能獲得最優化。香港撤除市政兩局後最大的問題在於，區議會仍只是擔任過往諮詢機構的角色，並沒有真正的實際權力，使得特區政府與地區之間出現權力真空的狀態。上層對地區情況未能充分掌握，而地區則沒有權力處理相關問題。加之，市政兩局是民選的機構，有疏導地區民情作用，避免將地區管理不善的問題直接歸咎於特區政府。從公共管理的角度中，合適的分權自治有助提升地區管治效能，因一地自有一地獨特的民情，並非上層政府所有總體政策均能適用。透過地方分權架構的設置，可以更貼近羣眾解決地區問題，避免增加上層政府的壓力。故此，香港當年倉促「殺局」的措施，忽略地區架構的重要特質，使整體地區管治效能受到影響，是上下層級權力分配安排的反面教材。

---

① 香港立法會：《2016 年 11 月 24 日會議過程正式紀錄》，https://www.legco.gov.hk/yr16-17/chinese/counmtg/hansard/cm20161124-translate-c.pdf#nameddest=mbm02，2016。

The Analysis of Abolishing Two Urban Councils From the Perspective of Decentralized Governance

Chan Fung, Chan Han Pan

Abstract: The Hong Kong's Colonial Government had established the Urban Council and the Regional Council to provide municipal services in the Urban areas and the New Territories regions respectively. As one of the most important structures in Hong Kong before the Handover, however, these two Councils were rarely covered in academic researches. In 1999, the Hong Kong Government had announced to abolish the two Councils to streamline its whole administrative structure. Since the District Councils are simply the advisory bodies that contain no powers as the two municipal Councils did, the performance of local governance has been deteriorated since the abolition of the structures. From the perspective of City Management Studies, the current administrative structure of the Hong Kong government presents itself as an unsuccessful experience of "re-centralizing" power from the local administration. This article suggests that the Hong Kong Government should implement the reform of local administration by resuming powers to local councils and departments.

Keywords: local decentralization; local administration; Hong Kong's urban councils; municipal service; public participation

論香港政黨體系的演變

殷俊　徐藝芳*

摘　要：政黨政治已經成為香港政治生活中重要的組成部分，政黨體系的演變對政治發展有着不可忽略之影響，因此研究香港政黨體系的演變過程及其原因有着重要的學術和社會價值。通過分析香港政黨體系在若干方面的特徵及其變化，特別是有效政黨數和政黨體系穩定性的變化，可以發現在相對穩定中又體現出分化、弱化、激進化的趨勢。香港的政黨體系經歷形成、穩固、分化和重組幾個階段，目前正處在一個結構性重組的時期。

關鍵詞：香港政治　政黨體系　政黨分化　政黨弱化　激進化

香港回歸 20 年以來，香港的政制在「一國兩制」政治框架下和《中華人民共和國香港特別行政區基本法》（以下簡稱《基本法》）的法律框架內逐步發展，特別是代議民主的範圍和程度顯著擴大：自 1998 年

* 殷俊，廣州南方學院公共管理學院講師，研究方向：香港政治，台灣政治；徐藝芳，深圳大學當代中國政治研究所 2018 級碩士研究生。

始後立法會選舉已經舉行 6 屆，區議會選舉則舉行了 5 屆。在這一發展過程中，香港的政黨扮演了重要角色，政黨政治已經成為香港政治發展的重要組成部分和主要動力之一。與此同時，香港政黨本身也經歷了一系列重大變化，不僅許多政黨發生重組、合併和分裂，而且整個政黨體系也發生變化，從回歸前的兩大派為主逐步轉變為回歸後的兩大陣營，近年來又出現「激進派」「本土派」等新勢力；同時更多新的中小政黨出現，而傳統大黨相對實力下降。

回歸以來的政治發展歷史證明，政黨發展與政制發展是相互影響、相互制約的。一方面，作為香港居民參與政治的主要平台和影響政制發展的重要力量，政黨對香港整體政治發展也有重要影響。[①] 另一方面，政治發展的需要刺激政黨的發展，而政治制度特別是政黨與選舉制度也對政黨產生和發展構成制約和引導。所以，理解香港的政黨政治，特別是政黨體系的發展，對於理解香港政治發展的歷史及其前景非常重要。

杜瓦傑指出，政黨體系（party system）是在一個國家中存在於市民社會的若干政黨組成的整體，其特徵在於政黨的性質與數量。[②] 政黨體系本身是一個系統性、動態發展的過程。本研究的目的就是分析香港政黨體系的發展，以及其與香港政治發展之間的關係。下面將首先進行相關文獻的回顧，然後簡要回顧香港政黨體系形成的過程，再從「數量」和「性質」兩個層面分析香港政黨體系的演變，然後在此基礎上總結這一演變的主要趨勢。

---

① 朱世海：《論香港的政黨演進與政治發展的關係》，《中央社會主義學院學報》2010 年第 3 期。

② Duverger, Maurice, *Party politics and pressure groups: A comparative introduction*. Crowel, 1972.

一、文獻回顧

部分學者認為，香港作為中國的一個特別行政區，法律限制行政長官不能是政黨成員，政黨沒有成為執政黨的可能，也沒有關於政黨和政黨政治的完整法律規範，所以並不存在一般意義上的政黨政治。但多數學者認為，政黨在香港存在並發揮政治影響是一種客觀現實，因此香港存在某種程度的政黨政治，[①] 這可以稱為「低度政黨政治」[②]、「半政黨政治」[③] 等等。我們認為，政黨政治在香港存在一定的空間[④]，相應的也就存在一定的政黨體系。

隨着香港政治體制的發展，政黨的作用只會越來越大，許崇德[⑤]在 1997 年之前就已經指出這一趨勢。周平認為，進入特區時代香港的政黨便步入穩定期，表現為政黨結構基本固定，政治取向較為明朗，行為方式基本定型，政治影響較為穩定等。[⑥] 王英津也認為，當「雙普選」逐步落實，政黨舞台將會擴大，政黨角色將會突顯，政黨功能將會完善。[⑦]

隨着政黨的發展，政黨政治也在香港政治中起到重要的作用。周平認為，香港政黨政治的功能包括：推動選舉、爭奪議席，整合利益、反映民意，監督和制衡政府，培養政治精英，進行政治動員，傳播政

① 周平：《20 多年來香港政治生態的改變》，《雲南大學學報（社會科學版）》2005 年第 2 期。
② 朱世海：《比較視野下的香港政黨政治》，《中共浙江省委黨校學報》2011 年第 5 期。
③ 黎沛文：《港式「半政黨政治」：地區政黨的一種發展形態》，《原道》2015 年第 3 期。
④ 張定淮、甘長山：《論香港政黨政治的發展空間和限度》，《深圳大學學報（人文社會科學版）》2013 年第 5 期。
⑤ 許崇德：《略論香港特別行政區的政治制度》，《中國人民大學學報》1997 年第 6 期。
⑥ 周平：《香港的政黨與政黨政治》，《思想戰線》2004 年第 6 期。
⑦ 王英津：《「雙普選」對香港政治發展的影響與應對》，《探索與爭鳴》2012 年第 6 期。

治文化等等。[①] 在此之外曾平輝還指出，政黨可以關注民生、服務社會，參與國家政治生活和內地建設等等。[②] 政黨已經成為香港居民政治參與的重要平台，特別是民建聯這樣的「全方位政黨」出現，是政治發展的重要成果。

但也有學者認為香港的政黨和政黨政治仍然比較低級。陳麗君認為，香港政黨發展仍處於低級階段，表現在政策研究層次低、政黨缺乏共識、人才少、組織鬆散等方面。[③] 曾平輝則認為，香港政黨存在規模小、組織鬆散、缺乏理論建構等特點。[④] 孔德明還發現香港許多政黨存在內部不穩定，特別是部分較大的政黨是由原來的幾個小黨或政治團體迫於壓力合併而成，其內部存在着原來政黨或政團的組織和政見的分歧。[⑤] 從政府的政黨性看，香港政府的政黨性還不夠濃厚，政府只是與民建聯、自由黨等「支持性政黨」建立比較和睦的關係。[⑥] 從政黨的認受性看，許多調查都發現香港市民對所有政黨都缺乏足夠的認同和支持。

影響香港政黨制度發展的包括外部因素（特區地位決定中央起導向作用）、內部因素（香港社會生態決定漸進式發展）和未來因素（多元文化與經濟社會變化帶來不確定性）等。[⑦] 其中，政制發展特別是選舉制度的發展無疑是最重要的因素之一。許崇德、周平、朱世海、馬進保和朱孔武等都指出，20 世紀 80 年代開始的區議會、立法局選舉和

① 周平：《香港的政黨與政黨政治》，《思想戰線》2004 年第 6 期。
② 曾平輝：《香港政黨特點、功能探析》，《學術論壇》2008 年第 12 期。
③ 陳麗君：《香港政黨政治的特點研究》，《當代港澳研究》2011 年第 2 期。
④ 曾平輝：《香港政黨特點、功能探析》，《學術論壇》2008 年第 12 期。
⑤ 孔德明：《香港政黨的政治影響力及其局限性淺析》，《傳承》2008 年第 16 期。
⑥ 朱世海：《比較視野下的香港政黨政治》，《中共浙江省委黨校學報》2011 年第 5 期。
⑦ 馬進保、朱孔武：《〈基本法〉框架下的香港政黨制度》，《學術研究》2007 年第 10 期。

1997 年後的立法會選舉，是政黨從產生到發展的重要原因。許崇德在 1997 年便指出，比例代表制有可能造成政治競爭加劇。梁玉英對前兩屆立法會選舉（1998 年、2000 年）的研究發現，與比例代表制所預期的相近，2000 年香港逐步出現溫和的多黨制，① 但馬岳、蔡子強同一時期的研究則發現另一些不符合比例代表制預期的現象 —— 如黨內競爭的增加。② 殷俊、馬春暖的研究則發現，立法會選舉制度變革後香港政黨體系出現一定的分化、激進化和弱化，其中前兩點符合比例代表制預期，最後一點則有所不同。③

雖然許多學者已經從不同角度分析香港的政黨政治、政黨體系及其演變，但對於政黨體系長期演變趨勢進行整體分析的研究尚為數不多。特別是近年來香港政黨政治出現一些新的變化，例如激進本土派政黨的出現，反對派在兩次立法會補選中失利，而要理解這些變化更需要深入探討過去幾十年政黨體系演變的過程。

二、香港政黨體系的形成

雖然香港很早就有各種類型的政治社團，但是較有組織地參與本地政治的政黨起源於 20 世紀 80 年代。其背景是：港英政府在 1980 年發佈《地方行政的模式》綠皮書，首次提出設立有民選議席的區議會，又在 1984 年發佈《代議政制在香港的進一步發展》綠皮書，並先後在

① 梁玉英：《比例代表制對香港特區立法會直選的影響》，《中國大陸研究》2001 年第 4 期。

② 馬岳、蔡子強：《選舉制度的政治效果：港式比例代表制的經驗》，香港城市大學出版社，2003 年。

③ 殷俊、馬春暖：《香港立法會直選制度變革及政黨體系之演變》，《中國大陸研究》2018 年第 3 期。

1982 年和 1985 年舉行首屆區議會選舉和首次有民選的立法局選舉，為政治團體參與政治建立了初步平台。1984 年《中英聯合聲明》簽署，確定香港在 1997 年之後將實行「一國兩制」，也在香港社會激起政治參與的熱情，許多論政團體紛紛誕生，包括太平山學會（1982 年成立）、匯點（1983 年成立）、新香港學會（1982 年成立）、勵進會（1985 年成立）、新界社團聯會（1985 年成立）、香港民主民生協進會（「民協」，1986 年成立）。這些團體有的直接發展為政黨（如民協），有的則改組或合併為政黨，如太平山學會的核心成員籌組「港同盟」，並與匯點合併為民主黨。

20 世紀 90 年代，香港的代議政制和政黨政治進一步發展。一方面，港英政府在 1991 年的立法局選舉中第一次引入直選機制，並在 1995 年單方面大幅擴大立法局的直選範圍。另一方面，1990 年頒佈的《基本法》規定保障香港居民的結社自由，以及將循序漸進達至行政長官和全部議員由普選產生的目標，這也為回歸後香港政黨的發展提供空間，從而激勵香港居民積極參與選舉和結社。香港的一些主要政黨，如民主建港協進聯盟、民主黨、自由黨、民協、「街工」等，都誕生於這一時代，並積極參與選舉等政治活動。

總體而言，香港的政黨萌芽於 20 世紀 80 年代，而相對成型的政黨體系則發端於 20 世紀 90 年代，其主要標誌包括：主要政黨基本建立，不同政黨陣營初步形成，政黨有組織地參與選舉等政治活動。例如，港同盟在 1991 年立法局選舉中獲勝，合併後的民主黨則和民建聯、自由黨、民協等瓜分 1995 年立法局大部分席位。也是在這一階段，香港兩大政治派別也逐漸形成，並在 1997 年後轉變為「建制派」和「反對派」兩大陣營。

具體而言，可以認為從 1995 年立法局選舉開始，主要政黨和政黨派別確立，香港的政黨政治進入正式發展階段。而 1997 年後，政黨活動存在較為穩定的制度環境——「一國兩制」下《基本法》確定的法律框架，以及以立法會選舉和區議會選舉為主的政黨活動空間。這使得我們可以對 1995 年特別是 1997 年後香港的政黨體系作縱向的比較。所以，本文對香港政黨體系的分析從 1995 年開始，並以 1997 年後（或自 1998 年首屆立法會選舉開始）為主。

香港沒有專門的政黨法，對政黨規定較為明確的法律是《行政長官選舉條例》第三十一條第二款，將政黨界定為：(a) 宣稱是政黨的政治性團體或組織；或 (b) 其主要功能或宗旨是為參加選舉的候選人宣傳或作準備的團體或組織，而候選人參加的選舉須是選出立法會的議員或任何區議會的議員的選舉。本研究也依此來界定「政黨」，而某些從不參與選舉的政治團體（如一些地區組織、人權組織等），或者選舉中的「一人名單」或准一人名單（如 2016 年立法會選舉中的「劉小麗民主教室」），則不視為政黨。

三、政黨體系變化的定量分析

對於政黨體系，首先可以從數量角度進行分析，即考察政黨體系中「實質」的政黨數量，或者說政黨體系的「分化」(fragmentation) 程度。一個直接的指標便是參與政黨政治特別是議會政治的政黨數目。例如，1995 年立法局選舉中獲得直選議席的只有 4 個政黨（民主黨、民建聯、民協、自由黨），連同功能界別則有 11 個政黨（另有三個工會聯盟）；而到 2016 年僅獲得直選議席便有 12 個政黨，其中更有超過三分之二為 2004 年後新成立的政黨。這反映出香港政黨的增加和更加多元化。

但是，在討論政黨體系時，不僅要看絕對政黨數目，還要看政黨的相對實力，比如兩個最大政黨在選舉和議會中的相對實力。例如，1995 年的立法會選舉中，當時最大的兩個政黨（民主黨和民建聯）獲得直選選票的一半以上（57.3%），並獲得 70% 的直選席位（14/20）和超過 40%（25/60）的總席位，在直選中獲得席位的四個政黨則總計獲得總席位的近 60%（35/60）。而到 2016 年，兩大黨在地區直選界別的得票率和席位率之和分別降到 26.3% 和 34.4%，反映出大黨的相對實力下降，無論是在選舉中還是議會中政黨都更加「碎片化」。

政黨體系另一個更為重要的量化指標是「有效政黨數目」，即根據不同政黨的相對實力給予相應權重，這是政黨體系分化的主要指標。有效政黨數目有不同的計算公式，本文採用 Laakso 和 Taageper① 的方法，並分別依據得票率和席次率來計算選舉有效政黨數和議會有效政黨數，其公式為：$Nv=1/\sum Vi^2$, $Ns=1/\sum Si^2$，其中 Vi 和 Si 分別是政黨 i 的得票率和席位佔所有席位的比率。這兩個指標分別反映出參與選舉和進入議會的「有效政黨」的數目，數字越大反映出政黨體系更趨向於「多黨制」，即分化程度更高。例如，有效政黨數在 1.75 之下代表一黨主導（或優勢黨體系），在 1.75 至 2.25 之間為兩黨制，2.25 至 2.75 之間則為「兩個半黨」。

下列兩表列出自 1995 年起歷屆立法局（會）的相關指標。因為功

① Markku Laakso, Rein Taagepera, "'Effective' Number ofParties: A Measure with Application to West Europe", *Comparative Political Studies*, 1979.

能界別涉及的選舉較為複雜，而地區直選界別更能反映出政黨在選舉中的相對實力，所以將直選議席和所有議席的相關指標分別列出，對直選議席分別計算選舉有效政黨數和議會有效政黨數、大黨得票率和大黨席位率（即兩大黨之和），對所有議席則只計算議會有效政黨數和大黨席位率。

表 1　立法會直選議席中的政黨分化程度

選舉年	1995	1998	2000	2004	2008	2012	2016
政黨數目 *	4	4	5.5	10.5	11	12	11
選舉有效政黨數 **	4.8	3.7	4.6	6.7	7.5	9.6	16.4
議會有效政黨數	2.6	3.4	3.8	6.5	6.8	7.7	9.7
大黨得票率	57.3%	68.1%	61.4%	46.3%	43.4%	34.3%	26.3%
大黨席位率	70%	65%	75%	53%	50%	40%	34.4%

註：* 有兩個政黨共同推薦名單的，其中未有其他單獨推薦名單的政黨列為 0.5 個。
** 計算有效政黨數沒有納入獨立候選人的得票和席次。

表 2　立法會全部議席中的政黨分化程度

選舉年	1995	1998	2000	2004	2008	2012	2016
政黨數目	14	11	11	12	14	18	17
議會有效政黨數	6.5	7.8	9.1	9.5	12.3	14.9	13.7
大黨席位率	48%	38%	35%	37%	30%	27%	27%

註：均依宣誓就職時組成計算，未考慮會期內變化。

從上兩表首先可以看出，香港的政黨體系一直是多黨制。按照 Rae① 的定義，如果沒有任何一個大黨席位率超過 70%，而且最大兩個

① Rae, Douglas W., *The Political Consequences of Electoral Law*. New Haven: Yale University Press, 1967.

政黨的席位率也沒有超過 90%，則該政黨體系就屬於多黨制。從這個指標出發，從 1995 年到 2000 年間，無論是整個立法會（局），還是地區直選界別，都沒有一個或兩個符合上述標準的大黨。

但另一方面，香港的政黨體系在 20 多年內也發生了明顯變化。特別是，選舉有效政黨數和議會有效政黨數（包括直選界別和所有界別）在 2004 年後均大幅增加，相比 1995 年分別增加 260% 和 111%，反映出政黨分化的加劇。按照直選界別的有效政黨數，可以將這一時期的香港政黨體系分為三個階段。

1.1997 年前，政黨體系基本形成。1995 年立法局直選界別的議會有效政黨數為 2.6，代表的並非兩黨制，而是一個大黨（民主黨）和三個小黨（民建聯、自由黨和民協），屬於 Sartori 定義的優勢黨體系[①]，反映出此時民主派在地區直選中佔有絕對優勢，民主派中又是民主黨一黨獨大，可以稱為「1+3」的優勢黨體系。

2.1998 年至 2003 年，直選界別的議會有效政黨數上升到 3—4 之間，屬於有 3 到 6 個政黨的有限多黨制。這一上升體現的並非新政黨出現，而是民建聯的擴張。同時，立法會所有界別的議會有效政黨數大幅上升。這反映出，在新的立法會選舉制度下，一方面民主黨的相對實力下降，另一方面民建聯開始成為建制派的主流，和民主黨實力相當，政黨體系體現為「2+N」的有限多黨制，即兩大黨和若干小黨並存。

3.2004 年至今，直選界別的議會有效政黨數一直在 7 以上，屬於極度多黨制（政黨數 6 以上）。這反映出第三屆立法會選舉開始香港立

---

① Sartori, Giovanni, *Parties and Party System: A Framework for Analysis*. UK: ECPR Press, 2005.

法會中政黨數目大增，許多新的政黨出現，傳統政黨也出現分裂和重組。現在，建制派的政黨體系為「1+4」，主要由一個大黨（民建聯）和四個中小政黨（工聯會、新民黨、自由黨、經民聯，其中後兩個政黨在功能界別較有實力）組成。而非建制派陣營為「2+N」的結構，主要包括兩個大黨（民主黨、公民黨）和多個中小政黨（工黨、人民力量、社民連等等）。屬於非建制派中非主流的本土派或「自決派」，則尚未形成穩定的政黨體系，且發展有待進一步觀察。

上述分期，主要是依據直選界別的有效政黨數。如考慮整個立法會（局）中的有效政黨數，則分化程度更加明顯。但是可以看出，前者反映的政黨體系更加符合一般的認知，特別是「民主黨相對主導，建制派多元」到「民建聯相對主導，泛民多元」，再到建制派「1+4」、非建制派分化的變化趨勢。

四、政黨體系變化的定性分析

考察政黨體系，除了可以從政黨數量及相對實力的層面進行分析，還需要分析政黨體系的穩定性，其中既包括主要政黨實力、組成和政治立場的相對穩定（政黨的內部穩定），也包括政黨體系內政黨數量、地位和相互關係的相對穩定（政黨的外部穩定）。從這一角度分析，香港的政黨體系既有其相對穩定的一面，又有很大的不穩定性。

（一）政黨體系的相對穩定性

一方面，香港政黨體系存在一定的外部穩定性，特別是兩大陣營的相對穩定性。在香港政黨萌芽時期，就因為對一些政治問題特別是政制發展路線的不同立場，出現了不同陣營，經過分化組合後在回歸前後形成建制派和非建制派（反對派，或稱「泛民」「民主派」等）兩大陣營，此後這一兩大陣營對立的格局基本沒有變化，它們得票或者席位的相對比例也沒有發生顯著變化（見下表）。

表 3　立法會全部議席中不同陣營的相對實力

選舉年	1998	2000	2004	2008	2012	2016
建制派 / 非建制派直選得票率	30%/ 66%	35%/ 61%	37%/ 61%	40%/ 60%	43%/ 56%	40%/ 53%
建制派 / 非建制派席位比	40/ 20	39/ 21	35/ 25	36/ 23	42/ 27	40/ 29

政黨體系的相對穩定，反映出政黨具有較為穩定的社會 / 選民基礎。在港英政府時期，香港的政治團體就逐漸形成三大派別：較為支持現有建制、主張漸進改革的「保守派」，愛國愛港的「親中派」，希望加快政制改革的「民主派」，這三個陣營在 1997 年後又重組為「建制派」和「非建制派」。長期跟蹤民調顯示，市民認同不同派別的比例一直沒有太大變化，基本是民主派：親中派：中間派為 3:1:4 左右，這也和上述的得票比例較為一致（建制派包括親中派和部分中間派）。

而對於個別政黨而言，除了工聯會（以及勞聯、社總等）這類本身即是行業界別組織的政治團體，許多政黨也具有很強的界別基礎。例如，建制派陣營中自由黨代表工商界特別是中小企業商會，新民黨得到公務員和專業人士支持。非建制派陣營中，民主黨與「教協」等社團有着穩固聯繫，又受到律師等專業人士支持；公民黨成員多為大律師、高校教授等；工黨則和反對派工會「職工盟」有密切聯繫。這種政黨—選民之間的聯繫使得政黨可以通過其他社會團體進行招募和選舉動員，大大減少了政黨運行和動員的成本。

（二）陣營內部的不穩定性

另一方面，香港的政黨體系也存在一定的不穩定性，首先是每個陣營內部政黨的高度不穩定性。這一點從政黨數量的變化就可看出，而從每個政黨自身演變亦可發現。例如，1995 年立法局中的主要政黨（民主黨、民建聯、自由黨和民協）雖然都存留至今，但都經歷了較大程度的重組：民主黨多次經歷脱黨風潮，又在 2008 年與「前線」合併；民協經歷「少壯派」出走；自由黨經歷主要成員退黨；民建聯在 2005 年與協進聯合併，而與鄉事派和工聯會的合作有所減弱。

與之相應的，1998 年後特別是 2004 年後也有許多新的政黨產生，包括建制派的新民黨、經民聯，和非建制派的公民黨、工黨、社民連、人民力量、新民主同盟等等。這些新政黨的產生分為三種原因：一是原有政黨的分裂，如 2010 年民主黨反對政改方案的成員分裂，成立新民主同盟。二是立法會中的獨立人士整合成為新的政黨，如多名非建制派議員整合成立「工黨」。三是因為新的政治社會變化出現的新政治勢力，如 2004 年進入立法會的「七一連線」、「四十五條關注組」等，2014 年建立的「青年新政」、「香港眾志」等各類「傘後組織」。當然一些新政黨是這些不同因素的結合，如 2004 年進入立法會的一些新政團，在一年後整合成立公民黨。

上面分析的新政黨成立的第一種原因，更反映出大多數政黨缺乏足夠的凝聚力。香港主要政黨黨員人數都很少，幾個較大政黨也只有數百名黨員，許多新政黨更是只有十來名黨員。雖然一些政黨（如民建聯、民主黨、自由黨）有相對穩定的社會基礎，但是它們無法形成較為剛性的政黨結構，特別是無法處理黨內不同派系之間的鬥爭。例如非建制派中曾經的最大政黨民主黨，就多次因激進派系和溫和派系的矛盾導致脱黨。新興的力量如激進派，其政黨的內在穩定性乃至政黨屬性往往更弱，很多時候僅僅表現為圍繞個別主導人物形成的派別。例如激進派的社民連，在 2012 年後因為內部矛盾而爆發退黨潮，黃毓民和陳偉業的追隨者出走組成「人民力量」，而之後不久黃的支持者又從人民力量出走，和其他激進本土派組成「熱普城聯盟」。

五、政黨體系演變的基本趨勢

前面兩節分別從數量和性質的維度分析了香港政黨體系的演變，綜合起來看，可以發現香港的政黨體系 1997 年以來有這樣幾個明顯的演變趨勢：

（一）政黨分化明顯

從各個指標都可以看出，香港的政黨體系在持續分化，從形成階段的「一大三小」逐步演變為有效政黨數在 6 以上的極端多黨制，並且有效政黨數還持續增加。這種分化主要體現為兩大陣營內部的分化，其中非建制派陣營內分化趨勢更加明顯：從民主黨獨大發展為 2004 年的多黨（從而出現「泛民」一詞），到今天出現多黨並立。相比而言，建制派內有效政黨數也有增加，但最大政黨民建聯的相對實力卻有所鞏固。

這一趨勢自 2004 年第三屆立法會選舉開始更加明顯，反映出香港政黨特別是反對派政黨迅速碎片化。這一階段具體又可分為兩個時期：① 2004 年—2010 年的主要特徵是非建制派中黨派分化，公民黨等新勢力崛起，激進派逐漸形成，建制派中最重要的現象則是民建聯與協進聯合併為新的民建聯。② 2011 年後，一方面非建制派進一步分化，激進派勢力增長，激進本土派逐漸發展，另一方面建制派也出現分化，出現新民黨、經民聯等新政黨。

（二）政黨體系的穩定與弱化

香港政黨體系演變的另一特點是陣營的相對穩定和陣營內的相對不穩定。一方面，建制派與非建制派兩大陣營的相對實力保持長期穩定，一些主要政黨也有持續存在。另一方面，2004 年以來新的政黨不斷成立，主要政黨也經常分裂、重組。這一現象在建制派和非建制派內都存在，在非建制派陣營則更為明顯。

主要政黨有着相對穩定的社會基礎，卻常發生分裂重組，反映出政黨的相對弱化。所謂弱化，對外體現為政黨缺乏穩定性，對內體現為政黨缺乏凝聚力和組織穩定性。這其中一個原因是：由於缺乏相關法律規範，政黨無法有效約束其黨員的立場和行為，比例代表制的選舉制度更有鼓勵少數派黨員脫黨的作用。所以政黨常因為議題上的分歧，甚至是個人矛盾，而分裂重組。[①]

① 曹旭東：《香港政黨政治的制度空間》，《法學》2013 年第 2 期。

（三）政黨體系激進化

進一步考察，政黨分化在兩大陣營內有着不同的動因和表現形式。在建制派陣營內，因為建制派政黨在「愛國愛港」的政治路線上有基本共識，所以分化主要表現為政黨代表不同利益羣體，在經濟、社會政策上可能有不同立場。例如，民建聯作為一個「全方面包含」（catch-all）的政黨，本質上是許多政治派別（傳統左派、鄉事派、工聯會、地區社團等）的聯合，這也使得其需要經常進行內部協調。其中最重要的之一就是與本身有強大基礎的工聯會的合作，這種合作越來越難，導致二者從合作提名轉為分別提名。另一個例子是，本身並不具有很強選舉勢力的商界，也因在某些議題和具體策略上的分歧，而分裂成幾個不同的政黨（自由黨、經民聯等）。

而在非建制派內，政黨分化更加表現為政黨政治光譜的拉闊，特別是激進派的成長。1997 年，「民主派」的激進派是指「前線」，但其在 2008 年後已經實質併入民主黨，而由社運人士和脫離民主黨的激進派（「少壯派」）組成的新的激進派，在 2004 年後逐漸成為政壇上不可忽視的力量，立場更趨於激進，其手段也更加具有對抗性。2012 年後逐漸出現的激進本土派，立場則更加激進，甚至出現鼓吹「港獨」的政治團體通過選舉進入立法會。

綜合來看，香港政黨體系演變可分為以下：

1. 萌芽與形成期（1991 年—1995 年）。在這一時期，最早的一批政黨（民建聯、民主黨、自由黨、民協等）正式成立，並以政黨形式參與到立法局和區議會選舉中，並以其他形式參與政治。不同的政黨陣營也開始逐漸成形。

2. 重組與穩定期（1996 年—2003 年）。因應 1997 年香港特別行政區成立，和新的選舉制度，香港的政黨體系發生部分重組，形成較為穩定的兩大陣營，同時在兩大陣營內形成主導政黨（民建聯、民主黨）。

3. 持續分化期（2004 年—2016 年）。2004 年後，隨着政治社會環境的變化，和地區直選的擴大，政黨新建、分裂和重組持續進行，政黨數目不斷增加，在建制派與非建制派陣營內都發生政黨分化。

4. 結構重組期（2016 年至今）。2014 年「佔中」之後，香港社會出現許多新的政治團體，其中不少參與到 2015 年區議會選舉和 2016 年立法會選舉之中，這一點與 2004 年的情形相似。但是不同的是，許多新的政黨或政團立場更為激進，而且並不認同自己是傳統的「反對派」。所以這給香港的政黨體系帶來新的挑戰，有可能帶來結構性重組。

對於傳統上香港的政黨體系，除了建制派和非建制派這樣的二分法，亦有學者認為屬於建制派、溫和派和激進派的「三分」法（李建星，2014）。但是從激進反對派的自我定位以及選民的認知而言，激進派仍然屬於廣義的反對派（非建制派）。而激進本土派的興起，是否可能改變傳統的二分法，而帶來真正的三分法，這是一個值得觀察的問題。影響這一變化的因素，除了政治社會環境（社會基礎）的變化，政黨制度與選舉制度的影響，還包括有關方面的應對措施。例如，特區政府通過司法覆核取消多名激進派當選人的議員資格，其他本土派議員也和「港獨」劃清界限，激進本土派難以在立法會形成穩定的陣營。①

① 現在立法會中被認為激進本土派的議員，或者已經失去資格，或者聲稱並非「激進本土派」，有些已經重新加入「泛民」協商平台。

六、結論

本研究通過對香港政黨體系數量和性質兩方面的分析，發現香港的政黨體系自20世紀90年代成型，之後逐漸演變，逐步發展成為高度分化的極端多黨制體系。其演變的基本趨勢是分化、弱化和激進化，具體而言是兩大陣營內的高度分化，且政黨體系較為不穩定，政黨分佈趨於激進。

從經典政黨理論出發，導致這種變化的因素可能包括社會基礎和制度安排兩個方面。就社會基礎而言，香港相對自由、多元的經濟社會和政治上的對立，導致政黨分佈既二元對立又高度分化，就制度安排而言，政黨規範的缺乏和選舉制度設計都促使政黨體系分化、弱化和激進化。而這兩方面的因素又是相互影響的：一方面，政黨制度和選舉制度鼓勵了社會中的分化，一定程度上削弱了政黨體系的穩定性；但另一方面，選舉制度也在一定程度上限制了政黨的進一步分化。這些在2016年的立法會選舉中都體現得較為明顯：雖然參與的政黨數目大大增加，但是獲得直選席位的有效政黨數上升幅度有限，而全部議席的有效政黨數不增反減，顯示選舉制度對政黨分化的遏制作用開始顯現，10—15是現有制度下最大可能的有效政黨數。

現有的政黨體系有着約束政黨政治的一面，本意是防止政黨政治過度發展影響政制有序發展，但客觀上也可能加劇政黨對立，使得政黨無法在政治中有效扮演溝通民意和凝聚共識的功能，特別是非建制派陣營被激進反對派主導。同時，社會中的對立也日益嚴重，影響到社會各個領域。而經濟民生問題無法及時解決，和對立的政治文化，又進一步助長激進思潮的傳播，增加激進政黨的影響力。目前，特區政府已經採取一些法律措施，試圖遏制激進政黨的發展，這些廣義上也屬於政黨制度的一部分，但是尚未形成穩固的制度，也不足以應對新的發展。

所以，要改善香港政治環境，推動政制有序發展，除了通過法律、政治手段遏制激進本土思潮外，也要思考如何通過政黨制度和選舉制度變革改變政黨體系，發揮選舉制度和政黨反映民意又塑造民意的功能，形成良性的政黨政治，從而推動香港的政治發展向良性角度轉變。在這一方面，2018 年的兩次立法會補選，或許可以提供一種借鑒：在類似於「單議席選區相對多數制」的補選中，政黨之間的互動會出現不同的特徵，最終也會在一定程度上影響政黨體系。①

Evolution of Party System in Hong Kong

Francis Yin, Xu Yifang

Abstract: Political parties have been an important part of Hong Kong politics, and the evolution of party system has significant influence on the development in Hong Kong. So study of such evolution is meaningfully for academic research as well as understanding society. By analysis of characteristics of Hong Kong's party system in different dimensions and its changes, especially changes of effective party numbers and stability of party system, we find that the party system has been relatively stable, but also has

① 這兩次補選中，由於都為一個選區補選一個席位，所謂類似單議席選區相對多數制。建制派獲得九龍西兩個席位，說明建制派也可以在「一對一」競爭中勝出。

a trend of fragmentation, weakness and radicalization. It has evolved with several stages and is in a period of structural reforming.

Keywords: Hong Kong politics; party system; party fragmentation; weakening of political parties; radicalization

中國籍港澳居民的國家公職權研究

馮澤華　姚琳 *

摘　要：中國籍港澳居民享有國家公職權具有堅實的憲制與法理基礎。國家充分保護港澳居民的國家公職權有助於提高港澳居民的國民意識、凝聚港澳居民的智慧以及全面準確貫徹「一國兩制」。然而，囿於制度缺位、港澳居民應試能力弱於內地居民以及司法救濟實效不顯著等實踐困境，港澳居民的國家公職權保護並不充分。鑒於此，從立法層面而言，國家應以《港澳居民中的中國公民公職人員暫行條例》為主導，不斷完善相關配套制度；從行政保護而言，國家可從構建以區別對待為原則的港澳居民公職人員選拔模式、完善日常保護機制等方面完善行政保護，系統促進港澳居民國家公職權得到形式與實質上

* 馮澤華，廣東工業大學人文與社會科學高等研究院兼職研究員、廣東工業大學廣州數據法治研究中心兼職研究員，主要研究方向為港澳治理、數據法治；姚琳，廣東工業大學法學院研究生，主要研究方向為行政管理、港澳治理。

本文係教育部哲學社會科學研究重大課題攻關項目「全過程人民民主的法治保障體系建設研究」（項目批准號：22JZD017）；2023 年度廣東工業大學校級「本科教學工程」項目「『邏輯 - 過程 - 目標』三維交叉融合的跨境數據法治人才培養策略研究」（項目編號：廣工大教字〔2023〕51 號）；2023 年度廣東省本科高校教學質量與教學改革工程項目「『邏輯 - 過程 - 目標』三維交叉融合的跨境數據法治人才培養策略研究」（項目編號：粵教高函〔2024〕9 號）。

的平等保護。

關鍵詞：一國兩制　港澳居民　國家公職權　國民意識

中國「一國四法域」現實下的單一制國家結構模式承載了新的內涵，有學者認為是介於傳統單一制與聯邦制之間的一種新型國家結構模式，[①] 而多數學者卻認為是國家結構的單一制本色。[②] 無論如何，「一國兩制」下各項制度的構建極具挑戰性，不時開創世界法治先例。若傳統法理在「一國兩制」實踐中失靈，學界應責無旁貸地追尋新法理以推動「一國兩制」的成功實踐。如「一國兩制」下中國籍港澳居民[③]的國家公職權研究，極具生命力與開創性，是「一國兩制」理論研究的「淨土」。為推動港澳深度融入國家發展大局，2019 年中共中央、國務院印發的《粵港澳大灣區發展規劃綱要》（以下簡稱《規劃綱要》）首次在官方文件指出：「鼓勵港澳居民中的中國公民依法擔任內地國有企事業單位職務，研究推進港澳居民中的中國公民依法報考內地公務員工作。」這意味着港澳居民的國家公職權保護開始得到中央的高度重視。本文從國家充分保護港澳居民國家公職權的正當性着手，建構港澳居民國家公職權保護的區別對待路徑，希冀既能彌補「一國兩制」研究的空白，又能回應當下全面準確貫徹「一國兩制」的重大問題。

---

① 朱國斌：《香江法政縱橫 —— 香港基本法學緒論》，法律出版社，2010，第 221 頁；傅思明：《香港特別行政區基本法通論》，中國檢察出版社，1997，第 33-35 頁；文正邦：《關於「一國兩制」的法哲學思考》，《現代法學》1997 年第 3 期。

② 童之偉：《國家結構形式論》，武漢大學出版社，1997，第 380-383 頁；王磊：《論我國單一制的法的內涵》，《中外法學》1997 年第 6 期；張千帆主編：《憲法》，北京大學出版社，2008，第 497 頁；姬朝遠：《「一國兩制」實踐中的國家權力結構模式初探》，《「一國兩制」研究》2011 年第 9 期；黃志勇：《港澳基本法要論》，暨南大學出版社，2012，第 14 頁。

③ 本文的港澳居民僅指港澳居民中的中國公民，即中國籍港澳居民，港澳青年也僅指港澳青年中的中國公民，即中國籍港澳青年。

一、「一國兩制」下的國家公職權

《世界人權宣言》第二十一條第二款規定：「人人有平等機會參加本國公務的權利。」《公民權利和政治權利國際公約》第二十五條：「每個公民應有下列權利和機會，不受第二條所述的區分和不受不合理的限制：在一般的平等的條件下，參加本國公務。」可見，國際社會對各國公民公職權保護之重視。我國素來遵循國際共識，儘管《憲法》並未明確規定公民的公職權，但其第二條第三款規定：「人民依照法律規定，通過各種途徑和形式，管理國家事務，管理經濟和文化事業，管理社會事務。」由此觀之，從立憲精神而言，我國憲法為公民的公職權保護留下了空間。一般而言，公職權，是指公民享有擔任國家機關和其他公共機構職務的權利。[①] 公職權所指向的核心內容——「公職」一詞在不同國家或地區的不同時期有不同的涵義。在德國，曾將充任陪審官等名譽職務視為公職。[②]《澳門刑法典》規定的公共職務包括公務員擔任的職務、其他公共資格或公共當局許可或認可從事某種職業或業務。[③] 在中國內地，律師制度尚未改革前，律師也被視為公職。而學理上所稱的公職是指具有公的性質的職務的總稱。[④]

研討「公職」一詞，首先是探討公職人員的羣體範圍。相比於我國「公務員」所具有的特定涵義而言，公職權所指向的公職人員的羣體範圍較為模糊。依據《公務員法》第二條規定，公務員係指依法履

---

① 張千帆主編：《憲法》，北京大學出版社，2010 年，第 303 頁。

② 曾繁康：《比較憲法》，台灣三民書局，1993 年，第 160 頁。

③ 澳門特別行政區《刑法典》，http://bo.io.gov.mo/bo/i/95/46/codpencn/codpen0001.asp#t1a1，2018 年 5 月 18 日。

④ 柳硯濤：《公職權的涵義及構成要素》，《濟寧師範專科學校學報》2004 年第 2 期。

行公職、納入國家行政編制、由國家財政負擔工資福利的工作人員，核心特徵是納入國家行政編制。而確定公職人員涉及的羣體範圍則須先行釐清我國的政治體制。我國的政權組織形式是人民代表大會制度，該制度亦是我國的根本政治制度。在人民代表大會（下文簡稱人大）制度下，包括港澳台同胞在內的全國人民民主選舉產生人大代表並組成全國人大和地方各級人大。人大代表是人大的重要組成人員，是代表人民履行管理國家事務與社會事務等職能的人員。與人大並列的另外一個政治組織 —— 中國人民政治協商會議（下文簡稱政協），是中國人民愛國統一戰線的組織，也是中國共產黨領導的多黨合作和政治協商的重要組織。從法律意義而言，與人大作為國家機關的定位不同，政協並非國家機關，其組成個體 —— 政協委員亦並非通過人民民主選舉產生的，而是由各黨派、各人民團體、無黨派民主人士、各個界別等協商推薦產生的。不同於西方國家上下兩院的議會制度，我國的政協並不享有人大享有的任免、立法、財政等權力，只是通過政治協商、參政議政、民主監督來影響我國公權機關的決策行為。儘管人大代表和政協委員並非傳統法律意義上的公職人員，但中國特色社會主義政治制度的特色之處在於實在法並未嚴格限定公職人員的範圍。從行政法的角度而言，一般意義上的公職人員包括公務員編、事業編、軍事編、合同制的其他非工勤人員。從此維度看，或具實在法性質 —— 由國家財政負擔工資福利係這類被界定羣體的共同特徵。而從國家現實的維度而言，公民擔任人大代表或政協委員可以視為一種出任公職、參與國家管理的制度性安排。首先，人大代表基於特殊的制度考慮，可以視為國家公職人員。儘管我國人大代表絕大部分是兼職代表，與國家公職人員的薪金待遇由財政供養的特點不太吻合，但其所發揮的政治影響力遠超實在法意義上的公職人員。在實踐中，人大代表可以代表人民向有關國家機關提出質詢，有關國家機關應依法作出答覆。其次，政協委員享有的崇高政治地位和相應待遇，在政治生活中發揮着巨大影響力，已經具有准國家公職人員之作用。公民擔任全國政協常委，特別是擔任全國政協副主席，一般被視為國家領導人，在行政編制上屬於國家級副職，甚至具有國家公職人員的地位與待遇。但由於政協委員產生的方式相當狹窄，選拔渠道代表性不足，與參與公職所具有的普遍性特徵不符，尚待進一步完善。

從刑事法的角度而言，基層自治組織的工作人員受行政機關委託處理計生、保衛、救災等事務時，該工作人員亦會被視作實質法律意義上的「公職人員」，但該工作人員並未由國家財政負擔工資福利。我國《刑法》第九十三條規定:「本法所稱國家工作人員，是指國家機關中從事公務的人員。國有公司、企業、事業單位、人民團體中從事公務的人員和國家機關、國有公司、企業、事業單位委派到非國有公司、企業、事業單位、社會團體從事公務的人員，以及其他依照法律從事公務的人員，以國家工作人員論。」按照《全國人民代表大會常務委員會關於〈中華人民共和國刑法〉第九十三條第二款的解釋》，村民委員會等基層羣眾性自治組織人員協助人民政府從事下列行政管理工作，屬於刑法第九十三條第二款規定的「其他依照法律從事公務的人員」:（一）救災、搶險、防汛、優撫、扶貧、移民、救濟款物的管理;①（二）社會捐助公益事業款物的管理;（三）國有土地的經營和管理;（四）土地徵用補償費用的管理；（五）代徵、代繳稅款；（六）有關計

① 《最高人民法院、最高人民檢察院關於辦理貪污賄賂刑事案件適用法律若干問題的解釋》再次重申了該款效力。

劃生育、戶籍、徵兵工作；（七）協助人民政府從事的其他行政管理工作。可見，我國實在法規定的公職人員範圍遠超《公務員法》所明確的。為了從法律體系上明確公職人員的內涵，2018 年出台的《監察法》將公職人員劃分為六類，[①] 基本囊括了《公務員法》與刑事實務所界定的人員範圍。

由此可見，狹義上借用《公務員法》來界定我國的公職人員範圍與我國法律實踐不符，在學術研究上應當有所揚棄，本文亦倡議從廣義角度進行界定。所謂的國家公職人員，係指代表國家從事公共事務的人員，包括具有公務員編、事業編、軍事編、合同制以及其他實際上代表國家從事公共事務的國家工作人員。詳而言之，本文所稱的公職權涉及的羣體範圍包括行政編、事業編、軍事編與合同制的公職人員、人大代表、政協委員、擔任公共機構職務以及其他代表國家從事公務的人。

「一國兩制」下的公職權，不同於傳統類型，它既包括特區內的公職權，亦包括內地區域上的中央及地方公職權。[②] 為研究需要，本文將後者稱之為「國家公職權」，以有別於港澳居民在特區享有報考特區公

① 參考《監察法》第十五條。

② 囿於主題，本文並不探討內地居民到港澳報考公務員的問題，當然，或許有人會提出疑問：「既然港澳居民能報考國家公務員，那麼，內地居民能否報考港澳公務員呢？」在「一國兩制」下，這個問題的回答應該是否定的。無論香港（《香港基本法》第九十九條），抑或澳門（《澳門基本法》第九十七條），除了法官可聘用外籍人士或少數特定公職人員外，能夠報考公職人員的均須是特別行政區永久性居民，目的在於確保「港人治港、澳人治港」。應當指出，港澳居民既享有憲法確認的權利，亦享有基本法確認的權利，是「一國兩制」的合理安排。表面上看，港澳居民享有的權利種類及保障程度似乎較內地居民高，但這是「一國兩制」下長期存在的正常現象，是基於歷史與現實的考慮而作出的特殊安排。中國全面實施「絕對平等」制度的時機仍不成熟，貿然實施只會損害整體利益。從對價原則而言，兩地實現高度互通，是時間問題，而非不可能命題。再者，從憲法角度而言，港澳居民作為中國公民，理應與內地公民享有同樣充分的公職權。

職人員的「地區公職權」。公職權是一國憲法給予該國公民的政治權利，雖然港澳是典型的移民社會，港澳居民中既有中國公民，亦有外國公民，但是國家公職權的享有主體只能是港澳居民中的中國公民，亦即中國籍港澳居民。當前，國家主要關注廣大港澳居民在內地的經濟權益、社會保障權益、出入境權益，而忽視了他們的政治權益，導致他們難以以主人翁的身份參與到國家法治、民主事業建設中。一些法律法規和政策的出台，由於沒有港澳居民的充分參與，導致未能充分吸取他們寶貴的意見，難以真正反映他們的訴求。近年來，港澳居民參與政治的意識與日俱增，廣大港澳居民渴望成為國家政治生活的一分子，共同制定國家政策和方針。在中國，公職權最為突出的內容是公民能夠報考公職人員或者通過其他法定路徑，被錄用為國家工作人員。國家工作人員為各級國家機關的工作人員，與普通公民相比，他們能夠以更高的程度參與到制定中央或者地方政策、方針的一線工作中。當前，憲制性文件僅規定港澳居民可通過人大或者政協的方式參與國家事務管理，具有一定的局限性。[①] 參與方式的範圍及參與人羣均較為狹窄。在實踐中，能夠擔任人大代表或者政協委員的往往是港澳高官、企業家、社會名人、精英等，而普通港澳居民可望不可即。因此，國家應依法保障港澳居民報考國家公職人員並被錄用為國家工作人員的權利，不斷完善人大代表、政協委員等職務的進出機制，並構建相應的報考程序、救濟途徑以及問責機制等路徑，讓港澳居民充分參與國家事務管理，從而穩固「一國兩制」。

---

① 本文認為，從中國的政治現實考量，《中國人民政治協商會議章程》即是一種憲制性文件，從每年「兩會」的召開來看，政協的憲制地位不容忽視，由此推斷，政協委員可視作公職人員。

二、港澳居民國家公職權保護的正當性與實踐價值

（一）港澳居民國家公職權保護的正當性

憲政是以憲法為前提，以民主政治為核心，以法治為基石，以保障人權為目的的政治形態或政治過程，[①] 國家充分保護港澳居民國家公職權能夠體現這一過程。這裏以兩個方面來證明港澳居民國家公職權保護的正當性。

第一，憲制基礎。2014 年，國務院新聞辦公室發佈的《「一國兩制」在香港特別行政區的實踐（2014 年 6 月）》明確指出：「憲法和基本法共同構成特別行政區的憲制基礎。」[②] 爾後，無論黨的十九大報告，抑或《規劃綱要》多次強調管治港澳工作應「嚴格依照憲法和基本法辦事」。可見，憲法可適用於包括港澳在內的全中國領土，具有最高的法律地位和最高法律效力。憲法是一種政治的判斷，是人類政治行為的結果。[③] 憲法與基本法已明確港澳居民可依法參與國家事務管理，亦即凡屬中國國民，無論政治信仰、意識形態如何，都有權利參與國家的憲政制度建設。[④] 馬克思主義唯物史觀認為，經濟基礎決定上層建築。在上世紀八十年代中後期制定《香港基本法》時，香港與內地的經濟發展狀況可謂「天淵之別」。在當時，香港已經是「亞洲四小龍」之一、國際金融中心。而內地剛從「文革」中慢慢恢復元氣，雖然改革開放

---

① 周葉中主編：《憲法》，高等教育出版社，2011 年，第 183 頁。

② 國務院新聞辦公室：《「一國兩制」在香港特別行政區的實踐（2014 年 6 月）》，人民出版社，2014 年，第 37 頁。

③ [德] 卡爾．施米特：《憲法學說》，劉鋒譯，上海人民出版社，2005 年，前言第 5 頁。

④ 許昌：《「一國兩制」的法治結構》，載楊允中、黃來紀、李志強主編：《特別行政區制度與我國基本政治制度研究》，中國民主法制出版社，2012 年，第 136-137 頁。

後經濟取得一定的成就，但廣大人民溫飽問題的解決仍是國家的頭等大事。鑒於此，港澳居民與內地居民適用憲法權利義務規範的種類及程度因各自所處時代背景的不同而有所不同，但由於二者在享受人身自由權、受教育權等權利以及履行遵守法律、不得損害其他公民權益等憲法義務上存在一致，故本文重點討論部分具有爭議性的權利和義務種類。

一是計劃生育的義務。經濟發達的香港視生育為權利，這與其長期低出生率存在直接關聯。① 而當時的《憲法》將生育視為義務，顯然是不符合香港當時的實際情況，但卻與內地人口暴增的實際情況相契合。光陰似箭，日月如梭。中國內地已經成為世界第二大經濟體，相伴而來的是人民的生育意願不斷降低。儘管當前的生育政策已經全面放開二孩，但人民的生育意願依然不高，以至於有全國人大代表建議取消憲法上的計劃生育條款。② 當今內地的生育狀況與上世紀八十年代中後期的香港如出一轍，這就合理地證成為何經《憲法》授權的《香港基本法》將香港居民的生育行為定性為權利而非義務。

二是依照法律納稅的義務。從公民對國家（公權力機關）履行憲法義務的角度來看，由於港澳居民已經向特區政府（公權力機關）依法履行納稅的義務，即港澳居民已經履行依法納稅的義務，只不過徵稅主體是國家通過基本法授權的特區政府。從憲法的實施原理來看，徵稅主體依然是國家，只是在香港，中央將徵稅且使用稅款的權力授

---

① 從國際社會來看，一般而言，經濟愈發達的國家和地區，人民生育的意願愈低，如德國、意大利、日本、瑞典等國因出生率低而面臨人口銳減的困境。

② 國家衛生健康委員會：《對十三屆全國人大一次會議第 1949 號建議的答覆》，http://www.nhc.gov.cn/wjw/jiany/201901/b24f1bc56fc14f1fa0942c6a8f6cc76b.shtml，2019 年 3 月 1 日。

予特區政府，但對香港居民而言，依然是向國家（公權力機關）履行納税的義務。《憲法》上強調的是中國公民有「依照法律納税」的義務，由此可見，具體的法律如何規定，國家仍具有一定的自由裁量權。

三是服兵役義務（含國家公職權）。由於回歸前的香港人心尚未回歸，且具有濃厚意識形態的軍事隊伍不宜強行融入帶有資本主義背景的香港居民。香港居民自此被暫免履行服兵役的憲法義務。從縱深層面而言，由於中國軍事編的國家公職人員主要從服兵役的人員中選拔，若香港居民暫免服兵役的義務，作為代價的是，他們亦喪失了擔任軍官的權利。過去內地的法律法規之所以沒有明確香港居民享有報考國家公職人員的權利亦是受前述考慮制約，即國家儘可能排除人心尚未回歸的香港居民進入體制內後各種難以預料的危險因素。

澳門亦存在類似上述香港的時代背景，澳門居民亦遵循香港居民適用憲法權利義務規範的先例，與內地居民可具有一定的差異。[①] 總之，儘管港澳與內地不同的經濟社會環境造就適用不同的憲法權利義務規範，但這是憲法明確授權的，依然是憲法效力在港澳得到具體彰顯。值得注意的是，隨着內地與港澳的經濟差距逐步縮小，「河水不犯井水」的管治港澳政策不能完全適應新時代下全面推動港澳融入國家發展大局的需要。在此背景下，港澳居民與內地居民在適用憲法權利義務規範的差異逐步縮小，往着完全平等的方向前進。如 2004 年起，港澳居民享有報考國家司法考試的權利；2018 年 8 月，國務院辦公室印發的《港澳台居民居住證申領發放辦法》明確規定「港澳居民居住

① 事實上，國家在處理民族問題時亦遵循類似的原則。由於少數民族普遍處於西北、西南、東北等經濟欠發達地區，營商環境一般，社會發展欠佳，故在教育、生育等政策上享有比漢族優惠的待遇。

證持有人在居住地依法享受勞動就業權和相關社會保障權」，國防部亦正式對外宣稱正在研究論證港澳青年服兵役問題。2019 年 2 月，《規劃綱要》亦明確提出「研究推進港澳居民的國家公職權保護工作」。

當前，由於內地與港澳長期存在體制差異，加之憲法以第三十一條這一特殊性條款來明確港澳問題，港澳居民國家公職權保護亦須相應地設計特殊路徑，而非直接將帶有意識形態的國家公職權保護模式適用於港澳居民之上。質言之，國家公職人員需要區分政治性與國家性的人員。[①] 政治站位高並不意味着具有政治性，具有國家性的人員亦可政治站位高，故公職人員制度之建構要從中國特色社會主義制度本身出發，將具有國家性的港澳居民融入其中，以達至「祖國體制的完全統一」。由於「一國兩制」仍須受法律面前人人平等之憲政理念制約，港澳居民所能享有的特殊權益不能過分高於內地居民，國家應以一定的程序與原則，通過公開的方式將港澳居民的特殊權益固定。關於港澳居民充分享有國家公職權的各項規定，理應通過有約束力的形式確立下來，避免權利保護的表面化，這是法治的要求。特別地，在全面建設法治國家方略下，如果只有內地居民充分享有國家公職權，而港澳居民卻達不到相應的程度，那麼，港澳居民的「弱者」地位尤為突出，這樣的現實與中國法治建設之願望存在差距。鑒於此，港澳居民都應當在享有國家公職權，成為權利主體的前提下，承擔與其權利相適應的義務，如擔任公職人員後須履行維護國家祕密、獲得薪酬後應依法向國家（不是特區政府）納稅等憲法義務，維護祖國的安全、榮譽和利益的義務程度應比一般的港澳居民高，並在實踐中充分體現

① 本文所言的政治性區分社會主義與資本主義，而國家性則不強調意識形態，着重國家整體。

這種權利和義務的一致性。[①]

第二，法理基礎。港澳居民國家公職權保護的法理基礎主要包含兩個方面：

一方面，形式平等與實質平等的統一。權利保障既要注重機會平等，亦要重視實質平等，實現兩者的協調。時下，內地教育資源雖多偏向於港澳居民，但國家公職人員考試制度卻更青睞於內地居民，教育資源與考試制度存在某種程度的偏離。儘管港澳居民可與內地居民一同參加考試，但形式平等卻無法掩蓋實質上的不平等，以致於港澳居民難以從正常報考路徑上獲得實在利益。博登海默認為，平等所指的物件可以是政治參與的權利、收入分配的制度，亦是不得勢的羣體的社會地位和法律地位。[②] 若港澳居民的政治參與程度與內地居民不一樣，那麼港澳居民的平等保障便是過眼雲煙。公職權保護是人權保障的重要內涵，當港澳居民公職權獲得充分保護時，表明國家並不將港澳居民視作「特權者」，而且，有助於督促港澳居民在享受國家為其提供便利的同時，參與到國家政治生活中去，以時刻明確其中國公民之身份。[③] 港澳居民國家公職權保護絕非創造一種「特權式」羣體，而是更好地維護現時秩序，推進中國人權保障進程，實現民族復興的中國夢。因此，國家應儘快設計出港澳居民報考國家公職人員的路徑。

---

① 事實上，亦只有當港澳居民的國家公職權得到充分保障後，港澳居民履行與其權利對相應的義務才能充分彰顯。若港澳居民並無此權利，那麼，相對應的義務亦難以浮現。這是權利與義務的對等性所決定的。

② [美]E. 博登海默：《法理學：法律哲學與法律方法》，鄧正來譯，中國政法大學出版社，2004年，第307頁。

③ 澳門青年研究協會、澳門中華學生聯合總會：《澳門大學生國民身份認同調查研究報告》，http://www.myra.org.mo/?p=221，2018年5月30日。

另一方面，公民參政議政的普遍性。公民基本權利具有普遍性，[①] 參政議政權自不例外。目前，港澳居民參與國家政治生活的程度還不夠高，現行公職人員考試制度和人大代表、政協委員選撥渠道又「刻意」降低這種程度。公職權屬於參政議政權的一種。公民參政議政權如同選舉權，均須遵循權利主體的普遍性與平等性原則。當港澳居民參政議政權保護未能堅守這一底線進行立法時，所謂的保護既不能體現法律面前人人平等的憲法原則，亦不能反映廣大人民的根本利益。現行立法多刻意塑造港澳居民的「涉外形象」，忽略港澳居民在內地也作為國家政治權利的享有者，這是立法不作為的典型表現，亦正是這種不作為，導致多年來港澳居民參政議政權保護方面存在重大缺陷。充分保護港澳居民的國家公職權，有助於加深港澳居民參與國家政治生活的程度，而這實際上是民主政治的要求。「一國兩制」下的民主政治，主要基於國家利益的考慮，往往需要作出一定的讓步以保護特殊羣體的政治權益。民主政治是一國各種政治力量較量的產物，容易受到現實國家秩序的左右，最終淪為權力的附庸。政治較法治而言，靈活性強，更講究妥協精神，尤其在國與國交往中，以政治手段實現國家目的較法律手段有效。若過去中國堅守傳統國家結構理論，過於看重法律的力量，那麼，「一國兩制」不可能誕生，港澳亦不會平穩回歸。正是「一國兩制」政治理論的深入研究，才推進了相關法理的建構。「一國兩制」的核心與精髓是和平和相互尊重，體現政治寬容的精神。[②] 港澳居民參與國家事務管理必然要考慮他們參與的可能性，這就

① [日]蘆部信喜：《憲法》，李鴻禧譯，台北：月旦出版社，1995 年，第 98 頁。

② 焦洪昌、姚國建主編：《港澳基本法概論》，北京：中國政法大學出版社，2009 年，序言第 3 頁。

需要在民主政治中尋求妥協性路徑。當然，國家不可能無限制給予港澳居民諸多「特別」的國家公職權保護，更不應有意在國家公職人員羣體中製造「特權」地位，港澳居民的國家公職權保護仍須受到報考崗位、報考資格、錄取人數等方面的限制。

（二）港澳居民國家公職權保護的實踐價值

其一，提高港澳居民的國民意識。自部分香港青年非法「佔中」事件發生以來，「港獨」勢力日益崛起，如何瓦解「港獨意識」，提高港澳居民國民意識，尤其是提高香港青年的國民意識，業已成為中央管治港澳的當務之急。而澳門政府已開展國民教育計劃，並主動建議中央建構相應路徑，助推澳門政府實施系列國民教育計劃。[①] 2015 年，有學者調查顯示：澳門青年的國家認同感明顯高於香港青年，以單一中國人身份認同為例，香港青年的比例為 4.9%，而澳門青年的比例為 12.5%，在既認同香港（澳門）又認同中國人身份的前提下，澳門青年仍比香港青年高 1.7%。[②] 對比之下，包括香港青年在內的香港居民的國民意識較弱，甚至有惡化趨勢。2012 年，香港青年協會的一份調查報告顯示：在國民身份認同方面，71.6% 被訪問者認同自己是中國人，比率自 2009 年持續下降；而表示對中國人身份感到自豪的受訪青年比率，則從 2009 年的 74.6%，大幅下降至 40.7%。[③] 亦有報告進一步指

---

① 參見《澳生國民身份認同急降》，《澳門日報》2015 年 3 月 13 日，A06 版；黃煒熊：《七代表倡編本地國教教材》，《澳門日報》2015 年 3 月 12 日，B02 版。

② 涂敏霞、李超海、孫慧：《趨同或分離：穗港澳三地青年價值觀的比較分析》，《青年探索》2016 年第 2 期。

③ 香港青年協會：《香港青年趨勢分析 2013》，香港青年協會，2013 年，第 153 頁。

出，在 2014 年，儘管七成港人認同自己的中國人身份，但以香港人身份優先，只有 8.9% 的受訪者認為自己是純粹的中國人。① 2016 年，香港政策研究所發佈最新民調：僅有 57% 受訪者對中國有較強身份認同，其中，95% 都認同香港身份；較認同香港身份的學生，有 64% 較認同中國身份，36% 則表示不認同。② 香港青年是香港未來的棟梁，能夠左右香港的前途。然而，在新近所發生的系列香港惡性政治事件中，他們卻是主要的參與者。日後，當國家充分保障港澳居民的國家公職權時，香港青年無疑亦是重要羣體。提高港澳居民國民意識的核心工程在於提高香港青年的國民意識。有論者認為，為香港青年創造良好的社會環境，有助於提升他們的國家認同感。③ 也有論者強調國家要轉變傳統管治香港模式，一是樹立互聯網思維，加強交流；二是鼓勵香港青年北上工作，三是創新以香港青年為主體的表達方式。④ 毋庸置疑，香港諸多政治和社會問題主要源於時下香港經濟萎靡不振，住房、物價等民生問題無法得到妥善解決，導致部分香港青年生活壓力與日俱增，難以看到未來出路，一些人將香港的經濟社會問題與回歸劃上等號，將矛頭對準中央的對港政策，認為這是回歸祖國後實行「一國兩制」導致的結果，致使部分香港青年出現思想「港獨化」、行為「激進化」現象。然而事實上，中央對港實行大量的優惠政策，甚至是給予不少超國民待遇，例如香港稅收自留、免繳軍費、補給水電、穩定金

① 吳希同：《香港困局背後的本土意識》，http://opinion.china.com.cn/opinion_72_115872.html，2018 年 8 月 2 日。

② 《民調顯示有三成學生對香港身份認同感比中國身份高》，http://news.china.com/domestic/945/20161205/30065203.html，2018 年 8 月 5 日。

③ 何志平：《香港青年：問題與出路》，《港澳研究》2015 年第 1 期。

④ 徐曉迪：《香港青年身份認同的路徑研究》，《青年探索》2016 年第 5 期。

融秩序等，但眾多惠港政策並未直接產生惠民效應，導致香港居民感受不到中央的關心與支持，而就業難薪水低、住房困難、向上流動受阻等現實問題引發的民怨，在不良媒體的蠱惑下，部分香港居民被引導向中央發泄不滿。在人云亦云的現代社會生態模式下，香港青年對中央的不滿情緒，在潛移默化中也會波及澳門青年、其他港澳居民，使後者即便起先有所疑惑最終亦深信不疑進而影響港澳的繁榮與穩定。實際上，當前香港所面臨的經濟社會困境，很大程度上是源於過度依賴金融和房地產業所造成的經濟結構畸形。① 正如有論者所言，香港「感冒生病」了，吃藥的是整個國家。② 一些香港青年缺乏愛國情懷，缺乏對國家的責任意識，如果任其蔓延，未來香港的政治生態將可能受到根本性顛覆。為防範於未然，提高港澳居民國民意識便成為保護港澳國家公職權的重要一環。習近平強調，香港青年是祖國的未來和希望，當代香港青年要把握歷史機遇，選擇正確道路，報效香港、報效國家。③ 國家設計合適的多元化路徑，讓港澳居民充分享有國家公職權，使其成為國家公職人員，也是港澳居民報效國家的重要形式。當港澳公職人員參與國家事務管理後，才能更為深入地認知國情，理解國家治理港澳的各項難處，進一步感悟國家為港澳穩定所作出的努力，國民意識自然亦會隨之提高。

其二，凝聚港澳居民的智慧。自改革開放以來，港澳居民紛紛來到內地投資辦企業，還有許多港澳同胞向內地捐資助學、賑災濟困，

---

① 潘慧嫻：《地產霸權》，中國人民大學出版社，2011 年，第 36-57 頁。

② 向江：《王振民：香港「感冒生病」了，吃藥的是整個國家》，http://www.vccoo.com/v/0d03ea，2018 年 12 月 5 日。

③ 陳鍵興、趙博、張雅詩：《習近平考察香港少年警訊永久活動中心暨青少年綜合訓練營》，http://cpc.people.com.cn/n1/2017/0630/c64094-29375744.html，2018 年 12 月 10 日。

內地也從港澳獲得了資金、人才和先進技術、管理經驗等很多支持。香港是內地最大的外商直接投資來源地。據商務部統計，截至 2013 年底，內地纍計批准港商投資項目近 36 萬個，實際使用港資纍計 6656.7 億美元，佔內地纍計吸收境外投資的 47.7%。香港是內地最大的境外投資目的地和融資中心。截至 2013 年底，內地對香港非金融類纍計直接投資為 3386.69 億美元，佔內地對外非金融類纍計直接投資存量總額的 59%。① 可見，港澳居民對中國改革開放與現代化建設作出了不可磨滅的貢獻，在內地已經成為一股重要的經濟、政治和社會力量。如一面強調港澳居民權益的保障，另一面卻沒有讓熟知港澳居民狀況、了解港澳居民訴求的港澳居民參與到維護自身權益的政策和方針的制定過程中，那麼，這樣的方針政策便難以全面體現港澳居民訴求，對保障港澳居民權益頗有不利。雖然多數港澳居民不在內地，或者逗留內地的時間較短，但港澳地區正形成的參與式政治文化不斷壯大，促使港澳居民要求享有國家公職權，不僅要求自身利益的保護，也要求更近距離地關注公共利益的維護與發展。基於全面推進法治國家建設的新形勢，保護好港澳居民這一資源，凝聚港澳居民在參與國家事務管理中的智慧，特別是利用好港澳居民在國（境）外的各種關係，能夠拓寬中國政治生活的參與面，提高中國國際影響力。② 此外，深圳大學「香港青年在粵創業問題研究」課題組調研顯示：在內地創業的香港青年普遍反映，內地一些政府部門行政效率較低，處理他們相關行政事務時時而展現冷漠和高傲的態度，甚至將他們視作「外國人」，令他們難

① 中華人民共和國國務院新聞辦公室：《「一國兩制」在香港特別行政區的實踐（2014 年 6 月）》，人民出版社，2014，第 48 頁。

② 張照東：《港澳居民內地就業保障問題與對策》，《中國工人》2015 年第 6 期。

以感受到祖國的溫暖。[①] 若國家在一些涉港澳部門安排適當數量的港澳籍公職人員專門處理港澳居民在內地的行政事務，則香港創業青年對內地的印象便會得到改善。因為港澳公職人員作為港澳居民，面對來自港澳地區辦理內地行政事務的港澳居民，或會有親切感，在這種感性認識下，自然會為港澳居民提供更加優質的行政服務。在這種長期性優質服務環境下，來內地辦事的港澳居民很可能會把良好的行政服務體驗傳遞回港澳特區，進而吸引更多的港澳願意來內地參與社會活動。

其三，全面準確貫徹「一國兩制」。黨的十九大報告強調管治港澳工作必須全面準確貫徹「一國兩制」。從深層次而言，國家充分保障港澳居民的國家公職權是全面準確貫徹「一國兩制」的具體表現，這體現在兩個維度。一方面，從理論上深化「一國兩制」研究。鄧小平提出的「一國兩制」主要是為了解決港澳獨特的體制問題，其理論意義深遠。20 年來，支撐「一國兩制」的基本法理論框架業已初步建構，這極大地豐富了國家結構理論，也為其他面對類似情況的國家提供理論指導。然而，大部分港澳基本法研究者，均把注意力集中於全面管治權、中央與港澳關係、基本法解釋權、居港權、剩餘權力上，[②] 較少關注港澳居民適用憲法權利義務規範問題，尤其是國家公職權問題。自港澳居民有了現實需求，學界亟需研究「一國兩制」下港澳居民國家公職權保護的相關理論，使之指導港澳基本法相關機制的運行。總之，深入研究港澳居民國家公職權保護將從不同的側面進一步豐富港澳基本法理論，拓寬「一國兩制」理論的研究範圍。另一方面，從實

① 該課題由深圳大學港澳基本法研究中心鄒平學教授擔任主持人，筆者係課題組成員之一。

② 郭永虎、閆立光：《1997—2017 香港「一國兩制」問題研究回顧與前瞻》，《深圳大學學報（人文社會科學版）》2017 年第 4 期。

踐上拓寬愛國統一戰線，穩固「一國兩制」。一般認為，「一國兩制」實際上是中國最大的愛國統一戰線。[①] 傳統概念上的愛國統一戰線所涉及的羣體在港澳地區而言還不夠廣泛。過去，國家對港澳的統戰工作側重於社會上層。當香港系列惡性政治事件發生後，拓寬港澳愛國統一戰線的羣體更顯重要。因為在這些惡性政治事件中，除了少數極端分裂國家勢力外，絕大多數香港居民係基於民生問題而與中央產生矛盾。易言之，多數中下層香港居民成為了「對抗中央」的急先鋒，他們在特區政府施政效果較為微弱的情況下，受境外敵對勢力的蠱惑，自然將不信任的矛頭指向「一國兩制」的主導者——中央。因此，國家亟需在國家公職人員隊伍中增加不同階層港澳居民的數量，當這些港澳居民通過法定程序成為國家公職人員後，與國家的命運相連，與人民的福祉相繫，最終穩固「一國兩制」。

三、當前港澳居民國家公職權保護的癥結

（一）制度缺位

1997年前，由於港澳還沒回歸，中國並沒有系統建構港澳居民報考內地公職人員的相關制度。儘管如此，中國十分重視包括港澳居民在內的海外人才引進工作，比如於1983年頒佈了《關於引進國外人才工作的暫行規定》，該規定指出中國生產、科技、教育等部門可根據實際情況引進人才。當時能夠聘任為內地公職人員的港澳居民，一般是

① 陳仁庚：《「一國兩制」和愛國統一戰線》，《理論導刊》1988年第11期。

通過這種海外人才引進制度。1993 年，國務院頒佈《國家公務員暫行條例》正式規定公職人員的錄用須通過公開考試的方式。然而，該條例並沒有明確擔任中國公職人員的必須具備中華人民共和國國籍。從 1997 年香港回歸直至 2006 年，中國仍沒有明文規定港澳居民可以報考內地公職人員。2006 年施行的《公務員法》正式明確擔任中國公職人員的必須具有中華人民共和國國籍。① 至此，中央及各地的公職人員錄用全面實行「逢進必考」，② 這標誌着國家公職人員考試錄用制度的正式建立。根據《公務員法》的規定，港澳居民中具備中華人民共和國國籍的公民，理應享有報考內地公職人員的權利。然而，時至今日，包括《公務員法》(2018)、《事業單位人事管理條例》(2014) 在內的中央層面的法律法規、部門規章仍未明確港澳居民有權報考國家公職人員，或者享有擔任國家機關職務的權利和國有公司、企業、事業單位和人民團體領導職務的權利。③

儘管中央層面並沒有明確港澳居民是否有權報考國家公職人員，但一些地方，如廣東、福建已開始進行港澳居民報考國家公職人員權益保護的實踐。④ 然而，根據中國的法律體制，地方對港澳居民報考公

① 2018 年修訂後的《公務員法》依然維持這一先決條件。

② 當然，按照《公務員法》(2018) 第二十三條規定，「逢進必考」僅限於錄用擔任一級主任科員以下及其他相當職級層次的公務員。然而，從晉升可能的角度來看，除特定渠道，如擔任全國人大代表、政協委員、基本法委員會委員外，港澳居民難以跨越「逢進必考」的級別範圍。

③ 值得肯定的是，2019 年 1 月起，中央明確允許「遵守憲法和法律，擁護中國共產黨領導，堅持社會主義辦學方向，貫徹黨的教育方針，在內地學習、工作和生活」的港澳居民可以申請參加內地中小學教師資格考試，這折射出港澳居民在中小學等事業單位擔任公職人員具有一定的可能性，如港澳居民擔任中小學校長、教務處主任或者擔任其他有公職人員(包括合同編的公職人員) 的行政崗位等。

④ 人力資源和社會保障部：《人力資源社會保障部對十三屆全國人大一次會議第 7795 號建議的答覆》，http://www.mohrss.gov.cn/gkml/zhgl/jytabl/jydf/201811/t20181123_305391.html，2019 年 3 月 4 日。

職人員問題作出原則性規定存在是否合法的探析空間。首先，《立法法》已經授權國務院可以制定國家機關的產生、組織和職權的相關規範，即國務院可以制定公職權方面的規範性文件，然而，《立法法》並未授權地方制定公職權方面的規範性文件。其次，《公務員法》第十六條至二十二條已經明確規定公職人員的職務與級別均由國家規定，即使是關於公職人員處分規定的制定，根據《行政機關公務員處分條例》第二條，除地方性法規、部門規章、地方政府規章可以補充規定違法違紀行為以及處分幅度外，一律由中央有關部門制定處分的種類及幅度。最後，《公務員錄用規定（試行）》第八條和第九條已經明確規定：「中央主管部門擬定公職人員錄用法規、制定公職人員錄用的規章、政策」，而地方僅是「貫徹國家有關公職人員錄用的法律、法規、規章和政策，根據公務員法和本規定，制定本轄區內公職人員錄用實施辦法」。可見，在中央層面未明確哪個羣體可以報考公職人員的情況下，地方首先予以明確，恐怕有違反上位法之嫌，加之有些地方允許港澳居民報考公職人員，有些地方不允許，而允許的地方又存在嚴格的政治審查制度，甚至目前還未公佈有哪些港澳居民已經通過公務員考試而擔任公職人員，這使得港澳居民國家公職權保護十分混亂。從中國法律制度的體系解釋而言，由於多數港澳居民本屬中國公民，部分地方允許港澳居民報考公職人員乃是歷史之進步，屬於全面準確貫徹「一國兩制」的重大舉措，但從長遠來看，該制度的設計，仍需由中央出台立法文件。

（二）實踐困境

從實踐來看，港澳居民國家公職權保護主要存在兩大困境：第一，應試能力弱於內地居民。公職人員考試模式基本按照內地居民長期接受的教育模式而制定，試題更具政治性。而多數港澳居民常年身處於境外，特別是其中的新生代多在境外教育下成長，考試幾乎不涉及政治。更重要的是，內地居民長期接受系統的政治教育，港澳居民並無此教育環境。即使在內地求學的港澳居民亦會被免於研習政治教育的要求。如此區別對待的教育制度勢必讓港澳居民在公務員考試中劣勢於內地居民，這對於港澳居民而言，難以體現機會平等。一言蔽之，形式上的平等難以掩蓋實質上的不平等，港澳居民在現有的標準下難以通過考試脫穎而出。第二，司法救濟實效不顯著。一方面，勝訴難。就目前的法律框架而言，立法、行政層面並沒有充分保護港澳居民報考公職人員的權益，而港澳居民貿然通過行政訴訟的方式獲得保護，其效果難以保證。尤其是在一些未能真正貫徹落實《公務員法》的地方，港澳居民很有可能面臨敗訴的風險。另一方面，執行難。儘管理論上港澳居民可通過行政訴訟獲得報考公職人員之資格，但從當前的公職人員考試模式來看，司法機關不可能代替行政主體出試題來招錄港澳居民，更不能進行政治審查，這就導致了港澳居民或許能獲得報考資格，卻沒有在司法救濟中獲得實質上的保護。再者，目前除廣東、福建外，內地許多公務員報考網站僅接受具有居民身份證的中國公民進行註冊報考，而持有回鄉證、居住證的港澳居民並不能註冊報考。① 概言之，當前的實踐層面並未為港澳居民國家公職權提供實質的保護，國家仍須通過特殊的路徑保障港澳居民的權益。

① 值得肯定的是，2018 年 9 月 1 日起，港澳居民可申領內地居住證，並享有勞動就業、參加社會保險、依法繳存、提取和使用住房公積金共 3 項權利，但綜觀整個《港澳台居民居住證申領發放辦法》的文本，實際上，港澳居民持有居住證在理論上可擁有與身份認證有關的系列權利，如受教育權、就醫權、接受法律援助權、參與職業考試權等。不排除將來還可憑藉居住證享有報考公務員的權利。

四、完善港澳居民國家公職權保護的路徑

完善港澳居民國家公職權保護路徑，無非在於立法與行政上的制度規範，因而港澳居民國家公職權的司法保護則須待前兩者完善後方能更好地落實到位。再者，基於法律面前人人平等的理念，當立法與行政制度上業已設置區別對待的保護路徑，司法保護路徑的任務便在於促使港澳居民與內地居民平等地遵循《行政訴訟法》《公務員法》等法律法規，這樣一來，則可以不用單獨為港澳居民設置司法上的特殊保護，從而降低制度成本。

（一）立法保護：以《港澳居民中的中國公民公職人員暫行條例》為主導，完善相關配套制度

一方面，確立保護原則。港澳居民國家公職權保護，應以港澳居民權益為核心，遵循「一國兩制」和合法、公正、及時、便民的原則。其一，「一國兩制」原則。鄧小平同志提出「一國兩制」理論這一偉大構想的目的在於兼顧內地與港澳地區的制度差異，並通過各種特殊政策以保障港澳居民享有參與國家政治、經濟、文化的權利，加強港澳與內地的聯繫和交流，推動祖國統一大業的完成。可以說，國家在管理港澳地區的同時，實際上給予了港澳居民不少優惠政策。這一系列政策制定和實施的背後，均遵循同一個原則——「一國兩制」原則。國家應在「一國兩制」原則的指導下，在招錄港澳籍國家公職人員的門檻、待遇等方面制定與港澳居民實際相適應的政策，以吸引廣大港澳居民踴躍報考公職人員。其二，合法、公正、及時、便民原則。設置港澳居民報考公職人員特殊政策要清晰、透明。首先，全面推進依法

治國進程中，行政主體應依法行政，切實保障港澳居民報考公職人員權益。其次，法治精神要求法律面前人人平等，不允許有超越法律的特權者。行政主體辦理港澳居民報考公職人員事項的過程中，不應帶有歧視，而應堅持公正辦事，優質服務，同等情況同等對待。再次，由於港澳居民報考公職人員，關係到港澳居民對內地整體印象的好壞，故行政主體應堅持及時的原則，如港澳居民在進行身份認定時，提高行政效率，以樹立良好的政府形象，如港澳居民首次遞交的材料不齊全，應一次性告知需要補交的內容。最後，基於港澳居民常居住在境外的事實，來回內地一趟耗費成本高，故行政主體應堅持便民的原則，使港澳居民能在網上辦理業務，爭取實現最多跑一次。

另一方面，《港澳居民中的中國公民公職人員暫行條例》（以下簡稱《暫行條例》）主導下立法明確港澳居民可報考國家公職人員。公職權屬於政治權利的一種，故在涉國家公職權的法律法規中應當明確港澳居民享有報考內地公職人員的權利。目前，涉國家公職權問題的法律法規主要包括《公務員法》《事業單位人事管理條例》《現役軍官法》[①]等。考慮到港澳居民的特殊性，若規定港澳居民的報考條件與內地公民完全一樣，則難以實現形式平等與實質平等相統一，故港澳居民報考公職人員的准入門檻、試卷設計、職位設置等方面可與國內公民存在差異。為減少立法成本，在推動港澳融入國家發展大局的過渡期內，國務院可借鑒《港澳台居民居住證申領發放辦法》的立法經驗，

① 《現役軍官法》《預備役軍官法》《兵役法》等法律規範專門規制軍事編國家公職人員，囿於該命題涉及到港澳居民服兵役問題，是國家公職權保護制度的另一個重大問題。根據我國的相關法律規定，軍事編國家公職人員原則上來源於曾服兵役的人員，而普通的公職人員可來源於未曾服兵役的人員或者曾服兵役的人員，故該國家公職權保護方式與本文主旨存在較大差異，筆者將另行撰文進行探討。

根據《憲法》《立法法》《公務員法》《事業單位人事管理條例》等法律法規的有關規定，制定專門貫徹落實港澳居民國家公職權保護的法律規範。由於港澳居民的國家公職權保護涉及國家體制的根本性問題且相關工作尚沒有足夠的經驗，即全國人大常委會專門制定法律的條件不成熟，故可由全國人大常委會授權國務院制定《暫行條例》作為港澳居民擔任國家公職人員的特別法。《暫行條例》可包括港澳居民報考國家公職人員的程序、條件、救濟途徑、問責機制以及港澳居民公職人員人事管理等方面的內容，並明確該辦法沒有規定的可參照《公務員法》《事業單位人事管理條例》等法律法規進行管理。中央在下一次修改《公務員法》《事業單位人事管理條例》等法律法規時，可將運作成熟的港澳居民國家公職權保護經驗納入《公務員法》《事業單位人事管理條例》等法律法規中，《暫行條例》可同時廢止，最終促使港澳居民的國家公職權保護由分散立法模式轉向統一立法模式。

（二）行政保護：多渠道保護港澳居民的國家公職權

公職權對於每個公民而言，僅意味着一種法定機會或可預期的權利，並非必得的實然的權利。[①] 港澳居民擔任國家公職人員，必須符合國籍、年齡、政治傾向、工作能力的要求且沒有法定剝奪公權的情形。在中國的政治生態下，良好的政治傾向一直是國家工作人員的底線。因此，國家不可能接納主張分裂的人成為國家工作人員，然而，現實情況是在港澳居民，尤其是香港青年當中存在着不少與國家政治傾向相左的人，所以，國家在招錄公職人員時，不可能為這些人大開

① 柳硯濤：《論公職權》，載楊海坤主編：《憲法基本權利新論》，北京大學出版社，2004，第 176 頁。

綠燈。除了政治傾向不能突破外，國家可在港澳居民的考試方式、崗位、學歷等方面區別對待，以充分激發廣大港澳居民報考國家公職人員的熱情。

其一，因人實施，一卷多文。正義的憲法最好應是一種為保證正義的結果而安排的正義程序。[①] 基於港澳居民的特殊性，港澳居民報考公職人員的方式應當有所不同，不可能完全將國內的標準施加於他們身上。因此，公職人員考試試卷，可以參考國家統一法律職業資格考試（原國家司法考試），有繁體中文的，甚至有外文的。出於國際社會通行用語的考慮，為降低公職人員考試改革的難度與成本，故外文暫定為英文。此外，若尚沒有條件在全國全面實施有多種語言的公職人員考試，可以先在一些已經允許港澳居民報考公職人員的地方試點。待這些地方的經驗成熟後，再逐步擴展到全國各地。

其二，根據特點，多設崗位。機會平等是公職權的首要要求。公職人員的職位是有限的，不可能每一個公民都能夠擔任公職，但首先要保證公民有平等的參與公務的機會。在全面推進「一帶一路」倡議和推動粵港澳大灣區建設的新時代下，為提高中國的國際競爭力與影響力，吸引更多外資到中國進行建設，國家有必要充分利用好港澳同胞這一寶貴的人力資源。[②] 在涉僑、涉外、涉港澳部門 [③]、商務部門、粵

---

① [美] 約翰 · 羅爾斯：《正義論》，何懷宏、何包鋼、廖申白譯，中國社會科學出版社，1998，第 215 頁。

② 文峰：《金融危機下留學內地的港澳青年就業觀的嬗變 —— 基於對廣州 3 校 226 名港澳學生的調研》，《未來與發展》2010 年第 3 期。

③ 一般而言，港澳部門主要包括：國家機關序列的有全國人大常委會香港基本法委員會、澳門基本法委員會，國務院港澳辦，中央人民政府駐香港聯絡辦公室，中央人民政府駐澳門聯絡辦公室，外交部駐港特派員公署，外交部駐澳特派員公署，此外，還有很多部委設有司局級的港澳事務機構，有的省如廣東省政府下設港澳事務辦公室。黨務、政協序列亦有相應的涉港澳事務部門，如中央統戰部三局、全國政協港澳台僑委員會等。

港澳大灣區管理部門等可單獨設立一些不涉密的職位以專門招聘港澳居民。[①] 作為現有公職人員體制的一種創新，類似前海管理局、珠海橫琴新區管理委員會等涉港澳部門亦可積極招聘港澳居民。如果當年報考的港澳居民同胞人數過少，亦可以放寬至曾在港澳地區留學或者工作的內地居民、華僑、歸僑、僑眷等羣體。總之，從區別對待原則的核心要義出發，引導公務員考試逐漸提高港澳居民進入國家公職隊伍的比例，既真正體現了中國公民報考公職人員的機會平等，又有效地發揮港澳籍公職人員的身份優勢，助推管治港澳部門作出科學的決策。

其三，設立國家公務員港澳考區和國家考試辦公室。目前，中國公民報考公務員考試，只能在內地考場考試。而內地的國家統一法律職業資格考試（原國家司法考試）允許港澳居民報考，並在港澳特區設置考區，為港澳居民成為內地法律共同體成員、促進內地與港澳法律交流提供重要平台。為服務港澳居民，降低考試制度成本，系統推動《規劃綱要》相關條文落地，[②] 港澳兩個中聯辦與中央組織部（對外保留國家公務員局牌子）、司法部、人力資源和社會保障部等有關部門協商，向黨中央、國務院報告並獲得批准後，[③] 在港澳兩個中聯辦內部共同設立國家考試辦公室，由國家考試辦公室統一負責管理國家公務員考試、其他公職人員考試（含合同制人員）、國家統一法律職業資格考試以及其他國家統一的專業技術資格考試。總之，當相關制度機理

① 受編制、經費等限制而條件不成熟的部門亦可設立一些合同制的公職人員崗位供港澳居民報考。

② 《規劃綱要》明確指出：「擴大內地與港澳專業資格互認範圍，拓展『一試三證』（一次考試可獲得國家職業資格認證、港澳認證及國際認證）範圍，推動內地與港澳人員跨境便利執業。」

③ 《規劃綱要》明確指出：「重大問題及時向黨中央、國務院報告。」

銜接暢順後，無論港澳居民身處內地，抑或境外，均可在港澳考區的國家考試辦公室平台依法參加國家公職人員的相關考試。

其四，提升國務院港澳事務辦公室（以下簡稱國務院港澳辦）地位，建立常規維護機制。國務院港澳辦作為國務院的辦事機構，不具有獨立的行政管理職能，亦無部門規章制定權，在立法工作上處於被動地位，只能起草和提請制定相關法律法規，其維護港澳居民國家公職權的力度較小。因此，中央有必要將國務院港澳辦升格為直屬機構，使其具有獨立的行政管理職能，擁有獨立的部門規章制定權。如此一來，國務院港澳辦在整個國家機關中的地位就有所上升，有權制定港澳居民國家公職權保護的實施細則，有助於切實維護港澳居民的國家公職權。國務院港澳辦在中央層面的地位上升後，地方各級港澳辦的地位亦可隨之升級。在此種背景下，各級港澳部門應加強檢查監督，必要時可組成聯合督查組，監督有關部門、企事業單位貫徹落實港澳居民國家公職權保護法律法規的遵守情況，檢查執行實施中出現的問題，切實加以解決。

其五，拓寬港澳居民擔任人大代表和政協委員的羣體渠道。之所以將此話題置於行政保護板塊，是因為這是從現實操作的便利性以及成本問題角度探討的。港澳區人大代表選舉方式、程序已有實在法參照，[①] 真正有效施行的是行政權力，而政協委員本身並非是實在法規制的範疇，不宜直接適用立法保護，但亦可由行政權力根據實際情況適當安排。如前所述，現行港澳區人大代表和政協委員的羣體範圍較

① 即《中華人民共和國香港特別行政區選舉第十三屆全國人民代表大會代表的辦法》《中華人民共和國澳門特別行政區選舉第十三屆全國人民代表大會代表的辦法》。

為狹窄，其中的多數代表港澳地區上層社會或者精英羣體的訴求，而中下層羣體的訴求並沒得到充分的回應。因此，國家有必要適當拓寬港澳區人大代表和政協委員的羣體來源。具體而言，應由過去過度推薦港澳上層社會人士，逐漸轉變為適度推薦港澳中下層人士，尤其是港澳青年，要讓更多的港澳青年有機會擔任人大代表或者政協委員。為實現制度機理上的暢通，初期的推薦範圍可包括來內地創業就業、經濟與文化交流達到一定年限的港澳青年，再適時拓寬至曾到內地求學、居住後回港定居、創業就業的港澳居民，最後完全拓寬至以愛國者為主體的所有港澳居民。國家推薦的方式可包括特聘人大代表、特聘政協委員等，也可以鼓勵一切愛國愛港或愛國愛澳的廣大青年踴躍參與到人大代表選舉活動或自薦為政協委員。

五、結語

香港系列惡性政治事件的背後，除了國外敵對勢力的干涉外，與中央實行的港澳政策和港澳居民的訴求之間存在微妙差距有一定關係。如果允許更多的港澳居民擔任國家公職人員，讓他們參與制定對港澳的政策方針，不僅會使政策方針更具科學性、民主性，提高決策的公信力，而且能夠促進內地與港澳的交流與穩定。由於中央與地方制度的缺位，加之港澳居民報考實踐中存在諸多問題，港澳居民國家公職權保護並不充分。因此，國家可通過立法和行政雙管齊下為港澳居民公職權保駕護航。從立法保護而言，港澳居民報考公職人員權益的法律保護，應以保護港澳居民權益為核心，體現「一國兩制」與合法、公正、及時、便民的原則，並以《港澳居民中的中國公民公職人員暫行條例》為主導，不斷完善相關配套制度；從行政保護而言，在政治傾向符合條件的前提下，可從構建以區別對待為原則的港澳居民公職人員選拔模式日常保護機制等方式完善行政保護，尤其是在人大代表、政協委員方面適度向港澳的中下層居民傾斜，容納更多的港澳居民參政議政。只有港澳居民不斷融入國家公職人員隊伍中，港澳居民才能更好地認知國情，理解中央治理港澳的各項難處，從而助推法治國家建設大業。

Study on the National Public Office Right of Chinese Residents of Hong Kong and Macau

Feng Zehua, Yao Lin

Abstract: Chinese residents of Hong Kong and Macau enjoy national public office right with a solid constitutional and jurisprudential foundation. The Chinese government sufficiently guarantees the national public office right of Hong Kong and Macau residents, which will help to raise their national consciousness, pool the wisdom of Hong Kong and Macau residents and implement the "One Country, Two Systems" fully and accurately. However, due to the lack of system, the weak examination-taking ability of Hong Kong and Macau residents compare to mainland residents, and the ineffective judicial relief, the protection of the public office of Hong Kong and Macau residents is insufficient. Therefore, from the legislative level point of view, China should take Provisional Regulations on Chinese Citizens as Public Officials among Hong Kong and Macau Residents as the leading factor and constantly improve relevant supporting systems; from the perspective of administrative protection, China can construct a model of selecting public officials of Hong Kong and Macau residents, which is based on the principle of differentiated treatment and perfect daily protection mechanism so as to improve the administrative protection, promote the public office right of Hong Kong and Macau residents to get the form and essence of equal protection.

Keywords: One Country, Two Systems; Hong Kong and Macau residents; national public office right; national consciousness

港澳社會

近年來香港青年社會運動原因初析

徐海波　郭文麗*

摘　要：近年來，香港青年社會運動頻頻發生，規模不斷擴大。從現象上看，與香港的國民教育、國家認同、「泛民主化」和「極端本土主義」思潮密切關係；但深層次原因是香港社會、經濟發展的困境和矛盾，以及這些困境和矛盾對香港青少年的壓力和影響。因此，探討其危害和探索相應對策，對於在香港順利地實施「一國兩制」，確保香港的穩定與繁榮，非常重要。

關鍵詞：香港青年運動　泛民主化　國民教育　國家認同

---

* 徐海波，男，深圳大學社會科學學院教授，中山大學港澳與內地合作發展協同創新中心兼職研究員，廣東省委統戰部港澳和海外統戰工作理論研究基地兼職研究員，主要從事馬克思主義國家理論、意識形態理論、香港社會思潮研究；郭文麗，女，河南鶴壁人，深圳大學馬克思主義學院 2016 屆研究生。

項目基金：此文為教育部高校人文社會科學重點研究基地重大項目《港澳本土意識與青少年的國家認同》（編號：16JJDGAT004）；2014 年度國家社科基金重大項目《香港社會思潮分析與有效引導的對策研究》（14ZDZ058）；2018 年度國家民委民族研究項目《香港地區中華民族共同體意識建構研究》（018-GMB-006）；2016 年廣東省哲學社會科學「十三五」規劃項目《香港「本土主義」社會思潮跟踪分析和有效引導對策研究》（GD16YMKO1）；2017 年教育部人文社會科學研究青年基金項目《激進本土主義對香港青少年國家認同建構的影響及對策研究》（17YJCGAT005）；2019 年深圳大學馬克思主義理論與思想政治教育研究項目《改革開放以來，國家意識形態話語體系的創新與發展 —— 以「一國兩制」理論與實踐為視角的研究》（19MSZX02）階段性成果。

經歷了150多年英制統治，在不同於內地政治架構、社會制度和文化環境影響下，香港逐漸形成了一些與西方相近的社會思潮。這些思潮不僅呈現出意識形態特徵，而且具有強大的身份塑造、政治動員和社會整合功能。自上世紀以來，在各種中西思想觀點、價值取向交鋒中，西方社會思潮主導的自由主義、個人主義、商業主義、民主主義等觀念與香港本土意識相互作用，在香港社會轉型中展示強大生命力。20世紀80年代初，隨着香港回歸議題提出，港人的政治參與熱情不斷提高，民主主義思潮釋放出強大的社會動員力量，成為香港當代社會思潮中的主力先鋒，成為一股強大的社會行動驅動力，並引發一系列社會運動。

自回歸以來，香港在政治、經濟及社會等各方面都發生了重大變化。而香港社會的艱難轉型，貧富差距的不斷拉大，就業困難和發展前景不明朗的窘境在香港青年身上集中地表現出來。生存和發展的經濟問題一定會以政治問題的形式表現出來，因此導致了近年來香港社會越來越呈現出青年運動多發的特徵。

一、香港青年社會運動產生的認識根源

香港近代歷史以來，社會運動從來沒有停止過。「從歷史上分析，自上世紀七十年代開始，香港居民運動就已成為了社會生活的一個重要組成部分，是香港社會的一個比較突出的社會運動」[①]，香港如今的社會運動多以青年人主體，與社會羣體利益的焦點相交叉，並以政治

① 呂大樂：《城市縱橫香港居民運動及城市政治研究》，香港：華風書局，2000年，第47頁。

議題的形態表現出來。一般來説，「青年運動的目標是爭取青年人的利益，實現包括青年人在內的人民羣眾的普遍訴求」①，但是一旦青年社會運動迷失目標，運用不當手段，同樣會對社會造成極大傷害。近年來的「佔領中環」運動顯現出了以青年人為主力的城市運動特色。香港青年運動的政治訴求並不符合香港人民的整體利益，運動本身的行為方式也不符合全體香港人民的意願，不代表香港的歷史前進方向。部分青年人的行為已然擾亂了香港社會治安，一些政治訴求顯然已經違背了「一國兩制」的精神實質。香港青年社會運動是在內外環境交替作用的基礎上形成的，並不斷沿着泛民主化的方向發展。香港青年運動高漲期與回歸後政治過渡期重疊，給香港社會帶來重大影響。認真分析香港青年社會運動頻發的原因和找到解決問題的手段成為「一國兩制」順利實踐的重要保障之一。

我們認為，國民教育缺乏問題是導致近年香港青年社會運動頻發的直接原因之一。

我們知道，「國民身份認同是一個多層面的概念，它不但代表從個人意識到同屬相同國家的人民，都有共同的特徵，及與其他國家人的差異，也代表一羣人共同對國家的一些符號（例如政府、文化、語言、歷史等）的欣賞、接受和認同感」。② 香港自 2001 年起開始進行課程改革，旨在逐步培養香港青年的國家認同。時至今日，雖然已初見成效，但香港青少年的國民教育還基本處於缺失的狀態。回歸以後，雖然特區政府曾經嘗試加強香港青少年學校課程中的中國歷史和國民

① 石雲：《中國青運史本體探究》，《探索與爭鳴》1991 年第 3 期。

② Bloom. *Personal identity: national identity and international realationa*. Cambridge: Cambridge University Press. 1990:61.

認同教育，但由於反對派阻擾，這個問題不得不擱置下來。在回歸之前，香港由於其獨特的現實和歷史背景，港英政府只推行公民教育，即使有所謂的國民教育，僅僅也是建立了對香港本地的認同與歸屬感，鮮有涉及國家身份或國民概念。因此，香港社會中大部分人對國家的認識僅僅停留在「文化認同」層面，僅僅是對國家的歷史認同、文化認同以及傳統認同。而對 1949 年以後在中國共產黨領導下建立的「政治中國」，香港青年的認同是少之又少，這形成了今日香港青年國家認同薄弱的現象。

政治國家認同是公民對國家政治權利的認可和贊同。它是政治制度獲得正當性的前提和基礎，是國家增強向心力和凝聚力的主要力量，也是保證國家統一和穩定的基本條件。其中，政黨認同是政治認同的最高層次。目前，由於歷史和現實種種因素的共同影響和作用，一些港人對地理的、文化的、民族和歷史的中國認同問題不大，卻對中國共產黨執政的作為政治實體的「中國」充滿了質疑和排斥，「一國兩制」在政治國家認同上遭遇到了瓶頸。一個國家的民眾對政黨在歷史上的功過是非、政治權力的合法性、執政的合理性和能力的認同，需要建立在對這個政黨和國家的過去和現在的完整認知和自身的現實體驗共同作用下方可形成。香港自 1841 年淪為英國統治起，香港的歷史從中國的歷史進程中分離了出來，使得部分港人對中國共產黨帶領中國人民通過浴血奮戰取得民族的獨立，通過艱苦奮鬥建設新中國的歷史過程沒有「在場」的體驗。因此，無法形成一種富有情感和帶有價值合理性認同的「集體記憶」。由於香港社會在中國近現代歷史進程中的「缺席」，使之對中國共產黨的歷史作用，它對世界文明進步的貢獻，對民族解放和國家發展的貢獻缺乏了解，這造就了部分港人對中國共產黨執政合法性，及其執政理念的陌生與隔閡。因為對「國家」的概念缺乏「在場」的體驗和深刻的了解，在部分港人的眼裏變成了空洞的概念。同時，在政治生活中國家意識形態扮演着重要角色，它為政黨執政的合法性進行辯護，並把政黨的政治合法性轉化為政治權威。部分港人對中國共產黨的「立黨為公、執政為民」執政理念;對「科學執政、民主執政、依法執政」的執政方式；對「構建社會主義和諧社會、實現中華民族偉大復興」的執政目的沒有正確的理解，因此就很難形成對它的政治認同。

由於特殊的香港殖民歷史以及「一國兩制」的制度安排，國家意識形態在香港社會的影響非常薄弱。由於共產黨的執政理念宣傳和闡釋的缺失，直接導致部分香港民眾對「一國兩制」認識的失誤和對香港未來信心不足。加上西方敵對勢力與香港極端本土主義惡意歪曲和醜化中國共產黨形象，片面誇大和強調共產黨執政過程中的失誤與挫折，致使中國共產黨成為獨裁、專制、謀取私利、貪污腐化的形象，使部分港人對中央政府產生了不信任、對抗、敵視和仇恨的政治情緒。「歷史」的不在場造成感情上的匱乏，感情上的匱乏導致了錯誤認知，因此埋下了政治信任危機發生的隱患。由於在「一國兩制」的實踐過程中部分香港青年的國家認同沒有有效地建立起來，社會方方面面產生的矛盾一旦反映在政治層面，首當其衝的一定是對「一國」的懷疑和叛逆。

我們認為，香港近幾年的「泛民主化」思潮是造成香港青年社會運動多發的第二個原因。

香港回歸以後，香港特首普選問題一直是困擾香港社會的政治問題之一。中央政府雖然明確了香港特首普選的時間表和基本程序，但在香港部分青年「泛民主化」的要求下，香港特首普選步入死胡同。青年人處於心智發展以及世界觀、人生觀、價值觀形成階段，外界一切影響都會直接的見諸於青年思想之中。西方民主思潮在香港發展有其特殊歷史背景。殖民地的歷史經歷使香港較早接觸到西方民主政治、文官制度、憲政法治、議會、西方民主政治思想與制度等。「九七」回歸後，在「一國兩制」「港人治港」「高度自治」的實施下，香港民主有了更大發展空間，港人民主意識發生了質的轉變，並且開始了真正意義上的民主歷程。作為最易受影響的社會羣體，香港青年民主意識和政治實踐能力也在不斷提高，他們在某些方面推進着香港社會民主發展。香港青年民主意識發展是好事，它體現香港社會政治發展的現實和需要，是「一國兩制」實施的必然結果。但香港近期的青年民主發展開始出現一些不良勢頭，泛民主化思潮開始影響青年的意識和社會行為，這種態勢如果任其發展下去，勢必會給香港社會帶來極壞的後果。

香港青年泛民主化傾向的出現與西方民主思潮有着千絲萬縷的聯繫。由於經歷了 100 多年殖民統治，香港在港英政府的治理下輸入了大量西方的文化、價值觀和意識形態。在「九七」回歸提到議事日程上來以後，英國政府為了完成光榮撤退，在香港啟動了政改，激起了香港民眾的民主意識和需求。因此，西方民主思潮對香港青年運動的影響是不言而喻的。在特殊的社會背景下，西方民主價值觀念成為香港社會價值理念的重要組成部分，在一定程度上成為香港當今青年運動的引誘劑和助推劑。

我們認為，由於對「國家認同」的缺失和部分香港青年「泛民主化」述求的極端化，必然導致極端本土意識的產生。因此極端本土意識的崛起是近些年來香港青年社會運動頻發的第三個原因。

在英國殖民統治時期，香港人曾經經歷了失去祖國的迷茫，而又無法認同港英政府的痛苦時期。20世紀70年代，隨着香港經濟的繁榮和國際地位的提高，香港人逐漸建立起了本土意識，其中夾雜着對祖國的熱愛和對殖民統治的反抗，但並沒有夯實中國文化的根基和牢固確立對中國的國家認同，以至於香港回歸後隨着大陸與香港關係的複雜變化以及香港社會各種矛盾的激化，使得本土意識發生變異，形成了分離主義者分裂祖國、謀求香港獨立的「極端本土主義」思潮。

香港的「極端本土主義」思潮使香港青年曲解「一國兩制」，對中央制定的政策的領悟和理解出現偏差，因此，對這些政策產生非常強烈牴觸心理，從而引起大範圍的青年社會運動。青年是香港的未來，香港青年的個人前途與國家命運密不可分，他們的教育有失偏頗就會導致問題。香港部分青年的「極端本土主義」思潮是支配當前香港部分青年激進社會運動的主要意識形態，他們已經不像過去那樣為民族情義而鬥爭，取而代之的是對殖民的懷戀及對內地的厭惡。香港近年來「極端本土主義」的崛起對青年產生重大影響，2014年的佔中事件與2016年的旺角騷亂與其有密切關係。

二、香港青年社會運動產生的社會經濟根源

香港青年社會運動頻頻發生，雖然打出「民主」「真普選」「反國教」等旗號，但政治訴求後面有其隱藏的經濟原因。這些社會運動參與者大都是香港九七回歸以後出生的一代。雖然從整體上看，他們成長的環境比起他們父輩那一代要好得多，但是，將其作為一個社會羣體認真分析會發現，香港青年與其父輩相比面臨着更多社會壓力。回歸以

來，香港社會面臨着轉型，在這期間又遇到多次經濟、政治和社會公共衞生問題的衝擊，一些社會深層次的矛盾開始浮出水面，交織地體現在香港青年一代身上。香港社會潛伏着的各種社會經濟矛盾是產生香港青年運動的內在原因。正如一位學者所言：「城市社會運動可以被理解為因城市社會資源分配上出現的偏差而產生的種種矛盾、問題，及針對這些問題而做出的反應。」[①] 歷史唯物主義認為，政治鬥爭和政治衝突的原因不可能在「政治」自身得到解釋。政治矛盾和衝突是社會經濟結構中矛盾的反映。我們反思近年來香港青年為什麼頻頻發生社會運動，為什麼「泛政治化」的現象會挾裹他們，就必須把目光轉到香港社會的經濟結構與矛盾中來。

近期香港青年社會運動頻發的原因表面上是為了民主、為爭取普選權，而從深層次上講則是與香港青年羣體在回歸後所處的社會、經濟地位、香港社會利益的分配與香港青年所得的不對稱有關。香港經濟主要依賴金融、旅遊等舊有經濟模式，經濟轉型一直被視為必走之路，但社會轉型始終成效不大，舊有的經濟模式已然不能適應香港社會的運轉。港人就業、置業等生活壓力逐年加深，而青年人作為將要步入社會的弱勢羣體，自然會為自己的前景擔憂。經濟活力下降自然會影響到社會階層的流動性。也就是説，在當今的香港社會，同等條件下的青年人向上階層流動的機會較之上一代人少了許多。當今香港青年的問題，不是我們看到的簡單政治訴求問題，而是植根於社會生存問題背後的以政治訴求為表現形式的對自身現狀擔憂及不自信的表達；是植根於香港社會的經濟轉型和政治轉型帶來的波動和挫折。一般而言，在社會發展過程中青年人總是處於相對弱勢的地位，而香港

① 呂大樂：《城市縱橫香港居民運動及城市政治研究》，香港：華風書局，2000 年，第 46 頁。

青年生存壓力特別大，尤其是在經濟發展放緩的今天，青年人上升空間狹窄，高昂的物價和生存壓力與香港社會轉型期緊密聯繫起來，致使青年人的生存和發展問題轉換成了政治問題，或者說對生存現狀的不滿轉嫁到對政治改革的期待和抱怨中去。因此，回歸以後引發的社會不確定性，香港青年的生存和發展的困境，這些都深深地影響了香港青年的社會觀和價值觀判斷，由此為泛民主化的香港青年社會運動提供了土壤。

同時我們還應看到，香港青年的困境與香港特區政府的青年政策有很大關係。香港特別行政區政府沿襲了港英政府統治時期的青年政策，並沒有專門設立相關部門重視和解決青年社會問題，還是由社會福利、教育、民政事務局以及安保部門分別承擔青年人的社會問題工作。香港特區政府缺乏明確的青少年教育、就業和發展規劃，政府的角色有時被社會團體所代替。香港社會服務很大程度上還依賴社會慈善團體、非政府組織及教會等，而這些組織的運作有賴於社會經濟的發展。在經濟條件較好的時期，香港青年服務會得到較好實施，試想一下在經濟蕭條時期，香港的青年服務是捉襟見肘的。雖然較之港英政府時期多了社會團體以及政府撥款等措施，但並沒有從根本關注和解決香港的青年問題。況且，青年問題不是單一的問題，而是由一系列的社會問題交織而成。

三、對香港青年社會運動的反思

「一國兩制」是人類社會發展至今政治制度的一次重大嘗試，並成功促成了香港和澳門的回歸；香港回歸後，「一國兩制」在實踐中遇到不少阻力。近幾年來，香港社會青年政治運動頻頻發生，香港青年社會運動矛頭直指中央政府和香港特區政府，這不僅與「一國兩制」後政治局勢的轉變相關，更是香港社會深層矛盾的體現。黃淑文在《香港特區的社會運動：大專生的視角初探》中指出：「現在大多本港青年為土生土長，而他們也大多在香港從英國統治之下回歸到中國成為特區的過渡期間出生，對自己的本土有明顯較深厚的感情，本土意識遠比上兩代的港人濃烈。而在特區政府經常強調問責，邁向普選政府等的背景形勢下，再加上信息科技的發展及流行，香港青少年，尤其是那些曾接受大專或以上教育的青少年，對社會中的事務更願關注與發表己見，甚至敢對政府的個別政策施壓，要求改變，這些皆比過去數十年前的青少年更為積極。他們部分亦相信自己的行動，能對改變社會有一定的成效。」① 雖然我們可以看到，香港青年參與社會運動的出發點和動機是希望香港社會進步和發展，但動機與效果嚴重脱節。反思其中的原因，我們認為有以下幾點。

首先，香港回歸以後，香港青年人的國民教育存在不少問題。青少年的教育問題，不僅僅指公民教育還包含國民教育。除了學校以外，家庭、社會也是影響青少年的重要教化系統。香港自 2001 年起開始進行課程改革，旨在將國民認同列為首位，逐步培養香港青年的國民認同，時至今日，成效還是與我們的期望有一定差距。在回歸之前，香港由於其獨特的現實和歷史背景，只是推行公民教育而缺乏國民教育，即使有公民教育也是西方價值觀的教育，最多也僅僅是建立了對香港本地的認同與歸屬感，鮮有顧及國家身份或國民教育。對國家的認識僅僅停留在「文化認同」層面，僅僅是對祖國的歷史認同、

① 黃淑文：《香港特區的社會運動：大專生的視角探索》，《青年探索》2012 年第 11 期。

文化認同以及傳統認同。對國民認同核心的政權認同卻避而不談，這造成了今天香港青年國民認同薄弱的現象。

作為思想最活躍的個體，加上香港便利的信息交流和新媒體環境，香港青少年更易於接受各式社會思潮。一段時間以來，香港青少年的教育環境一直處於兩種意識形態博弈的狀態之中。一個實現經濟、政治、文化和社會騰飛的民族都必須伴隨着一種精神，這種強大的精神給了他們方向和動力。中國社會發展現在也處於這樣狀態。香港「一國兩制」實施20多年了，20年來的「一國兩制」實踐取得了許多成果，但是也面臨新問題。而在眾多的問題中有一個重要的問題，即有沒有一個可以超越我們之間的制度差異，把我們聯繫和團結在一起的社會發展目標和理想。如果能構建起共同的社會目標與理想，內地與香港才可能「求同存異」，「兩制」的摩擦才可能不挑戰「一國」的主導地位。因此，建構國家意識形態中的社會發展目標與理想，並得到香港同胞的認同，並且通過適當的教育途徑和方法使之得到年輕一代的認同，將是「一國兩制」實踐順利進行的必要條件。

其次，由於香港部分青年對香港社會矛盾的認識存在誤區，導致尋求解決這些矛盾的方法和手段出現偏差。香港「佔中事件」以及「旺角騷亂」事件是香港青年泛民主化意識轉化為社會運動的結果。

青年羣體的社會性問題一直是熱門話題，其已然成為存在的世界性問題，而且往往與社會轉型緊密相關。「青年的價值與角色在伴隨全球化與信息化的現代步伐而日益彰顯的同時，社會問題青年化與青年問題氾濫化的雙重尷尬困境也在社會轉型時期尤為突出。」[①] 在英殖民

① 香港青年學會：《專題：香港走過的特區十年》，香港：青年研究學報，2007年，第23頁。

者長達一個半多世紀的統治時期，西方民主思潮開始逐漸滲透進香港社會，香港社會運動或多或少的也與西方民主思潮有着密切聯繫。但是，在港英政府統治時期，香港社會的民主空間和民主意識不可能得到全面的發展，殖民統治決定了它與西方完整意義上的民主憲政體制之間有着不可逾越的鴻溝。我們認真梳理一下香港回歸前後的歷史就可以發現，恰恰是香港回歸以後中央政府的「一國兩制，港人治港、高度自治」的戰略安排，造就了如今香港社會民主空間的拓展。但民主只是社會治理的一種手段，並不是社會發展的終極目的。我們要認識到，香港的高度自治是有條件的，是在維持「一國兩制」憲制秩序的前提下，通過港人治港，發揮香港優勢的高度自由；而不是可以不顧法律的約束，隨意佔領和堵塞街道的自由；不是妨害他人自由的自由。在民主後發的國家和地區，由於沒有真正認識清楚民主的本質，導致了有些國家和地區在民主化過程中非但沒有實現民主，反而導致社會撕裂、混亂和社會運動頻生。由此我們可以看到，香港青年社會運動產生的根源與對西方民主的「泛民主化」的認識不無關係。

香港青年運動有泛政治化的趨勢，這一趨勢是消極的，它是會阻礙香港社會正常發展的。香港青年自身的發展訴求與政治發展雖然相互交叉，但原則上來講是兩個不同的範疇，他們相互影響，而又相互獨立。「佔領中環」和「旺角事件」和最近出現的街頭滋擾內地遊客的活動都是香港青年泛民主意識的現實體現，已經危害到了香港的社會法制秩序和政府權威，並給香港社會穩定帶來一定隱患。香港青年的激進行為很可能影響他們自身的視界範圍。青年人是社會的未來，狹隘的視界自然對香港社會的長遠發展不利。

最後，為了扭轉和改善香港青年在狀況，我們應該在思想意識和制度建設兩個方面積極做工作。「一國兩制」具有很好的包容性，是在承認香港和內地的制度差異基礎上解決一國範圍內兩種不同制度如何和平共處的最佳模式，「一國兩制」既可滿足香港和內地的全體中國人民實現祖國統一和富強的「中國夢」，又可保持香港的社會繁榮穩定和經濟繼續發展。實踐證明，只要內地和香港秉持中華民族偉大復興的「中國夢」，並以「中國夢」整合「兩制」分歧，加強兩地經濟、文化、社會生活等各個領域的交往，那麼「中國夢」將成為提高港人國家認同的重要驅動力。中共十九大報告中已明確提出，「一國兩制」的理論與實踐是「中國夢」豐富內涵的組成部分之一。「中國夢」具有引領社會思潮的內在能力，能有效地駕馭、統攝外在的事務與環境，這種能力主要表現在兼容並包能力。「中國夢」本身具有包容精神，對多樣化的香港社會思潮不採取簡單排斥和打壓態度，而是在尊重差異中擴大社會認同，把不同理念和價值觀聚合在一起，從而也就增強了主流意識形態的凝聚力和感召力。

港人國民身份認同既需要內在共同的價值觀引領，也需要外在適宜的環境土壤滋養。香港九七回歸以來，作為中國公民，港人卻未能享受、履行中國公民賦予自身的權利、義務和責任。「我是中國人」只是港人口頭形式上的身份表態，在融入國家的政治生活、文化生活和社會生活時；在面對內地民眾和進入內地生活、學習和工作時，他們在身份認同上處處明顯感覺到「我和你的不一樣」。目前港人在報考國家公務員、服兵役、參加內地社保等方面存在諸多障礙，要麼是層層審批、被拒門外，要麼是手續繁瑣、無果而終。這些客觀環境造成的港人國民身份之「異」，對構建港人國民身份之「同」所帶來的衝擊是無處不在，且蘊含巨大的離心之力。現在情況雖然有所改善，但是中央有關部門應當繼續調整對港政策，積極研究出台便利港人在內地學習、就業、生活的具體措施，為港人提供平等國民待遇，創造有利於港人身份意識培養的社會環境、人文環境和制度環境。「中國夢」不是靠空談口號就能實現的，需要扎扎實實地搞建設，一心一意謀發展。「中國夢」首先是經濟復興之夢，這是所有其他夢想的基石，為其他夢想的實現提供物質基礎。內地與香港是一對互補的經濟夥伴。內地擁有豐富的人力、市場、地理資源，更擁有巨大的經濟實力和制度優勢，可以應對未來的挑戰和風險。而香港則在科技、金融和現代管理方面具有獨到的優勢。加強內地和香港的經濟聯繫可以形成一股全球前所未有的經濟增長動力。內地與香港經濟一體化發展有利於兩地互相增進了解和形成「命運共同體」。

香港年輕一代是香港建制系統的接班人，是推進「一國兩制」向前發展的生力軍，是實現國家富強、民族振興、香港福祉的儲備力量。概言之，只有贏得香港青少年，才能贏得「一國兩制」事業的未來。在「一國兩制」實踐中，培養港人國民身份認同需要立足於香港獨特的歷史發展與社會現實狀況，運用恰當的塑造方式加以推進。一方面，中央有關部門要從國家與香港的整體利益與長遠利益出發，與香港特區政府、民間公益機構、愛國愛港團體一道，合力推進《國民教育與德育科》軟着陸；通過製作教學資源、專項資助計劃、開展研討會活動等方式調動香港教育工作者推進國民教育的積極性，主動介入香港青少年的愛國主義時空體驗，系統塑造其國民身份、民族觀念、歷史意識，增強其自豪感、認同感、責任感。另一方面，中央有關部門要增加對港思想文化宣傳工作的財力、物力與人力，充分利用新媒體技術武裝、豐富、拓展愛國愛港主題的宣傳方式，提供一個讓港人全方位、多層次、寬領域瞭望祖國的資訊平台，佔領香港社會輿論主流陣地，擴大信奉愛國主義的受眾羣體。正如習近平所強調，香港要注重教育、加強引導，着力加強對青少年的愛國主義教育，關心、支持、幫助青少年健康成長。只有以香港「回歸一代」為抓手，着力消解香港青少年身份認同中對內地排斥的因子，才能減緩「一國兩制」在香港未來實踐中出現的阻力。

An Analysis of the Causes of Hong Kong Youth Social Movement in Recent Years

Xu Haibo, Guo Wenli

Abstract: In recent years, young social movements in Hong Kong have occurred frequently and their scale has continued to expand. From a phenomenological point of view, it is closely related to Hong Kong's national education, national identity, "pan-democratization" and "extreme nativism"; but the deeper reason is the plight and contradiction of Hong Kong's social and economic development, and these dilemmas and contradictions. The pressure and influence of Hong Kong youth. Therefore, it is very important to explore its hazards and explore corresponding countermeasures for the smooth implementation of "One Country, Two Systems" in Hong Kong to ensure the stability and prosperity of Hong Kong.

Keywords: Hong Kong youth movement; pan-democratization; national education; national identity

迷惘與缺失：從「修例風波」看香港青年的國家認同危機

王先偉　孫雲 *

摘　要：青年代表香港的未來，其國家認同狀況不僅直接關乎香港的繁榮穩定，而且對維護國家統一、貫徹落實好「一國兩制」都將產生深遠影響。2019 年 6 月，香港發生了以青年羣體為主體的「修例風波」，其背後折射出香港青年在國家認同上的缺失與困境。因此，有必要對香港青年國家認同的現狀及其所反映出來的問題進行分析和反思，進而找到增強其國家認同的對策。

關鍵詞：香港青年　修例風波　國家認同

香港自 1997 年 7 月 1 日回歸祖國以來已有 22 年。然而，近年來，香港「本土主義」甚至「港獨」言論甚囂塵上，這其中，青年成為

---

*　王先偉，男，西南醫科大學馬克思主義學院副教授，四川省台灣研究中心研究員，法學博士。

本文係教育部人文社會科學研究一般項目「中華民族共同體意識視域下台灣『Z 世代』青年的國家認同研究」（項目編號：23YJCGAT003）階段性成果。

主要參與力量。從 2019 年 6 月開始，香港爆發了震驚中外的「修例風波」，並呈愈演愈烈之勢，其間香港反對派和西方勢力利用青年對修訂《逃犯條例》認知的誤區和盲區，將其武裝成為「修例風波」的主導力量，不斷攻擊與詆毀中央與特區政府，甚至進一步升級為暴力流血事件，嚴重阻擾了香港民主政治的正常發展，破壞了香港的社會穩定。

「修例風波」從表面上看似是一起法治抗爭，但從深層反映出部分香港青年國家認同的缺失，甚至發生了危機。香港自回歸以來，青年的國家認同問題一直縈繞在香港社會中難以解決，如何在香港青年中構建明晰的國家認同成為目前國家和香港社會普遍面臨的難題。具體而言，香港青年的國家認同指的是香港青年對自身的「中國人」身份和中華民族共同體的政治和文化認同，以及由此而塑造並在與國家的互動中所不斷強化的國民意識和國家觀念。青年作為香港社會最重要的羣體之一，是香港未來建設的主力軍，其國家認同狀況與香港的繁榮發展乃至國家的安全穩定休戚相關。因此，深入剖析香港青年國家認同的現狀，全面探討導致香港青年國家認同缺失的原因所在，並認真思考提升香港青年國家認同的有效路徑，顯得越來越迫切和重要。

一、香港青年國家認同的現狀

2019 年 6 月以來，香港爆發了自回歸以來規模最大、歷時最長的暴力活動，其間的殘暴行徑可謂駭人聽聞、世所罕見。「修例風波」可謂香港特區政府成立以來遭遇的最嚴峻挑戰，而這場風波也暴露出香港青年國家認同現狀的複雜性和嚴峻性。

(一)「文化國家認同」強於「政治國家認同」

香港雖被英國殖民統治一百多年，但在文化上仍深深地烙上了中華民族傳統文化的烙印，即以儒家思想為主流的中國傳統文化依舊是香港社會最重要的文化。在殖民統治中後期，英國殖民者雖然加快了在香港「去中國化」的步伐，但迫於世界反殖民運動的國際壓力，只能默許傳統文化在香港的固有存在，這也讓中國傳統文化在香港得以延續並發展。回歸後，香港特區政府多措並舉，以增進港人的國家認同，其中最重要的做法就是推廣國家象徵符號，比如定期舉辦升國旗唱國歌活動、推廣宣傳《基本法》等。同時，中央政府還在香港舉辦各種國民教育活動，比如推廣普通話、傳統戲曲進香港、兩地學生交流互訪等，讓香港青年更多地了解內地。這些舉措對香港青年提高國家認同、加深祖國認知起到了一定的作用。

但是，在國家竭力構建香港青年國家認同時，「文化國家認同」和「政治國家認同」之間有一定的落差。相比於「政治中國」，香港青年在文化、歷史、民族習俗等內容上，亦即在「文化中國」上有更高的認同度。尤其在 2000 年以後，中國經濟飛速發展、國力快速提升，內地與香港經貿人員往來更為密切，北京奧運、上海世博等的相繼舉辦都提升了香港青年的自豪感與參與感，進而增強了身份認同感。香港青年對於這些「文化國家認同」的內容是較能接受的，然而一旦涉及到政治意涵較強的內容，一些港人尤其是青年人就顯得尤為排斥，甚至表現出不問是非、「為反而反」的偏激情緒。因此，在構建香港青年國家認同的過程中，增進他們對祖國國情的認知和理解，加強他們對「文化中國」的認同，最終凝聚「一國」共識是完全能辦到的，並且也取得了一定的成效。而如何在憲法和基本法框架下來增強香港青年對「政治中國」的認同，通過民族文化認同和政治制度認同的積極整合，從而形成穩固的國家認同是當前香港社會亟需解決的問題。

（二）地域（本土）認同削弱國家認同

先前的香港人口多為外來移民，因此他們只把香港視為臨時落腳的謀生地，並沒有多少歸屬感。20 世紀 50 年代，隨着香港來往內地的邊境封閉，香港人口逐漸穩定下來，香港「本土意識」開始萌芽。此後 30 多年，香港「本土意識」開始隨着香港自身文化的發展持續增強。1997 年，香港回歸祖國後「港人治港」的貫徹實施使得港人「本土意識」和地域認同再次呈現了上升趨勢。到了 21 世紀初，香港「本土意識」開始出現異化，香港少數文化精英藉此提出其自治訴求和民主訴求，妄圖構造香港本土論述，實現所謂「香港完全自治」的政治目的，這種變異的「本土意識」其實是香港地方性認同的一種極端形式。當前，香港的「本土意識」以反內地為主要標誌，其「他者即惡」意識中的「他者」既不以公民身份認同（中華人民共和國國籍）來劃分，也不以本土文化認同（廣東文化）來劃分，而是與港英時期的「鄉愁」等雜糅在一起，將內地視為「惡之他者」①。因此，香港「本土意識」是集「不滿內地的情緒」、對港英時期的「鄉愁」和反政府（建制）運動這三者於一身的變異集合體。當前看來，雖然香港回歸祖國後港人的國家認同總體上是增強的，但還是有一些港人，尤其是部分青年，

① 楊晗旭、徐海波：《「他者即惡」——香港青年社會運動與國家認同的流變》，《中國青年研究》2016 年第 2 期。

對國家的國情、政情等認識薄弱、存在偏差，國家認同和國民身份意識還不夠強。出生於回歸前後的香港青年，可謂香港「土著」，他們同其祖輩已沒有共同的經歷和記憶，因而具有更加強烈的地域認同感。

然而，與一般意義上的地域認同不同的是，香港的地域認同有其特殊性。具體來講，香港人尤其是青年人的地域認同具有主體性、異質性和優先性三個特性[①]。在主體性身份認同中，香港是一個政治、經濟制度異於內地且高度自治的主體，因此要儘可能弱化中央對香港的管治。相較於內地人的從屬性身份認同（強調香港從屬於國家），香港人的主體性身份認同更多強調香港和國家的並列關係；異質性表現為部分香港青年誤認為香港擁有自由和民主，而內地則是「專制」和「獨裁」。而這使得香港認同被不斷強化，並與國家認同產生衝突；優先性指香港在前幾十年的發展水平一直高於內地，從而產生了對內地的優越感，致使香港青年的地域認同優先於國家認同。近幾年來，在香港不斷出現國家認同與地域認同之間的摩擦甚至是衝突，究其原因實為部分香港年輕人對內地的排斥心理加劇。在這兩種認同中，香港青年顯然把地域（本土）認同排在國家認同之前，並認為香港人相較於內地人更具獨特性和先進性。所以，包含主體性、異質性與優先性的香港地域認同嚴重削弱了香港青年的國家認同。

（三）民主認識誤區影響國家認同

港英政府在殖民統治末期推行的急速民主化運動在香港社會中產生了極大的影響，香港在殖民行將結束之前所實行的所謂「美式民主」

① 李龍：《國家認同缺失對香港民主化的影響與因應》，《新視野》2015 年第 2 期。

使得部分港人誤以為殖民政權良心發現並賦予港人民主權利。但事實上，港英政府統治下的港人並沒有選舉權，香港行政長官（總督）是由英國委派並由英人擔任。1997年以後，中央政府在「一國兩制」和香港基本法的框架下穩步推進香港民主進程，但是這一善意安排卻並未受到香港青年的支持。香港青年認為西方式民主才是「真民主」，妄圖在香港推動急速民主化，從而出現一些過激行為。事實上，大部分香港青年因為長期接受學習西方知識，並受西方媒體蠱惑，變得極為崇尚西式民主，反而對內地現行的政治制度較為排斥。這就無形中影響了香港青年心中的「國家形象」，弱化了他們的國家認同。1997年，隨着香港回到祖國懷抱，兩地間的經貿與人員往來變得更為頻繁與密切，香港青年對內地的認知大為改觀，這種情況也就得到一定改善。然而，觀念既已形成則很難在短時間內立刻改變，這就促使香港青年產生國家認同的矛盾心態。

從香港青年對待「修例風波」的態度可以看出：一方面，有些青年已陷入了以為「跟中央政府唱反調就是『民主』」的誤區，認為「中央政府並不想在香港推行真正的民主」，「漸進式民主」的普選方案只是一個「緩兵之計」，「意在拖延時間」。另一方面，港英統治末期推行的所謂「美式民主」，讓部分香港青年認為只有西方民主才是真正的民主。實則，香港的繁榮穩定有利於增強中國的綜合國力和國際地位，有利於增進國家利益及香港國際金融中心這一重要地位的穩固和發展，也是「一國兩制」成功實踐的最有力佐證，對中國和平解決台灣問題、實現國家完全統一，發揮了探索性和開創性的作用，是一個極具説服力的例證。事實上，中央政府對於香港實行民主的態度是贊同和支持的。回歸後，香港街頭政治時有發生，立法會的鬧劇頻繁上演，導致香港特區政府的運作效率大為降低，這些都更加堅定了中央政府在香港政改方面的立場和底線不可動搖。當前，香港青年因對民主化進程「過慢」的不滿而產生對中央政府的對抗態度，又因對自身發展現狀的不悅而產生對西式民主盲目追從的錯誤認知，這些都對香港青年國家認同的構建產生了極為惡劣的影響，特區政府必須對這種偏狹的認知傾向進行正面的引導和教育。

(四)「港獨」分離主義侵蝕國家認同

主權意義的國家認同是根本性的國家認同，而「港獨」分離主義則成為影響香港青年主權認同的最大現實威脅。自 2010 年以來，「港獨」分離主義逐步由校園極端思潮演變為政治破壞行動，「七一遊行」「反國教」「佔中」以及「修例風波」等一系列關鍵事件和節點都印證了「港獨」分離主義不斷惡化的趨勢，而香港青年在其中扮演了重要角色。以往的事實證明，「港獨」分離主義在香港歷次政治活動中從未缺席，它們利用香港青年追求公義良知的訴求和熱心本港事務的願望，通過設置議題並加以煽動，在不知不覺中誘導他們同情並支持「港獨」分離主義。通過與青年羣體的「捆綁」，「港獨」分離主義的影響大肆蔓延，使得香港青年開始不再信任特區政府、曲解「一國兩制」，甚至排斥中央對香港的管制，這樣反過來又助推了香港青年非理性街頭運動的擴散，造成其國家認同的進一步下降。

在香港回歸祖國 20 周年前夕，香港大學民意研究計劃（港大民研）和香港中文大學傳播與民意調查中心（中大民調）於 2017 年 6 月做了關於香港市民身份認同的調查，不論哪一項調查，在青年族羣和較年長族羣間都存在明顯的認同差異。港大民研的調查中18至29歲受訪者有59.8%認同為香港人，30歲以上則只有37.9%，而青年族羣認同為中國人的則只有6.5%；中大民調中在青年（18—34歲）、壯年（35—54歲）和中老年（55歲以上）人羣間也存在明顯差異。由表1和表2可以看出，兩者對於年齡的劃分不同，但是青年族羣的在二分法上非常接近，即約82%認同偏香港人，而較年長族羣則約三分之二認同偏香港人，差距較為明顯。總體看來，香港「九七一代」相比於他們的父輩祖輩擁有更強的「香港主體意識」和「獨立意識」，他們對中國認同的缺失容易被香港極端反對派所操縱，嚴重威脅了國家主權和安全。2019年發生的「修例風波」，就是香港反對勢力利用部分香港青年缺乏主權意義的國家認同，將其視為「港獨」的「民意」基礎，凌駕於基本法之上，妄圖削弱港府管治能力並篡奪特區領導權，嚴重衝擊了香港的繁榮與穩定，也影響到香港青年的國家認同。

表1　身份認同的世代差異（港大民研）

	香港人	中國的香港人	香港的中國人	中國人
18—29歲	59.8%	21.8%	11.0%	6.5%
30歲或以上	37.9%	25.0%	16.0%	20.5%

資料來源：香港大學民意研究計劃網站資料整理。

表2　身份認同的世代差異（中大民調）

	香港人	是香港人但都是中國人	是中國人但都是香港人	中國人
18—34歲	38.1%	44.5%	13.1%	4.3%
35—54歲	24.9%	43.1%	23.4%	8.7%
55歲或以上	21.7%	37.9%	27.7%	12.7%

資料來源：香港中文大學傳播與民意調查中心網站資料整理。

誠然，持續數月的「修例風波」讓香港社會陷入動盪之中，危機四伏。一些香港青年迷失街頭、暴力抗爭，肆意踐踏法治，讓人倍感痛心和憤慨。但黑衣暴徒只是一小撮，不能代表絕大多數香港青年。大部分香港青年還是繼承了愛國愛港的優良傳統，其刻苦耐勞、開拓進取的「獅子山精神」依舊閃亮，他們是香港重整行裝再出發的希望。2019 年底，國家選送 5 名香港青年赴聯合國系統任職，這是他們個人職業生涯的一小步，卻是香港青年參與國家外交和全球治理的一大步，實現了香港青年參加聯合國初級專業人員（JPO）項目零的突破。[①]

該項目不僅體現了中央對香港青年的重視和厚愛，更體現了「一國兩制」的制度紅利。隨着國家實力的越發強大，香港青年也必然受惠其中，他們將與祖國共享更多尊嚴與榮光，在此過程中香港青年的國家認同也必將隨之提升。

二、香港青年國家認同缺失的原因

香港回歸祖國 20 多年來，中央政府從政治、經濟和社會各個領域極力支持香港的發展，但近年來部分香港青年的國家認同不升反降，這一現象不得不令人深思。在新形勢下，部分香港青年國家認同的缺失是由多重因素共同導致的。這裏面既有主觀因素，也有外在的客觀原因。

① 《中國首推 5 名香港青年赴聯合國任職》，中國新聞網，http://www.jl.chinAnews.com.cn/gatq/2019-12-24/106374.html，2019-12-24。

（一）長期殖民主義的後遺症

馬克思說：「人們自己創造自己的歷史，但是他們並不是隨心所欲地創造，從過去承繼下來的條件下創造。一切已死的先輩們的傳統，像夢魔一樣糾纏着活人的頭腦。」[①] 在馬克思看來，一種惡的傳統往往成為活人無法擺脱的夢魘。殖民歷史對於香港人來說是其思想文化的一個重要文化前提，而這一前提對當代香港青年的思想意識起着無法忽視的支配作用。

港英政府在香港百餘年的殖民統治中，長期推行「殖民教育」，一方面強化「宗主國」意識，加大對英國價值觀念的灌輸，妄圖從年輕人的思想觀念中把香港從中國分離出去，使其轉變為忠於大英帝國的「子民」；另一方面淡化國族觀念，取消母語教育，妄圖以社會代替國家，使香港成為「無民族」「無政治」的「認同真空區」。這種「殖民教育」的後遺症，就是致使許多香港青年缺乏國家民族意識，國民身份認同也變得模糊不清，乃至在香港回歸祖國前後，部分港人紛紛爭取外國籍或移民他國。

因此，雖然當今香港青年出生於 1997 年前後，但社會整體環境所瀰漫的後殖民主義遺緒對他們的觀念和認知產生了較負面的影響。香港回歸後，中央政府在「一國兩制」框架下採取了「平穩過渡」的方針，並未對香港原有的政治意識形態進行抽離，而這就必然導致回歸後所形成的全新國家認同直接與港英時期形成的國家認同相衝突。在此次「修例風波」中，一小撮亂港青年不論是遠赴英美搖尾乞憐「告

① 《馬克思恩格斯文集（第 2 卷）》，北京：人民出版社，2009 年，第 470 頁。

洋狀」「搬救兵」，還是在香港街頭揮舞英美國旗或代表「戀殖」的「龍獅旗」，這都是後殖民主義所衍生的社會文化、價值觀念，尤其是教育體系和家庭觀念所帶來的觀念代際傳承致使香港青年的國家認同尤為淡薄[①]。

（二）隔閡導致的偏見與誤解

香港與內地由於歷史原因長期處於隔離狀態，致使眾多香港青年對中國歷史知之甚少，對內地情況不甚了解，欠缺形塑國家認同的土壤。自回歸以來，香港每年都會舉行所謂的「七一遊行」「十一遊行」，規模由小及大，均表現出對中央政府的「不滿」，這在對內地缺乏了解的香港青年中產生了消極影響。國家紀念日本是培養國家歸屬感和民族認同感的重要方式，但在香港卻成了傳播對國家負面情緒的「遊行日」。近些年，一連串在香港發生的公共事件、遊行、風波、口水戰更是一再加劇了香港普通民眾對內地的「對抗情緒」，如散佈內地人「蝗蟲論」，2012 年「反國教」，2014 年「佔中」運動，2015 年「銅鑼灣書店事件」，2018 年反對廣深港高鐵「一地兩檢」，以及 2019 年的「修例風波」等。在以上這些事件中，部分香港青年將內地視為「負面」「消極」「落後」的，其國家意識、國家認同出現了嚴重的偏差。

儘管香港回歸祖國已有二十餘年，但部分香港青年在心理上對祖國仍有不小的隔閡。由於內地和香港在政治體制、社會制度和意識形態方面存在差異，再加上英國殖民文化及其倡導的所謂「自由」「民主」等觀念的影響，一些香港年輕人對內地實行的社會主義制度始終存在

① 陳章喜、林劼、楊曉韋：《香港青年國家認同研究》，《青年探索》2017 年第 3 期。

偏見與認識誤區。在此次「修例風波」中，部分香港青年錯誤地認為中央及港府打擊「和平示威者」乃破壞「一國兩制」、削弱高度自治和侵犯自由人權之舉。這種錯誤的認知進一步削弱了部分香港青年對祖國內地的認同感和歸屬感。於是，他們喊出「光復香港、時代革命」的口號，包圍和衝擊中央政府駐港機構，肆意塗污國徽、踐踏國旗，其氣焰之囂張、行徑之惡劣，令人髮指。不僅如此，還有一部分香港青年，他們即使沒有經歷過港英殖民統治，也沒有殖民歷史記憶，卻依舊會「緬懷」殖民統治下的生活，對祖國內地反而缺少理性、客觀、正確的認識。事實上，他們對曾經的港英殖民統治、對現在的中央政府的認知可能大多來自家庭的影響。倘若周圍人給他們傳遞的信息是帶有強烈偏見和誤解的①，長此以往，對青年國家認同感的形成必然會造成消極影響。

（三）經濟落差導致心理落差

近年來，隨着經濟全球化的發展，香港正面臨更為嚴峻的競爭。一方面是香港作為全球最自由經濟體之一，與其他經濟體如新加坡的競逐難以避免，對各種生產要素的爭奪也變得更為激烈；另一方面，隨着內地綜合實力飛速攀升，香港被納入國家發展戰略中，其資本、管理經驗等固有優勢正在逐步消散，再加上大灣區城市羣的強勢崛起更是讓香港壓力倍增，其金融中心的地位已不那麼穩固。回歸時香港 GDP 佔內地 GDP 的 16% 左右，到了 2019 年這一比重降為不到 3%。

① Timothy Yuen, Michael Byram. National identity, patriotism and studying politics in schools: a case study in Hong Kong. *Compare: A Journal of Comparative &International Education*, 2007, 37(1):26.

香港人對此落差無所適從，他們的「本位」沒有了，在經濟萎靡不振的形勢下，香港青年正面臨着教育、就業等諸多挑戰與壓力。港人以前在內地人面前的優越感和自豪感逐漸流失，這使得香港青年開始焦慮和埋怨，從而萌生了本土回憶以及其他訴求。

與此同時，香港貧富兩極分化也使得年輕人的怨氣不斷攀升。港府 2019 年 12 月公佈的《2018 年香港貧窮情況報告》顯示，香港 749 萬人口中，大約有 140.65 萬人生活在貧困線以下，貧困率為 20.4%，每 5 人中有 1 人貧困，基尼係數也創新高達到 0.539（1971 年只有 0.43），而國際上公認的貧富差距警戒線是 0.4[①]。香港的貧富懸殊和超高房價，又進一步扼殺了年輕人買房的希望。美國 Demographia 最新發佈的《2019 年全球住房可負擔性調查報告》顯示，香港房價收入比高達 20.9，蟬聯全球第一貴[②]。高房價讓香港陷入「兩難困局」：大資本家希望維持高房價，以獲取高收益；已購房者，也不希望看到資產跳水；而高房價讓年輕人生活壓力大，看不到希望，進而充斥埋怨情緒。所以中央政府常被誤認為是「香港大資本家的代言人」，無辜成為被香港社會矛盾指向的對象之一。[③] 故此，香港青年反大資本家的運動也演變成了表達對內地不滿的「修例風波」。在這種情況下，香港年輕一代開始覺得香港過往時光好像比現在好，並由此產生港英統治好像很美好的「戀殖」情緒，以及牴觸內地的情緒。這種情勢對港青年人的國家認同無疑會帶來消極影響。

---

① 《香港貧窮人口創新高：暴徒工作難找　網上發求職信息》，網易新聞，https://news.163.com/19/1215/09/F0E7UBGJ0001899O.html#f=post1603_tab_news, 2019-12-15。

② 閔洲民：《香港生活成本全球第二貴》，《滬港經濟》2016 年第 5 期。

③ 劉兆佳：《香港人的政治心態》，北京：中信出版社，2017 年，第 86 頁。

（四）國家認同教育缺失

回歸後，香港教育仍是沿用港英時期的社會宣教體系和教育體系，這種體系像流水線般不斷生產出精神上「親西仇中」的「香蕉人」。香港教育出現偏差除了通識教材的問題外，更多的是在學校結構、教職人員、教育監管，甚至教學組織如教協等各方面都存在問題。僅從學校結構看，基本還是延續港英時代的系統。香港的基本教育分為 4 類，官立學校、直資學校、津貼學校和私立學校，其中官立學校只佔 6% 左右；80% 以上的為津貼學校，而津貼學校中又以教會學校為主[①]。由於具有強烈的基督教意識形態色彩，香港的教會學校都極力排斥包含中國歷史和愛國主義內容的國民教育。不僅如此，因受西方意識形態的荼毒，香港教育管理人員和教職人員基本上都持有「黃絲」立場，他們幾乎都反對設立國民教育課程。因此在設置教材內容時這些學校基本都對祖國內地持負面態度，更多是從本土思維出發，對香港青年進行西方文化及價值觀的滲透和灌輸。

特區政府為了加強國民身份認同教育，在 2010 年《施政報告》中提出設立「德育及國民教育科」，以期強化對香港青年的國民身份教育。該提議雖經四個月的諮詢和修訂，卻沒有敵過 2012 年的「反國教」行動，未能於當年 9 月在學校試行，反而於 10 月公佈擱置「德育與國民教育科」的施行，甚至有反對派要求教師簽署拒絕教授國民教育科

① Paul Morris, Edward Vickers. Schooling, politics and the construction of identity in Hong *Kong: the* 2012 'Moral and National Education' crisis in historical con-text. *Comparative Education*, 2017, 51(3):17.

的承諾。[①] 在此次「修例風波」中，甚至有部分香港高校的教授在課堂上表達支持「反修例」的政治立場，也有個別香港教育界人士公然詛咒警察和警察子女，這些充滿仇恨的「教育」對於還處在成長階段的青年學生產生了極大的負面影響。學校教育本是形塑青年學生思想觀念的基石，然而他們所接受的教育充斥着對港英殖民社會和西方文化價值的美化和推崇，卻獨缺國家認同的教育，這就引發了一些香港青年的世界觀與價值觀出現錯誤或錯位的「鏡像」[②]，因而對當今香港社會抱有更多的不滿情緒，相應地，對自己祖國的認同度也大為降低。

（五）社會思潮與媒體的誤導

隨着民粹主義、分離主義和後現代主義等思潮的不斷蔓延，香港的社會思潮逐漸呈現出多元性和異質性並存的局面，再加上「香港城邦論」「香港民族論」等思潮的鼓動，顯露出進一步惡化的勢頭。無論是「香港城邦論」還是「香港民族論」都大肆歪曲歷史與現實，一再強調內地與香港的不同，竭力美化港英殖民歷史，甚至為香港曾在英國統治之下而感到光榮，把從西方傳入的制度、法律和價值觀念等視為先進的、文明的，[③] 把接受過英式教育的人看成是社會精英。同樣，在後現代主義思潮的衝擊下，香港青年崇尚價值多元、追求個性、上街發聲、質疑權威等後現代價值取向，不僅不斷解構國家的意義深度，而

① 董鵬、丁朝陽：《現階段香港公民教育的困難探討》，《現代教育科學（普教研究）》2015 年第 3 期。

② Chan Chi Kit. China as "Other": Resistance to and ambivalence toward national identity in Hong Kong. *China Perspectives*, 2014,(1):34.

③ 黃月細：《「香港城邦論」「香港民族論」及其負面影響》，《新視野》2016 年第 1 期。

且導致香港青年國家認同的建構方式走向碎片化、平面化與零散化。這種國家認同的碎片化低度整合方式，難以實現國家主體對香港的系統「詢喚」[①]，進而使得香港青年對國家和民族的情感變得更加淡漠和疏離。

另外，部分香港媒體對內地負面新聞、非法事件等的大肆渲染，無異於給香港青年心中的國家形象「雪上加霜」。香港的媒體分為左中右三派，偏左的如《大公報》《文匯報》等，閱讀量在青年中極為有限；偏中的如 TVB 電視台，因被輿論說「親中」，受到部分年輕人的抵制；而偏右的《壹周刊》和《蘋果日報》平時以娛樂明星爆料為主，銷量在年輕人中很高。因此極具政治性和煽動性的右派「反中」媒體成為香港青年獲取信息的重要來源，它們肆意對內地進行抹黑和醜化，毫無職業操守和道德。在此次「修例風波」中，這些「反中」媒體藉助 Facebook、Whatsapp 和 Line 等新媒介在香港青年羣體中快速傳播政治口號、極端思想、虛假信息等，極力煽動香港青年參與「反修例」運動，並將矛頭直指特區政府及中央。它們帶有誤導性和偏見性的報道，會使一些不明就裏的香港青年對內地失去信心與信任，從而進一步消解香港青年的國家認同意識。

（六）反對派的示範和外部勢力的滲透

香港反對派，也稱泛民派，與建制派相對。香港立法會中的反對派議員不少都為「港獨」人士，因議員具有豁免權，他們就可以毫無

---

① 莫文希、慶想：《後現代主義對香港國家認同的影響及對策分析》，《廣西民族研究》2019 年第 2 期。

顧忌地發表各種「港獨」言論；反對派在立法會中「拉布」、「流會」、肆無忌憚地施行言語與肢體暴力，從擲墨水、礦泉水瓶到丟垃圾，從狂叫粗口到站到桌上阻止開會，從肆意使用「大聲公」到霸佔主席位置，甚至投票結束後，仍然要在議會外發動圍堵、攻擊、謾罵行動[①]。香港政壇充斥着反對派的種種軟暴力或暴力，助長了激進分離主義勢力在街頭政治中的「港獨加暴力」，也為香港青年樹立了極壞的反面示範。此次香港反對派抓住和利用「修例風波」這一事件，積極謀劃、組織和發起暴力運動，同時利用香港青年普遍存在的「親西厭中」情緒，編造謊言，極力鼓動他們參與「反修例」運動。

由於青年的政治立場與政治取態易受外部環境的影響而改變，一些外部「反華」勢力一有機會就趁機煽風點火，通過利益輸送不斷拉攏和聲援香港青年及學生領袖，挑起香港青年反中央的情緒。如美國眾議長佩洛西多次公開為香港「修例風波」暴亂叫好，並稱之為「一道美麗的風景線」[②]。據相關媒體披露，美國民主基金會（NED）還為主導本次「修例風波」的青年頭目提供資金、培訓和指導，教他們如何面對大型示威抗議活動中的「談判策略」，並為香港普選定下所謂的「不可退的底線與立場」[③]。「港獨」組織「香港眾志」頭目黃之鋒、羅冠聰等人還密會美國駐港總領事館政治部主任朱莉·埃德，尋求美方對「反修例」的支持，並赴美參加所謂「民主活動」，與「民運分子」「台獨分子」等共同研討香港的「民主抗爭運動」。此外，台灣民進黨也出

---

① 黃晨璞：《「青年化」港獨思想的成因及本質》，《嶺南學刊》2017 年第 1 期。

② 《說好的「美麗風景線」呢？美國雙標論早已破》，光明網，http://m.gmw.cn/2019-08/17/content_1300596859.htm，2019-08-17。

③ 馬天南：《「顏色革命」中的美國非政府組織因素研究 —— 基於香港「佔中」事件的分析》，《哈爾濱學院學報》2019 年第 3 期。

資支持香港「反修例」活動。據台媒透露，迄今為止發給暴徒的資金已達 1.8 億美金。[①] 同時，台灣「太陽花」學運中的青年學生領袖也加大與香港青年學生領袖的互動，「台獨」大佬也紛紛向參與「反修例」運動的香港青年「加油打氣」。

三、新形勢下提升香港青年國家認同的對策

香港青年的國家認同問題一直是香港社會面臨的一個重要議題，尤其是自香港回歸以來，如何在香港青年中構建明晰的國家認同，推動香港社會融入中華民族共同體，成為國家和香港社會亟待解決的問題。

第一，以憲法與香港基本法為依歸，充分發揮「一國兩制」的優越性，轉變以往重經濟統戰而輕意識形態的治港思維，推動中央港澳工作協調小組、國務院港澳辦、中聯辦等政治組織的協作與配合，把對香港的意識形態宣傳工作下沉至社會各個階層。尤其是青年階層，以使國家影響力得以持續有序地在香港青年中擴散，進而逐步消解自下而上的對抗力量，夯實政治權威合法性來源的社會基礎。建立健全普惠性支持措施，創新香港青年人才培養機制。當前，愛國愛港青年人才的培養是治港的關鍵工作，也是香港繼續保持繁榮穩定、助力「一國兩制」可持續發展的重要基石。因此，中央政府可積極支持特區政府採取各種普惠性措施，不斷創新青年人才培養開發、評價發現、選

① 《悉尼郵報社評：「修例風波」示威實質是「港獨」五大理據》，悉尼郵報中文版，https://mp.weixin.qq.com/s/mGNCewWIdESAvwp_vk985Q，2019-08-17。

拔任用、流動配置、激勵保障等機制，要善於發現、重點支持、放手使用香港青年人才。如中央可從香港青年人才中選拔一些優秀的愛國愛港青年領袖，為他們提供到國家的行政學院、幹部學院等培訓和實習的機會，也可以由中央政府和內地各省市政府為他們提供在內地就業或參與內地政府工作的機會，並注重發揮他們在廣大香港青年中的引領和示範作用。

第二，特區政府在對待青年國民教育問題時應由過往的「消極而為」轉變為「有所作為」，着力落實教育、文化職能部門推行國民教育的責任，加大公共教育資源的投入，構建以政府教育為主導、學校教育為基石、社會教育為補充、家庭教育為輔助的四位一體國民教育體系，形成一種平衡「一國」和「兩制」的新型港式國民教育模式。①但由於內地與香港的價值觀念和生活方式存在差異，特區政府在推行國民教育時不應簡單照搬內地模式，而應構建與香港教育環境和港人思維模式相契合的國民教育體系，以靈活多樣的方式方法加以引導，最終才能被香港青年一代所接受。比如，可在香港推行「國民教育社區化」，通過扎根社區，深入青年，舉辦更貼地氣、更受年輕人歡迎的活動。在形式上，可定期舉辦事關國家大政方針的時事講座，或組織專題討論，進行國情教育，抑或是邀請中國傳統民間技藝的傳承人走進社區講授中國傳統文化等，讓香港青年在全方位、立體式的「浸潤」體驗中消除誤解，理性認同。特區政府還應積極塑造香港青年的國家觀念。中華文化作為建構中國人身份的文化根基，具有凝聚民族共同

① 黃月細、徐海波：《「一國兩制」下香港公民教育的反思與建構》，《當代港澳研究》2017年第4期。

體的「黏合劑」作用。因此，應以中華文化為基本載體，在學校開設適合各年齡段的「中華傳統文化」課程，如書法、繪畫、剪紙等，通過中國傳統技藝的傳授和民間習俗的體驗，培養香港青年對國家的親近感和認同感；也可通過升國旗、唱國歌、慶祝一些特殊的紀念日如國慶日等，在儀式中將抽象的國家認同具象化，消除香港青年對國家形象的誤解，讓他們在情感與理性的平衡中凝聚「一國」價值共識，使他們能自覺認可、自願服從、主動捍衛國家的主權和尊嚴①，最終形塑他們的國家觀念。

第三，中央政府應積極協助愛國愛港媒體的發展與壯大，努力構建合理有效的補償與激勵機制，提升他們的責任意識、專業素養、創新能力與國際視野，客觀全面報道內地新聞，樹立良好國家形象，推進感性認識中國向理性分析中國的昇華。不僅如此，中央與特區政府還應加快「互聯網＋政務信息發佈平台」的建設，加強專職人員信息發佈的話語能力，做好與大眾傳媒的溝通協調工作，共同發揮「輿論領袖」的作用。還要積極轉變網絡輿情治理思路，變「被動防堵」為「主動疏導」，進一步壓制住西方思潮和「港獨」分離主義的輿論空間，為香港青年全面、客觀地認識國家提供一把標準公尺。把線上新媒體的互動和線下愛國愛港團體的同盟結合起來，把握香港青年思想動態，及時更新互聯網思維，提升傳播效率與反饋速度，主動佔領社會輿論前沿陣地。如利用主旋律微電影、國家形象宣傳片、公益廣告，以及香港明星愛國舉動所產生的積極效應，提高國家象徵在香港青年

① 李海波、謝平安：《新時代中國共產黨的偉大使命與黨的建設新要求》，《廣西大學學報（哲學社會科學版）》2018 年第 5 期。

學習、工作和家庭環境中的曝光率與嵌入度，進而在青年羣體中構建良好的國家形象，有理有據地批判民粹主義、分離主義等西方社會思潮對香港青年國家認同的解構和衝擊。

第四，要積極推進內地與香港的經濟一體化進程，讓香港無論在經濟上還是在政治上都能進一步融入國家大體系中，香港青年身份認同由本土向國家的轉化也就水到渠成。因此，實現陸港經濟一體化是維繫香港繁榮穩定的壓艙石，是構築兩地「命運共同體」的助推器，促使香港年輕人真切意識到香港的前途與祖國內地休戚與共、緊密相關，最終實現香港青年從民族、國家意義上的「人心」全面回歸。① 要切實解決香港貧富兩極分化問題，中央政府在制定政策時應重視向中下層民眾傾斜，使底層香港民眾尤其是青年羣體也能分享國家發展帶來的紅利。習近平指出：「中央政府將一如既往支持香港發展經濟、改善民生；支持香港在推進粵港澳大灣區建設等重大發展戰略中發揮優勢和作用。」② 當前粵港澳大灣區建設為廣大香港青年拓展了廣闊發展空間。中央可借大灣區建設之機，從法律上落實港人的「國民待遇」，譬如開放香港適齡青年參軍入伍、參與國家各類公職考試，推進內地與香港兩地的專業資格、學歷學位、職稱評審等互認，為其提供更多就業和創業機會，積極引導香港青年更直接地參與到國家建設中來，真正融入到中華民族偉大復興中國夢的進程中來，共享偉大祖國的尊嚴和榮耀。

---

① 輝明、徐海波：《中國香港和新加坡國家認同的建構及其思考》，《廣西師範大學學報（哲學社會科學版）》2017 年第 3 期。

② 習近平：《在慶祝香港回歸祖國 20 周年大會暨香港特別行政區第五屆政府就職典禮上的講話》，新華社，2017 年 6 月 30 日。

最後，要加大內地與香港青年之間的交流與互動。以往中央的對港工作較專注於上層人士，而與中下層人士尤其是青年羣體的互動較為薄弱。因此，為了提升香港青年的國家認同感，應當逐步將兩地的互動交往「向下沉」，尤其是增加青年人的跨境工作與學習經驗。譬如兩地學生的定期交流實習、圓桌會議、青年論壇等，讓雙方可以定期就彼此關心的問題進行研討，使青年能夠得到更多機會拓寬視野，加深對世情、國情、港情的了解，培養彼此兼容的核心價值。同時，還可舉辦夏令營、冬令營等參訪類交流活動，組織香港青年到內地參觀自然風景區、歷史文化古跡和紅色革命基地等，讓他們感受祖國的大好河山和各地的風土人情，增進他們對祖國的了解和認同。其次，還應增強香港青年對中國道路的理解與認同。除了可在香港青年羣體中推廣普通話、簡體字、書報雜誌橫排版以外，還可以通過教學資源共享、興趣講座、知識競賽等形式開展關於國家基本國情、新中國成立 70 周年發展成就的介紹活動，讓香港青年能夠更加深入和全面地了解國家的歷史和發展現狀。在展示中國道路和模式所取得輝煌成就的同時，還應注重滲入新時代中國特色社會主義思想內容，進而逐步增強香港青年對中國特色社會主義道路的理解和認同。

四、結語

總之，青年時期是培育國家認同的關鍵時期，而國家認同的形成則是一個長期的過程。在這一過程中，政府引導、學校教育、媒體輿論以及青年自身的經歷和感受等都會對其國家認同的形成和發展產生重大影響。因此，準確掌握香港青年的思想動態和行為規律，從內外因共同着手，及時制定提升香港青年國家認同的政策方案就顯得尤為重要。只有這樣，才能使在國家認同面前迷惘與缺失的香港青年明確其「中國人」身份，進而內化為每個香港青年內心的價值取向，並外化為每個香港青年的一言一行，最終將自身發展同國家發展結合起來，「同祖國人民共擔民族復興的歷史責任、共享祖國繁榮富強的偉大榮光」[①]。

Bewilderment and Lack: A Study of the National Identity Crisis of Hong Kong Youth from the Perspective of the "Extradition Law Amendment Bill Incident"

Wang Xianwei, Sun Yun

Abstract: Young people represent Hong Kong's future. Their national identity is not only directly related to Hong Kong's prosperity and stability, but also has a profound impact on maintaining national unity and implementing the "One Country, Two Systems" . Recently, there has been a "Extradition Law Amendment Bill Incident" with young people as the main body in Hong Kong, which reflects the lack and dilemma of Hong Kong Youth in national identity. Therefore, it is necessary to analyze and reflect on

① 馮秀軍、馮慶想：《中央治港方略的科學理論思維研究》，《學校黨建與思想教育》2018 年第 2 期。

the current situation of Hong Kong young people's national identity and the problems it reflects, and then find out the countermeasures to enhance their national identity.

Keywords: young people in Hong Kong; extradition law amendment bill incident; national identity

澳門回歸20年社會發展的成就及挑戰

徐建華　蔣安麗　胡啟譜*

摘　要：澳門回歸祖國20年以來，在「一國兩制」的政治前提與「賭權開放」的經濟政策支持下，博彩業蓬勃發展，社會發展在以下五個方面取得了突出成就，包括：經濟井噴式增長，人均GDP躍居世界第二，福利社會形成，與祖國大陸的良好融合，以及高等教育的跨越式發展。但與此同時，澳門社會發展也面臨着經濟博彩化與社會博彩化兩大挑戰，其結果在2019年新冠肺炎疫情之後尤為突出。

關鍵詞：澳門　一國兩制　社會發展　博彩化

澳門地域狹小，人口密集，自然資源貧乏。根據澳門統計暨普查局2019年第三季度的統計數據，在面積僅為32.9平方公里的土地上，澳門擁有為67.6萬人口，人口密度達到兩萬人每平方公里，是中國人

* 徐建華，澳門大學社會學系，副教授，研究方向包括澳門研究、犯罪社會學、警察學；蔣安麗，北京師範大學人文和社會科學高等研究院，副教授，研究方向包括城市問題研究、犯罪社會學；胡啟譜，廣東省團校（廣東青年政治學院）青年公益與志願者學院，講師，研究方向包括城市問題研究、志願服務研究。

口密度最大的城市。回歸後澳門成為中國的第二個特別行政區，並確立了「一國兩制」「澳人治澳」的基本方針。在「一國兩制」的制度保障下，澳門保持資本主義市場經濟制度良好運作的同時加強了與內地的交流與聯繫。從中獲得大量商機、廣闊市場以及人力資源，與中國內地優勢互補，走上了共同發展的道路。[①]

一、澳門社會發展所取得的成就

回歸以後，在「一國兩制」和「賭權開放」等有利的政治、經濟政策支持下，澳門社會整體發展取得令人矚目的成就，主要體現在以下五個方面。

（一）經濟井噴式增長

20 世紀 60 年代，澳門開啟現代經濟發展的進程，經過 30 年的穩步發展，形成了以出口加工、銀行保險、房產建築和博彩旅遊四大產業為支柱的產業結構。但由於資源短缺，產業結構單一和對博彩業的過分倚重以及當時亞洲金融危機影響，1996 年至 1999 年間澳門經濟持續低迷。1996 年和 1997 年的經濟增長率分別僅有 1.8% 和 1.4%，1998 與 1999 年更是出現經濟負增長，分別為－6.5% 與－3.6%（見圖 1）。1999 年澳門回歸以後，中央政府執行「澳人治澳」的方針，社會

① 謝四德：《「澳人治澳」十五年的回顧與反思》，《暨南學報》（哲學社會科學版）2014 年第 10 期。齊鵬飛：《澳門回歸十年經濟發展論述》，《中共黨史研究》2009 年第 12 期。齊鵬飛：《淺析澳門回歸 15 年「一國兩制」特色的經濟發展之路》，《當代中國史研究》2014 年第 6 期。

發展也同步復甦。2002 年澳門開始實施「賭權開放」的博彩業市場化改造以提升經濟並獲得中央政府的批准及大力支持，這一措施有力促進了澳門博彩業及社會經濟的快速發展。① 之後澳門特區政府進一步提出「正牌」「副牌」的概念，先後與六家博彩公司簽訂了承批合同，進一步推動了澳門博彩業的發展。② 僅僅在「賭權開放」政策實施兩年後澳門經濟生產總值高達 849 億澳門元，迎來了 1982 年以來的最大增速（29.2%），並保持着持續高速發展。澳門博彩業的騰飛同時也帶動了與博彩業相關的其他行業的興起，酒店業、餐飲業、娛樂業、奢侈品業、零售業、房產建築業、銀行保險業、交通運輸業等都快速走向興旺。從澳門本地生產總值來看，1999 年澳門本地生產總值為 518.72 億澳門元，2018 年增長至 4446.66 億澳門元，回歸以來的 19 年間增長了近八倍，平均年增長率達到 12.58%。

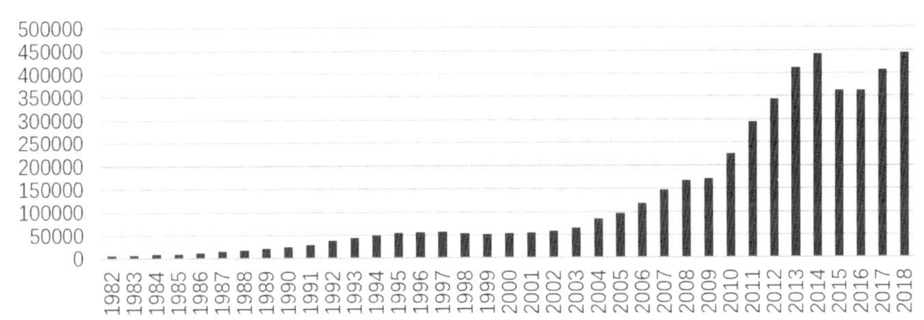

圖 1　1982—2018 年澳門本地生產總值（單位：百萬澳門元）

數據來源：澳門特別行政區政府統計暨普查局（DSEC）。

① Lo Sonny, "Casino capitalism and its legitimacy impact on the Politico-administrative state in Macau", *Journal of Current Chinese Affairs*, 2009, 38(1), pp19-47.

② 王五一：《2015，澳門賭業想什麼》，《當代港澳研究》2014 年第 2 期。

（二）全球最富有的地區：人均 GDP 排名第二

從人均情況來看，澳門本地人均生產總值從 1999 年的 121,363 澳門元，增長到 2018 年的 666,893 澳門元（圖 2），人均生產總值增長 4.5 倍，平均年增長幅度為 10.01%。同位於粵港澳大灣區的其他領頭城市如廣州、香港相比，澳門人均 GDP 表現優異。僅有 67 萬人口的澳門雖然在面積和地區總 GDP 方面遠遠低香港和廣州，但是其人均 GDP 卻是廣州人均 GDP 的 4.3 倍，香港的 1.8 倍，可謂是中國當前人均 GDP 最高的地區（見表 1）。在全球範圍內，澳門人均 GDP 同樣名列前茅。根據國際貨幣基金組織的研究報告，早在 2006 年澳門的人均 GDP 已超日本和香港，成為亞洲第三，2007 年超過新加坡和文萊，躍居亞洲第一。到 2018 年時已經位列全球第二，僅次於卡塔爾（見表 2），而此時中國大陸僅為全球第 73 位。

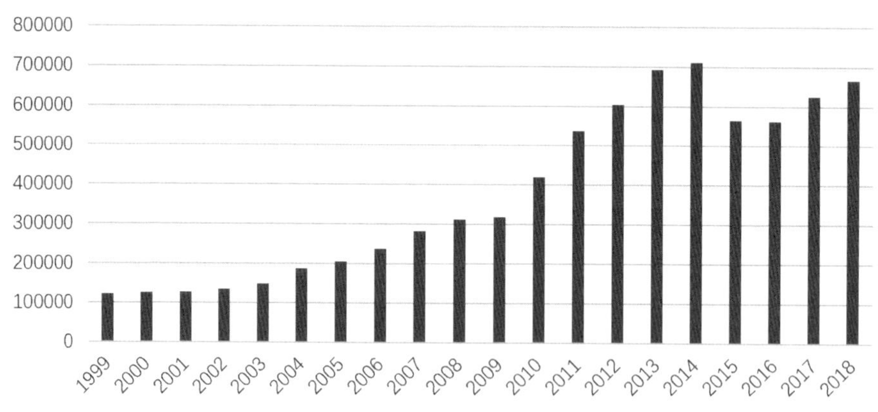

圖 2　1999 年—2018 年澳門本地人均 GDP

資料來源：據澳門特別行政區政府統計暨普查局資料整理。

表 1　2018 年香港、廣州及澳門人口、面積及 GDP 的比較

	人口（萬人）	面積（平方公里）	GDP（億美元）	人均 GDP（美元）
澳門	66.7	33	55	116,808
香港	748	2,755	3,414	64,216
廣州	1,800（1,490 常住）	7,434	3,454	27,164

資料來源：根據各地年鑒資料整理而得。

表 2　2018 年全球人均國內生產總值排行（購買力平價）單位：美元

排名	國家／地區	人均 GDP	排名	國家／地區	人均 GDP
1	卡塔爾	130,475	9	科威特	67,000
2	澳門	116,808	10	瑞士	64,649
3	盧森堡	106,705	11	香港	64,216
4	新加坡	100,345	12	美國	62,606
5	文萊	79,530	13	冰島	55,917
6	愛爾蘭	78,785	14	台灣	53,023
7	挪威	74,356	~		
8	阿聯酋	69,382	73	中國大陸	18,110

資料來源：世界貨幣基金組織 2019 年四月報告。

與此同時，澳門本地居民的生活水平也在不斷提高，居民收入明顯增加。根據澳門特別行政區政府統計暨普查局的資料，回歸以後，澳門居民失業率不斷下降，2010 年起，下降到 3% 以下，2012 年後持續保持在 2% 以下（見表 3）。從某種意義上來說，澳門幾乎實現了全民就業。除了整體就業情況不斷提升，澳門本地居民收入也不斷提高。澳門本地居民總收入從 2002 年的 587.334 億澳門元增長到 2017 年的 3729.596 億澳門元，增長 5.35 倍，本地居民總收入平均年增長率為

13.8%（見圖 3）。從人均情況來看，澳門居民人均年收入從 2002 年的 133,970 澳門元，增長為 2017 年的 574,668 澳門元，增長 3.29 倍，本地居民人均年收入年增長率達 10.84%（見圖 4）。在此期間，澳門就業居民收入中位數也持續不斷攀升，就業人口年收入中位數從 1999 年的 59,040 澳門元，增長為 2018 年的 192,000 澳門元，增幅達到 225%（見圖 5）。

表 3　2000 年—2019 年（1—9 月）澳門失業率變化

年份	2000	2001	2002	2003	2004	2005	2006	2007	2008	2009
失業率（%）	6.21	5.86	5.77	5.61	4.52	3.79	3.5	2.82	2.76	3.28
年份	2010	2011	2012	2013	2014	2015	2016	2017	2018	2019 年（1—9 月）
失業率（%）	2.63	2.4	1.83	1.72	1.56	1.67	1.74	1.81	1.66	1.74

資料來源：據澳門特別行政區政府統計暨普查局數據整理。

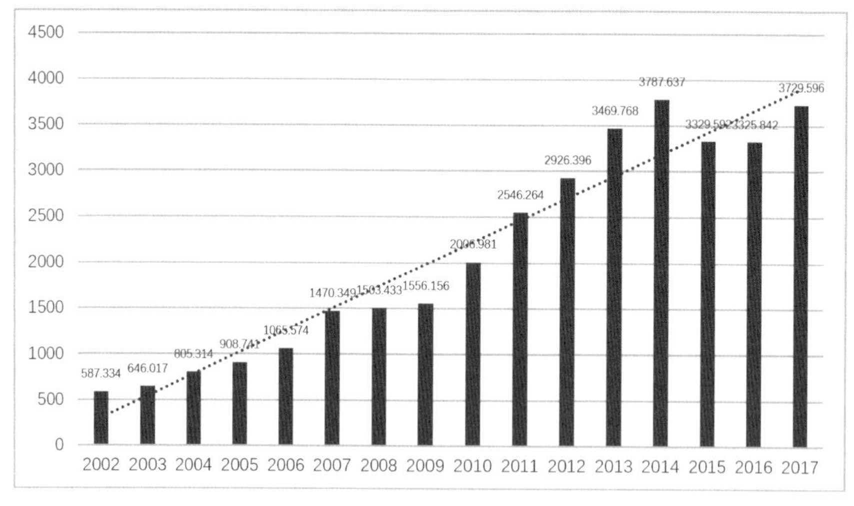

圖 3　2002 年—2017 年澳門居民總收入（單位：億澳門元）

資料來源：據澳門特別行政區政府統計暨普查局數據整理。

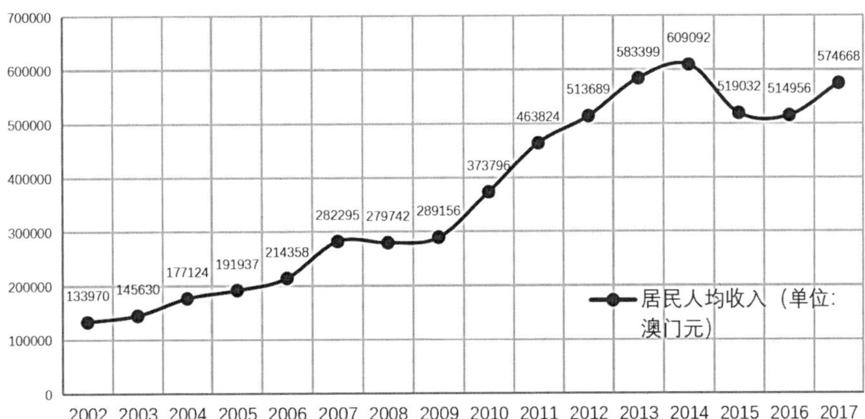

圖 4　2002 年—2017 年澳門居民人均收入

資料來源：澳門特別行政區政府統計暨普查局各年數據。

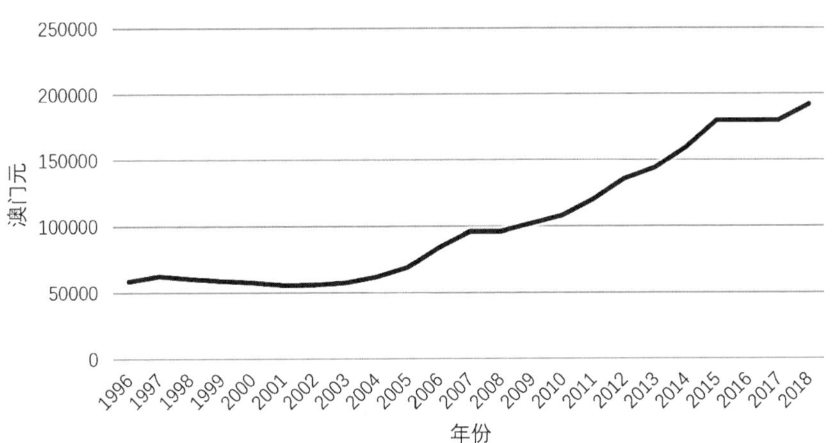

圖 5　1996 年—2018 年澳門人均年收入中位數（單位：澳門元）

資料來源：澳門特別行政區政府統計暨普查局各年數據。

(三) 福利社會形成

與香港類似，澳門的福利體制屬於典型的「生產主義福利體制」，社會政策從屬於經濟政策，經濟增長優先於社會發展。[①] 得益於本地經濟持續快速發展，澳門社會福利建設獲得了雄厚的財政實力支持，從而出現「福利大躍進」。[②] 澳門福利社會的形成主要體現在受惠人羣的廣覆蓋及保障的高水平上。

第一，形成全民皆可享受的普惠型福利模式，人口覆蓋率高。2011 年，澳門新的社保法案即第 4/2010 號法律《社會保障制度》開始生效，受保障的對象由僱員擴至全民，所有永久、非永久居民均有平等參與權利，不工作人士、家庭主婦、企業主或以前因種種原因未被納入社保的人士也都可通過補扣供款的過渡性措施等形式以納入社會保障的範疇[③]。由此，澳門正式進入「全民社保」的福利社會時代。

除了作為社會「安全網」的社會保障基金制度，為所有澳門居民提供基本社會福利保障之外，澳門針對有更高福利需求且有較強自我保障原則的人士，還推行了「中央公積金」制度。「中央公積金」是一種非強制性的儲蓄型養老金制度，強調自我保障的原則，實行完全積累的基金模式，受益人的養老金水平依據個人賬戶上的儲蓄資金及投資回報，為澳門居民退休後提供更為寬裕的生活保障[④]。

第二，社會福利保障水平不斷提高，在保障全民基本福利的同時還針對不同領域形成了較為系統的具體項目。

---

① 莫家豪:《金融危機後的東亞「生產注意福利體制」: 基於我國香港和澳門地區的個案研究》,《浙江大學學報（人文社科版）》2011 年第 2 期。

② 霍慧芳 :《澳門福利政策轉型中的政府角色》,《新視野》2011 年第 3 期。

③ 澳門社會保障基金官網 :《澳門社會保障制度簡介》，https://www.fss.gov.mo/zh-hant/social/social-intro, 2017 年 12 月。

④ 黃必紅 :《澳門雙層式社保與個人責任》，社會保障基金，2013 年。

表4　澳門政府在教育領域所提供的社會福利（單位：澳門元）

	學費援助（每人 / 每學年）	學習用品津貼（每人 / 每學年）	膳食津貼
幼兒及小學生	4000	2500	3800
初中生	6000	3250	3800
高中生	9000	3250	3800

資料來源：《澳門特別行政區2019年財政年度市政報告》。

首先，全澳居民可享受到多項現金福利項目。例如自2008年開始實行的全民現金分享計劃在2019年每位永久居民和非永久居民分別可從中獲得10000澳門元和6000澳門元。[①] 此外，針對新婚夫婦，澳門政府為每位申請者提供2060澳門元的結婚津貼；向有子女出生或者存在收養事實的父母提供出生津貼，父母雙方可以同時申請，向每位申請者提供5260澳門元的出生津貼；以及向因家庭經濟出現困難而未能為死者支付殯葬費用而發放殯葬援助金2670澳門元。其次，針對不同人羣澳門政府亦提供了不同的福利措施。例如，針對老年人，每位65歲以上的老人每月可獲得養老金3630澳門元，每年發放13個月，且每年可獲得一次性敬老金9000澳門元，並可獲得公積金個人賬戶額外注入的7000澳門元等，每年共計超過73000澳門元的津貼。針對殘疾人羣體，澳門特區政府針對不同類型和程度的殘疾人士，分別發放9000澳門元的普通參加津貼和18000澳門元的特殊參加津貼，給合資格受僱而工作的殘疾人士每月補貼5000澳門元，並給與僱傭殘疾人士的僱主減扣一定的稅款額度。針對失業羣體，澳門政府為失業居民提供每日145澳門元的失業津貼，且為鼓勵和幫助失業者再次就業，澳門

① 鄞益奮：《澳門現金分享計劃及其制度化方向》，《當代港澳研究》2013年第11期。

政府向失業者提供用於參加就業輔助及培訓的津貼，每日 80 澳門元，每月最高發放金額為 1800 澳門元。為鼓勵在勞動市場難覓得工作的失業者得以就業，澳門政府將對僱傭失業者的企業發放使失業者就業的津貼，每僱傭一位勞工，則企業可以獲得 13800 澳門元的使失業者就業的津貼。另外，為幫助和鼓勵聘用初次求職者獲得工作，澳門政府將為聘用具有高中學歷但未有工作經驗的青年發放 12000 澳門元的津貼，以及向聘用具有高等教育學歷但未有工作經驗的青年發放 15000 澳門元的津貼。最後，針對專業領域澳門亦提供相應的福利措施。以教育方面為例，公立中小學校免去學雜費，實現全面的免費教育。在 2007/2008 年度，10 年的免費教育擴展至 15 年。針對家庭經濟有困難的學生，他們可享受到按學年發放「學費援助」「學習用品津貼」以及「膳食津貼」（援助金額見表 4）。即使澳門學生在廣東省就讀非高等教育，他們同樣可以獲得專項學費津貼，中學及小學生每人最高金額 6000 澳門元，幼兒學生最高金額 8000 澳門元。為了鼓勵終身學習，特區政府還推出了「持續進修發展計劃」和「終身學習獎勵計劃」。據統計，2018 年度特區政府財政預算表中，教育開支佔當年預算總支出的 12.3%，達到 124.67 億澳門元。

（四）與祖國大陸的良好融合

2019 年香港社會出現的一系列抗爭與暴力對「一國兩制」的成功實施提出了相當的挑戰。而澳門則在回歸後一直較為和諧，體現了「一國兩制」在澳門的實踐相對成功以及澳門社會同祖國大陸的良好融合。根據一項 2016 年進行的針對 1074 名 18 歲以上居民的民意調查，有 82.22% 的受訪者認為澳門回歸 17 年來實行的「一國兩制」「澳人治澳」、高度自治是成功的，有 88.18% 的受訪者表示對中央政府保持澳門長期繁榮穩定有信心，有 66.76% 的受訪者認同「一國兩制」是澳門社會的核心價值。①

之所以澳門居民對「一國兩制」具有較高的認可及澳門社會與大陸能形成了良好的融合，離不開三方面的因素，具體如下：

第一，澳門居民主動盼望回歸的社會氛圍。從澳門的歷史來看，除了澳門居民與祖國大陸的感情紐帶外，澳葡政府對澳門的管理不力以及回歸前夕低迷的經濟狀況和各類社會問題的加劇，使得澳門居民在一定程度上盼望回歸。當時澳葡政府對澳門社會的治理較為渙散，主要體現為：對澳門社會經濟發展缺乏長遠規劃，政府重要崗位用人以葡人為主，政府官員貪腐問題嚴重，黑社會猖獗社會治安不佳。再加上回歸前夕，在 1991 年至 1992 年期間以倍計飆升的房價和快速發展的房地產業在 1993 年間忽然停頓以及 1997 年東南亞金融風暴使得澳門經濟更加不景氣，導致 1998 年至 1999 年澳門整體經濟停滯甚至負增長。這些回歸前夕澳門政治經濟的負面變化使得澳門居民回歸意願更為強烈，為此後澳門回歸後與大陸的融合奠定了有利的羣眾基礎。

第二，澳門人口結構中，出生於中國大陸的人口長期高於出生於澳門的人口。從 1981 年至 2011 年的四次澳門人口普查數據（見表 5）可以看出，在全體澳門居民中，出生於中國大陸的人口一直高於出生於澳門本地的人口。直到 2011 年，出生於澳門本地的人口只佔

① 澳門理工學院「一國兩制研究中心」民調小組：《「一國兩制」綜合指標民意調查報告（2017 年 5 月）》，2017 年。

40.9%，而出生於中國大陸的人口仍達到 46.2%。如此高比例的澳門居民出生於大陸，為澳門和大陸的融合奠定了基礎。此外，澳門每年還有約 1200 名澳門籍學生到內地接受高等教育，以及每年近 3000 萬的中國大陸居民到澳門旅遊，都進一步促進了澳門與中國大陸的融合。

表 5 1981—2016 年澳門歷次人口普查中關於澳門居民出生地的統計情況

澳門居民出生地	1981		1991		2001		2011		2016	
	人數	百分比	人數	百分比	人數	百分比	人數	百分比	人數	百分比
中國大陸	118,117	48.90%	179,028	50.30%	206,384	47.40%	255,186	48.84%	265,090	40.73%
澳門	96,117	39.80%	142,697	40.10%	191,139	43.90%	226,127	43.28%	284,072	43.65%
香港	13,118	5.40%	12,192	3.40%	14,436	3.30%	19,355	3.70%	21,525	3.31%
其他	14,387	5.90%	21,776	6.12%	23,276	5.35%	21,835	4.18%	80,147	12.31%
總計	241,739	100%	355,693	100%	435,235	100%	522,503	100%	650,834	100%

資料來源：根據澳門特別行政區政府統計暨普查局數據整理所得。

第三，澳門媒體的正面宣傳。雖然澳門狹小，但仍然有着 14 份中文日報、3 份英文日報以及 3 份葡文日報，更有其他各種語言的周報、月刊。當全球各地紙媒陷入生存危機之時，澳門媒體特別是紙媒卻並未受太多影響，在一定程度上利益於澳門政府的財政支持。據報道，2015 年澳門政府新聞局全年資助澳門各大媒體機構 1648 萬澳門元。其中，《澳門日報》《華僑報》及《濠江日報》等各資助 95 萬澳門元，其他各類報章資助 15 萬至 72 萬澳門元不等[①]。除了政府撥予的資助，澳門當地大小企業亦在本地報章中大量投放廣告。每逢國慶、回歸日、國家領導人訪澳等時刻，澳門媒體就會將重要版面大篇幅來報道與中

① 梁麗娟：《澳門 2017 年新聞傳播業概括》，《中國新聞年鑒 2018》，2019 年。

國大陸相關的事件，尤其是積極正面的報道。而在移動媒體上，如澳門日報的移動報紙上，經常直接推送與中央政府、中央主席活動相關的信息，從而在整個澳門社會形成了一種與大陸友好的社會氛圍（圖 6& 圖 7）。

圖 6　澳門日報在 2019 年 10 月 1 日大篇幅慶祝中華人民共和國成立 70 周年

資料來源：據澳門日報電子版資料整理而得。

萬五人組五十九梯方隊　國產現役主戰裝備為主

國慶閱兵今盛大舉行

舉國歡慶

慶祝國慶

特區今連串活動賀國慶

崔世安　見證國力分享喜悅

京城添盛裝國慶氣氛濃

旅客期待觀看閱兵式

圖 7　澳門主流媒體對中國大陸進行大量正面積極內容的報道

資料來源：澳門日報電子版。

（五）高等教育跨越式發展

澳門高等教育在回歸以來實現了跨越式發展，體現在澳門中學畢業生接受高等教育比率極高，以及澳門本地高校快速發展這兩個方面。

第一，近年來，澳門學生高等教育升學率極高。以 2018 年為例，澳門的高中畢業生為 5100 人，其中有 4643 人繼續升學，升學率達到 90.9%（見表 6）。其中有超過 1200 人到內地的高等院校，另有一千餘人進入澳門本地的唯一一所公立綜合性大學澳門大學繼續深造學習，而其他 1000 多名畢業生選擇赴台灣、香港、澳大利亞和英國等地接受高等教育（見表 7）。

表 6　2017—2018 學年澳門高中畢業生的升學與就業情況

高中教育畢業生類別	畢業生	繼續升學				就業		待業	資料不詳
				修讀高等專科學位或學士學位課程					
	人數	總人數	升學率	人數	升大率	人數	就業率	人數	人數
正規教育	4677	4440	94.90%	4343	92.90%	24	0.50%	136	77
回歸教育	431	203	47.10%	203	47.10%	163	37.80%	52	13
合計	5108	4643	90.90%	4546	89.00%	187	3.70%	188	90

資料來源：《2017—2018 學年澳門高中畢業生升學調查簡報》，由澳門教育暨青年局（DSEJ）發佈。

表 7　2017—2018 學年正規教育高中畢業生按升讀課程和升學國家或地區的人數分佈

國家 / 地區	學士學位 / 高等專科	文憑證書	預科	升學資料不詳	合計	百分比（%）
中國澳門	2080	1	~	~	2081	46.9
中國內地	1230	~	11	~	1241	28
中國台灣	644	~	3	~	647	14.6

續表

國家／地區	學士學位／高等專科	文憑證書	預科	升學資料不詳	合計	百分比（%）
中國香港	44	~	~	~	44	1
澳大利亞	77	3	14	~	94	2.1
英國	84	4	6	~	94	2.1
美國	50	4	2	~	56	1.3
葡萄牙	49	~	~	~	49	1.1
加拿大	23	1	1	~	25	0.6
日本	17	~	9	~	26	0.6
菲律賓	13	~	~	~	13	0.3
瑞士	11	~	~	~	11	0.2
韓國	7	~	~	~	7	0.2
其他地區	11	~	1	~	12	0.3
升學地區不詳	3	~	~	37	40	0.9
總計	4343	13	47	37	4440	100

資料來源：《2017—2018 學年澳門高中畢業生升學調查簡報》，由澳門教育暨青年局（DSEJ）發佈。

第二，澳門本地高校近年來在師資水平和科研方面都有着較快發展。以澳門大學為例，在各類高等教育及其他相關類型的排名不斷提升。澳門大學在 2019 年泰晤士高等教育世界大學排名中，名列 350—400 位，國際化發展排名第 5 位[①]，全球最佳年輕大學排名 52 位[②]。只有

① 《泰晤士高等教育 2019 世界大學排名》：https://www.timeshighereducation.com/cn/world-university-rankings/2019/world-ranking#!/page/0/length/100/sort_by/scores_international_outlook/sort_order/asc/cols/stats，2019 年 12 月 27 日。

② 《泰晤士高等教育 2019 年世界年輕大學排名》：https://www.timeshighereducation.com/cn/world-university-rankings/2019/young-university-rankings#!/page/0/length/100/sort_by/rank/sort_order/asc/cols/stats，2019 年 12 月 27 日。

不到 40 年歷史的澳門大學在大中華區大學排名第 17 位，跟中國大陸的高校如中山大學、武漢大學、南開大學等百年名校屬同一檔次。

表 8　2019 年大中華區高校排名

排名	學校	地區	排名	學校	地區
1	清華大學	北京	12	上海交通大學	上海
2	香港科技大學	香港	13	台灣大學	台北
3	香港大學	香港	14	武漢大學	武漢
4	北京大學	北京	15	中山大學	廣州
5	香港中文大學	香港	16	南方科技大學	深圳
6	中國科技大學	合肥	17	澳門大學	澳門
7	浙江大學	杭州	18	南開大學	天津
8	香港城市大學	香港	19	華中科技大學	武漢
9	復旦大學	上海	20	同濟大學	上海
10	南京大學	南京	21	哈爾濱工業大學	哈爾濱
11	香港理工大學	香港			

資料來源：由 2019 年泰晤士亞洲大學排名整理而得①。
大中華區包括中國大陸、中國香港、中國澳門和中國台灣地區。

澳門大學不斷上升的國際排名離不開學校強有力的科研資助。以 2018 年為例，澳門大學研究委員會資助的項目總數達到 658 個，研究經費總金額達到 1.108 億澳門元②。澳門大學對研究的支持使得澳門大學近年來發表的學術文章數量激增，根據 Web of science 數據庫的統

① 《泰晤士高等教育 2019 年亞洲大學排名》：https://www.timeshighereducation.com/cn/world-university-rankings/2020/world ranking#!/page/0/length/25/sort_by/rank/sort_order/asc/cols/stats，2019 年 12 月 26 日。

② 感謝澳門大學副校長葛偉提供資料。

計，從 2000 年的僅有寥寥幾篇學術文章，增加到 2018 年的 1472 篇（見圖 10）。

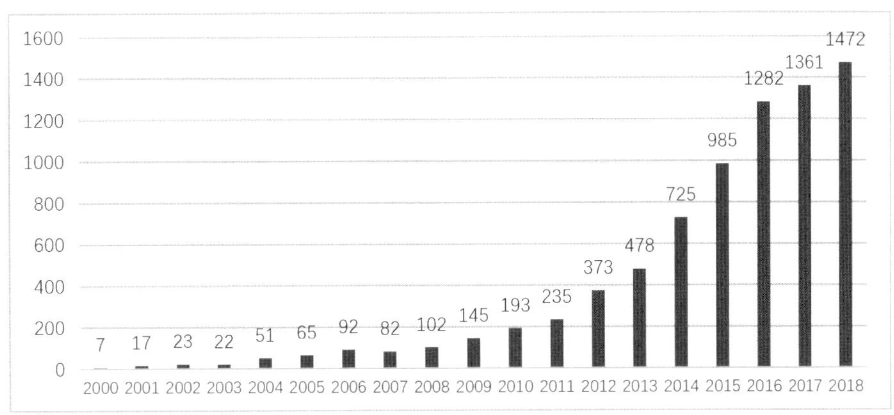

圖 10　2000 年—2018 年澳門大學發表學術文章數量情況

資料來源：據 Web of Science 資料整理而得。

二、澳門社會發展的挑戰：經濟博彩化與社會博彩化

回歸祖國 20 年，作為世界四大賭城之首的澳門在享受博彩業帶來豐富社會發展福利的同時，一些潛在的挑戰也在突顯出來，值得深思。根據「資源詛咒理論」的觀點，當某地的某種自然資源相當豐富時，當地的經濟發展可能會過於依賴於此資源，導致資源部門對其他產業形成擠壓，不利於社會經濟的長遠發展，因此豐富的自然資源對社會發展如果控制不好可能會變成「詛咒」而不是「祝福」。[①] 具體而言，一個社會如果過分依賴豐富的資源，可能會導致製造業萎縮、忽略人

① Auty Richard, *Sustaining Development in Mineral Economics: The Resource Curse Thesis*, London: Routledge, 1993.

力資本積累、缺少動力促進民主化進程和行政效率的提升。[①] 澳門經濟支柱博彩業在整個大中華地區擁有的獨一無二合法地位，可謂獨特又豐富的「自然資源」。博彩業這一豐富的資源對澳門的負面作用主要體現在經濟博彩化及社會博彩化。

（一）經濟博彩化

伴隨澳門的經濟持續高速發展的是博彩業的「一業獨大」。[②] 2002 年賭權開放以後，博彩業以及圍繞博彩而相關聯的娛樂、酒店、餐飲等行業共同組成的博彩旅遊業得到極其快速的發展，遙遙領先於其他產業而成為澳門最大的支柱產業。這使得澳門產業結構較為單一，且急劇膨脹的博彩業在一定程度上對其他行業形成擠壓，阻礙了其他行業和澳門經濟多元化的發展，導致澳門整體經濟的抗風險能力較低。澳門經濟博彩化主要體現在如下兩點：

（一）澳門博彩業總規模在本地生產總值中所佔比例較高，社會經濟對博彩業極為倚重。如下表所示，1999 年博彩業佔澳門本地生長總值的比例僅為 27.11%，之後呈現出顯著上升趨勢，更於 2011 年突破百分之六十，於 2011 年達到 63.42%（見圖 11）。之後雖稍有回落，博彩業佔澳門本地經濟生產總值的比例依舊處於較高水平。與此同時，澳門第二產業的比重則從 1999 年的 13.9% 下降到 2018 年的 4.2%，可以説澳門經濟就是博彩經濟。

① 程志強：《資源詛咒假説：一個文獻綜述》，《財經問題研究》2008 年第 3 期。

② 王五一：《賭權開放的制度反思》，《澳門理工學院學報》2005 年第 8 期。孫燕、黃玉玲、王奕鵬：《2016 年度澳門經濟發展概況及前景展望》，《當代港澳研究》2017 年第 1 期。

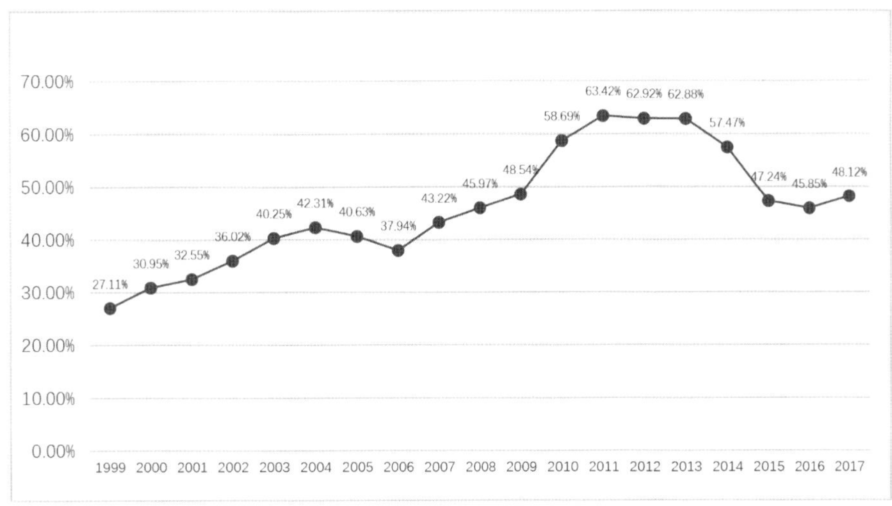

圖 11　1999 年—2017 年博彩業佔澳門本地生產總值的比例情況

資料來源：據澳門特別行政區政府統計暨普查局數據整理而得。

（二）博彩稅佔澳門政府財政收入的比重極高。2000 年以來，博彩稅在澳門政府財政總收入中所佔的比例總體呈上升趨勢，公共財政對博彩業十分依賴。例如，2000 年，澳門博彩稅佔澳門公共財政收入的比例為 36.83%（見圖 12）。2002 年賭權開放後，博彩稅佔澳門公共財政收入的比例上升為 51.02%，2010 年後更是維持在 80% 到 90% 的極高比例，這意味着政府財政總收入對博彩業的依賴程度極高且有繼續上升的趨勢。公共財政對博彩業過於依賴存在着潛在風險，若澳門的賭場收入下降，則博彩稅以及政府的收入將受到嚴重影響，進而影響澳門的社會福利和社會穩定。

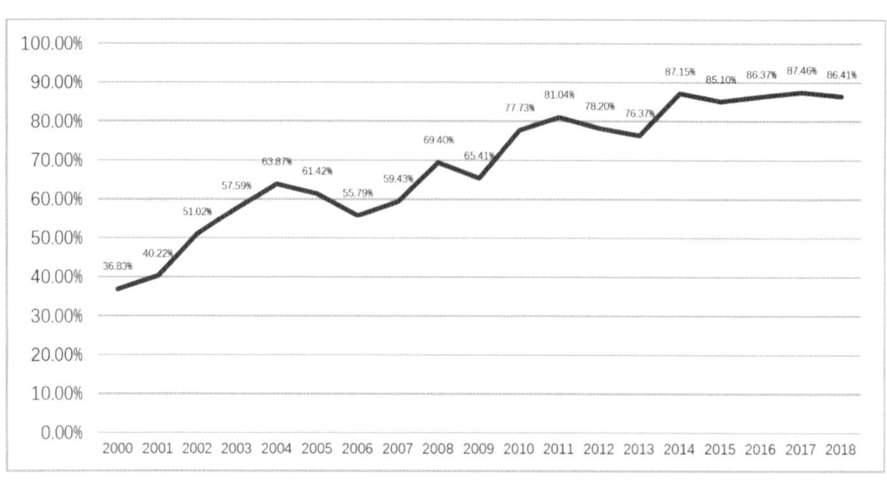

圖 12　澳門博彩稅在澳門公共收入中所佔比例的情況

資料來源：據澳門特別行政區政府統計暨普查局數據整理而得。

（二）社會博彩化

社會博彩化指博彩業的過度發展對整個社會的負面影響，如社會秩序的惡化、社會風尚的改變以及本地人和外地人利益衝突等問題。[①] 結合資源詛咒理論以及我們的一些研究成果，我們將闡述澳門社會博彩化對澳門青年競爭力、政府行政效率、以及犯罪問題三個方面。

第一，充分就業的潛在危機：澳門青年專業精神與競爭力相對弱化。博彩業的蓬勃發展一方面造成了澳門勞動力巨大缺口，本地居民並不擔憂失業的風險。例如 2010 年至 2014 年，澳門勞動力缺口從 12.3 萬人擴大到 2014 年的 22.6 萬人。[②] 另一方面博彩業也為本地居民提供了大量門檻低、薪酬優厚的工作崗位。加上這些僅向本地居民開放

① 黎熙元：《澳門博彩業開放與澳門社會結構變動》，《當代港澳研究》2011 年第 3 期。

② 澳門特別行政區政策研究室：《澳門人口政策研究報告》，2015 年。

的就業保護政策，澳門青年在就業市場並不會面臨太多的競爭壓力。即使他們高中畢業便可進入博彩業拿到一份不錯的薪水。在這樣的就業環境下，他們持續學習和提升技能的動力大大降低，從長遠來看將損害澳門青年的職業競爭力。

第二，政府行政效率亟待提升。博彩帶來的經濟繁榮和財政收入雖然一定程度上可以解決教育醫療社保就業等方面的問題，但也正因為博彩帶來的收益過於「輕鬆」而致使政府缺乏精益求精提升行政效率的動力。政府的日常行政工作除了缺乏有效的監督問責制度，制度化溝通協調機制也遠未完善，這導致政府在政策執行方面效率低下，頻頻出現拖延現象。正如學者指出，澳門政府各個司級機構各自為政，缺乏有效溝通，使得在執行某些涉及多個部門的政策時常常出現相互推諉久拖不辦的現象。① 例如，澳門全長僅為 21 公里的輕軌從 2002 年開始研究建造方案到 2019 年總共花了 17 年才通車就是政府行政效率亟待提升的體現。而全長 55 公里、建造難度更高、橫跨三地的港珠澳大橋從動工到通車僅僅用了不到 9 年的時間，相比之下可見一斑。除了工程超長延期外，工程預算更是從最早的 42 億澳門幣不斷增加到 2012 年的 142.73 億澳幣。期間政府又將規劃改為短中遠期 11 條走線時，② 單單按當時物價和不完全估算整個花費已超 500 億澳門幣。③ 從中體現的是澳門政府中審計、運建辦、監管等多個部門缺乏溝通協作，

---

① 陳瑞蓮，林瑞光：《澳門回歸十年公共行政的改革與展望》，《中山大學學報（社會科學版）》2009 年第 5 期。

② 審計署公佈《輕軌系統一第四階段》專項審計報告，https://www.gov.mo/zh-hant/news/254099，2018 年。

③ 曾竟凡、崔格僖、馬文彬：《超 500 億！審計再爆輕軌「大白象」》，環亞衛視，http://www.imastv.com/news/Macao/2018-09-13/189380.html，2018 年 9 月 13 日。

效率和能力都不足。

第三，澳門博彩業相關犯罪問題的出現。有關博彩業對當地社會犯罪的影響的研究在犯罪學界由來已久，雖然「博彩業會增加當地社會犯罪率」的觀點在學界還有很多爭議，[①] 但不可否認的是數據顯示博彩業確實會導致一些和博彩相關犯罪在澳門的出現和增加。[②] 例如，港澳許多黑幫組織三合會在澳門回歸後逐漸取消通過暴力獲利的途徑，改為以公司經營的形式長期滲入賭場貴賓廳業務。[③] 與博彩密切相關的犯罪還包括洗錢、有組織賣淫、高利貸等犯罪行為等等。我們的研究發現，它們與澳門博彩業形成了一種寄生性關係。具體而言，澳門博彩業改變了部分犯罪要素的構成從而在某種程度上起到促進某些犯罪發生的作用。在此，我們以澳門「黑的」現象為例展開分析。

澳門出租車針對遊客濫收車資現象頻繁曝光於媒體報道。我們研究發現有的司機在短短 10 來公里的車程，濫收車資高達 700 到 1500 澳門幣。一些中國大陸的遊客在澳門旅遊攻略中將在澳門打的列為澳門旅遊的十大可怕事件之一。[④] 可以說，長期存在的「黑的」問題與澳門經濟高度繁榮顯得格格不入。從該現象中可以窺見的不僅是澳門政府對社會問題治理的效率低下，而且還有澳門社會博彩化所衍生的潛

---

① Chang Semoon, "Impact of casinos on crime: The Case of Biloxi, Mississippi", *Journal of Criminal Justice*, 1996, 24(5), pp.431-436.

② Li D. Spencer, "Crime and Gambling in Macao", In Cao Liqun, Sun Y. Ivan & Hebenton Bill, *The Routledge handbook of Chinese criminology*, New York: Routledge, 2014. Kuan C. AC., "A Study of the Relationship between Gaming Industry and Organized Crime in Macau", *MA thesis: University of Macau*, 2013.

③ Lo Wing T., & Kwok Ingrid Sharon, "Triad Organized Crime in Macau Casinos: Extra-legal Governance and Entrepreneurship", *British Journal of Criminology*, 2016, 57(3), pp.19-47.

④ Xu, Jianhua, & Wong, Waikin, "Casinoization of Taxi Industry in Macau", *Hong Kong: Hong Kong Sociological Association 21st Annual Conference*, 2019.

在犯罪問題的縮影。按照日常生活犯罪理論（Routine Activity Theory）的觀點，犯罪的發生離不開有動機的犯罪者、合適的受害者、缺場的保護者三個要素。[①] 在澳門的黑的現象中，博彩化正影響並促成了這些犯罪要素的聚合。具體而言，黑的司機（也被稱為刀客）很多都是從博彩業中退場的僱員，他們迷戀於賭場的高收入。同時他們也熟知賭客「不在乎小錢」的心理，成為了有動機的黑的司機（motivated offender）；一些大陸豪賭者來澳門就是賭博，輸贏數額較大，同樣並不在乎小錢或者不熟悉澳門當地警務而放棄舉報維權，是合適的受害者（suitable target）；主要負責管理「黑的」問題的澳門治安警察局（主要通過交通廳第六隊）和交通事務局執法並不嚴厲高效，致使犯罪成本也十分廉價（違規者只需要罰款 1000 澳門幣，而且可以分期交付，違規多次仍可繼續營業），是缺場的看護者（capable guardian）。[②] 正是博彩化的影響以及政府的低效率執法促成了犯罪三要素的聚合，成為導致黑的現象猖獗的幫手。[③]

三、結語

回歸之後的 20 年，澳門的社會發展取得了舉世矚目的成就，締造了從一個小漁村變成世界上最為富裕的地區之一的「澳門奇跡」，也體

---

① Cohen E, & Felson M., "Social Change and Crime Rate Trends: A Routine Activity Approach", *American Sociological Review*, 1979, 44, pp.588-608.

② 2019 年 6 月，澳門出台了治理出租車問題的新條例，黑的問題暫時得到了一定程度的遏制，其長期效果仍有待觀察。

③ Xu, Jianhua, & Wong, Waikin, "Casinoization of Taxi Industry in Macau", *Hong Kong: Hong Kong Sociological Association 21st Annual Conference*, 2019.

現了「一國兩制」的成功實踐。澳門社會在過去 20 年內所取得的成就涵蓋社會生活的多個方面，主要包括澳門經濟井噴式增長，人均 GDP 躍居世界第二，福利社會的形成，與祖國大陸的良好融合，以及高等教育跨越式發展。但與此同時，澳門社會發展突顯出經濟博彩化與社會博彩化兩大挑戰。

一方面，經濟博彩化使得澳門的經濟發展十分依賴於博彩業，而一旦博彩業受到影響，經濟抗風險的能力有限，並且維繫澳門社會高福利的財政來源也將面臨考驗。2019 年底開始出現的新冠肺炎疫情對澳門博彩業的影響，充分突顯了澳門經濟博彩化所面臨的問題。受疫情影響，訪澳遊客人數驟減，澳門博彩業更是史無前例地停業兩周。和 2019 年相比，澳門 2020 年第一季度本地生產總值下降 48.7%，其中博彩業的毛收入更是下降了 60%。隨着疫情的增加，博彩業更是遭受近於毀滅性地打擊。2020 年博彩業毛收入同 2019 年相比，1 月下降 11.3%，2 月下降 87.87%，3 月下降 79.7%，4 月份更是下降了 96.8%。換句話説，受新冠疫情的影響，澳門 2020 年 4 月份博彩業一整月的毛收入，只相當於以往正常時期的 1 天的收入。

另一方面，社會的博彩化使得澳門青年在享受充分就業福利的環境下對職業能力的追求意願下降。與此同時，社會的博彩業化也使得澳門政府在享受博彩業高速發展帶來福利的同時並未能同步改善其行政效率，在面臨博彩業帶來的潛在犯罪問題時存在執法效率低下的問題。澳門如何繼續創造其奇跡，把「一國兩制」發揚光大，同時避免經濟與社會博彩化可能帶來的負面後果，將是一項重大課題。

Macao's achievements and challenges in social development two decades after its handover to China

Jianhua Xu, Anli Jiang, Qipu Hu

Abstract: Two decades after Macao's returning to China，thanks to "One Country, Two Systems" and "liberalization of restriction on casino-operating licenses" , Macao's casino industry has achieved unprecedented development. There are five major achievements in its social development inducing sky-rocketing rate of economic development, per capita GDP ranking No. 2 in the world, the formation of a welfare society, well-integration with mainland China as well as leapfrog development in higher education. However, Macao also faces two main challenges including casinoization of its economy and casinoization of Macao society. Both challenges become more pronounced after 2019 Covid-19 pandemic.

Keywords: Macao; One Country Two Systems; social development; casinoization

從香港看中國與世界

——香港人類學的研究意義

肖乙寧 *

摘　要：粵港澳大灣區創建時期，再定位香港對於中國與世界聯結的戰略意義。香港歷史文化造就其「立足香港，背靠祖國，放眼世界」的地方特性。其人類學逾半個世紀的學科發展與香港社會變遷的歷史命運密切關聯。從以「透視中國」為格局的實驗地開端，至深入中國大陸創建學術共同體延續「何謂中國人」的學術旨趣，再至聯結全球回歸本土叩問「何謂香港人」，香港人類學之路印證了不同歷史階段下香港在中國與世界網絡中的變遷軌跡。就學科發展，香港人類學學術機構自創立以來即承擔了聯結中國與國際學界對話的角色。就研究內容，香港人類學深入中國研究的同時，又注重全球化議題的挖掘。

關鍵詞：香港　人類學　社會變遷　學科轉型

*　肖乙寧，廣東省社會科學院改革開放與現代化研究所，助理研究員。

由二十世紀五十年代至今，香港人類學集一眾中外人類學家、人類學學術研究機構聚焦香港成學術之大成，走過了逾半個世紀的學術歷程。半個多世紀前，香港作為中國大陸「實驗地」成為人類學家們不得已的田野選擇，促成日後人類學在香港生根發芽、茁壯成長。人類學家們也因此見證香港六十多年的瞬息萬變，從破敗小漁村到繁華大都市，從英屬殖民地到香港特別行政區，再到如今創建粵港澳大灣區，香港經歷了多次人口重組、改革開放與香港回歸、全球化與都市化的洗禮。大到歷史轉折，小到衣食住行，人類學家們都未曾缺席。他們以深度人文關懷深入社區田野，以細膩筆觸展示普通人生命故事，以人類學認知解讀小人物大社會。

香港位處中國南海岸，嶺南文化根基深厚，歷史上即與華南地區聯繫緊密，以人口遷移、商貿往來等方式保持深層互動。一百多年的殖民地歷史則使香港較早接受西方文化的澆灌，獲得較高的國際關注。國際金融中心的城市定位，使其成為匯聚全球焦點的大都市。香港的地理位置與歷史遭遇，造就其「背靠祖國，放眼世界」的地方特性。這一特性同樣體現在香港人類學學科發展與研究特色上。就學科發展，香港人類學學術機構自創立以來即承擔了聯結大陸與國際學界對話的角色。就研究內容，香港人類學起步於中國研究，在深入中國研究的同時，又注重全球化議題的挖掘。

香港人類學的命脈始終與香港歷史命運相關聯。觀一眾親歷香港人類學發展的學者言論，即可窺見其「連貫中西」的學科定位與研究傳統。作為香港首個且獨一之人類學系的創辦者，喬健在《中國人類學發展的困境與前景》中言及，「香港的人類學，在某種程度上，和中國大陸的以及台灣地區人類學的發展分不開來」。[①] 建系伊始，他即設立了香港人類學研究隸屬中華文化版塊的基調。在香港人類學會成立十五周年紀念活動上，喬健盛讚費孝通以「拯救中國」為學術使命，欽佩他能夠突破進口標籤的封存，將中國的現實和西方的理性原則協調一致。[②] 他擔任創系系主任十一年期間，適逢中國人類學由黯淡沉寂至百廢待興之際。他堅持香港人類學界的橋樑定位，鼓勵中國社會研究，推動同國外人類學界的對話。[③] 其後的學系帶頭人亦繼承了這一傳統。隨着中國大陸人類學的重建復興，香港人類學界由「拯救中國」向「學術本土化」轉型。曾擔任香港中文大學人類學系主任的陳志明認為，在第三世界發展人類學應避免民族主義的傾向，為了人類學自身的發展，本土人類學家應該多談人類學對於當地社會有什麼貢獻，特別是將國外理論應用於中國社會，看如何應用人類學對當地社會生益。[④] 如果說，以喬健、陳志明為代表的人類學家對香港人類學的定位是「讓世界通過香港理解中國」，那麼，蕭鳳霞之「我們對世界有一點追求」呼籲則謙虛道出了香港人類學界探索世界的學術野心。2017 年於「華南行蹤 40 年」學術會議上，她以「立足香港、背靠祖國、放眼世界」概括香港人類學研究，指出嶺南的文化資源和歷史上與全球的聯繫是產生中心和邊緣積極互動的能量的基礎。[⑤]

---

① 喬健：《中國人類學發展的困境與前景》，《廣西民族學院學報（哲學社會科學版）》1995 年第 1 期。

② 喬健、孫萍：《人類學在中國及香港的發展：從個人角度的漫談》，《天府新論》1998 年第 4 期。

③ 曾勁虹：《人類學在香港》，《文史雜誌》1997 年第 3 期。

④ 蘇敏：《香港人類學：學術研究與學科建設》，《西北民族研究》2012 年第 3 期。

⑤ 李子歸：《耶魯人類學教授蕭鳳霞：踏跡尋中四十年，中國是一個過程》，《澎湃新聞》，2017 年 1 月 13 日，https://www.thepaper.cn/newsDetail_forward_1599733。

當下正值粵港澳大灣區建設時期，香港勢必面臨新的機遇與挑戰。粵港澳大灣區由香港、澳門兩個特別行政區和珠三角九個地市組成。一方面，香港作為全球經濟自由體，是國際金融、航運、貿易中心和國際航空樞紐。另一方面，從地理、文化、歷史等多個層面，香港都與大灣區的珠三角城市羣有着千絲萬縷的聯繫。香港對於促進國際國內兩個市場、兩種資源有效對接具有戰略性意義。要充分發揮香港及其所在大灣區的功能與作用，當充分了解這一超級城市羣的文化根源。香港人類學研究立足香港又超越香港，對內連結以珠三角為代表的華南地區，輻射大陸各地區，對外則以香港為起點聯結世界。香港人類學將這座城市置於廣闊的歷史經濟文化背景中，於全球網絡下定位其對中國、世界的意義，對於粵港澳大灣區的建設具有根源性的探索意義。回顧上述學術大家在各時期對香港人類學的評價，香港人類學的學術脈絡同時兼具中國本土情懷和全球化視野。香港半世紀風雲變幻與香港人類學的學科建設互為輔佐，時局更替左右學科方向，學科發展印證時代變遷。因此，歸納香港人類學不同階段學科建設與研究特色的價值顯而易見，即借由人類學視角把握香港社會變遷的時代脈絡，由香港透視中國與世界的再定位。

一、聚焦香港，透視中國

香港人類學研究開啟於二十世紀五十年代。1949 年中華人民共和國成立，中國政治格局與學術環境發生重大變化，海外人類學家被拒絕進入中國本土從事田野研究，學者們因此開始尋找可延續研究點，香港即是其中之一，其人類學學術開局十分宏大。他們初次踏上一水之隔的香港，即對這片土地寄予厚望，懷揣着檢驗「中國理想型」學術浪漫與情懷，渴求從「小香港」透視「大中國」。香港人類學「認知自我」的探索是從「認知中國」開始的。

香港人類學開局之高，離不開此前的學術鋪墊，更與當時的香港時代特徵密切相關。早在 19 世紀初開埠初期，香港人類學序幕即已拉開。一如裴達理（Hugh Baker）所言，地方志修撰者、各類傳教士、殖民官員、教育界人士等「後備中堅」所做的工作為後來人類學家奠定了基礎，鋪設了平台。[①] 二十世紀五十年代，香港雖已為英國統治一個世紀之久，但因其歷史、區位、文化等因素，仍與中國本土保持頻繁互動。香港自古為海防重地且商貿繁榮，割讓英國後，港英當局將之定位為「自由港」和「中國門戶」，鼓勵兩地人員流動和商貿往來。[②] 早在開埠時期，兩地人口遷移初步形成了包括本地、客家、福佬、蛋家的香港四大華人族羣格局。二十世紀五六十年代，因政治變動促使大量大陸人口移居香港，極大增加了香港華人人口。兩地頻繁的經貿往來與人員流動，使得香港在二十世紀五十年代以前與大陸保持隱性的「同步」聯繫，在此後三十年成為海外人類學家的實驗地，在六七十年代出現了不少具有解釋力的研究著作。

香港本土人類學始於中國漢學人類學研究。西方人類學家以「何謂中國人」為出發點，圍繞大一統和地方社會關係開展中國研究，香港作為「實驗地」時期也承襲了這一命題。西方人類學先驅首入中國，

---

① Baker, Hugh D. R. 2007, The "Backroom Boys" of Hong Kong Anthropology: Fieldworks and their friends. *Asian Anthropology*, Vol (6).

② 沈慶利：《香港歷史變遷與身份認同建構》，《天津師範大學學報（社會科學版）》2016 年第 4 期。

即被分散而廣闊的鄉村社會所吸引，把鄉村作為理解中國的着眼點。以費孝通等為首的中國本土人類學家創立了具有中國特色的鄉村社區研究範式。

二十世紀三四十年代，社區研究在中國獨樹一幟，但也引發了不少反思聲音，弗里德曼（Maurice Freedman）即是其中之一。在認可「考察鄉村是認識中國的關鍵」同時，他指出，中國是歷史悠久、高度分化的複雜社會，研究小型、簡單的原始部落基礎上形成的功能主義社區研究方法不足以反映其社會事實和特點。[①] 五十年代，在無法進入中國大陸的情況下，他利用前人對中國東南地區的漢人社會研究材料時，發現宗族組織要比鄉村社會更能夠展現中國社會的複雜性與整體性。他於 1958 年出版《中國東南的宗族組織》，提出了超越社區的「宗族範式」，提倡在廣闊的空間跨度和深遠的時間深度探討社會運作機制以理解中國。不同於當時盛行的血緣社會關係的歷史學視角，他認為宗族是「政治與地方組織」，把宗族制度置於社會結構的層面來進行分析，探討地方社會是如何形成，以及地方社會與國家有怎樣的關係。

《中國東南的宗族組織》在當時學界具有較大影響力，但並非建立在一手田野材料的基礎上。為了後續論證，弗里德曼通過「倫敦—康奈爾計劃」輸送年輕的人類學家到香港開展研究。香港在地理區域上屬於珠江三角洲沿海島嶼或半島，依託嶺南粵地文化，華南宗族歷史悠久。尤其是新界地區，集結鄧、文、廖、侯、彭五大姓，五大族因聯姻而相互依賴。且此前英國殖民官員整理記錄了新界土地歸屬、社會組織、親屬關係、宗教、政治羣體等相關內容報告。受「宗族範式」

① 鄭海花、李富強：《人類學的中國鄉村社區研究歷程》，《廣西民族研究》2008 年第 4 期。

與學界旨趣影響，得益於新界資源優勢，新界當仁不讓成為五六十年代人類學研究的熱點區域，於七十年代集中湧現一批具有闡釋力的人類學研究成果。

弗里德曼學生裴達理從祖先崇拜和宗族之間的關係探討了宗族村落的構成。他認為村社整合功能與宗族密不可分，祠堂是實踐宗族活動的重要場所，祖先崇拜觀念是聯繫族人的紐帶。[①] 波特（Jack Potter）以新界屏山縣坑尾村為田野點，就社會和經濟變革探討資本主義對中國農民經濟的影響。他在《資本主義與中國農民——一個香港村莊的社會經濟變遷》指出，現代工商業並沒有使農民生活貧困化，相反，由於都市生活與鄉村的互相依賴，農民從種植稻穀轉為種植蔬菜後收入標準迅速提升的戲劇性效應。[②] 波特的學生華琛（James Watson）對新界家族的研究挑戰了弗里德曼的宗族範式，指出宗族結構維持的其他路徑，拓展了人們理解香港地方社會的視野。此外，他還將研究點拓寬到香港以外，探討了五十年代後新界宗族文氏移民與本土宗族的關係。通過文氏移民在歐洲開中國餐館並獲得成功的過程，説明宗族關係如何在海外發揮其作用。[③] 此外，華琛與其夫人華若碧（Rubie Watson）將二人六七十年代對新界「新田」及「厦村」的田野研究於 2004 年整理出版。新界望族鄉紳長期控制着新界廣大地區的土地和自然資源，成為他們跟政府交換利益的籌碼。近年新界政治特權問題成

① Baker, Hugh D. R. 1966, "The Five Great Clans of the New Territories", *Journal of the Hong Kong Branch of the Royal Asiatic Society*, Vol. VI.

② Potter, Jack. M. 1968, *Capitalism and the Chinese Peasant, Social and Economic Change in a Hong Kong Village*, Berkeley: University of California Press.

③ Watson, James L. 1975, *Emigration and Chinese Lineage, The Mans in Hong Kong and London*, Berkeley: University of California Press.

為輿論所關注的課題。但隨着舊新界的日漸消亡，社會對舊新界所遺留下來的政治問題，卻難以找出文化根源。[①] 華琛夫婦適時推出的集數十年積澱的研究成果，涉及「鄉村社會組織」「性別差異與婦女生活」和「宗教、禮儀及象徵」等多層面，有利於理解今日城鄉矛盾背後的源起。

在香港新界，以弗里德曼為首的一眾人類學家頻出佳作。他們在功能論的框架下，突破血緣並重地緣，挖掘宗族的社會整合機制與功能。當時聚首新界的人類學家所發展出的宗族理論，成為當時以至後來漢人社會研究的重要範式。香港新界既是這一範式的繁衍之地，也是遭遇挑戰之地。弗里德曼的研究出發點是「一個鄉村範圍內的人渴望形成單一的宗族」[②]。他在香港新界發現在同姓與雜姓之間普遍存在稱為「約」的鄉村聯盟，打破了「單一宗族必然是地方社會最基本單位」的假定。

另一邊廂，來自英國的女人類學家華德英（Barbara Ward）則在香港西貢開闢了全新的田野場域。有別於新界人類學家的功能論視角，她更關注當地人在社會認知層面的身份認同問題。基於西貢漁民社區參與觀察的體驗，她提出動態的、多重疊合的「認知模型」（conscious model）分析，回應並彌補了弗里德曼的假定「漏洞」。[③] 早在廣州貿易制度時，華德英所關注的「疍家」即藉助水上運輸的優勢到港與外國人做生意。英國佔領香港後，水上貿易的需求激增，更多疍家入港並成

---

① [美]華琛、華若壁著，張婉麗、盛思維譯：《鄉土香港——新界的爭執、性別及禮儀》，香港中文大學，2011年。

② Freedman, Maurice, *The Study of Chinese Society*, Stanford: Stanford University Press, 1979, p.8.

③ 蔡志祥、程美寶：《海外學者的「華南研究」》，《光明日報》2000-12-22。

為最早的香港華人族羣。繼疍家後，客家、福佬和本地族羣才陸續入港，形成如今香港的四大族羣。儘管最早入港且一度是香港人口最多的漢人族羣，但是由於疍家居於水上，與陸上三大族羣生計、習慣、文化多有不同，長期被陸上族羣邊緣化為「少數民族」。

同樣關注大一統與地方社會的關係，疍家的邊緣化現象卻為華德英提供了新視角。她以疍家為切入點關注其怎樣在思想上建構自身與正統，以及自身與他者之間的關係。她開創性地引入列維—斯特勞斯的「意識模型」（conscious model）概念，昇華為對自己的社會及文化制度的構想「自製或目前模型」（homemade or immediate model）、對周圍其他的社會文化社羣的構想「局內觀察者模型」（internal observer's models）和對正統社會與制度的構想「意識形態模型」（ideological model）；上述三種看法並不等同於外人對疍家的看法「局外觀察者模型（external observer's model）」。[①] 她認為正式思想層面的建構使得大家認同統一的「中國」，而不同社羣在實踐上卻通過推遠他者表達自身認同，由此國家大一統與地方社會豐富性得以並存。

二十世紀五六十年代，作為中國大陸「實驗地」的香港成為嚮往中國研究學者的田野聖地，其研究主題自然也承襲了中國大陸閉關前的遺留問題，即從地方社會出發探討其與整體社會的關係。以弗里德曼為代表的一眾學者，以香港新界為主要田野點，從地緣層面與功能論角度探討宗族對社會整合的作用。華德英則以香港西貢的疍家為研究對象，借意識模型重新思考中國族羣關係的「中心／邊緣」結構，

① Ward, Barbara E., "varieties of the Conscious Model: The Fishermen of South China", in Barbara E. Ward, *Though Other Eyes: An Anthropologist's View of Hong Kong*, Hong Kong: The Chinese University Press, 1985.

以及文化認同各層次的複雜結構與動態關係。海外人類學家在香港的初探，開啟了以透視中國的恢弘格局聚焦香港的人類學之旅。

二、香港為始，深入華南

二十世紀五十至七十年代，一眾海外人類學家以香港為實驗地開展中國理想型模式的初探，但情懷卻並未止步香港。誠如弗里德曼呼籲，社會人類學要走出一個「中國時期」，以整體社會為研究目標，結合文獻與田野調查的資料開闢各種新的探索領域，從而超越狹隘的微觀社區研究的方式。[①] 二十世紀七十年代末，中國改革開政策結束了香港實驗地使命，開啟了真正意義上的「中國時期」，始於香港的「中國理想型」得以深入大陸腹地實踐「中國理論範式」。借地緣之便，華南地區成為香港學者延續「何謂中國人」「地方社會與中國大一統」研究旨趣之地。有賴於實驗地時期所奠定的優異學術基礎，香港在七八十年代進入高速的學科建設和規範時期。香港學者得以依託學術機構之力，以學科帶頭人的姿態集結香港與大陸的人類學、歷史學學者開展項目合作。基於華南研究而頻繁互動的兩地學者，因共同的學術理想追求，將兩地學術情誼昇華為中國人類學史上的重要學術共同體「歷史人類學派」。華南研究從香港走向中國，推而廣之成為一種具有方法論效應的中國研究範式，為國際學術舞台所矚目。

早年香港高校等學術機構在兩地學術互通上亦扮演了重要角色。

---

① Freedman, Maurice, *The Study of Ch inese Society*, Stanford: Stanford University Press, 1979, pp.380-399.

1976 年，喬健受邀到香港為中文大學創辦人類學系。在商業化的香港，人類學在民間和官方的認知皆屬冷門學科。「要讓社會認識它，才能走下去。」喬健在 1978 年同香港當地的西方人類學家組建香港人類學會，邀請部分港英政府官員參加，讓社會和政府了解人類學，三年後才得以創立香港中文大學人類學系。這是香港地區第一家人類學教學機構，為香港人類學者前往大陸研究與國際交流提供了「合法」身份。

人類學系成立後，招生數量增加，安排學生「田野實習」成為教學訓練的重點。「中國研究」因大陸開放呈現更多可能性。充分發揮香港的地緣優勢，喬健在香港鄰近的廣東連南排瑤地區設立實習基地。八九十年代，他多次組織教員帶領人類學學生前往廣東、廣西、湖南開展瑤族研究。以親屬組織、婚姻制度、兩性關係、婦女地位為研究重點，陸續出版《瑤族研究論文集》《昆明郊區的撒梅人》《惠東人研究》《華南婚姻制度與婦女地位》等專著。[①]1986 年，喬健推動下成立國際瑤族研究協會，瑤族研究登上國際學界的舞台。

瑤族研究拉開了「香港—大陸」跨區域合作研究的序幕。幾乎同一時期，香港人類學界悄然聯結華南地區的學者們醞釀歷時更久、規模更大的學術合作。這場合作歷經數十年與數代學人、由華南地區輻射全中國、跨越人類學和歷史學，促成了「華南學派」學術共同體與歷史人類學的研究範式。

華南研究可追溯至七十年代初兩項有關香港地域社會和文化的研

① 李亦園、喬健：《族羣與社會研究的先驅》，《廣西民族學院學報（哲學社會科學版）》2005 年第 5 期。

究計劃。1976 年至 1986 年，歷史學背景出身的科大衛（David Faure）在香港中文大學任教期間組織新界碑文的抄錄計劃，後改稱口述史計劃，並重地方文獻、碑銘與民間口述史。[①] 在口述史計劃啟動兩年後，「高流灣研究計劃」同步進行。1979 年至 1981 年，王崧興與華德英出任「高流灣計劃」顧問，率領學生在香港新界西北部的漁村高流灣進行長期田野調查。作為「高流灣計劃」的延續，王崧興與瀨川昌帶領學生收集口述史與村落文獻，創建了新界地區「八鄉地區檔案」。顯然，這是弗里德曼與華德英影響下實驗地研究的繼續，可說是以香港為主體，由當地研究者結合田野與文獻之社會科學研究的肇始。[②]

歷史學與人類學的結合，田野與文獻並重的研究理念，在「華南傳統社會文化形態研究計劃」正式提出。該計劃於 1991 年至 1993 年由蕭鳳霞和陳其南主持，邀請香港、廣東、福建、江西、安徽等地學者對華南社會文化的主要層面進行深入的歷史考察。計劃參與學者一致贊同，必須回到具體的歷史情境中揭示民間文獻的歷史文化內涵。[③] 除研究方法外，計劃另一貢獻是確立「田野工作坊」的互動模式，學者通過「田野工作坊」碰撞增進華南研究認同感。

緊隨其後，1995 年由科大衛在牛津召開的「閩粵地區國家與地方社會比較研究討論會」則確立了華南研究的核心議題，即擁有不同文化的不同地方的人羣，是在什麼樣的歷史進程和歷史背景下，成為「中國人」的？地方文化千差萬別的廣袤地域，是通過什麼樣的歷史進程

① 科大衛：《告別華南研究》，載《學步與超越 —— 華南研究會論文集》，文化創造出版社，2004 年，第 10-11 頁。

② 李仁淵：《在田野中找歷史：三十年來的中國華南社會史研究與人類學》，《考古人類學刊》2018 年第 88 期。

③ 鄭振滿：《學術共同體 . 華南學者的歷史人類學：傳承與互動》，《開放時代》2016 年第 4 期。

形成這樣一個叫「中國」的統一的國家的？[①] 基於該議題，科大衛後來提出「告別華南研究」，力求通過考察中國其他地區的歷史經驗，重新反思華南社會文化史的解釋模式。這場會議可視為「華南學派」的正式形成，這個羣體的學者開始對自己所從事的工作有了「文化自覺」。

1997 年，香港科技大學華南研究中心成立，出版《華南研究資料中心通訊》，華南研究有了自己的研究基地和發表園地。[②] 2001 年中山大學歷史人類學研究中心成立。2003 年中山大學歷史人類學研究中心與香港科技大學華南研究中心聯合出版《歷史人類學學刊》。「歷史人類學」此研究方法的標籤，從「華南學派」到「歷史人類學」，標誌其跨學科的研究方法，也突破「華南」的地域標界，朝向更大規模的區域比較。[③]

「華南研究」經歷了由香港走向華南，由華南輻射中國的歷程。出發點香港也隨之由「實驗地」轉變為「華南研究」脈絡下的重要區域板塊之一，側重香港地域社會與族羣文化，形成以科大衛、蔡志祥、張兆和、廖迪生等為代表，以族羣和宗教活動為特色的南中國地域研究。香港是一個典型的移民社會族羣的多樣性與豐富性，為香港學者的族羣研究提供了源源不斷的材料與靈感來源。在眾多族羣研究中，以客家族羣研究最為突出。早在實驗地時期，人類學研究者們即已對客家族羣有所涉獵。如裴達理曾以水上族羣廖氏為研究對象，羅香林

① 陳春生：《學術共同體．真正的學術羣體應該「脱俗」》，《開放時代》2016 年第 4 期。

② 周建新：《歷史人類學在中國的論爭與實踐 —— 以華南研究為例》，《內蒙古社會科學（漢文版）》2006 年第 3 期。

③ 李仁淵：《在田野中找歷史：三十年來的中國華南社會史研究與人類學》，《考古人類學刊》2018 年第 88 期。

在《客家史料彙編》中指出廖氏為客家人；[①] 瑞典人類學家艾堯仁（I. G. Atimer）也曾對香港新界馬鞍山三個客家村落進行調查。總體來説，這一時期的客家研究雖然實屬「偶然」，但受當時以鄉村社會為焦點的旨趣影響，研究關心並非客家本身。

七八十年代族羣研究備受西方學界青睞，該時期香港人類學者們重在透過族羣間關係窺視族羣意識建構與維繫的複雜模式。受巴斯族羣邊界論影響，香港人類學者強調族羣的可塑性，在具體研究中將族羣置於特殊、動態的社會系統中理解。美國人類學家 Fred C. Blake 的《一個中國市鎮的族羣與社會變遷》即是力作。田野點新界西貢墟市雖以客家人佔主導，但族羣關係十分複雜。他着重探討客家族羣如何處理應對政治與經濟變遷，如何建構族羣劃分觀念。[②] 書中各族羣間彼此互動、競爭場景描繪為人津津樂道。謝劍則探討惠州客籍新移民如何通過志願社團建立認同，維繫獨特文化以適應香港急速都市化。[③] 都市化雖僅作為社會影響因素之一，但仍然為客家族羣建構維繫提供了新視角。這一時期歷史學的相關研究也大有發展，明代以來華南地方社會的歷史變遷圖景完善，為客家族羣在香港的形成歷史獲得整體勾勒。科大衛與瀨昌久通過解讀族譜與史料，描繪客家羣體的移民過程，族羣身份的界定，以及族羣互動背後的權力政治網絡與社會空間建構。顯然七八十年代以來的香港客家研究，與社會環境、學術思潮息息相關，客家研究以「客籍身份建構」承襲「何謂中國人」的議題。

---

① 羅香林：《客家史料彙編》，（香港）中國學社，1995 年，第 357 頁。

② Blake, Fred C. , *Ethnic Groups and Social Change in a Chinese Markert Town*, Honolulu Hawail University Press, 1981.

③ 謝劍：《香港的惠州社團：從人類學看客家文化的持續》，香港中文大學出版社，1981 年。

除了族羣研究，地方宗教儀式亦是香港華南學派學者的研究特色之一。香港人類學者們對民間信仰、宗教儀式等進行了可觀的研究，但他們並非單純宗教研究者，而是期望通過宗教儀式的演變，從儀式表演尋覓歷史，重構地方社會的變化。香港節日與民間宗教的深度研究在 1970 年代中期以後才出現，其中以香港多數鄉村社區皆盛行的天后信仰與打醮習俗研究頗豐。蔡志祥以長洲島的廟宇系統和儀式行為為中心，重構十八世紀以後各族羣定居發展過程，以及這些族羣不同的權利、義務關係在節日祭祀儀式中的表達，不但揭示了儀式活動對社區內部社會界限的強化，也通過儀式過程的變化說明社區多重的社會界限的浮動性和族羣關係的可塑性。① 他亦曾就建醮組織著書，按照建醮或類似活動不同主體，以不同地方社會組織形態為主體，集中反映社區歷史的沿革，不同羣體的普同意識形態、文化價值認同，及特定時空的世界觀。同樣是通過宗教活動解讀鄉村結構與社會分化，廖迪生則把香港地方宗教視為一個文化系統，以宗教文化系統來詮釋地方社會的政治經濟因素。他以天后崇拜為例，揭示上層精英如何通過宗教符號與宗教組織，將政治權威與宗教力量聯結，從而論述宗教符號象徵在超越社區的地域政治關係中的表現。② 學者們對香港宗教研究雖各有側重，但皆強調打醮、天后誕等民俗信仰並非一個單一而獨立的地方特色宗教活動，而應視之為南中國民間宗教的一個組成部分。

九十年代以來，「都市化」與「全球化」在香港族羣與宗教研究中

---

① 蔡志祥：《香港長洲島的神廟、社區與族羣關係》，載鄭振滿、陳春生主編：《民間信仰與社會空間》，福建人民出版社，2003 年，第 354-376 頁。

② 廖迪生：《羣體與對立之象徵——香港新界地方天后崇拜活動》，載鄭振滿，陳春生主編：《民間信仰與社會空間》，福建人民出版社，2003 年，第 382-395 頁。

成為高頻詞彙。儘管歷史人類學派的研究陣地仍以鄉村社會為主，但在國際金融中心與全球移民匯聚的香港，即使是鄉土地區也無法避免現代化與工業化的侵蝕，現代與傳統的衝突無處不在。城鄉融合的推進變遷中，社區人羣的身份界線與族羣關係隨之改變，族羣認同變得更為多元複雜。宗教活動的內涵亦在與都市化的順應與抵抗中調整變化。置身傳統與現代的變更中，香港人類學尤其關注都市社會中文化遺產的保育研究，並將之反饋應用於社會實踐中。

由華南研究到歷史人類學派，香港學者始終作為中國與世界的對話橋樑。華南研究是香港實驗時期「中國理想型」探索的延續，也是弗里德曼口中真正的「中國時期」。其意義之深遠，可謂中國人類學史上的一座豐碑。就理論層面，華南研究發起於香港推之於大陸，總結出一套田野資料與史料相結合的歷史人類學方法，應對「地方社會與中國大一統」之發問。就學科層面，華南研究集結了香港和大陸多方學者，凝聚而成具有國際影響力的學術共同體——歷史人類學派，成為中國人類學史上一段兩地協作佳話。

三、尋跡香港，望向世界

香港自古為中國的一部分，其地方社會流淌着中國血脈，在中國大陸閉關時理所當然地成為中國研究「實驗地」，大陸再次開放後則成為華南研究中的重要研究區域。與此同時，亦不應忽視曾經的殖民地歷史對香港社會的影響，將香港置於更廣闊的全球網絡中審視其對於中國、世界的意義。全球網絡下看香港，尤其應當關注都市化與全球化對其滲透。都市化與全球化對香港的影響早在二十世紀五六十年代即有所顯現，當時港英政府有意加強香港都市建設，引導香港實現工業化、現代化的快速轉型。香港優越的地理位置決定其世界貿易港口定位，經歷八九十年代經濟高速發展，香港成長為全球金融中心之一。作為移民城市，香港的跨境／跨國的人口流動十分頻繁，人口結構層次豐富。貿易中心與多元人口都促使香港走在都市化與全球化城市的前列。

香港獨特的發展歷程使其呈現出與中國大陸截然不同的區域特徵。九十年代以來，越來越多的學者認識到香港的特殊性。他們不再過多強調香港的「華南社會」屬性，而將香港置於廣闊的全球網絡中開展討論。香港由華南社會的附屬，成為具有本土特徵的獨立區域。香港人類學研究展現出真正意義上的本土化特徵，從鄉村研究過渡到都市研究，從華南研究走向全球研究，以回應全球化與都市化的研究旨趣。由實驗地至華南研究，香港研究皆承襲同一個主題，即「何謂中國人？」。當香港研究本土化特徵顯現後，研究主題隨之改變為「何謂香港人？」，研究內容也由「地方社會與中國大一統」轉向「香港社會與全球聯結」。

「何謂香港人？」，自八九十年代以來，討論之聲持續不斷。在香港移民人口中，以華人所佔比例最大。早在香港開埠時期，大陸與香港即已出現人口遷移現象。由二十世紀五十年代至今，大陸—香港經歷了數次人口流動。五十年代至七十年代多是出於躲避戰亂或政治運動之因；八十年代以來，則是為了追求經濟財富；九十年代以來，赴港求學、就業定居者則以專業人士為主。五十至七十年代是香港本土意識形成階段，這一階段的大陸移民逐漸融入香港社會，香港的認同感尚屬萌芽。八九十年代，香港社會繁榮、經濟迅猛發展，早前的大陸移民生兒育女，後代在香港撫育成人。移民二代同大陸聯結薄弱，將香港視為故土家園，形成穩固的香港本土意識。香港經歷逾一個世紀的殖民統治後，1984 年中英簽署聯合聲明，1997 年香港回歸。由於長期與中國大陸脱離，兩地經濟、政治、文化等都具有較大差別，九七回歸使香港人普遍產生身份認同危機，衍生出一系列社會事件。以此為導火索，「何謂香港人？」成為香港備受學界關注的研究議題。

「何謂香港人」爭論的出現，遠早於中英談判出現前，但這些爭論卻設定了往後香港人身份認同紛爭的基本面貌。相關探討的歷史起源可上溯至 19 世紀，即香港開埠時期。有關這一時期的相關研究，多數都從英國殖民者的視角出發。有別於此，蔡榮芳將目光轉向 1842 年至 1913 年間的香港華商精英和底層勞工，將「民族主義」置於更廣闊的中國歷史情景下探討。通過詳實的史實資料，他展示了當時的華人羣體如何以華商為領導聯結勞工形成新儒學模式（Neo-Confucian Pattern）廣泛聯盟，華人聯盟又是如何在兼顧經濟利益的同時利用親屬關係、地方組織和社團關係巧妙抵制殖民政權。[①] 蔡榮芳以「民族主義（Nationalism）」指涉身份認同，他在強調香港是中國的一部分同時，也指出殖民歷史賦予其獨特性。在二十世紀六七十年代，學界有關香港身份認同的討論再次響起。羅永生回顧了當時以「回歸」為關鍵詞論述的源流譜系，以理解香港人身份認同的歷史形塑過程。他在考察「回歸」的論述構成所在的歷史和知性條件基礎上指出，在「政治回歸」以外，更需要關注「文化回歸」的港人民族認同與國家認同。[②] 香

① Thai, Jung-Fang, *Hong Kong in Chinese History: Community and Social Unrest in the British Colony, 1842-1913*, Columbia University Press, 1993.

② 羅永生：《香港：解殖與回歸》，《思想》2011 年第 19 期。

港的本土意識和族羣性視作歷史過程的產物，不同時期的香港本土身份和本土意識都有不同的課題，面對不同的約制結構也有着不同的「他者」，因而衍生出不同的本土身份和本土意識的形貌。①

如果說八十年代前的「香港身份認同」的爭論是初探，那麼伴隨中英談判與香港回歸的到來，八十年代以來的相關討論則成為學術聚焦的主流。由八十年代至今，有關香港社會身份認同的動機主要有三種闡釋框架。八十年代中後期，中西文化結合為學界的主流論調。劉兆佳和關信基提出香港人是中國人的一個族羣，中國傳統文化與西方現代文化的融合是其氣質特性所在。此典型二元劃分論調儘管具有「萬能」解釋力，但仍引起了劇烈爭論，其爭論點在於香港社會身份認同背後中西文化的優先性。九十年代，流行文化論取代了中西文化論。一部分學者提出，判斷中西文化優先性的前提是明確香港現代社會的文化內涵。陳海文認為香港缺乏統一的文化根基。具有短暫與非主流特性的流行文化主導着人們的意識與情感，導致香港社會身份認同十分脆弱。2000 年以來，國家與市場二重框架成為主要闡釋工具，強調現代社會認同受國家與市場雙重形塑，香港則面臨市場、國家、文化三重形塑之下身份認同困惑。有學者進一步指出，市場形塑對香港社會認同具有主導作用，國家形塑則次之。所謂源自市場的認同是指超越國家、民族等束縛的全球文化認同。② 總體來說，由於香港社會發展過程具有一系列的特殊性，使香港的文化也呈現相應的特殊性，即多

---

① 羅永生：《香港本土意識的前世今生》，《思想》2014 年第 26 期。

② Matthews, Gordon, Ma, Eric Kit-wai, Lui, Tai-lok eds, *Hong Kong, China: Learning to Belong to a Nation*, London and New York, Routledge, 2008; Evans, Grant, Tam, Maria, Tameds, Siumi Maria, *Hong Kong: The Anthropology of a Chinese Metropolis*, Honolulu: University of Hawaii Press, 1997.

種文化並存，沒有一種明顯居於主導地位，不同文化影響社會生活的不同層次，互相之間存在一定的分隔，港人的生活方式和價值觀念也因此呈現多元化和矛盾性。[①]

在上述框架下生成了不少相關羣體的民族志作品。Nicole Newendorp 關注香港回歸後跨境婚姻中的大陸移民女性，生動展示了都市社會對身份認同的形塑過程。她詳盡記錄了這些女性是如何通過複雜的官方程序成為香港居民，又是如何被社工、政府、家人等通過日常實踐改造為城市公民。在香港語境下，她深入挖掘大陸移民女性如何通過跨境婚姻構建民族身份（ethnic status）與公民身份（citizenship status）。[②] 社會文化的形塑力是毋庸置疑的，但社會文化並非靜態，受其影響的身份認同享有變動過程。如郭思嘉（Nicole Constable）對「客家人何以成為客家人」的思考，指出「客家」是在不同環境之下，有意無意地將他們過去的歷史記憶，在新的文化環境建立起新的意義方式，將同時是客家人、中國人和香港人的多重身份認同整合為一種一致性的歷程。[③] 馬傑偉對身份認同動態的歷史變遷十分看重，歸納不同歷史階段大陸移民對香港的想像，以及如何將想像在日常實踐中展現，從而展現歷史進程中香港—大陸關係變遷。[④]

除了聚焦移民羣體的身份認同研究，學界也致力於身份認同在日

---

① 黎熙元：《香港：多種文化並存的社會》，《中山大學學報（社會科學版）》1997 年第 3 期。

② Newendorp, Nicole, *Uneasy Reunions: Immigration, Citizenship, and Family Life in Post-1997 Hong Kong*, Stanford: Stanford University Press, 2008.

③ Constable, Nicole, "What Does It Mean to Be Hakka?" In *Guest People: Hakka Identity in China and Abroad*, Seattle Wash: University of Washington Press, 1996, pp.3-35.

④ Ma, Eric Kit-wai, "Consuming Satellite Modernities: Hong Kong as an Object of Desire" In *Desiring Hong Kong, Consuming South China: Transborder Cultural Politics*, 1970-2010. Hong Kong University Press, 2012, pp.11-32.

常生活面向的呈現。其中以消費與飲食兩大主題研究最具開拓性與地域特色。一方面，香港是世界貿易港口，其消費文化與飲食文化十分發達，是當地都市文化的特色所在；另一方面，香港特殊的歷史文化背景，其港式消費與飲食模式可回應或發展西方消費主義、現代化與全球化等前沿理論。

就消費研究而言，消費是香港日常生活經驗與文化核心所在。當經濟學家過於強調消費的經濟理性時，人類學家則強調消費的社會文化取向。消費是對物品的獲取，也是信息與符號的獲取。人類學家着意於消費者在被市場、廣告、資本操控同時，如何保持個人的自主性，又是如何通過消費建構身份認同的。香港是消費社會的重要坐標，但是關於香港消費的人類學研究在近二十年才起步。華琛有關香港麥當勞的研究是最早關於香港消費的人類學研究，意在通過麥當勞在香港的文化重塑過程探討全球化的本地化進程。① 此後，由麥高登與呂大樂基於 1996 年「香港消費者文化」會議甄選的論文集《消費香港》集結了目前為止最為豐富的相關民族志研究，文集深入細緻地描摹人們如何通過消費融入香港社會的方方面面。文章涉及的消費領域廣泛，包括與香港經濟政治緊密相關的購房研究，探討購房廣告以及購房消費香港社會文化的想像與實踐；亦有與流行文化相關的時尚消費，如影視消費、時裝消費、購物中心消費等等。這些文章不約而同地指出，消費行為與香港文化認同密切相關。一如香港消費強調對全球商品的自由選擇，香港人的認同則是一種類似於全球超市般的文化

① Watson, James, 1988, *Golden Arches East: McDonald's in East Asia*, Stanford: Stanford University Press, 1997.

自由。[①]

與身份認同有相當關聯的另一研究則是飲食研究。食物常常被視為聯結人物、文化和地點的最佳全球化載體。90 年代以來，人類學家感興趣的食物研究主題往往跨越時空、文化，在以食物為承載的跨國互動實踐中探索文化與身份認同建構。就香港而言，飲食研究聚焦於兩點。一是以速食和異域美食為代表的飲食對社會生活的形塑，二是以涼茶、豆製品等為代表的傳統中國食物所傳達的傳統香港形象。人類學家將飲食研究置於全球化背景下，回應當前人類學話語下跨國跨境社區中的中國人身份認同變遷。如張展鴻關於香港客家餐館的歷史變遷研究，試圖以客家飲食習慣的變遷進程反映文化消費主義與全球化語境中的族羣身份建構。[②] 譚少薇則將飲食置於移民浪潮的背景之下，以詳實的民族志記錄香港海外華人的飲茶傳統，展現了海外移民如何在異鄉借傳統強化故土身份與社區團結。[③]

此外，也有不少學者從「公民文化」的視角切入，探討香港認同背後的社會與成員關係。香港的生命力及價值在於，這座城市以公民實踐超越族羣主義的分裂爭執，其歷史敘事體現了公民主體性的歷史演進。[④] 對建基於歷史意識的香港公民社會研究，有助於港人歷史主體意識的浮現與內部差異多元的妥善梳理。公民文化源自於西方社會，

---

① Mathews, Gordon, Lui, Tai-lok eds, *Consuming Hong Kong*, Hong Kong: Hong Kong University Press, 2002.

② Wu, David Y. H. and Tan Chee Beng eds, Hakka Restaurants: A Study of the Consumption of Food in Post-war Hong Kong Society. In *Changing Chinese Foodways in Asia*, Hong Kong: The Chinese University Press, 2001, pp.81-95.

③ Leung, Benjamin K.P eds, 2017, Eating Metropolitaneity: Hong Kong Identity in yumcha. In *Hong Kong: Legacies and Prospects of Development*. In the series The International Library of Social Change in Asia Pacific - Hong Kong.

④ 羅永生：《香港本土意識的前世今生》，《思想》2014 年第 26 期。

但香港社會由於歷史格局的差異呈現出不一樣的屬性。由谷淑麗和潘毅編著的《重塑香港公民身份》一書，以地方、國家和全球迅速變化為背景，從移民、族羣、性別、法制等多重角度展現香港公民文化的形成與面貌，其後展現了各歷史階段下的國家與社會的權力互動。[①] 夏循祥以香港利東街舊區改造案例為切入點，剖析了利東街居民運動與香港政府部門兩者之間所呈現的「對抗性合作」這一政治生態模式。在這一由下而上的社會運動中，精英們不再控制着對文化的佔有與定義、對日常生活的掌控權。居民們在展示與捍衛自己的生活空間同時，也展現了日常背後的身份認同。[②]

上述以身份認同為關鍵詞展開相關研究中，無論移民跨境 / 跨國實踐與公民文化，抑或是全球商品流通、食物的全球流動與烹飪，都可見全球化的影響。顯然現代社會已無法避免全球化的影響。那麼如何開展與全球化相關的研究成為關鍵。Michael Peter Smith 提出草根式的全球化研究，強調全球化自下而上的實踐活動。他指出，全球化研究應當將經濟地域的巨變與現實中有個體聯結而成的網絡與互動相聯繫。[③] 麥高登有關重慶大廈的研究則是對 Michael Peter Smith 全球化研究的最佳香港闡釋。他從一幢市區中心的商貿大廈——重慶大廈中南來北往的全球商人透視香港的全球化與商貿化，並藉此探討低端全球化與新自由主義之間的關係。此研究將全球化的進程濃縮在一幢大廈內，超越了傳統的中心—邊緣二元劃分。與此同時還展開了香港—非

① Ku, Agnes, Pun, Ngai, *Remaking Citizenship in Hong Kong: Community, Nation and the Global City* (Asia's Transformations) , Routledge Press, 2004.

② 夏循祥：《權力的生成——香港市區重建的民族志》，社會科學文獻出版社，2017 年。

③ Smith, Michael Peter, *Transnational Urbanism: Locating Globalization*. Malden, MA: Blackwell, 2001, p.6.

洲／東南亞的多點調查研究。其研究脫離了人類學慣常的社區束縛，其多點田野研究十分值得借鑒發展。

九十年代後，與華南研究並行發展，香港人類學界衍生出一條更為突顯香港本土化特徵與全球化視野的新研究路徑。從「何謂中國人」到「何謂香港人」，香港從中國層面回歸到自身層面的探究。對自身認知的拷問，並非研究視野的縮窄，恰是看到了香港社會本身的多面性與複雜性。作為全球網絡中的一點，香港被置於更廣闊的歷史經濟社會環境中，再定位其與中國同世界的關係。

四、結論

從中國實驗地，至華南一隅，再至世界的香港，香港社會在不同時代的命運都牽動着香港人類學的每一次叩問與飛躍。反之，香港人類學則審視了香港社會的每一次轉型與攀升。半個多世紀前，香港與人類學的第一次親密接觸，香港僅僅是實驗地選擇。但香港與中國大陸的血脈的羈絆，讓海外人類學者們看到了中國的縮影，也奠定了香港研究「中心與邊緣」的思考基調和「小地方看大社會」的研究格局。七十年代末中國改革開放，讓人類學者們可以放開手腳尋求「何謂中國人」的答案。香港的學緣與地緣優勢，讓香港人類學者們得以通過跨區域合作開展學術研究。香港從實驗地轉變為華南社會的重要區域之一，從族羣與宗教角度挖掘出更深刻中國內涵。與此同時，學者們也敏銳地發現，香港經歷高速發展後，即使是鄉土地區也不可避免地受到都市化浸染，表現出與中國大陸截然不同的面向。香港人類學的傳統研究中也出現了對宏觀環境的探討，尤其是都市化對鄉村社會的影響。中英聯合聲明與九七回歸，則迫使香港全民發出「何謂香港人？」的叩問，順理成章地成為九十年代以來的人類學主旋律。經歷百年殖民統治，香港早已蛻變成長為一座國際化金融大都市，在全球享有舉足輕重的城市地位。香港不僅是中國的香港，也是世界的香港。除了「中國血脈」以外，這座城市與城中人具有哪些獨有的精神氣質？相關研究成果展示了香港與世界更為廣闊的聯結，回應了全球化與現代化、消費主義、身份認同等前瞻性學術議題。從「聚焦香港，透視中國」至「香港為始，走向華南」，再至「尋跡香港，望向世界」，香港對本土認知的探索始終置身於同中國、世界的互動網絡中，見證了不同階段的香港定位。

聯結中國與世界的特性，不僅通過具體而微的研究作品反映，香港人類學的學科建制也充分體現了溝通者角色。香港人類學學會為香港最早的人類學學術機構，其創立的目的即是為了提升社會對人類學的認知度，儘管當時的影響力受限於香港，但與會者包括一眾西方學者與港英政府官員等，在有限範圍內實現最廣泛傳播。香港中文大學人類學系、香港科技大學華南研究中心等教學機構在此後陸續成立。執教機構利用地緣與學緣優勢，為香港研究者積極開創深入大陸研究、與世界對話的機會。對中國大陸的連接，香港高校秉持創建學術共同體的初衷，促成了多個跨區域合作交流項目。其中以華南研究的國際影響力最大，跨越數十年，涉及數代學者，形成了歷史人類學派學術共同體，成為國際人類學界不可忽視的中國力量。對世界的連接，則表現在學者背景全球化與創建國際發聲平台兩方面。從實驗地時期西方學者啟蒙、學科規範時期的台灣學團建制，至此後本土學者的培育輸出、全球學者的引入交流，香港人類學界的學者來自世界各地，身份背景十分多元。此外，香港學術機構還致力於通過學術刊物與學術會議搭建全球溝通的平台。一度，在中國學術資源有限的情況下，香港成為中國研究的代言人，得以讓中國學者在國際學術平台交流發聲。

有一種聲音認為，香港僅是學術跳板，作用有如「中間地帶」，要麼深入中國大陸研究，要麼開拓全球其他地域研究。中西交融的文化特質反致香港社會缺乏典型性，在學術上成為略顯尷尬的中轉站。誠然，香港自有其局限性，但無論是華南研究一隅，全球化研究拓展，皆可見香港在中國與世界網絡中都佔有不可或缺的席位。一如蕭鳳霞對香港定位的評價，僅有本土的界定而令其與中國或世界任一方聯繫斷裂，都會使香港不再是香港。中西文化交融下的矛盾、市場與國家共同形塑背後的衝突，正是香港當下與未來的社會命題，也是香港人類學長期關注的研究議題。「立足香港，背靠祖國，望向世界」，將持續成為香港社會與香港人類學的立身之本。

The View of China and the World from Hong kong

The Research Significance of Hong Kong Anthropology

Xiao Yining, Zhou Daming

Abstract: During the period of the establishment of Guangdong-Hong Kong-Macao Greater Bay Area, it is of strategic significance to make clear positioning of Hong Kong, China and the world. The unique history and culture of Hong Kong have resulted in the characteristics based in

Hong Kong with strong backing of mainland China and facing the world. The development of anthropology in Hong Kong with more than half a century is closely related to the local social changes. The anthropologists have witnessed the interaction among Hong Kong, China and the world in different historical stages through their research findings. The Hong Kong Anthropological Academic Institution has assumed the role of connecting China and the international academic community since its inception. While Hong Kong anthropology is deeply rooted in Chinese studies, it also focuses on the mining of globalization issues.

Keywords: Hong Kong; anthropology; social change; discipline transformation

政治制度的媒介化與污名化：台灣媒體報道中的「一國兩制」

鍾智錦　喬玉為　呂露*

摘　要：本文運用內容分析方法，對 2000 年 1 月 1 日至 2019 年 4 月 15 日之間隨機抽取的台灣四大報紙上的 642 篇新聞報道進行分析。研究發現，台灣媒體對「一國兩制」的評價主要為負面傾向，無論對「一國兩制」實施現狀，還是對「一國兩制」未來的發展方向，都以消極態度為主要基調，台灣媒體認為「一國兩制」對台灣政治帶來的負面影響最大，質疑「一國兩制」在港澳的實施成為台灣不支持「一國兩制」的最主要原因。但是，不同政治派別的報紙在立場上存在明顯的差異，泛藍派報紙對「一國兩制」的支持報道略多於反對「一國兩制」的報道，並且在關於「一國兩制」的替代方案議題中，比泛綠

*　鍾智錦，中山大學新聞傳播學院教授、院長，中山大學粵港澳發展研究院副院長、中山大學港澳珠三角研究中心研究員；喬玉為，湖南師範大學新聞與傳播學院講師；呂露，中國人民大學新聞學院碩士。

本研究是 2023 年教育部人文社會科學重點基地重大項目「粵港澳大灣區深度融合中的跨境傳播與國家認同提升研究」（22JJD860020）的研究成果。

派報紙更加積極，方案更加具有建設性。總體而言，台灣媒體對「一國兩制」的報道體現出鮮明的「媒介化衝突」的特點和污名化色彩。

關鍵詞：台灣媒體　一國兩制　污名化　媒介化衝突

一、研究緣起

「一國兩制」是中國政府為解決台灣問題而提出的方案與制度設計，此方案首先運用於港澳回歸，港澳施行「一國兩制」的實踐表明，創新制度的推行不僅需要國家力量的推動，也需要引導本地民眾的理解與接受。媒體是社會結構中的重要組成要素之一，通過政治建構在政治生態中發揮重要作用[①]。大眾媒體對政治生活的關注、在政治領域的介入擴張了大眾媒介在現代政治生活中的意義和空間[②]。對於「一國兩制」這一國策，媒體的報道具有闡釋制度、幫助民眾理解制度、促成社會接受制度等作用。具體到台灣媒體，其對「一國兩制」的報道能夠映射不同的政治力量對「一國兩制」的態度，影響民眾對「一國兩制」的解讀與認同。「一國兩制」在港澳的實踐，對台灣社會起到參照作用，台灣媒體對港澳「一國兩制」的報道角度、立場以及議題選擇，能夠影響民眾是否接受「一國兩制」在台灣的施行。另外，不同派別的台灣媒體出於自身政治利益對「一國兩制」的選擇性報道，既

① Wilbur Schramm. *Mass Media and National Development: The Role of Information in the Developing Countries*, Stanford: Stanford University Press, 1964, p. 248.

② 冉華、王潤玨：《中國社會矛盾凸顯期媒介政治傳播功能的調適》，《新聞與傳播評論》2007 年 Z1 期。

折射了台灣不同政治力量的角逐，也影響着台灣民眾的政治分化。鑒於台灣媒體對「一國兩制」報道的重要作用，我們有必要釐清台灣媒體如何通過新聞報道對「一國兩制」進行建構，台灣媒體如何評價「一國兩制」在港澳的實踐，不同政治立場的台灣媒體在對「一國兩制」報道時所呈現出的議題屬性及評價是否存在顯著差異。本研究將通過描述台灣媒體對「一國兩制」的報道圖景，試圖解答上述問題。

二、文獻綜述

(一)「一國兩制」與台灣統一問題

當前中國內地對「一國兩制」研究主要從政治學和法學視角出發，較多集中於對「一國兩制」的基礎理論及「一國兩制」的港澳模式研究[①]。前者主要圍繞「一國兩制」的提出與思想來源、制度創新以及相關法律問題展開[②]；後者主要集中於港澳《基本法》、政治發展、經濟發展、國民教育與國家認同等問題展開，研究成果較為豐富[③]。

「一國兩制」與台灣統一問題的相關研究主要集中於探索台灣「一國兩制」方案和當前台灣內外部環境，即實行「一國兩制」、實現統一的條件研究。首先，關於「一國兩制」在台灣的具體實現形式，有學者

---

① 周葉中、游志強：《「一國兩制」研究的文獻計量學分析》，《台灣研究》2008 年第 6 期。

② 李志永、袁正清：《「一國兩制」規範創新的中國智慧》，《太平洋學報》2018 年第 1 期；陳端洪：《理解香港政治》，《中外法學》2016 年第 5 期；王振民：《「一國兩制」實施中的若干憲法問題淺析》，《法商研究》2000 年第 4 期。

③ 郭永虎、閆立光：《1997—2017 香港「一國兩制」問題研究回顧與前瞻》，《深圳大學學報（人文社會科學版）》2017 年第 4 期。

提出借鑒聯邦制，在中央與台灣之間行使聯邦主義分權原則，使得台灣擁有部分主權行使權和分權性自治權[①]，也有學者提到基於台灣在「一國問題」、主權和治權、自身定位等各方面與港澳不同，可從海內外提出的其他「非一國兩制模式」吸取合理部分[②]。其次，關於台灣實行「一國兩制」的內外環境方面，相關研究不僅覆蓋法律、政策、國際關係、經貿等現實條件，又包括台灣對「一國兩制」和「統獨」的心態認知環境。具體來看，在法律方面，國內聚焦於對憲法、反分裂國家法等的研究[③]；在對台政策層面，黨對台政策的歷史演變及最新進展是主要關注點；國際形勢方面，研究主要關注美國對台政策的重要轉變是否助長了「台獨」勢力；兩岸經貿關係相關研究中，學界主要基於最新的經濟政策，如台灣的「新南向政策」、內地的「一帶一路」政策等，探討兩岸經貿合作發展的形式，及其對台灣或兩岸關係帶來的政治經濟影響[④]。

在「一國兩制」與國家統一的心態與認知層面上，相關研究主要涉及「統獨」態度與國家認同。首先，「一國兩制」離不開「國家統一」這個核心前提。目前，台灣社會的「統獨之爭」已成為兩岸關係和平發展的主要矛盾[⑤]。台灣社會對「統獨」的態度主要可分為三種：傾向於「統一」、傾向於「獨立」以及傾向於「維持現狀」。「維持現狀」意指「中

---

① 王英津：《關於「一國兩制」台灣模式的新構想》，《台灣研究集刊》2009 年第 2 期。

② 李義虎：《作為新命題的「一國兩制」台灣模式》，《國際政治研究》2015 年第 4 期。

③ 周葉中：《論反分裂國家法律機制的問題意識與完善方向》，《法學評論》2018 年第 1 期。

④ 馬博：《蔡英文當局「新南向政策」評析及前景展望》，《台灣研究集刊》2018 年第 2 期；嚴安林、張建：《「一帶一路」倡議對亞太秩序與兩岸關係的影響》，《台灣研究》2017 年第 4 期；陳瑋、耿曙：《經貿整合、利益認知與政治立場：台灣民眾兩岸經貿態度的動態分析（2004—2016）》，《台灣研究集刊》2019 年第 2 期。

⑤ 林子榮、李文獻：《統一與對立：兩岸關係矛盾體演進研究（1949—2017）》，《台灣研究》2018 年第 4 期。

華民國」「主權」覆蓋大陸，而其「治權」僅在台澎金馬，該立場佔據台灣主流[①]。台灣民眾關於「統獨」的態度本質上是國家認同和自我定位的問題。20 世紀 90 年代以來，台灣民眾的國家認同發生重大變遷，「台灣認同」而非「中國認同」成為主流[②]。近期有學者指出，當前「是台灣人也是中國人」的雙重身份認同回升，呈現「統升獨降」的新趨勢，但國家認同仍面臨着來自蔡英文當局及美國對台政策的挑戰[③]。

統一及國家認同問題受多種複雜因素影響，如歷史隔離、台灣民主政治文化、憲政改革、「台獨」教育等等。長久以來台灣媒體報道塑造的信息環境，對社情民意發揮着重要影響。自台灣報禁解除以來，台灣媒體與政府結成「政治結盟」[④]，前者通過政治信息多元化、政治議程設置、「台獨」話語霸權等方式引導台灣民眾立場的形成[⑤]。總體來看，「一國兩制」與「國家統一」相關的認知困境越來越成為解決台灣問題不可忽視的因素。目前關於認知背後因素的探討主要集中於歷史、政治、教育等層面，關於台灣媒體對「一國兩制」的建構研究相對來說還比較少。

（二）污名理論

「污名」（stigma）一詞最早指古希臘的奴隸、罪犯或叛徒等在肉

① 莊吟茜：《從「中間路線」看台灣青年的國家認同》，《中國青年研究》2016 年第 3 期。

② 黃嘉樹、劉文科：《台灣民眾國家認同變遷中的新聞傳播因素分析》，《北京聯合大學學報（人文社會科學版）》2014 年第 4 期。

③ 徐青：《對當前島內民眾國家統一認同狀況研析》，《台灣研究》2018 年第 5 期。

④ 向芬：《台灣民主轉型中新聞傳播的變遷與發展 —— 一項基於對台灣新聞傳播界深度訪談的研究》，《廈門大學學報（哲學社會科學版）》2015 年第 3 期。

⑤ 黃嘉樹、劉文科：《台灣民眾國家認同變遷中的新聞傳播因素分析》，《北京聯合大學學報（人文社會科學版）》2014 年第 4 期。

體上被刻畫上特殊標誌，以標示其「劣等性」。歐文．戈夫曼[①]對「污名化」現象進行了系統研究，把污名定性為「受損的身份」（spoiled identity），認為污名的本質是「由於個體或羣體具有某種社會不期望或不名譽的特徵，而降低了其在社會中的地位。污名就是社會對這些個體或羣體的貶低性、侮辱性的標籤」。污名理論的重要支撐之一是標籤理論（labeling theory）。

大眾傳媒作為「擬態環境」的塑造者[②]，是「傳佈標籤並使之合法化的一種主要制度化根源」[③]。在大眾傳媒與「污名化」相關研究中，國內學者多通過對新聞文本的分析來探究媒體對不同對象的「污名化」策略。如在報道女權主義時，媒體往往貼上激進的女權標籤[④]。在對網遊青少年的報道中，媒體通過給網遊青少年羣體貼上「責任感缺失」「問題少年」「犯罪傾向」等標籤，形成對網遊青少年形象的「污名化建構」[⑤]。

回到本研究語境，我們試圖探討台灣報紙對「一國兩制」的報道是否出現污名化現象。在台灣媒體市場自由競爭的背景下，一方面政府雖對媒體的直接經營控制減少，但通過商業機制的間接干預從未放鬆。報紙常淪為黨派鬥爭、攻擊政敵的工具；另一方面報紙自身在經

---

① Erving Goffman. *Stigma: Notes on the management of spoiled identity*, NewYork: Simon&Schuster, 1963, p.1.

② Walter Lippmann: Public Opinion. New York: Harcourt, Brace and Company, 1922.

③ ［美］約翰．費斯克：《關鍵概念：傳播與文化研究辭典》，李彬譯註，新華出版社，2004 年，第 147 頁。

④ 楊雨柯：《激進的女權標籤——女權主義如何在媒介平台被污名化》，《新聞與傳播研究》2014 年第 S1 期。

⑤ 燕道成、黃果：《污名化：新聞報道對網遊青少年的形象建構》，《國際新聞界》2013 年第 1 期。

濟邏輯的驅使下，強調對矛盾的戲劇性描繪[①]。「一國兩制」這個不容忽視的重大政治議題更是成為各家媒體突顯立場、博得眼球的着力點。

(三) 媒介化衝突

現代社會中政治和意識形態衝突常藉助大眾媒體來展現，屬於媒介化衝突（mediatized conflicts）[②]。媒介化衝突包含觀點對立的衝突雙方、中立者（尚未決定立場的或冷漠的旁觀者）、大眾傳媒和觀看衝突的大眾。大眾媒體在衝突中扮演着「工具性實現」（instrumental actualization）的角色，即選擇性地描繪和突顯衝突事件、衝突雙方及其觀點，來增強或削弱某方的立場，從而影響觀看者對兩方的態度，甚至影響最後的勝負。有研究者通過分析香港媒體對「一國兩制」的報道發現，不同政治立場的媒體在對「一國兩制」這一政治議題的評價上呈現出顯著的差異，體現了媒體對衝突性話題的工具性實現[③]。

台灣媒體經過近三十年的高度自由發展，藍綠政治光譜分野明晰，在新聞報道也上愈來愈強化對立與衝突[④]。台灣報業解禁後，台灣當局更是慣用「置入性行銷」來影響媒體，即把各自的政黨宣傳目的融入具體媒體內容，達到強化己方黨派立場、削弱政敵的目的[⑤]。有研

① 謝清果、曹豔輝：《「解嚴」後政黨角力下台灣新聞自由的進步與迷思》，《台灣研究集刊》2014 年第 1 期。

② Kepplinger, H. M., Bernd-Brosius, H., & Joachim Friedrich Staab. "Instrumental actualization: a Theory of Mediated Conflicts", *European Journal of Communication*, 1991, 6(3): 263-290.

③ 鍾智錦、周志成：《「一國」與「兩制」的工具性實現：對香港報紙的內容分析（1998—2016）》，《新聞大學》2018 年第 4 期。

④ 陳玲：《台灣媒體的政治化芻議》，《新聞界》2012 年第 7 期。

⑤ 向芬：《台灣民主轉型中新聞傳播的變遷與發展 —— 一項基於對台灣新聞傳播界深度訪談的研究》，《廈門大學學報（哲學社會科學版）》2015 年第 3 期。

究以「習馬會」報道為例，發現台灣《中國時報》《聯合報》將領導人會晤理解為兩岸之間的和平協議，而《自由時報》和台灣《蘋果日報》則將會晤視為「外交陷阱」，將兩岸置於敵對狀態，並且更強調「本土民族」的認同[①]，以此來服務各自政黨主張和利益。在「一國兩制」議題上，兩岸意見分化、島內黨派説辭不一，台灣不同派系媒體報道呈現出怎樣的媒介化圖景值得研究。

通過對「一國兩制」與台灣統一問題、污名理論以及媒介化衝突進行梳理，我們試圖回答如下研究問題：

問題一：台灣媒體是如何通過新聞報道對「一國兩制」進行建構的？這種建構是否存在污名化的傾向？

問題二：不同政治立場的台灣媒體在報道「一國兩制」時所呈現出的議題屬性是否存在差異？在評價「一國兩制」時是否存在顯著差異？

三、研究設計

（一）抽樣方法

本研究採取了內容分析方法，研究對象為台灣最具影響力、市場份額最大的四大報紙：《中國時報》《自由時報》《聯合報》以及《台灣蘋果日報》對「一國兩制」的報道和評論。數據來源於慧科新聞數據庫

① 黃雅蘭、仇筠茜：《分殊的民族想像：對兩岸媒體有關「習馬會」報道的框架研究》，《新聞大學》2016 年第 1 期。

和東方數據庫，由於東方數據庫中關於四大報刊對「一國兩制」的報道更加豐富與齊全，但搜索到的數據只能追溯到 2003 年 1 月，而「慧科新聞」數據庫中數據可以追溯到 2000 年 1 月，因此，我們在慧科數據庫中選取了 2000 年 1 月 1 日至 2002 年 12 月 31 日，在東方數據庫中選取了 2003 年 1 月 1 日至 2019 年 4 月 15 日作為研究的時間段。本研究以「一國兩制」「一國」「兩制」為關鍵詞，分別搜索台灣四大報刊新聞報道中標題裏出現了上述關鍵詞的內容，共搜索到 1179 篇新聞報道，經過人工剔除不相關或不符合研究主題、錯誤亂碼、重複等報道後，最終獲得樣本 642 篇。

（二）類目建構與測量

為了全面了解台灣媒體話語體系裏「一國兩制」的基本全貌，我們建構了如下類目：

1. 報紙派系，台灣報紙有明確的政治立場的劃分。我們根據 2017 年《台灣媒體市場研究》[①] 發佈的關於台灣四大報刊的政治光譜圖，對台灣四大報刊進行了派系劃分，如表 1 所示。

2. 台灣媒體對「一國兩制」的建構，這一部分主要包括，報道對象、提及「一國兩制」的具體語境、情感與意義關聯。編碼類目既包含了對報道對象主體的客觀描述，也涵括報紙的態度、評價與基調。

在正式編碼前，編碼員隨機抽取 50 篇新聞報道對每一項類目進行操作化考量和編碼標準設定。確定好編碼類目後，我們隨機抽取了 30 篇新聞報道進行編碼員之間的信度檢測，由兩位編碼員各自獨立

① 來源：https://cn.beyondsummits.com/reports，台灣媒體市場研究。

編碼，對信度較低的變量再次詳細討論並明確操作化規則，經過三輪信度檢測，兩位編碼員所有變量的平均一致性為 0.94，屬於可接受範圍。最後，由兩位編碼員分別對其餘的 612 篇報道進行編碼。

表 1　台灣報紙派別劃分及樣本數量

報紙派別	報紙名稱	報道樣本	合計	百分比（%）
藍派	中國時報	116	309	48.1
	聯合報	193		
綠派	自由時報	194	333	51.9
	台灣蘋果日報	139		

四、研究結果與發現

（一）台灣媒體對「一國兩制」的建構與評價

為回答研究問題一，我們統計了 642 篇報道對「一國兩制」的評價與態度。表 2 顯示，台灣媒體在涉及「一國兩制」的報道中，在「港澳一國兩制實施現狀」「一國兩制的未來」「中央政府」「中央政府與台灣的關係」「台灣與內地的關係」等方面的消極評價要明顯高於積極評價。主要體現在：

（1）台灣媒體將港澳出現的問題，尤其是香港的經濟增速緩慢、房價上漲、就業率下降、社會運動等問題的產生歸因為「一國兩制」，並將其視為「一國兩制」失敗的表現，而報道港澳「一國兩制」的「失敗」，也成為台灣拒絕接受「一國兩制」的現實證據。

（2）台灣媒體對「一國兩制」未來的評價主要持負面態度，翻看具體報道發現，多數台灣媒體認為「一國兩制」在台灣施行的可能性較低。

（3）台灣媒體對中央政府呈負面評價的原因主要在於台灣當局在政治制度上的優越感：台灣媒體將台灣標榜為民主化的地區，將中國政府視為「專治」「不民主」的政體，這體現在他們對待「一國兩制」的態度上。

（4）相對於中央政府與台灣的官方交流，台灣媒體關於中國內地與台灣的民間交流的正面報道比例較高。

表 2　台灣媒體「一國兩制」報道中的相關評價

評價類別	支持	中立	消極	未提及
	（%）	（%）	（%）	（%）
對港澳「一國兩制」實施現狀的評價	8.4	3.9	34.7	53
對「一國兩制」未來的評價	16.7	3.4	38.9	41
對中央政府（包括領導人、官員）的評價	9.2	9.8	40.2	40.9
對中央政府與台灣的關係的評價	11.5	4.4	36.3	47.8
對台灣與內地的關係的評價	11.7	3.6	14.2	70.6

表 3 報告了台灣媒體在談及「一國兩制」將給台灣帶來的影響時的態度，30% 的報道認為「一國兩制」將給台灣政治帶來負面影響，僅僅只有 3.7% 的報道認為政治方面的影響將是積極正面的。例如，台灣《蘋果日報》通篇發表了「國防部長」嚴德發對「一國兩制」的負面評論，誣衊「『一國兩制台灣方案』就是要消滅『中華民國』，違背國軍使命」。《自由時報》在《「一國兩制」降為殖民地　賴清德：台灣人不可能接受》中，歪曲「一國兩制」將把台灣從一個擁有人民、

土地、主權的「國家」，降成為「殖民地」。可見，在部分台灣媒體的報道中，「一國兩制」被誣衊為「大陸不尊重『中華民國』存在的歷史事實」，將台灣「降格」為中華人民共和國的一個省，這種制度設計是大陸對台灣的「矮化」或「吞併」的陰謀。

經濟、社會民生方面的影響，相對而言，正面評價略高於負面評價。由於「一國兩制」目前並沒有在台灣真正實行，在台灣媒體報道中，「一國兩制」對台灣的政治、經濟與民生的影響並不是實質性的影響，而是預測性與假設性的影響。

表3　台灣媒體報道中涉及「一國兩制」給台灣帶來的影響

影響類別	正面	中立	負面	未提及
	(%)	(%)	(%)	(%)
政治	3.7	0.8	30.8	64.7
經濟	4.4	0.9	5.6	89.1
社會民生	4.5	0.8	8.7	86

如圖1所示，從台灣媒體報道對「一國兩制」態度層面來看，反對「一國兩制」的報道有429篇，佔總體樣本的66.8%，表明在四大報紙中，超過半數的文章對「一國兩制」持抗拒、反對態度。

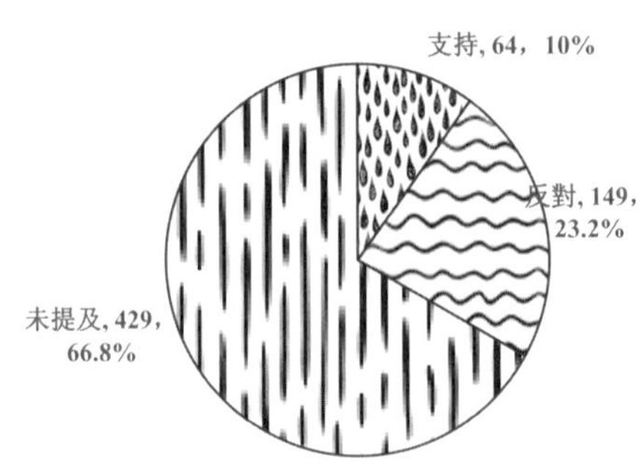

圖1　台灣媒體報道中對「一國兩制」的態度

本研究對持反對態度的文章進行了細分，總結了持反對態度的原因，具體參見圖 2，其中「質疑一國兩制的實施」有 259 篇，佔比最高 (40.3%)。具體查閱媒體的內容，發現對「一國兩制」的質疑主要集中在香港的施行，說明「一國兩制」在香港的施行不僅沒有在台灣起到垂範作用，反而成為台灣媒體不接受「一國兩制」在台灣施行的主要藉口。除此之外，不認同中國內地的政治制度、反對中國共產黨及領導人這兩項的比重均接近 15%，也反映了部分台灣媒體對中國政治體制和政黨的不認同，是反對「一國兩制」的重要原因之一，而在意識形態層面反對共產主義則佔比最小。

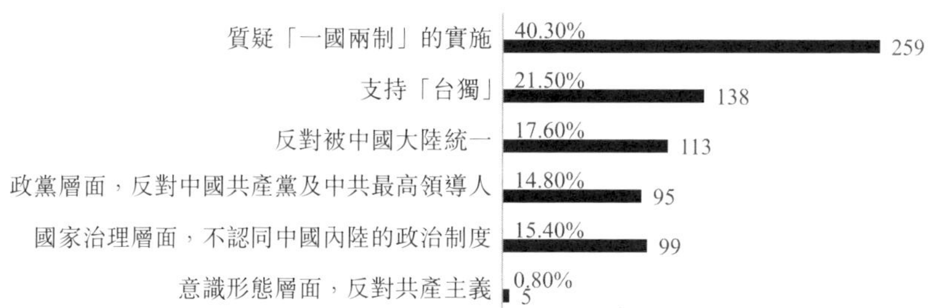

圖 2　台灣媒體報道中不支持「一國兩制」的原因

大眾傳媒作為擬態環境的塑造者，是污名化形成的重要來源，尤其是在負面新聞的報道中，媒體為便於受眾對報道內容進行歸類和接受，常常採用標籤化的策略形成對報道對象的污名化。台灣「四大報紙」在對「一國兩制」的評價、態度和影響上，報道的整體風格是負面的，這些報道給「一國兩制」貼上了負面的標籤：一是將「一國兩制」貼上「中國陰謀『收復』台灣」、「矮化」台灣的標籤；二是貼上「專制」「不民主」的標籤；三是貼「失敗」的標籤，例如《自由時報》發表的評論《香港與台灣：「一國兩制」如何一敗塗地》，將「佔中」定性為香港青年「挑戰中國虛假自由承諾」的表現，而台灣青年認為香港的「失敗」再次證明「一國兩制」是中國政府的「糖衣炮彈」，必須「嚴厲拒絕」。根據「涵化理論」「框架理論」等經典傳播效果理論，這種對「一國兩制」的污名化解讀極有可能影響台灣民眾對「一國兩制」的偏見和誤解，不利於兩岸關係的發展。

（二）兩派台灣媒體對「一國兩制」報道的差異

為了回答研究問題二，本研究比較了台灣藍派和綠派媒體在「一國兩制」報道上的差異，具體如表 4 和表 5 所示。首先，在報道對象方面，兩派報紙報道對象選取上呈現顯著差異。泛藍派報紙更多提及中央政府及國家領導人、中央政府官員、人大代表及其他政府機構、其他大陸人士及大陸媒體，以報道大陸一方為主。泛綠派則更聚焦於泛綠派人物的言行、以「陸委會」為代表的台灣當局、「台獨」人員，以及對「一國兩制」表示不滿的香港人士，其選取對象與泛藍派報紙有鮮明的差別。

在提及「一國兩制」的具體語境方面，泛藍派報紙提及台灣統一問題的數量顯著高於綠派報紙提及數量，泛綠派報紙則集中在「台灣國際關係」「台灣獨立」議題，體現台灣「獨立」的主張。

在意義關聯層面，兩派報紙呈現出較多顯著性差異，體現了藍綠兩派對於話語權的爭奪。藍派對國家統一、領土完整、大陸主權、兩岸和諧發展進步、中華民族身份認同等議題顯著多於綠派報道，更強調祖國統一與民族意識。綠派則在提及台灣主權、台灣身份認同、自由、民主、人權、自治權，及兩地差異阻礙發展上報道數量更多，體現出了極強的台灣意識，使得大陸和台灣在報道中形成對立態勢。

表 4　兩派媒體的報道對象、報道語境、意義關聯比較分析

	藍派		綠派		卡方值
	N	%	N	%	
報道對象					
中央政府、國家領導人	105	33.9	87	26.2	4.494*
中央政府官員、人大代表、其他政府機構	46	14.8	30	9	5.172*
其他大陸人士	33	10.6	13	3.9	10.914**
大陸媒體	28	9	15	4.5	5.228*
泛藍派人物	54	17.4	74	22.3	2.382
泛綠派人物	71	22.9	102	30.7	4.980*
台灣當局	86	27.7	146	44	18.975***
「台獨」人員	69	22.3	106	31.9	7.560**
其他台灣人員	16	5.2	24	7.2	1.173
台灣媒體	0	0	1	0.2	0.935
外國政府及官員	21	6.8	23	6.9	0.006
香港政府及官員	35	11.3	32	9.6	0.468
香港其他人士	23	7.4	56	40.8	13.2**
澳門政府及官員	3	1	0	0	3.228
澳門其他人士	2	0.6	3	0.9	0.139
提及「一國兩制」的具體語境					
香港回歸	54	17.4	61	18.4	0.099
澳門回歸	9	2.9	3	0.9	3.495
「一國兩制」在港澳的實施	144	46.5	174	52.4	2.276
台灣統一問題	150	48.4	123	37	8.433**

續表

	藍派		綠派		卡方值
	N	%	N	%	
中央政府對香港政策、治理舉措	95	30.6	122	36.7	2.668
九二共識	54	17.4	69	20.8	1.171
台灣地區領導人選舉	31	10	40	12	0.684
台灣經濟發展	49	15.8	62	18.7	0.922
台灣文化教育	6	5.8	6	6.2	0.014
台灣法治建設	5	1.6	5	1.5	0.012
台灣國際關係	43	13.9	55	50.7	6.568*
「台灣獨立」	53	17.1	114	34.3	24.759***
台灣政黨鬥爭	52	16.8	70	21.1	1.935
意義關聯					
國家統一、領土完整	73	23.5	17	5.1	45.165***
大陸主權	49	15.8	22	6.6	13.735***
台灣主權	46	14.8	122	36.7	39.826***
兩地和諧、發展進步	77	24.8	29	8.7	30.917***
兩地差異、阻礙發展	37	11.9	64	19.3	7.502*
自由、民主、人權	117	37.7	199	59.9	31.605***
自治權	60	19.4	101	30.4	10.450**
台灣身份認同	48	15.5	107	32.3	24.544***
中華民族身份認同	39	12.6	13	8.1	16.170***

*p<.05；**p<.01；***p<.001

表5顯示，關於「一國兩制」可能對台灣的政治、經濟、社會民生帶來何種影響，藍、綠兩派的觀點有着顯著的差異。政治上看，兩派皆以負面評價為主，但綠派負面評價比例顯著更高；在經濟和社會民生影響層面，藍派報紙持正面評價為主，綠派則相反。

表5　兩派媒體對「一國兩制」將如何影響台灣的評價

報紙派系	「一國兩制」將給台灣政治帶來的影響				
		正面	中立	負面	未提及
藍派	N	23	3	64	220
	%	7.4	1	20.6	70.9
綠派	N	1	2	134	195
	%	0.3	0.6	40.4	58.7
	卡方值	46.807***			
報紙派系	「一國兩制」將給台灣經濟帶來的影響				
		正面	中立	負面	未提及
藍派	N	22	2	5	281
	%	7.1	0.6	1.6	90.6
綠派	N	6	4	31	291
	%	1.8	1.2	9.3	87.7
	卡方值	28.041***			
報紙派系	「一國兩制」將給台灣社會民生帶來的影響				
		正面	中立	負面	未提及
藍派	N	27	2	12	269
	%	8.7	0.6	3.9	86.8
綠派	N	2	3	44	283
	%	0.6	0.9	13.3	85.2
	卡方值	39.685***			

$^*p<.05$；$^{**}p<.01$；$^{***}p<.001$

此外，由於一部分報道未直接提及「一國兩制」如何影響台灣，因此我們還通過分析不同派系對「一國兩制」相關主體、現狀及未來的評價，以及對「一國兩制」的態度以相關原因，來進一步探究兩派媒體的不同傾向。如表 6 所示，藍派媒體對「一國兩制」相關主體評價態度較為均衡，綠派媒體集中表現為負面評價。在對中央政府的評價上，藍派正面、中立、負面的觀點數量較為均衡；在對中央政府與台灣的關係上，負面報道數量略多於正面，同時藍派對中國內地與台灣的民間關係較為樂觀，以正面評價為主。

如表 7 所示，兩派媒體對港澳「一國兩制」的實施現狀均以消極評價佔多數，但與綠派媒體相較，藍派媒體呈現了更多積極和中立評價。例如，《中國時報》在《習近平：「一國兩制」是香港最佳安排》報道中評價，「『一國兩制』不僅是解決香港問題的最佳方案，也是香港回歸後保持長期繁榮穩定的最佳制度安排」。並發表社論《香港回歸 20 年「一國兩制」再思考》認為，香港既享受到「一國兩制」帶來的經濟紅利，又確保了制度上的高度自治。

在對「一國兩制」未來的評價上，兩派媒體則出現較大分歧：藍派媒體有 32.6% 的報道持積極態度，22.9% 的報道持消極態度；而綠派媒體持消極態度的報道佔 53.9%，積極報道僅佔 1.8%。例如，藍派媒體《聯合報》的《兩岸協商兩制？周志懷：路是走出來的》發表周志懷的觀點認為，「一國兩制」之後，港澳取得巨大成功，但如何在台灣實現，民主協商是非常必要的，台灣各界應當進行商討，找出大陸與台灣共同接受的方案。《中國時報》發表評論《協商兩制，為台灣創生機》認為，新黨主席認同採取「一國兩制」的和平方式，新黨願意與各界展開對話溝通，就兩岸的未來與大陸進行政治協商。而綠派媒

表 6　兩派媒體對中央政府及兩地關係的評價

報紙派系	變量名	對中央政府的評價			
		正面	中立	負面	未提及
藍派	N	54	46	57	152
	%	17.4	14.8	18.4	49
綠派	N	5	17	201	109
	%	1.5	5.1	60.5	32.8
	卡方值	141.913***			
報紙派系	變量名	對中央政府與台灣的關係的評價			
		正面	中立	負面	未提及
藍派	N	63	20	69	158
	%	20.3	6.5	22.3	51
綠派	N	11	8	164	149
	%	3.3	2.4	49.4	44.9
	卡方值	80.021***			
報紙派系	變量名	對台灣與內地的關係的評價			
		正面	中立	負面	未提及
藍派	N	63	17	29	201
	%	20.3	5.5	9.4	64.8
綠派	N	12	6	62	251
	%	3.6	1.8	18.7	75.6
	卡方值	57.753***			

*p<.05；**p<.01；***p<.001

表 7　對「一國兩制」現狀和未來的評價

報紙派系	變量名	對港澳「一國兩制」實施現狀的評價			
		積極	中立	消極	未提及
藍派	N	50	20	63	177
	%	16.1	6.5	20.3	57.1
綠派	N	4	5	160	163
	%	1.2	1.5	48.2	49.1
	卡方值	90.307***			
報紙派系	變量名	對「一國兩制」未來的評價			
		積極	中立	消極	未提及
藍派	N	101	17	71	121
	%	32.6	5.5	22.9	39
綠派	N	6	5	179	142
	%	1.8	1.5	53.9	42.8
	卡方值	138.633***			

*p<.05；**p<.01；***p<.001

體台灣《蘋果日報》發表《「九二共識」、「一國兩制」大不同學者憂未來也無各表空間》認為「一國兩制台灣方案」將會使「各表」再無空間。

同時，本研究分析了報道中體現對「一國兩制」的整體態度，如表 8 所示，藍派媒體支持「一國兩制」的報道數量略高於反對報道，綠派媒體中反對「一國兩制」的報道佔大多數，反對態度更加鮮明。在反對原因上看，兩派媒體均以質疑「一國兩制」的實施現狀為主要因素，但綠派媒體中反對中國執政黨、支持「台獨」、不認同的內陸政治制度的因素還佔了較大比重，體現了對中國內地政黨和社會制度的

表 8　是否支持「一國兩制」及反對的原因

	藍派		綠派		卡方值
	N	%	N	%	
對「一國兩制」的態度					
支持	136	43.9	13	3.9	172.56***
反對	132	42.6	297	89.5	
未提及	42	13.6	22	6.6	
不支持原因					
意識形態層面，反對共產主義	1	0.3	4	1.2	1.617
國家治理層面	19	6.1	80	24.1	39.680***
政黨層面	21	6.8	74	49.1	31.727***
反對被中國內地統一	33	10.6	80	24.1	20.000***
支持「台獨」	35	11.3	103	31	36.995***
質疑「一國兩制」的實施	71	22.9	188	56.6	75.752***

*p<.05；**p<.01；***p<.001

敵對立場。

如表 9 所示，泛藍派媒體關於台灣兩制方案與「一國兩制」的替代方案報道數量多於泛綠派報紙，表明泛藍派媒體對兩岸關係的態度更加積極，並具有建設性，而泛綠派媒體更傾向於「台灣獨立」。

台灣兩制方案是在堅持「一國兩制」政策下，「兩制」在台灣具體實現形式的構想與方案。對於台灣兩制方案，雖然兩派媒體在報道數量上差別並不明顯，但翻看具體報道發現，藍派媒體對台灣兩制方案持不斷探索的積極態度，而綠派媒體則表現出抗拒、嘲諷的態度。例如，藍派媒體《中國時報》在《早日商討兩制模式》《台灣只能對兩制說不？》《協商兩制，為台灣創生機》等多篇評論認為，「一國兩制」在台灣的具體實現形式能夠考慮台灣現實情況，是探索兩岸和平統一的主張與倡議，報道呼籲台灣地區政府積極探索兩制模式。而《蘋果日報》的《中共「兩制台灣方案」間皆承認台灣主權》以及《自由時報》的《一國如何兩制》等評論均認為，台灣與中國內地的政治制度完全不一致，沒有協商兩制的空間與意義。

在替代方案的態度上，兩派媒體出現較大分歧，藍派報紙主要持積極探討態度，而綠派報紙均持反對態度。具體的替代方案如下所示：

（1）「一國兩府」，即「一個國家，兩個政府」（兩個首都）。《中國時報》發表評論《一國兩府為九二共識解套》，認為「一國兩府」是現階段解決中國與兩岸政治爭議的過渡措施，符合當前中國事實上是由兩個政府在共同治理的現狀。而《自由時報》在《一國兩府？真沒學問！》中卻認為「一國兩府」老掉牙，用來譏諷國民黨主席洪秀柱。

（2）「一國兩區」，即一個國家，兩個區域。該設想由中國國民黨提出，認為中國內地與台灣同屬一個國家，海峽兩岸不是國與國的關係，而是一種特殊的地區對地區的關係。《聯合報》認為，台灣不是一個國家，而是歷史的、文化的、地理的中國的一部分，「一國兩區」是一個動態描述和發展的過程。但綠派媒體《自由時報》發表評論《一國兩區也叫獨立？》以及《一國兩區鬧劇真人版》認為「一國兩區」是放棄台灣作為「獨立國家」的方案。

（3）「一國良制」，這是 1982 年蔣經國對鄧小平提出「一國兩制」構想的回應，包括「一中各表」的內涵，對台灣而言，是「中華民國憲法及增修條文下的一中各表」，對中國內地而言，是「中華人民共和國憲法之下的一中各表」。「良制」則是「兩岸都實現自由民主均富」以作為「是否統合」的最基本必要條件。《中國時報》發表《天堂不撤守》一文，認為「一國兩制」是鋸箭法，而唯有「一國良制」，乃至「先良制，後一國」，才是實踐和平統一更具可行性的路徑。《自由時報》發表評論《「一國兩制」，台灣人看得下去嗎》認為，陳長文「打假球」，表面發文支持台灣，實際提出「一國良制」暗度陳倉幫中國內地。

替代方案議題中，對於「一國兩府」與「一國兩區」的報道數量泛藍綠派報紙並沒有明顯的差異，而「一國良制」報道議題多出現於藍派媒體，這與泛藍派處理兩岸關係的立場一脈相承。值得注意的是，兩派媒體對「一國兩制」台灣方案的提及次數要明顯高於對「一國兩制」替代方案的提及次數，說明替代方案不如「一國兩制」方案成熟，在台灣媒體中受關注的程度也更低。

表 9　台灣媒體提及「一國兩制」方案及替代方案的情況

	藍派		綠派		卡方值
	N	%	N	%	
提及對象					
台灣兩制方案	79	25.5	62	18.7	4.337*
「一國兩制」的替代方案	22	7.1	12	3.6	3.876*
替代方案類型					
一國兩府	5	1.6	6	1.8	0.036
一國兩區	7	2.3	4	1.2	1.056
一國良制	10	3.2	2	0.6	6.015*
其他	7	2.3	2	0.6	3.179

$*p < .05$；$**p < .01$；$***p < .001$

五、結論

本研究試圖探究台灣媒體對於「一國兩制」的構建。自 20 世紀 80 年代，「一國兩制」構想提出以來，台灣就呈現抗拒態度。在此後的 30 多年間，世界局勢的變更，大陸經濟飛速發展，藍綠兩派政治勢力角逐，兩岸關係不斷變化發展等複雜因素的影響，台灣的自身優越感與大陸的反超形成了巨大落差，藍綠兩派為獲得更多選民支持，將中國內地和「一國兩制」變成這些問題的攻擊矛頭。作為台灣政黨政治的組成部分，台灣媒體將「一國兩制」這一政治議題變成了媒體議題，媒介場域成為政治場域的延伸，政治衝突淋漓盡致地展現為在發生在媒介場域的媒介衝突，在明顯的媒介衝突中又突顯了由於政治立場差異帶來的對政治制度的污名化傾向。通過對近二十年來台灣媒體涉及「一國兩制」議題的報道進行內容分析，本研究主要有如下發現：

1. 台灣媒體對「一國兩制」的建構整體呈現明顯的負面傾向

本研究發現，在「一國兩制」的報道中，台灣媒體對「一國兩制」議題的評價主要呈現負面傾向，無論對港澳「一國兩制」的實施現狀，還是對「一國兩制」的未來都以消極態度為主要基調，尤其在「一國兩制」可能對台灣的政治產生影響方面，兩派媒體的負面意見都遠超正面意見。

2. 相對於泛綠派報紙，泛藍派報紙對「一國兩制」呈現出一定的中立傾向

泛藍派報紙對「一國兩制」的支持報道，略多於反對「一國兩制」的報道，在對「一國兩制」未來的評價上，藍派媒體有 32.6% 的報道持積極態度，高於 22.9% 的消極報道。並且，在關於「一國兩制」的替代方案議題中，藍派報紙比綠派報紙更加積極，方案更加具有建設性，這說明，藍派報紙在對「一國兩制」的態度上，並不是反對到底，而是會根據兩岸關係的狀態進行調整。此外，綠派媒體更傾向於支持「台獨」，藍派媒體則傾向於反對「台灣被統一」，由此可以看出，台灣媒體是台灣政黨政治生活的組成部分，新聞報道立場受政治派別的影響產生了或偏藍或偏綠的傾斜，致使在對待中國內地或兩岸關係的一些看法上，呈現濃厚的主觀褒貶色彩和政治意圖。

3.「一國兩制」成為台灣不同政黨的「政治牌」

台灣政黨出於政治利益的考慮，利用對「一國兩制」的態度為自身謀取政治資本。台灣藍派政黨一方面主張利用大陸對台所提供的優惠政策與市場來解決台灣經濟停滯的問題，另一方面又為「中華民國」正名，不承認「一國」為中華人民共和國的合法性。例如，韓國瑜在面對台灣議員質疑其「賣台」時，他表示：「支持中華民國、熱愛中華民國，不接受『一國兩制』。」綠派則煽動台灣當地青年民眾，拒絕統一，主張「台灣獨立」。這種政治權力的爭鬥也反映在兩派媒體的報道傾向上，體現了政治衝突向媒介化衝突的轉化。

4.「一國兩制」被部分綠派媒體污名化

本研究發現，台灣報紙對「一國兩制」及大陸的報道中出現大量污名化內容，給「一國兩制」貼上各種負面標籤。「台獨」勢力為獲得政治優勢，在污名化「一國兩制」的同時，對中國內地也產生了仇恨情緒，仇恨對象具體集中在領導人、中國執政黨、中國內地、中國政府、台灣政敵等方面。尤其泛綠派媒體語言有明顯仇恨言論傾向，無論是對大陸還是對台灣政敵，其表述均較為偏激出現這種情況。這些仇恨言論的表現方式，既有辱罵性的言論，也有刻板印象貶低個人或羣體，煽動暴力的言論以及帶有偏見、充滿惡意與敵意的言論。

5. 香港回歸後出現的社會問題成為台灣媒體質疑「一國兩制」的主要原因

台灣媒體密切關注香港時局變化，傾向於將香港回歸後出現的社會問題歸咎為「一國兩制」，尤其在 2014 年香港「佔中」事件後，「一國兩制」已經「失敗」「破產」的論調常在台灣媒體出現①。台灣當局也以香港社會問題為由，質疑「一國兩制」的成功實踐，拒絕接受「一國兩制」在台灣施行。

本研究的不足在於對台灣媒體的選擇僅限於報紙媒體，由於材料可得性的問題，無法將電視、網絡等媒體納入到研究範疇，尤其是台灣民眾的網絡表達，可能與傳統媒體的報道具有較大差異，未來可通過大數據挖掘方法，對台灣民眾關於「一國兩制」的討論進行文本分析，進一步了解「一國兩制」在台灣的民意基礎。

Mediatization and Stigmatization of Political System: A Study of "One Country, Two Systems" in Taiwan Newspaper

Zhong Zhijin, Qiao Yuwei

Abstract: This paper employs the content analysis method to analyze 642 news reports from Taiwan media, which are randomly selected between

① 莊吟茜：《從「中間路線」看台灣青年的國家認同》，《中國青年研究》2016 年第 3 期。

January 1, 2000 and April 15, 2019. The study found that Taiwan media mainly holds a negative tone towards "One Country, Two Systems", including its status quo and future development. Taiwan media tends to view that "One Country, Two Systems" would exert a negative impact on the politics in Taiwan, and the doubt about the implementation of "One Country, Two Systems" in Hong Kong has become the main reason why the media rejects it. However, there are significant differences among newspapers of different political factions. Newspaper for Kuomintang shows slightly more supportive reports about "One Country, Two Systems" than newspaper for Democratic Progressive Party, and the comments are also more active and constructive. In general, "One Country, Two Systems" on Taiwan newspaper reflects distinctive characteristics of "mediatized conflict" and stigmatization.

Keywords: Taiwan media; One Country, Two Systems, stigmatization, mediatization.

冷戰下的殖民：《星島日報》對香港前途的論述（1967—1982）

許永超*

摘　要：1950 年朝鮮戰爭爆發以後，香港成為東西方冷戰的最「前線」。文化冷戰的迷霧結構性地籠罩着香港，其影響滲透進每一個角落，包括書籍、雜誌、報刊和電影。本文通過分析香港一份相對獨立的商業報紙《星島日報》對香港前途問題的論述，試圖闡明冷戰影響雖是結構性的，但報紙並非是簡單的宣傳工具，其有自身獨特的利益和目的，表現為其論述並非鐵板一塊，而是隨着內外形勢的變化而變化即由抵抗論述到維持現狀論述；論述顯示出三種意識形態集束，即冷戰意識形態、對殖民地宗主國既愛又恨以及若明若暗的民族主義。但值得指出的是該報論述的重心是資本主義對共產主義的冷戰話語

* 許永超，華中師範大學新聞傳播學院，博士，副教授。研究興趣：新聞史、政治傳播、香港研究。
本文係教育部人文社科青年基金項目「香港華人社會變遷與華文報紙互動研究」(15YJC860035)的階段性研究成果。

以及對殖民地現狀的支持。通過《星島日報》的論述，我們可以理解冷戰下香港殖民地的獨特語境，以及冷戰在香港的深遠影響。

關鍵詞：冷戰　香港　星島日報　香港前途　殖民

引言

1949 年以後，特別是隨着朝鮮戰爭的爆發，冷戰中心從歐洲向亞洲轉移[①]。由於毗鄰中國大陸，加上具有十分發達的傳媒業，以及大量湧入的逃亡者，香港成為美國主導的自由世界與共產主義陣營在亞洲進行意識形態角力、人心爭奪的最「前線」。正如曾在美國駐香港總領館任公共事務官的厄爾·威爾遜所說：「香港總領館是觀察共產主義中國的主要陣地，其規模比美國 90% 以上的駐外大使館都要龐大，香港的美新處項目更是全世界獨一無二。」[②] 美國將香港作為「民主的櫥窗」，極力展示「民主制度下的人們如何守望相助來贏得海外華人對自由理念的支持」，並採取「以錢還錢，以書還書，以電影還電影，針鋒相對的文化冷戰策略」，展開淩厲攻勢，對當代香港社會和民眾心理具有不可忽視的影響。

香港前途問題實際上並不自 1982 年中英談判始，在此之前，其一直是殖民地政府最為關心的問題之一，相關討論常見諸於來往於倫敦

---

① [美] 杜贊奇：《香港與東亞新帝國主義，1941—1966》，*Provincial China (e-journal)* 2009 年第 1 期。

② 張楊：《「前線」外交：冷戰初期美國在香港的文化活動初探》，《美國問題研究》2015 年第 2 期。

與香港的通信[①]，並且往往因為一些重大事件的發生，引發各報公開論述香港前途問題。本文試圖從結構與原動體的視角，通過考察 1967—1982 年《星島日報》關於香港前途的論述，來探討冷戰在香港的影響[②]。

一、作為結構的冷戰與冷戰下的殖民

（一）作為結構的冷戰

關於美國在香港的文化冷戰，隨着近年相關檔案的公開，已有許多研究。比如政策層面，美國在香港文化冷戰起先完全照搬歐洲，但隨着香港成為「前線」外交之地，美國駐香港宣傳官員發現照搬歐洲並不符合香港實際，特別是香港大量流亡知識分子的現實，要求採取不同於歐洲以廣播針對大眾的策略[③]，而是以印刷物為主要媒介並相對靈活地藉助難民力量，「借力打力」，因此取得了不錯的宣傳效果[④]。

---

① 特別值得注意的是港督麥理浩往來倫敦與香港的通訊，比如他總結了倫敦在香港的立場：「一是避免跟當時中國政府正面交鋒，就香港問題於短期內談判；二是我們必須在香港設計能夠延長市民對政府信心的政策，以至我們有足夠時間，等到中國出現有利於談判的條件。」呂大樂：《在倫敦與香港之間：「麥理浩時代」的殖民性》，載呂大樂、吳俊偉、馬杰偉編：《香港．生活．文化》，香港：牛津大學出版社，2011 年，第 287-301 頁。

② 本文圍繞重大歷史事件一共搜集到《星島日報》有關香港前途的社論 77 篇。其中 1967 年 22 篇，1968 年 4 篇，1969 年 6 篇，1971 年 2 篇，1972 年 8 篇，1973 年 1 篇，1974 年 6 篇，1975 年 1 篇，1976 年 5 篇，1977 年 1 篇，1978 年 1 篇，1979 年 5 篇，1980 年 2 篇，1982 年 13 篇。從 1967 年「反英抗暴運動」始，到 1982 年 9 月戴卓爾夫人訪問北京開啟中英談判止。因不是隨機抽樣，其分佈並無太大意義，但是仍可看出一頭一尾討論最多。

③ 因為香港與歐洲完全不同的政治、地理、文化環境，美國文化冷戰對媒介的選擇是經過慎重考慮的。這體現了「前線」官員因地制宜的靈活性。參見翟韜：《「冷戰紙彈」：美國宣傳機構在香港主辦中文書刊研究》，《史學集刊》2016 第 1 期。

④ 張楊：《「前線」外交：冷戰初期美國在香港的文化活動初探》，《美國問題研究》2015 年第 2 期。

正如翟韜所説美國文化冷戰針對受過教育、有知識的人羣，其策略除了資助許多非共出版社外，以發行《今日世界》雜誌和「書籍項目」策劃出版的圖書為主。「這一快一慢兩種媒介漸成合流之勢，逐漸變成快慢結合，寓教於樂的冷戰紙彈。」《今日世界》從 1952 年一直出版到 1980 年，長達三十年之久。美方估計該雜誌發行量可達 10 萬到 15 萬份[①]。書籍項目包括翻譯（將大量美國文學作品譯成中文，目的是傳達美國社會的價值觀和理念）；購買一些符合美國宣傳目的的中文書籍散發或發售；聯繫香港作家按美新處意圖進行創作和出版原創中文書籍[②]。其中以一大批小説最為引人注目[③]。這些小説是美方先與當地出版社簽訂合同，免費提供書稿，且在出版之後回購一部分書籍，保證出版社幾乎穩賺不賠；其主題主要包括兩類，一是「醒悟體」，華人青年喪失革命信仰；二是「流亡體」，流亡者逃離大陸，投奔自由世界[④]。小説以擬人化方式，容易為人接受，特別是考慮到受眾以受過一定教育的青年讀者為主，他們反感理論上生硬的説教。在這一過程中，美國集中力量培養了集創作、研究、出版、發行和流通於一體的實體機構（complex 或 system），如左聯出版社，出版物有《中國學生周報》《祖國周刊》《兒童樂園》《大學生活》，等等。

美國文化冷戰的結構性影響是形成一種強烈的氛圍，使冷戰思維方式幾乎滲透到香港一切文化領域。在香港長大的著名電影研究學者

---

① 郭永虎：《20 世紀五六十年代美國在香港的意識形態宣傳和滲透》，《當代中國史研究》2016 年第 2 期。

② 翟韜：《「冷戰紙彈」：美國宣傳機構在香港主辦中文書刊研究》，《史學集刊》2016 第 1 期。

③ 1953 年具有中情局背景的亞洲基金會開始籌劃反共小説，參見趙稀方：《五十年代的美元文化與香港小説》，香港《二十一世紀》2006 年第 98 期。

④ 翟韜：《「冷戰紙彈」：美國宣傳機構在香港主辦中文書刊研究》，《史學集刊》2016 第 1 期。

傅葆石回憶，六十年代的香港美國「西片」，主要是「展示美國物質財富，先進科技和自由精神。奇幻的特技、對消費主義奇觀的展示，以及資本主義生活方式，都向亞洲觀眾展示美式生活方式的優越性。」而邵氏的古裝片和武俠片，則支持了台灣國民黨的冷戰宣傳，向泛中華世界表明自己是華人文化的捍衛者，也因此是代表中國的唯一合法政權①。左派則以長城、鳳凰、新聯為主構築起文化冷戰的電影防線②。與美國文化冷戰一樣，左派影人採取隱蔽、商業化的策略，一方面躲避港英當局的電影審查，一方面爭取更多觀眾。比如許國惠曾詳細介紹冷戰時香港左派對新中國戲曲電影海報的重新設計③。

文化冷戰對報紙亦有影響。按照意識形態，李金銓先生將那時的香港報紙劃分為：左派、中立派、港右派和台右派④。林友蘭形容當時報紙分為兩個陣營，「彼此刁鬥，如在戰場」。1961 年 6 月，中國大陸潮劇女演員姚璇秋到香港演出，演出獲得空前成功。姚璇秋回國後，中國國民黨機關報《香港時報》及外圍報紙《真報》《工商日報》相繼大篇幅報道姚璇秋在香港演出時失去人身自由。這一類報道，引發香港五家左派報紙的還擊，左派報紙還發動居港潮籍人士譴責右派報紙，免使潮籍人士亦受侮辱。《香港時報》及《真報》亦請潮籍人士發表意見。這一場爭論持續了兩個月，結果以左派報紙不再辯爭結束⑤。50 年代初，國民黨將調景嶺難民營宣傳為「忠貞之士」的典型，而實

---

① 傅葆石、蘇濤：《談「冷戰」與香港電影》，《當代電影》2017 年第 7 期。

② 葉舒瑜：《冷戰與香港的長城、鳳凰、新聯——以 1945—1967 年為考察時段》，新加坡國立大學中文系碩士論文，2011 年。

③ 許國惠：《商業與政治：「冷戰」時期香港左派對新中國戲曲電影海報的再創造》，《當代電影》2016 年第 7 期。

④ 李金銓：《新聞的政治，政治的新聞》，台北：圓神出版社，1987 年，第 316 頁。

⑤ 林友蘭：《香港報業史略》，台灣《報學》1962 年第 10 期。

際上對難民不僅援助不夠，且多有懷疑（赴台需經重重審查），壓制和控制。所以到 50 年代中期以後，殖民地政府停止援助，這個難民營也逐漸瓦解，許多人開始離開難民營，融入香港社會[①]。

（二）冷戰下的殖民

正如趙稀方分析五十年代的美元文化與香港小說時所說，香港既承受英國的殖民統治，同時又承受着美國的文化控制，這是頗具有理論張力的。共產主義與資本主義的當代冷戰完全遮蔽了香港作為殖民地的種族維度和歷史處境[②]。殖民地默許美國在香港文化冷戰，似乎也樂見左右勢力「鷸蚌相爭」，只要不危及殖民統治。所以殖民地的話語空間被大量冷戰話語填充，將殖民「迴避」「邊緣化」到一種幾乎不可見的狀態。

但與此同時，殖民地並非真的消極應付。如陳韜文對政府資訊服務處（GIS）詳細考察，指出該處通過榮譽的政治（politics of entitlement），控制政府資訊流動，把政府最好的一面展示出來，或者通過「吹風會」「鱔稿」等等，以控制報紙（coopting the press）[③]。米曹於 1969 年發表在《亞洲觀察》上的一篇論文也指出《華僑日報》和《南華早報》在社論中最容易提及政府領導，與此同時缺乏對港英政府的

① Dominic Meng-Hsun Yang. Humanitarian Assistance and Propaganda War: Repatriation and Relief of the Nationalist Refugees in Hong Kong's Rennie's Mill Camp, 1950-1955, *Journal of Chinese Overseas*, Volume 10(2), 2014, pp.165-196.

② 趙稀方：《民族主義與殖民主義：「友聯」及〈中國學生周報〉的思想悖論》，《社會科學輯刊》2017 年第 4 期。

③ Chan, J. M, & C.C. Lee. *Mass Media and Political Transition: The Hong Kong Press in China's Orbit*. New York: Guilford Press, 1991, pp.41-46.

批評，反映的是關於殖民地政府和公共事務的精英觀點[①]。因此殖民地的話語空間，不僅被冷戰話語填充，並且充斥着為殖民政府塗脂抹粉的虛假意識。

第三文化冷戰的「地圖」十分複雜，表現為即使是香港的民族主義也並非一定反殖。一些南來知識分子，如錢穆、唐君毅等，以中華文化花果飄零的難民心態[②]，將香港想像成為「自由世界的邊陲」或「鐵幕邊緣」，中國文化的「最後堡壘」，間接捲入文化冷戰[③]。《中國學生周報》的文化想像如出一轍。另一方面盧思騁詳細分析了七十年代香港學運的主導派系「國粹派」的價值系統，認為「國粹派」將當時年輕一代中剛剛萌生的反殖意識，投射到浪漫化、完美化的社會主義中國，而非直接針對港英政府的殖民統治，錯置了本土反殖民運動的焦點，使民族主義效果上保護了殖民政府免受挑戰[④]。

有關冷戰在香港的文獻側重點在文化冷戰，包括組織、上層政策、現實因應、策略，以及冷戰的書籍、雜誌，等等。其局限在於主要從檔案入手分析美國文化冷戰在香港的宣傳，從上而下，重政策、組織，輕文本內容，對冷戰書籍、雜誌的內容分析則很少見。即使有觀察到的書籍雜誌，都是被動的，是作為一種宣傳工具而存在的。實

① Mithchell, R. Hong Kong Newspapers Have Responded to 15 Years of Rapid Social Change, *Asian Survey*, Vol. 9, No. 9, 1969, pp.673-618.

② 唐君毅在《論中華文化的花果飄零》中說「吾與友生，皆神明華胄，夢魂在我神州，而血軀竟不幸亦不得托庇於此，自憐不暇，何以責人」。羅永生：《1960—1970 香港的回歸論述》，《思想》2011 年第 19 期。

③ 葉蔭聰、羅永生：《本地人從哪裏來？——從〈中國學生周報〉看 60 年代的香港想像》。羅永生編：《誰的城市——戰後香港的公民文化與政治論述》，香港：牛津大學出版社，1997 年，第 39-68 頁。

④ 盧思騁：《民族主義與殖民統治——國粹派的民族觀念系統》。羅永生編：《誰的城市——戰後香港的公民文化與政治論述》，香港：牛津大學出版社，1997 年，第 39-68 頁。

際上書籍、雜誌內容究竟如何，視具體情境，它們並非完全被動，而是有自身利益、動機的原動體。所以我們選擇《星島日報》這樣一份香港中間偏右的商業化報紙，觀察冷戰的氛圍對其論述香港前途問題的影響，並回答以下問題：《星島日報》如何論述香港前途？有何變遷？其背後有怎樣的意識形態？與香港的殖民處境又有何關聯？

二、冷戰與《星島日報》對香港前途論述的變遷

事實上，關於香港前途的討論，並不自 80 年代中英談判始。1967 年香港發生「反英抗暴運動」①，就曾引起關於大陸是否要收回香港的討論。此後數年，這一問題不斷出現在公共論述當中。如 1972 年中國恢復聯合國席位後申請刪去殖民地名單上的港澳，1979 年港督麥理浩訪問北京等。1982 年，中英談判開始，香港前途問題從「幕後」走上台前，才真正進入新的一頁。

（一）抵抗論述

1967 年香港發生了「反英抗暴運動」，在這種背景下，《星島日報》有關香港前途的論述被染上了一層強烈的抵抗色彩。有五篇社論論述英國香港駐軍的意義。如指出一旦敵對勢力進犯，香港北部邊界缺乏現代防禦，並將香港與金門、馬祖相比，整個放在「東南亞公約」內觀察②，比喻香港是「國際被遺棄的孤兒」。認為駐軍是「安定本港的

① 1967 年被認為是香港歷史的分水嶺，亦是香港本土意識或香港身份的起步點。張家偉：《六七暴動 —— 香港歷史的分水嶺》，香港：牛津大學出版社，2012 年。

② 1954 年，英國與美國、法國、澳洲、紐西蘭、泰國、菲律賓成立東南亞公約組織（SEATO），以防共之需。

力量」，要求加強駐港英軍及補給措施。就連英軍提早撤出星馬，也被該報批評為「無異於將大馬和新加坡拱手讓與共產黨，違背東南亞公約共同防禦之精神，豈是自稱大國者應有之作風，豈是自稱基督教國家應有表現」。但同時安慰自己，「中共內憂外患，今日顧慮的是三千里中俄邊界與中華民國的乘機反攻，無暇顧及香港」。此外，運動期間《星島日報》幫助港英政府穩定局勢，不斷論述「擁護政府，守法守秩序」「支持政府措施」，批評香港左派「老本喪盡」「力量日趨低沉」「喪失民眾同情」等。

1972 年 3 月 11 日，中國駐聯合國代表黃華去函聯合國去殖民地委員會，要求刪除殖民地名單上的香港、澳門，即不承認兩者的殖民地地位，將來兩者也不存在獨立或自治之問題。《星島日報》連續發表五篇社論討論。特別是 17 日社論以激烈語氣要求英國宣佈對香港立場，指責英國駐聯合國代表，對中方聲明不加反駁，默然接受，是「怠於道義責任」「何其自卑之甚」「有失大國威信」…… 因為 3 月 16 日中英外交關係升格（由代辦到大使），該報猜測英國為交換大使，與中國或達成一密約，「某一期間內，不向英國索還香港」。此階段該報還有數篇社論論述香港前途應由香港居民決定。如 1973 年一篇：只有當地居民才有權決定其居住地區的前途，不管那是繼續保持殖民地體制，抑或採取其他體制[①]。這篇社論完全不提香港被割讓的歷史，但此種觀念一直到 80 年代仍有影響。

① 《有關香港未來的地位》，《星島日報》，1973 年 8 月 6 日。

（二）維持現狀論述

1971 年中國恢復聯合國席位，1972 年尼克遜訪華並發表《中美聯合公報》，承認一個中國原則。1973 年中英升格外交關係，英國關閉駐台灣淡水的領事館。隨着這一系列事件的發生，七十年代初中國國際地位迅速提升。《星島日報》論述香港前途時逐漸也開始偏向《明報》的維持現狀論述，亦將外在現實內在化，即無論時局如何變動，均被該報論述成有利於香港維持現狀①。1974 年一篇社論，標題是「中共與香港建立唇齒關係」，說「資本主義的香港之金錢，卻去資助共產主義的國家之發展」，這在之前是不可想像的②。該報還把大陸政局變動和香港前途聯繫在一起，說「周恩來溫和意見抬頭，北京安定，對外政策擺脫紅衛兵路線，北京倫敦關係和緩，香港局勢穩定」。1974 年 6 月，英國首相希斯訪華，期間並未提及香港前途問題，但是《星島日報》仍評論道：「（香港前途）固非迫切問題，故未提及」，故未提及亦是香港人願意聽到的，因為此地普遍存着「保持現狀」的心理③。

1976 年 4 月 30 日，美國議員胡爾夫和張春橋會見後，向外界透露，可能在 1997 年時收回香港。這一消息在香港引起各報評論。《星島日報》社論說此一消息或因「表達不明、翻譯失當或理解錯誤，不值得特別重視」，認為「香港前途不取決於任何官員的口頭保證，現行政策，中英的默契或密約，而決定於未來全面形勢的發展，只要中

① Gans, Herbert J. *Deciding What is News*, New York: Pantheon, 1979, pp.31-38. 許永超，吳廷俊：《維持現狀的主調：麥理浩時代〈明報〉對香港前途的論述》，《國際新聞界》2013 年第 12 期。

② 《中共與香港的唇齒關係》，《星島日報》，1974 年 1 月 8 日。

③ 《希斯訪問大陸經港》，《星島日報》，1974 年 6 月 9 日。

共認為由於國防、經濟等考慮，不宜收回香港，則將繼續容忍香港保持現狀。而從各方面看，這種情勢大概會長期維持下去，甚至拖延到一九九七年以後亦非絕不可能」[①]。毛澤東去世後，該報引用外長喬冠華的話「中共外交政策不會因最近國務院人士更迭而有所改變」，強調香港「經濟上對外交通價值仍在；中共各派都有自身權位問題，無暇顧及香港；激進派失去依傍，即使能控制大局，只好亦要十年八載，十年八載大陸會有變化，那變化對香港不一定不利」[②]。

70 年代末，該報注意到中國與西方關係改善，所以更加強調香港「居中聯絡的地位」。中國開始改革開放，推進現代化建設，該報有三篇社論強調香港之於中國現代化的橋樑作用。特別是 1979 年 4 月，港督麥理浩訪問北京問及香港前途問題，鄧小平說「叫香港的投資人放心」，報紙評論「令人最感興趣，這表示中共要保持香港現狀」。這一時期，該報認為香港地位不會有任何變化，還建議大陸、香港應分工爭市場[③]。

隨着時間推移，香港前途問題逐漸浮出水面，特別是撒切爾夫人即將訪華，中英準備談判解決這一問題。該報論述再次顯出意識形態偏向，如列舉幾項大陸不會收回香港的理由：(1) 與中華民國有外交關係各國在香港經營各業如何處理？(2) 中共在重整大陸政治、經濟，無暇管治香港 (3) 中共心中，香港的生活可能是社會主義崩潰的因素，而敬鬼神而遠之……報紙主張一個「過渡時期」，中國收回主權，但由英國繼續管治。

---

① 《新界租滿收回之説》，《星島日報》，1976 年 4 月 30 日。

② 《香港地位暫無變化》，《星島日報》，1976 年 9 月 12 日。

③ 《大陸香港應合作爭市場》，《星島日報》，1979 年 4 月 10 日。

《星島日報》關於香港前途論述的以上變化，一是因為李金銓先生所說的香港報業由「中國性」向「香港性」的轉變，從1949年到1970年前後，「中國性」是主流，新聞界主要是反映中國的政治鬥爭，而忽視香港的時事。1970年前後，以市場取向為主的報紙逐漸抬頭，走中間路線關心香港正所以關心中國，香港性才彰顯出來[①]。二是伴隨着整個國際關係的變化，冷戰在香港開始弱化。20世紀60年代東南亞華人的本土化，華人因所在國壓力，開始逐漸融入當地。但美國宣傳政策卻支持東南亞華人認同台灣。這使得美國開始反思冷戰政策的內在矛盾。結果是冷戰宣傳逐漸減少，美國開始將目光投向爭取世界輿論[②]。

三、《星島日報》香港前途論述的意識形態集束

冷戰下《星島日報》對香港前途的論述之所以呈現抵抗及維持現狀論述，原因在於其存在三種意識形態集束，即共產主義與資本主義的冷戰意識形態；對殖民地宗主國既愛又恨；若明若暗的民族主義。值得一提的是此三種意識形態客觀上卻遮蔽了香港作為殖民地的處境。

（一）共產主義與資本主義冷戰的意識形態

1967年，該報反駁香港總督柏立基認為中共因外匯不會收回香港的說法，認為「中共的外交政策從來不為經濟得失所左右……中共真正不願冒昧的謀取香港，自有顯然的理由，那就是香港的居民中95%

① 李金銓：《新聞的政治，政治的新聞》，台北：圓神出版社，1987年，第287頁。
② 翟韜：《戰後初期美國新聞處在華宣傳活動研究》，《史學集刊》2013年第2期。

是反共的」[①]。1972 年中共宣佈港澳並非殖民地時，該報不僅神經質式地抱怨，還不切實際地說「中共收回香港，則香港的中國人應有出入大陸之自由。於是他們帶去的西方自由之風……大陸人民的思想，恐難以同化香港人民的思想，而香港人民的生活實況，反而會影響大陸人民的思想。以是，中共得一香港，而可招致無窮的隱憂」[②]。1979 年中美建交，《星島日報》如此界定輿論，「除了台灣官民雙方都一致對此事痛心疾首，本港居民亦多數反共，表示不直美方所為」[③]。

該報將社會主義、共產主義建構為「他者」，即薩義德說的「每一個文化的發展和維護，都需要一種與其相異質並且與其相競爭的另一個自我的存在」[④]。論述將「中共」固定為幾項特質，即將人或事物簡化為少量的、簡單的、基本的特徵，應用分裂策略，對差異化加以簡化、提煉並使差異本質化和固化，成為封閉和排他的實踐[⑤]。1967 年底，反英抗暴運動已平息多時，該報仍提醒市民千萬不要放鬆警惕，因為共產黨「滲透顛覆的基本策略不會變。共產主義必將成功，所謂無產階級要成為世界主人，這種信念的基本路線不會有任何變動。共產黨任何一時的退卻只是策略上的改變而不是根本放棄了共產革命的幻想」[⑥]。

他者建構具有三個特徵。第一是充滿冷戰話語。該報在數篇社論中不斷論述香港駐軍的意義，並將香港比作「西柏林」，說「自由世界

① 《香港的安全要靠居民》，《星島日報》，1967 年 6 月 20 日。

② 《試論中共對香港的聲明》，《星島日報》，1972 年 3 月 14 日。

③ 《美承認中共引起的問題》，《星島日報》，1978 年 12 月 18 日。

④ ［美］薩義德:《東方學》，王宇根譯，北京:生活 · 讀書 · 新知三聯書店，1999 年，第 10 頁。

⑤ Stuart Hall. *Representation: Cultural representations and signifying practices*, London Thousand Oaks, Calif. : Sage Publication & Open University, 1997.

⑥ 《耶誕節論述香港前途》，《星島日報》，1967 年 12 月 25 日。

即使不像西柏林那樣，國際社會公然宣佈協防香港，那種可能性客觀上並非不存在」。報紙反覆提及「東南亞公約」，世界意識是冷戰式的，香港與東南亞各國、台灣同屬「自由世界」，與大陸社會主義相對。第二是國民黨式的「反共黨八股」。「如果中共下決心要拿下香港，大可通過外交途徑，由談判得到解決。用不着真刀真槍，激怒了當局，說不定把香港交還給中華民國政府，由國軍接防，趁機反攻大陸。」其可笑、不切實際，恐怕社論作者本人都未必真的相信。難怪60年代中香港出現的獨立一代知識分子對此「黨八股」嗤之以鼻[①]。最後，正如孔浩峰指出的香港身份認同很大程度上建立在六七創傷的不斷生產上，該報不斷重提六七，不斷重複六七時的口號，「紅旗插遍太平山」「港英必敗，我們必勝」「鬥垮白皮豬，鬥臭黃皮狗」。[②]1968年六七風暴早已過去，它還不斷論述其威脅，稱「幾萬左翼學校的學生正接受暴亂訓練，成為對本港安全嚴重的潛在威脅」。[③] 此外，一有社會極端行為，該報即懷疑香港左派。

（二）對殖民地宗主國既愛又恨

1966年、1967年香港發生兩次騷亂，加上「爭取中文成為官方語言運動」，以及國際局勢的變化，香港青年人產生了歸屬問題，尤其是專上學生，是歸屬大陸、台灣還是香港，抑或其他身份？而這與港英政府爭取香港人對香港本地歸屬感同步，如舉辦「香港節」。這當中該報扮演了重要的調和角色。

---

① 許行:《香港政論雜志回顧—五十年代至七十年代政論刊物簡史》,《開放》1998年第44期。

② 《重視炸彈重新出現》,《星島日報》，1968年7月17日。

③ 《港共意欲何為》,《星島日報》，1968年7月18日。

> 如情況轉好的話，香港的青年，都希望回去。若此就沒有談及歸屬於香港的需要。但隨着時局的自然發展，後者乃是過渡時期的一個從權的辦法，例如香港的居民如欲離開香港，如有香港護照者當有若干便利。中國人種族觀念很深，多以歸屬為忌諱，其實西方人士以個人需要而易其國籍者比比皆是。但是住在英國管制的中國人，無論歸屬與否，對香港政府負有守法和納稅的義務，他們對香港的權益與安全，也有應盡之責。這是青年學生不應否認。①

《星島日報》把歸屬詮釋為「過渡時期的從權的辦法」，真正關心的是青年對香港政府「負有守法和納稅的義務」，根本不去談這個政府的殖民性質，以及青年對政府的不滿。在《星島日報》的論述中，香港—殖民地和英國—宗主國是連成一線的，港督被想像成「為本港謀求更大利益，同時把民意反映到英國，並獲得尊重」的「橋樑」。

為了説明問題，有必要再詳細引用社論中的一段話：

> 香港居民向來對於殖民地體制並無太大反感，那不僅由於近年港府施政轉趨開明，比同區域其他地區更能重視居民福利，而更因為居民能享有相當高度自由與有限度民主，民間意見也常為港府所採納。這在亞洲是很可珍貴的事。惟其如此，香港才對許多華人具有如此強烈的吸引力，並達成經濟建設的高度發展。雖然居民也常為港府有時還就英倫方面利益而感到不滿。②

---

① 《歸屬問題與中文》，《星島日報》，1968年1月5日。

② 《有關香港未來地位的問題》，《星島日報》，1973年8月6日。

該報論述將香港殖民現狀完全合理化了。這段話是英國兩位議員訪問香港後提出香港是否應該保持殖民地地位時，該報做出的論述。這種論述大膽而直接，在該報所有論述當中並不常見。但是卻清晰告訴我們香港身份的特徵，「對殖民地體制並無惡感」「開明」「福利」「高度自由與有限民主」「經濟建設的高度發展」。

但是該報論述並非是單一的愛，而是「既愛又恨」[①]。恨往往是報紙覺得殖民宗主國對不起我們，而只有此時，該報才會偶爾提及殖民性。1972 年，中國駐聯合國代表黃華要求刪除殖民地名單上的港澳，報紙對英國沉默、不加反駁相當不滿，並情緒激烈地指責「何其自卑之甚」「有違聯合國宣言，有悖英女皇欒詔」「國家之尊嚴喪失殆盡乎」。只有此時，報紙才意識到宗主國與殖民地利益衝突，「英國政府為實現互換大使之美夢，就不惜犧牲居民之命運」。這時報紙又重新回憶起 1967 年騷亂時居民與港府共渡時艱，轉而抱怨當下「房租不斷狂漲，物價不斷上升，加以盜賊橫行，人命堪虞。在剝削者與盜賊的雙重壓力之下，市民已有難以度日之苦。焉有顧及未來命運之暇？」[②]

另外，當宗主國過分干預香港事務時，報紙也會毫不客氣暴露其殖民性。一位英國議員訪問香港後發表「英國不放棄香港」之演説，《星島日報》反駁：

> 1954 年，英國與美國、法國、澳大利亞、紐西蘭、泰國、菲律賓成立東南亞公約組織（SEATO），以防共之需，這幾個國家單把香港

---

① Orhan Pamuk, Mary Isin. A private reading of André Gide's public Journal, *Social Research: An International Quarterly*, 2004, Vol. 70, No. 3, pp. 679-690.

② 《請英國政府宣佈對香港的立場》，《星島日報》，1972 年 3 月 17 日。

視為待屠羔羊，不值得挽救。由此可見英軍早已放棄香港……經濟方面，韓戰時，香港經濟狀況每況愈下，英、美、澳、紐及美國的國際復興計劃及開發銀行簽訂，以改善東南亞英聯邦國家的生活水準，竟不包括香港……英國限制香港棉紡織品數量，貿易及關稅協定，勞工組織規章（ILO），只會高談闊論，不顧事實，對工廠管理妄加指責，英國名為母國，但對香港的社會福利，及人民教育從不過問。①

只有這個時候，《星島日報》的論述才相對真實地揭示宗主國和殖民地的關係。但報紙並非真的反對宗主國，實質僅僅是保護香港利益而已。類似的情形還有香港和英國在工人福利、準備金與死刑存廢上的分歧。

（三）若明若暗的民族主義

該報論述香港前途時，民族主義是一相當微妙的身份。《星島日報》和《中國學生周報》一樣，是一種文化民族主義，即認同中國的文化歷史，這與五六十年代南來的一代知識分子如錢穆、唐君毅基本相同。比如該報曾積極爭取中文成為官方法定語文，「幸中國人有書同文的傳統，即使英國不列中文為官方語文，香港的中國人絕不至因此而隔閡」。② 但這種文化民族主義在香港前途問題論述上，力量卻十分微弱，在冷戰背景下該報從未因民族主義放棄冷戰意識形態，而是延續了「花果飄零」「自由世界」「中華文化的堡壘」等思想。

① 《英國不放棄香港？》，《星島日報》，1969 年 4 月 15 日。

② 《美國比香港更重視中文》，《星島日報》，1968 年 1 月 9 日。

不過民族主義還是會對報紙論述造成壓力。1967 年六七風暴時，該報評論相當動情，「我們與工友同是天涯淪落人，幸而在香港有一落足之地，而能自力更生……更有道是香港乃中國未收復之失地，照英國的開明政策，香港終會歸還祖國，我們等待的只是時機爾」[①]。報紙真正想說的是「這十餘年來，我們血汗所建立的事業，豈肯因外力的煽動而任其瓦解」。關心香港正所以關心中國，該報巧妙地轉換，少見地援引民族主義論述香港前途，但必須注意的是 1967 年反英抗暴運動的語境，實際上針對的左派「愛國」「反英抗暴運動」的話語邏輯。

1969 年發生「珍寶島事件」，該報評論：「造成中共和蘇聯關係進一步惡化……它必然使中共重北輕南，換言之，在中共集中力量對付東北及西北的外患時，就多半不會對台灣海峽、香港澳門、越南及印度邊境等地採取政治或軍事攻勢。中蘇共黨鬥爭越激烈，香港地位越穩定。反之如中蘇和衷共濟，配合作戰，則蘇共全力向西歐、中東發展，中共可全力向東南亞發展，就這一角度來看，中蘇共的反目鬥爭，實在是維護世界和平的一大因素。」[②] 在這一事例中，該報的民族主義立場讓位於政治意識形態。珍寶島的領土主權讓位於台灣、香港、澳門，甚至東南亞的安全，這和它的「自由世界」對「共產世界」的冷戰世界觀相連。

但是 1979 年中國進行現代化建設時，該報論述卻要大陸和香港合作爭市場，以實現戴高樂「二十世紀乃中國人世紀」的預言。可見，民族主義的邊界游移不定、若明若暗，它能夠跟種種不同的語境相結合，與報紙自身特定的目的與利益有關。

---

① 《向勞資和政府進一言》，《星島日報》，1967 年 5 月 9 日。

② 《看珍寶島事件》，《星島日報》，1969 年 3 月 5 日。

四、作為能動體的《星島日報》

冷戰是結構性的，表現為報紙論述的直接的冷戰世界觀，但其論述從抵抗到維持現狀的變遷，以及其他意識形態的選擇，則仍體現其作為能動體的一面。《星島日報》與國民黨政府本就有着深厚的淵源。《星島日報》是 1938 年 8 月 1 日由僑領胡文虎創辦的，是他的「星系」報紙如星光、星洲等之一。其創刊兩周年的紀念特刊上，有「林主席、蔣委員長、立法院孫科、徐世英、馮玉祥……」等國國民黨高官題詞[①]。創刊之初，《星島日報》聘金仲華、羊棗、邵宗漢、葉啟芳等左翼人士主持。1941 年 5、6 月間，《星島日報》和國民黨的《國民日報》（王新命主持）發生論戰。之後，胡好在國民黨的政治壓力下，將金仲華等人撤換，由曾任國民黨《中央日報》總編的程倉波出任總編輯[②]。此種情況一直持續到四八年。雖在四九年解放軍解放廣州當日發生「廣州天亮了」的「報變」，《星島日報》的意識形態始終是偏右的。1949 年以後，該報仍以民國紀年。報頭書名「中華民國僑務委員會登記台教新字第壹玖號」。

有檔案顯示，1952 年《星島日報》編輯曾接受美國駐香港領事館美國信息與教育交流項目邀請赴美參觀。1954 年就連胡文虎本人亦接受美國駐香港領事館邀請赴美遊歷。胡文虎訪美期間，從護照辦理到陪同翻譯，總領事館都給予無微不至的關照。美方希望藉此增加他

① 《星島日報》創刊周年紀念抗戰二年特輯目錄，香港中文大學 .

② 李少南：《香港的中西報業》，載王賡武：《香港史新編》，香港：三聯書店，1997 年，第 520 頁。

們對美國的認識，拉近與美國的關係，進而傳播親西方的觀點①。1962年—1964年，其編輯部一度為國民黨把持②。70年代為其撰寫社評的主筆之一徐東濱，即是50年代逃亡知識分子之一，為有美元背景的友聯創辦人、負責人之一，並主編《祖國周刊》。

但是報紙並非僅僅是冷戰工具，如果我們僅分析上述材料極易認為，其是一份宣傳冷戰的報紙。但如果細緻分析其論述，則可以發現，報紙是處於此一結構下的能動體，有其自身的利益，即其論述背後亦有自己的目的，具體論述是在特定語境下的最佳選擇。

一是市場考慮。《星島日報》的論述並不僅僅是出於歷史情誼支持台灣，相反有其自身利益的考量。當時大陸沒收了胡文虎在大陸的產業，如二天堂，胡在大陸的報紙也相繼停刊，《星島日報》此前是面向華南的，報紙可以進入大陸銷售，但1949年以後，胡文虎必須為其尋找新的市場，台灣則成為最重要的目標之一。有口述史料顯示，胡文虎當時曾經請曾任廣東政府主席的吳鐵城向蔣介石救助，爭取允許報紙入台③。

二是1949年以後香港在短時間內湧入大量逃亡者，有統計資料顯示人口迅速從80萬增加到230萬，其中包括國民黨士兵、軍官、公務員、商人、知識分子、青年學生等。美方檔案顯示僅知識分子的數量即為2.5萬人。《星島日報》着力吸引這一羣體為新的讀者對象，其論

---

① 郭永虎：《20世紀五六十年代美國在香港的意識形態宣傳和滲透》，《當代中國史研究》2016第2期。

② 李少南：《香港的中西報業》，載王賡武：《香港史新編》，香港：三聯書店，1997年，第520頁。

③ Zhang Junqing, Hong Kong Oral History Archives Project, Center of Asian Studies, Hong Kong University.

述表現出的共產主義與資本主義的冷戰、文化民族主義，原因可能在此。甚至這一羣體亦為報紙提供了人力資源。

三是《星島日報》論述中表現出來的對殖民地政府的支持，實際上也與自身利益相關。畢竟作為一份身處香港的商業化報紙，須以本地市場為主。所以香港利益即為報紙利益。香港市場繁榮，廣告增多，報紙自然是受益者。這就要求報紙處理好與殖民地政府的關係，支持政府，反過來政府也會嘉獎報紙，《星島日報》是「香港政府特許刊登法律性質廣告之有效刊物」，即具有公報性質，此類廣告是報紙主要收入來源之一。1967 年反英抗暴期間，報紙幫助殖民政府穩住局勢，過後政府在一份調查報告中特地表揚《星島日報》穩定輿論的貢獻。胡仙（胡文虎之女），獲得英國 OBE 勛爵，JB 勛爵。《星島日報》同樣是香港政府新聞「吹風會」的常客。

《星島日報》關於香港前途的論述從抵抗到維持現狀，不僅是因為冷戰強弱變化，更重要的是香港社會變遷。70 年代香港人口結構發生變化，本地出生人口已經與移民差不多①。殖民地政府去殖民化，並成立廉政公署，推出幫助貧困家庭解決住房問題的「十年建屋」計劃和普及九年免費教育計劃。加之香港經濟蓬勃發展，至今被香港人稱為「麥理浩時代」。

① 林潔珍，廖柏偉：《移民與香港經濟》，香港：商務印書館，1998 年，第 11-12 頁。

五、結語

冷戰至少影響了相對獨立的商業化報紙對於特定問題的看法。《星島日報》作為一份知識分子報紙，亦可以說形塑了知識分子看世界的角度。美國社會學家懷特·米爾斯稱新聞媒介為「文化機構」，構成社會詮釋的中心。它為人們理解周圍的世界提供框架和意義。當然這並非單向，而是雙手互繪，報紙之所以如此論述，亦可能估計到其讀者的觀點。但是在這互繪過程中，冷戰的世界觀開始逐漸成形。

儘管冷戰的影響是結構性的，為爭奪人心具有不同政治背景的書籍、雜誌、報紙彼此劍拔弩張，但有些媒介絕非簡單的冷戰工具。作為一份相對獨立的商業化報紙，《星島日報》雖受冷戰影響，進行冷戰宣傳，但其有自身獨特的利益與目的。這表現為其論述的變遷以及不同意識形態的側面。我們將之視為一個能動體在特定情境下的獨特抉擇。

但是必須特別指出《星島日報》的論述及背後的三種意識形態，即冷戰意識形態、對殖民地宗主國既愛又恨的複雜身份以及若明若暗的民族主義，客觀上卻遮蔽了香港作為殖民地的處境。抵抗論述及背後的冷戰意識充斥着殖民地的話語空間。維持現狀論述對殖民地宗主國的複雜意識不斷地塑造着一種霸權意識，即支持既有權力及秩序，「高度自由與有限度的民主」「繁榮穩定」等等，將「殖民」完全合法化。就連民族主義話語在特定的冷戰背景下都刻意迴避殖民問題。正因為此香港的殖民常常是隱而不顯的，才有盧瑋鑾說的那種憋悶感，身處香港只是覺得香港哪裏不對，對什麼不滿，卻不知道具體哪裏不對。這正是葉威廉所說的：「香港雖然在殖民主義的支配下，但在當時中國動亂、戰變、危機四伏的情形來説，竟然成為一個苟安的避風港。」[①] 正因為如此，香港的「殖民」似乎直到今日仍未得到認真反思。

The Covering Colonial by Cold War: Sing Tao Daily's Discourse on Hong Kong's Future (1967-1982)

Xu Yongchao

Abstract: After the outbreak of the Korean War in 1950, Hong Kong became the "front line" of the Cold War between East and West. The fog of the cultural cold war is structurally shrouded over Hong Kong, and its influence has penetrated into every corner, including books, magazines, newspapers, and movies. However, this paper analyzes the discourse of the "Sing Tao Daily", relatively independent market-oriented newspaper, on the future of Hong Kong. This paper try to clarify that although the impact of the Cold War was structural, the newspaper was not a simple tool, instead it had its own unique interests and purposes and its discourse was not set in a stone, but varied with the change of internal and external situations from resistance to the maintenance of the status quo. The discourse shows three ideological packages, that is, anti-communism, love and hate against the colonial

---

① 黃繼持，盧瑋鑾，鄭樹森：《追跡香港文學》，香港：牛津大學出版社，1997 年，第 57 頁；孔浩峰：《論説六七 —— 恐左意識地下的香港本土主義、中國民族主義與左翼思潮》，載羅永生編：《誰的城市 —— 戰後香港的公民文化與政治論述》，香港：牛津大學出版社，1997 年，第 89-111 頁。

sovereign and the looming nationalism, all were not anti-colonial. Through the analysis of the discourse of Sing Tao Daily, we can understand the special context of the Hong Kong colony and the far-reaching influence of the Cold War in Hong Kong.

Keywords: Cold War; Hong Kong; Sing Tao Daily; Hong Kong's future; colonial

內地高校港澳生的愛國主義初析

—— 基於 2018 年的實證調查數據

劉明偉　周微 *

摘　要：本文基於 1388 份中國內地高校港澳生的問卷調查資料，對這一羣體的愛國主義水平從民族文化、國家認同、發展建設三個維度進行整體描述，區分了出生地和年級以對比分析不同組別的港澳生在愛國主義上存在的差異。研究發現，港澳生總體上具備較為正面、積極的愛國主義，組間差異表現為內地出生組有着更高水平的愛國主義，高年級組的愛國主義在不同維度上呈現上下起伏。調查結果反映出家庭、學校在影響青年愛國主義形成上的實際作用，説明了愛國主義教育是一項長期性、複雜性的系統工程，亟需加強家庭、學校、社會育人力量整體協同。

關鍵詞：港澳生　愛國主義　家庭　學校

* 劉明偉，男，中共廣東省委黨校社會和生態文明教研部副教授，研究方向為港澳社會；周微，女，中山大學社會學與人類學學院博士研究生，研究方向為青年愛國主義教育。

一、引論

港澳回歸二十餘年，與中國內地在經濟、文化、社會生活等方面交流合作日益增多，穩步開啟全面融入國家發展大局的偉大進程。在高等教育領域，隨着國家於 2005 年開始對港澳學生實行與內地學生同等收費[①]，選擇來內地升學的港澳生逐年增多。同時，具備招收港澳台學生資格的內地院校數量也逐年上升。「十三五」期間，具備招生資格的內地（大陸）院校超過 400 所，已培養港澳台學生約 4.5 萬人[②]。根據教育部最新統計數據，截至 2020 年，共有 2.32 萬名港澳學生在內地高校和科研院所就讀，其中近 1.1 萬名港澳學生在粵港澳大灣區內地就讀[③]。

青年承載着國家、地區的希望和未來。2019 年 11 月，中央下發了《新時代愛國主義教育實施綱要》[④]，強調要把青少年作為愛國主義教育的重中之重。加強港澳青年愛國主義教育，意義重大，事關港澳同胞愛國光榮傳統薪火相傳，事關港澳「一國兩制」成功實踐行穩致遠。偏偏在教育文化領域高度自治背景下，適逢經濟全球化、網絡信息化、社會思潮多元化的時代，港澳年輕一代的愛國主義教育出現了嚴重問題，導致愛國主義水平不高，表現出國家意識和愛國精神較為淡薄，甚至在部分香港回歸後的「九七一代」中反覆出現針對國家的極端言

① 2005 年 12 月 9 日，教育部、國家發改委、財政部、國務院港澳辦聯合發出了《關於調整內地普通高校和科研院所招收香港、澳門特別行政區學生收費標準及有關政策問題的通知》。見中華人民共和國教育部官網。

② 教育部介紹「十三五」期間教育對外開放工作情況。

③ 見中華人民共和國教育部官網。

④ 2019 年 11 月，中共中央、國務院印發了《新時代愛國主義教育實施綱要》。

行。因此，加強「一國兩制」實踐教育，引導港澳同胞增強對國家的認同，自覺維護國家統一和民族團結的工作重點應向青年側重。

近年來粵港澳大灣區的規劃和建設，為港澳青年到祖國內地城市發展提供了機遇，國家也明確鼓勵港澳青年赴內地就學、就業[①]。港澳生赴內地的學習經歷和生活體驗，為其深入了解內地的經濟社會發展狀況，理性認知港澳與內地的關係以及將來融入國家發展大局打下扎實基礎。國家對於港澳生而言不再是一個可望而不可及的抽象概念，而是成為他們日常生活實踐的一部分，這種情勢下談增強愛國主義才非無源之水、無本之木。鑒於此，本文通過千餘份面向內地高校港澳學生的問卷調查資料，了解和掌握該羣體的愛國主義現狀和不同背景的港澳生愛國主義水平的差異，為進一步實施愛國主義教育、厚植愛國主義情感提供參考。

二、建構港澳生的愛國主義

由於港澳社會曾經歷過特殊歷史時期以及回歸後長期享有「高度自治」，港澳居民有多種來源地、可能擁有多種居民身份，港澳同胞國家意識和愛國精神的形成和強化與內地居民在基礎條件上有着很大差異。新時代港澳青年愛國主義的建構亟需加強家庭、學校、社會育人力量整體協同。其中，赴內地升學是多方力量協同育人的生動實踐。

① 2019 年 2 月 18 日，中共中央、國務院印發了《粵港澳大灣區發展規劃綱要》。

(一) 愛國主義

習近平指出：「愛國主義精神深深植根於中華民族心中，是中華民族的精神基因，維繫着華夏大地上各個民族的團結統一，激勵着一代又一代中華兒女為祖國發展繁榮而不懈奮鬥。」愛國主義是對祖國的忠誠和熱愛，在表現對象上，包括山川風物、人民同胞、歷史文化、國家政權等。[①] 愛國主義揭示了公民對國家的依存關係，表達公民對自己賴以生存的故土家園、民族文化的歸屬感、認同感、尊嚴感和榮譽感的統一。[②] 基於對國家的認知、認同，公民形成扎根於內心深處的穩固愛國情感、態度。[③] 公民對於祖國的強烈感情，經常還表現為對國家民族命運的承擔之上，愛國主義砥礪，積極參與國家富強、民族興旺的建設事業[④]，將個人前途、命運與國家前途、命運緊密相連。同時，合理、有效的國家發展建設是形成具有廣泛社會和文化基礎的國家認同的有力保障。[⑤]

雖然不同歷史條件下愛國主義的具體內容、表現形式等有着不同呈現，不同學科囿於自身的學科語言和思維視角有不同釋義，但可概括地總結，愛國主義體現為公民將自身作為國家成員並具備民族文化基礎，具有國家認同，認可國家發展建設。

---

① 陳來：《論中華民族愛國主義的精神》，《哲學研究》2019 年第 10 期。

② 劉淑萍：《愛國主義：公民國家倫理的價值皈依》，《江蘇社會科學》2018 年第 6 期。

③ 閻國華、何珍：《國家意識的歷史發展與時代培育研究》，《河海大學學報（哲學社會科學版）》2019 年第 2 期。

④ 陳來：《論中華民族愛國主義的精神》，《哲學研究》2019 年第 10 期。

⑤ 林尚立：《現代國家認同建構的政治邏輯》，《中國社會科學》2013 年第 8 期。

(二) 愛國主義教育

值得注意的是，愛國主義並非與生俱來的天然稟賦，需要在後天培養中建構國家基礎性的知識和意義。為了發揚愛國主義這一優良傳統，愛國主義教育是題中應有之義。

教育主要是提供一些新的或者已有的行為、知識、實踐和準則等，並且教育是一種持續性的過程。在受教育過程中，個體學習累積文化資本並將所學內化為身體的一部分，內化的文化資本成了「習性」，衍生了實踐、認知及態度，影響行為和心智傾向。愛國主義教育是將國家基礎性的知識和意義內化，使愛國主義成為堅定信念、精神力量和自覺行動。

教育可區分為制度性教育與片段式教育兩種模式（伯恩斯坦，1996），即正式與非正式之分[①]。制度性教育通常為系統性一般化學校教育，即由教育者、受教育者和正式的教學過程集合而成；片段式教育通常指日常的經驗和實踐的非正式性傳遞，在不同情境中發生且之間並不一定具備關聯性。以此分類，制度性愛國主義教育是開設專門的文化課、國情課等，系統學習所屬國家的歷史、地理、政治經濟制度、生產力水平等相關知識；片段式愛國主義教育是透過日常生活接觸到國家的文化、制度、政治和政策、身份和公民權等方方面面，在點點滴滴的知識和經驗積累中將個人與國家勾連起來。與國家息息相關的知識和意義在這些正式或非正式地教與學中建構起來，合法地結合在一起並共同作用於愛國主義教育。兩種教育模式有機結合起來才能推動愛國主義教育取得顯著成效。

---

① [英]巴茲爾·伯恩斯坦：《教育、符號控制與認同》，王小鳳等譯，中國人民大學出版社，2016年。

（三）赴內地升學

本質上說，教育是多層次的文化鬥爭場域，場域內政府、社團、學校、家庭和個人等多個行動者都具有各自的角色、行動和能力。對於青少年羣體，他們愛國主義的形成和強化最初主要由家庭、學校施加影響，藉助上述所說的制度性與片段式兩種教育模式在實踐中發揮作用。

內地的愛國主義教育在大中小幼一體化德育工作中搭建了系統、完備的實施方案。港澳由於歷史原因導致學校愛國主義教育長期缺位，社會基礎條件的差異造成港澳青年特別是香港「九七一代」青少年對個人、社會、全球這些層次都有深刻的認識，唯獨對國家的認識最淺。①

從社會認知理論看，觀察學習和親歷學習是人們形成思想和行動的重要途徑。赴內地升學使原本疏離的國家之於港澳生通過一系列制度化和合法化過程被賦予實際意義，並具備秩序穩定性和對個體的強制性。在內化和社會化過程中，港澳生對原本可能較為模糊的國家觀念逐漸形成了較為清晰的理解。一方面進入內地高等院校接受系統的學歷教育，另一方面在學制中與內地人和事形成接觸，兩者均在一定程度上形塑港澳青年對國家的理性認知和情感歸屬，皆可彌補港澳本地社會在培育國家觀念上的遺漏和缺失。

考慮到現有制度下港澳與內地的交往在廣度和深度上仍然受限，港澳本地培育國家意識的社會基礎條件不夠充分，尤其學校的愛國主義教育長期缺位，政策專家建議通過鼓勵港澳青年赴內地升學，加強

① 趙永佳等:《內地經驗對香港青年中國感官及身份認同的影響》,《港澳研究》2017 年第 3 期。

與內地的社會聯繫，促成條件鼓勵融入國家發展大局，在生動實踐中激發年輕一代的愛國熱情。

三、對實證資料的說明

本研究主要採用問卷調查蒐集實證資料。2018 年開始，中山大學港澳珠三角研究中心耗時一年通過滾雪球抽樣的方法完成了面向港澳學生的問卷調查[①]。根據研究目的，對所選研究題目進行了嚴格的數據處理和篩選，剔除了 55 份因拒答或漏答等的失效樣本，最後獲得有效樣本 1388 份。樣本構成情況如表 1 所示。

表 1　調查樣本構成情況

<table>
<tr><th>變量</th><th>特徵</th><th>人數</th><th>背景</th><th>特徵</th><th>人數</th></tr>
<tr><td rowspan="2">身份證類型</td><td>香港</td><td>960</td><td rowspan="6">年級</td><td>一</td><td>522</td></tr>
<tr><td>澳門</td><td>428</td><td>二</td><td>409</td></tr>
<tr><td rowspan="4">出生地</td><td>內地</td><td>781</td><td>三</td><td>287</td></tr>
<tr><td>香港</td><td>303</td><td>四</td><td>126</td></tr>
<tr><td>澳門</td><td>288</td><td>其他</td><td>24</td></tr>
<tr><td>國外</td><td>16</td><td></td><td></td></tr>
</table>

根據對愛國主義內涵的理解，本研究從民族文化、國家認同、發展建設三個維度對港澳生的愛國主義進行測量。在調查問卷中篩選出與各維度相匹配的測量題目，對各類指標的喜愛 / 熟悉 / 掌握 / 認同

① 教育部高校人文社會科學重點研究基地重大項目「港澳本土意識與青少年的國家認同」（項目編號：16JJDGAT004）

等程度調查均採用 5 點計分，如「1」表示非常不認同，「3」表示一般認同，「5」表示非常認同，得分越高代表認同程度越高。不同維度所選取的測量題目如表 2 所示。

表 2　測量題目一覽表

測量維度	題量	測量內容
民族文化	6	對以下各項的喜愛 / 熟悉 / 掌握程度：1、萬里長城；2、北京故宮；3、春節；4、中秋節；5、普通話；6、簡體字
國家認同	6	對中國人這一羣體相關陳述的認同程度：1、我對這個羣體有強烈的歸屬感；2、我相當明白擁有這個羣體身份對於我的意義；3、我對這個羣體有強烈的依戀；4、如果有人批評這一羣體或地區，我感到是對我個人的侮辱；5、我花了很多時間去了解這個羣體；6、當我提及這個羣體時，我通常使用「我們」而非「他們」
發展建設	3	對以下說法或做法的認同程度：1、對這個地區未來的發展，我感到有信心；2、畢業後願意在內地工作和生活；3、畢業後願意在內地創業

四、探析港澳生的愛國主義

為全面、立體地研判當前港澳生的愛國主義水平，研究不僅關注了民族文化、國家認同、發展建設三個維度下測量題目的填答情況，還區分了受訪者的出生地和年級以作對比，進一步闡明了該羣體的整體水平和具體差異。

（一）港澳生愛國主義的整體水平

表 3　港澳生民族文化數據分佈表

	1 分	2 分	3 分	4 分	5 分
長城	28	82	354	500	360
故宮	38	60	355	504	371

續表

	1 分	2 分	3 分	4 分	5 分
春節	3	17	113	373	876
中秋	13	34	211	504	620
普通話	4	51	250	505	573
簡體字	7	23	127	393	836

表 4　港澳生國家認同數據分佈表

	1 分	2 分	3 分	4 分	5 分
歸屬感	23	74	454	494	335
意義	12	50	413	556	345
依戀	35	89	550	447	260
批評	35	123	413	470	335
了解	40	56	503	501	278
「我們」	33	92	394	450	400

表 5　港澳生發展建設數據分佈表

	1 分	2 分	3 分	4 分	5 分
信心	22	66	298	554	437
生活和工作	142	119	214	494	408
創業	93	86	146	313	732

基於上述表格，研究採用均值法對港澳生的愛國主義依照三個維度做出評分並合成總評分。詳見下圖。

從圖 2 可知，港澳生這一羣體擁有較高水平的愛國主義，由民族文化、國家認同、發展建設三個維度共同測量出的愛國主義評分結果高達 3.93 分（滿分為 5 分），充分説明該羣體形成了較為正面、積極

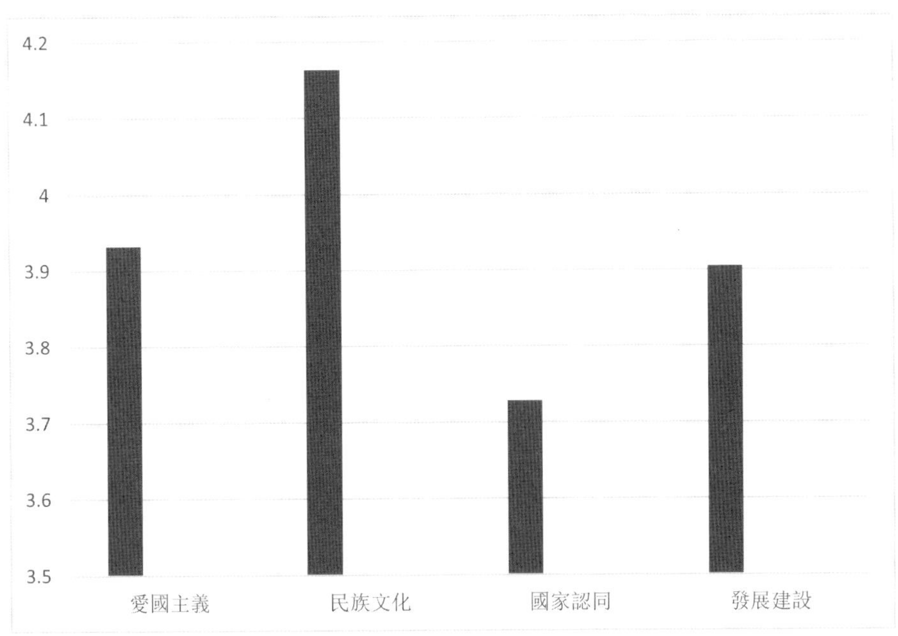

圖 2　港澳生愛國主義不同維度的整體得分水平

的愛國主義。這一調查結果令人欣慰，相較於近年港澳發生的社會事件、大型民調暴露出的部分港澳青年本土意識見長、國家意識和愛國精神淡薄等問題，內地高校港澳生的愛國主義呈向好向上態勢，無疑說明了赴內地就學對愛國主義的提升有所裨益。

愛國主義總體上表現為水平較好、得分較高，但各維度間存有差別，分數從高到低排序依次為民族文化、發展建設、國家認同，以下是對每一維度評分結果的具體說明：

1. 民族文化

這一維度旨在了解港澳生的民族文化基礎，包括對名勝古跡、節慶習俗、語言文字等內容的認知與情感。在 1—5 分的程度範圍內，對萬里長城、北京故宮等人文景觀的喜愛度，對春節、中秋節等傳統節日的熟悉度，對普通話等語言文字的掌握度做出評分。

調查發現，港澳生有着扎實的民族文化基礎，對民族文化有着濃厚興趣，愈能集中體現中華民族傳統文化的內容愈受追捧，如春節(4.52 分)；均能較好地掌握和運用在內地廣泛使用的語言和文字，這些是了解我國民族文化深刻內涵的基石，但相比起說普通話，他們更喜歡用簡體字。

從含義來看，愛國主義有諸如歷史文化、風土人情等具體的表現對象，因而愛國主義的水平高低有跡可循。港澳生的民族文化基礎是建構愛國主義的資源和素材，通過實踐上的積累、沉澱，在充分理解和認可自身民族文化的基礎上，在祖國歷史文化的薰陶和民族風俗習慣的影響下，愛國主義才逐漸鮮活、真實起來。

2. 國家認同

國家認同就是人們對自己國家的認可與服從，其反映的是人與國家的基本關係，是對自己所屬國家的一種認知、肯定、接納。這一類旨在了解港澳生對中國的內在感受：是否花了很多時間去了解這個羣體並明白其對於自己的意義；是否對中國人這個羣體有強烈的的歸屬感、依戀等。

調查發現，港澳生普遍有着較高的國家認同，這反映了他們與中國血脈相連、無法分割的依存關係。通過對中國的政治、經濟、文化、歷史、社會等方方面面的了解，沉澱了依戀、歸屬、認同、熱愛等內在感受。有較高的「我們感」(3.80 分)，明白中國人這一身份賦予自己的意義(3.85 分)，在意其他羣體對「我們」的看法並能榮辱與共。

港澳生在內地的學習生涯建構了國家基礎性的知識和意義，認識到每個人成長與發展需要國家提供公平、安全、有序的學校和社會環境。國家觀念不再模糊，透過日常生活接觸的點點滴滴，國家形象逐漸清晰，超越了零散、片面的局限。與內地產生直接接觸，在增進情感與認同上遠比空洞的口號宣傳效果更好。

3. 發展建設

這一維度關乎港澳生對國家經濟社會發展的信心和參與意願。青年個人的前途命運與國家的前途命運休戚相關，處於求學階段的港澳青年是否對國家的未來與發展充滿信心，是否願意融入國家發展大局並置身其中實現青春價值，調查主要關注港澳生畢業後的發展規劃。

調查發現，港澳生有參與國家發展建設的意向並付諸了行動。他們對中國未來的發展有信心（3.96 分），有較為強烈的意願畢業後留在內地發展，方向包含工作、生活以及創業等。值得一提的是，調查中表示畢業後願意首選留在內地創業的受訪者甚至多達五成二，可見該羣體對內地發展前景信心滿滿。這種信心並非盲目脱離實際的，調查顯示有五成以上的受訪者表示曾利用學習之餘接觸過諸如跨境代購、家教、文員、銷售、服務員等實際工作，説明其對內地的創業、就業環境有過一定了解。

愛國主義雖然較為抽象、籠統，但愛國的表達方式和實踐行為是明確的。融入國家發展大局是愛國情、報國行的高度統一。港澳生赴內地就學、就業，積累了知識與技能，激發了愛國熱情與強國信念，使得青年自覺投身到中華民族偉大復興的歷史使命中。

(二) 港澳生愛國主義的具體差異

愛國主義本質上是一種意識或者精神，青年愛國主義的形成深受家庭、學校教育的影響。區分出生地與年級，在不同組別間就民族文化、國家認同、發展建設三個維度進行對比分析，探討家庭、學校在培育愛國主義上的影響作用。

受訪者的出生地在一定程度上反映了其家庭與內地的關聯，內地出生表明其家庭與內地有聯繫，根據出生地將受訪者識別為內地出生組和非內地出生組；由於港澳本地學校一直被詬病愛國主義教育長期缺位，而內地學校愛國主義教育早已形成大中小幼一體化的格局，因此本研究有意將赴內地升學視為港澳生系統接受學校愛國主義教育的

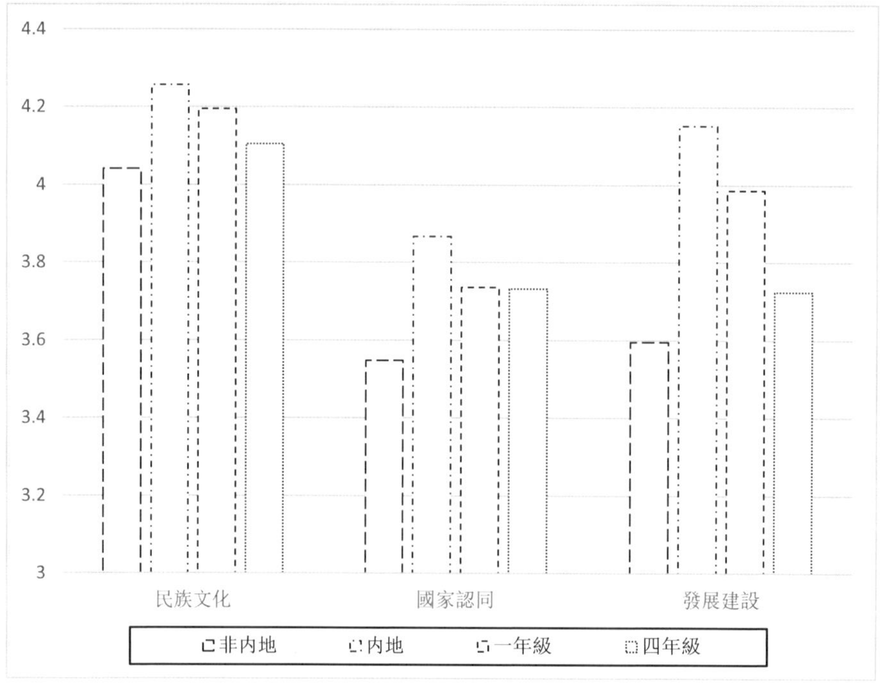

圖 3　不同組別港澳生在愛國主義得分上的差異

開端，根據就學時長識別出本科一年級組和本科四年級組。將受訪者劃分為不同出生地和不同年級，沿用均值法在愛國主義的三個維度上以作對比，差異如下圖 3 所示。

通過對比可知，出生地這一變量發揮了顯著的影響作用，在每一維度的比較中，內地出生組的得分均高於非內地出生組；年級這一變量未見顯著影響，高、低年級得分相差微小，個別維度出現分數下降。以下依據三個維度作具體探究：

1. 民族文化

（1）出生地

在民族文化類，內地出生組得分高於非內地出生組。具體地説，對我國傳統的人文景觀、節慶風俗表示出「非常喜愛」「非常熟悉」等的受訪者更多來源於內地出生組，內地出生組評 5 分的比例明顯高於非內地出生組；在普通話和簡體字的使用上，內地出生組顯現出比非內地出生組「熟練」很多，僅普通話一項，內地出生組在熟練程度上評出 5 分的比例高達五成一，非內地出生組只有兩成八。

（2）年級

在民族文化類，四年級組得分比一年級組略低。區分年級後發現，四年級組在普通話的使用上竟不及一年級組「熟練」，語言習慣並未隨着在內地的停留時間增長而發生改變這一情況並不多見。推測造成這一情況的主要原因是本次研究的受訪者主要活動範圍集中在粵港澳大灣區內地城市，灣區內語言相近、人文相親，港澳生用原本熟悉的語言即可通暢交流。

由是觀之，不同出生地發揮了影響作用説明家庭的重要性，家庭在飲食習慣、語言使用等方面對個人的影響十分重要，而這些都構成民族文化的基礎；不同年級差別微小說明建立對民族文化的理解和認同需要一定時間積累與轉化，短時間範圍內難見顯著成效。

2. 國家認同

（1）出生地

在國家認同類，內地出生組得分高於非內地出生組。在整體認同水平較高的情況下，不同組別的差異主要體現在程度上，受訪者被問及是否有「歸屬感」「依戀」等一類問題時，內地出生組的情感表達更加熱烈（填答多為 4 分、5 分），非內地出生組的態度更為保守（填答多為 3 分、4 分）。

（2）年級

在國家認同類，四年級組得分與一年級組持平。通過對比分析，細微差異因由時間產生，受訪者被問及是否「花了很多時間了解中國人」、是否「明白擁有這個羣體身份的意義」等，由於在內地停留時間更長，四年級組給出的分數普遍高於一年級組，從比例上看，高分比例多出約十個點。

由是觀之，家庭、學校在形塑港澳生的國家認同上均發揮了影響作用，內地出生說明其與內地存在社會紐帶，高年級身份說明其在內地高校求學時間更長，這些都有助於增加港澳生與內地接觸的廣度和深度，對形成穩固的愛國情感、態度有積極作用。

3. 發展建設

（1）出生地

在發展建設類，內地出生組得分高於非內地出生組。受訪者均表示「對於中國未來的發展感到有信心」，但在程度上顯現差異：內地出生組持「同意」的有四成一，「非常同意」的有三成六；非內地出生組持「同意」的有三成八,「非常同意」的有兩成五。

(2)年級

在發展中建設類,一年級組得分略高於四年級組。一年組表示畢業後願意留在內地工作和生活、留在內地創業的比例更高一點。但四年級組表示「對於中國未來的發展感到有信心」的比例高一點。結合現行政策門檻,四年級組臨近畢業,對於留在內地的發展規劃可能更為理性。

由是觀之,內地出生組得分略高説明家庭因素在促其融入國家發展大局發揮影響作用,一、四年級組得分的差異説明內地求學經歷提升了他們對中國發展的信心。家庭、學校均影響了港澳生將愛國情轉化為報國行,畢竟融入國家發展大局除了自身具備發展意願,還需要相關的社會基礎條件作為保障。

五、結論與討論

港澳回歸以來,國家陸續出台政策鼓勵港澳青年赴內地就學,建設粵港澳大灣區的國家戰略更是將鼓勵港澳青年赴內地就學納入基礎性工作。本文依據千餘份問卷,對港澳生的愛國主義水平從民族文化、國家認同、發展建設三個維度進行了整體描述,並根據不同出生地和不同年級的劃分作了對比分析。調查發現,港澳生的愛國主義水平在整體上呈現向上向好態勢,赴內地升學的青年在民族文化、國家認同、發展建設三個維度上均有積極互動。這一發現與以往的大多數面向港澳青年的民調結果有所區別,以往調查普遍顯示,港澳青年往來內地的頻率遠低於年長羣體,加之他們通過社交媒體及互聯網獲取的相關信息較為零碎甚至消極，導致年輕一代不僅對內地缺乏了解，還受到失真信息混淆視聽形成不少負面認知。

本次面向港澳生的調查，說明赴內地就學，讓港澳青年與內地有更多接觸和互動，獲得更為真實、立體的信息，對國家的情感與認同也會隨之加深。不僅如此，通過區分出生地和所在年級，我們甄別了影響青年愛國主義的兩股育人力量的實際作用。從結果來看，內地出生的受訪者相較於非內地出生的受訪者擁有更高的愛國主義水平；而高低年級組的差異並未引發愛國主義水平的顯著差異，但高年級對中國未來的發展顯得信心十足。這不僅驗證了青年愛國主義的建構主要源於家庭、學校的影響，還充分說明愛國主義教育是一項長期性的系統工程，日常生活實踐中非正式傳遞和官方教學場合的正式傳遞都將有機作用於愛國主義。

愛國主義並非與生俱來，因應愛國主義教育是一項永不停歇的事業，要促成家庭、學校和社會形成育人合力。推動港澳與內地的互聯互通，發展建設粵港澳大灣區，突破港澳本地社會愛國主義教育長期缺位的現實困境，鼓勵更多的青年往來內地，以形成積極的示範效應。一方面，港澳生在內地的學習和生活經歷，為提高人力資本、建立社會網絡融入國家發展大局奠定了基礎。另一方面，港澳生在內地獲得有關教育、就業、安全、發展等資訊，通過社會網絡傳遞給不同社會經濟背景的港澳居民，不僅對有意跨境來內地就學就業的青年有着重要的參考價值，還為港澳本地居民多維地了解國情世情提供了渠道。

由於港澳不同於內地的歷史背景和現實制度，針對港澳生實施愛國主義教育要特別注重方式方法，落實具體工作時要更加耐心細緻，要引導青年把愛國與自己的學習、生活相結合，將愛國精神體現在日常生活的各種行為中；要促進港澳青年融入國家發展大局，使個人利益的增減與國家的繁榮富強勾連起來。同時，借鑒內地協同育人成果，互聯網時代的愛國主義教育要及時、主動佔領新媒體領域，豐富教育內容、創新教育載體、增強教育效果。將愛國主義情感、意識和身體力行的愛國主義行為高度統一起來，多層次、全維度培育愛國主義情懷。

A preliminary analysis of patriotism of Hong Kong and Macao students in Mainland Colleges and Universities

Based on empirical survey data in 2018

Liu Mingwei, Zhou Wei

Abstract: In view of the questionnaire of 1388 Hong Kong and Macao students in Mainland Colleges and universities, this paper makes an overall description of the patriotism of them from three dimensions, which are national culture, national identity and development and construction. It distinguishes the place of birth and grade to compare and analyze the differences of patriotism among different groups of Hong Kong and Macao students. The study found that Hong Kong and Macao students have more positive patriotism in general. The difference among groups is that the group were born in mainland has a higher level of patriotism, and the patriotism of senior group fluctuates up and down in different dimensions. The survey results that families and schools play an important and practical role in influencing the formation of patriotism of youth. It is a long-term and complex systematic project of patriotism education, which urgently needs to strengthen the overall coordination of family, school and social education forces.

Keywords: Hong Kong and Macao students in mainland colleges and universities; patriotism; family; school

當代港澳研究

（2020 年第 3–4 輯）

何俊志　黎熙元　主編
曹旭東　執行主編

責任編輯　蕭　健　譚俊鵬
裝幀設計　鄭喆儀
排　　版　賴豔萍
印　　務　周展棚

出版　中華書局（香港）有限公司
香港北角英皇道 499 號北角工業大廈一樓 B
電話：（852）2137 2338　傳真：（852）2713 8202
電子郵件：info@chunghwabook.com.hk
網址：http://www.chunghwabook.com.hk

發行　香港聯合書刊物流有限公司
香港新界荃灣德士古道 220-248 號
荃灣工業中心 16 樓
電話：（852）2150 2100　傳真：（852）2407 3062
電子郵件：info@suplogistics.com.hk

印刷　美雅印刷製本有限公司
香港觀塘榮業街 6 號 海濱工業大廈 4 樓 A 室

版次　2024 年 11 月初版
© 2024 中華書局（香港）有限公司

規格　16 開（238mm×165mm）

ISBN　978-988-8862-75-7